Carol Wyer
Das Zeichen des Bösen

AF202233

Das Buch

»MEIN« – dieses Wort ritzt der Serienmörder seinen drei Opfern in die zarte Haut. Er lauert jungen Frauen auf und ermordet sie – um dann im Dunkel der Nacht spurlos zu verschwinden. Der komplexe Fall bringt DI Kate Young an die Grenze ihrer Belastbarkeit. Zumal sie noch in einer anderen Sache ermittelt: Sie will ihren Vorgesetzten Dickson überführen, weil sie überzeugt ist, dass er in finstere Machenschaften verwickelt ist.

Je mehr Kate herausfindet, desto unsicherer ist sie, wem sie überhaupt noch trauen kann. Sie weiß nur, dass sie keinen weiteren Verlust in ihrem Leben ertragen würde. Und dann erhält sie ausgerechnet von ihrer Stiefschwester einen Hinweis, dass der Serienkiller ganz nah sein könnte …

Die Autorin

Carol Wyer – Gewinnerin des People's Book Prize, Bestsellerautorin und Stand-up-Comedian – schreibt Komödien und packende Krimis.

Mit ihrer DI-Robyn-Carter-Reihe wechselte sie 2017 auf die »dunkle Seite« und feierte Top-Platzierungen in den Amazon- und Audible-Charts sowie der Bestsellerliste der »USA Today«. Bald folgte eine zweite Serie um DI Natalie Ward, und bis heute haben sich ihre Kriminalromane über 800.000 Mal verkauft und wurden in viele Sprachen übersetzt.

Carol Wyer hat für zahlreiche Zeitungen geschrieben und wurde außerdem schon häufig in Radio und Fernsehen zum Thema »Reizbarer-Mann-Syndrom« und »Schmachvoll alt werden« interviewt.

Sie lebt derzeit auf einem windigen Hügel im ländlichen Staffordshire mit ihrem Ehemann Mr Grumpy – der sehr, sehr mürrisch ist.

CAROL WYER

DAS ZEICHEN DES BÖSEN

EIN FALL FÜR DETECTIVE KATE YOUNG

Aus dem Englischen von Tanja Lampa

Die englische Ausgabe erschien 2021 unter dem Titel
»A Cut for a Cut« bei Thomas & Mercer, Seattle.

Deutsche Erstveröffentlichung bei
Edition M, Amazon Media EU S.à r.l.
38, avenue John F. Kennedy, L-1855 Luxembourg
März 2022
Copyright © der Originalausgabe 2021
By Carol Wyer
All rights reserved.
Copyright © der deutschsprachigen Ausgabe 2022
By Tanja Lampa

Die Übersetzung dieses Buches wurde durch Amazon Crossing ermöglicht.

Umschlaggestaltung: semper smile, München, www.sempersmile.de
Umschlagmotiv: © Hayden Verry / ArcAngel
Lektorat: Rotkel Textwerkstatt
Gedruckt durch:
Amazon Distribution GmbH, Amazonstraße 1, 04347 Leipzig /
Canon Deutschland Business Services GmbH, Ferdinand-Jühlke-Str. 7,
99095 Erfurt /
CPI books GmbH, Birkstraße 10, 25917 Leck

ISBN: 978-2-49670-975-9

www.edition-m-verlag.de

Prolog

Es ist Mitte August und in dieser Gegend von Stoke-on-Trent funktioniert nur eine Straßenlaterne. Kate muss verrückt sein, überhaupt daran zu denken, in dieses Viertel zu gehen, vor allem um ein Uhr nachts, aber das waren die vereinbarten Bedingungen: Zeit, Ort und tausend Pfund in bar. Sie lässt sich tiefer in den Autositz sinken, ihr Blick huscht vom Außen- zum Rückspiegel und zurück zum leeren Türeingang, auf der Suche nach einem Lebenszeichen – oder Ärger. Wenn Farai auch nur eine Sekunde lang glaubt, dass sie seine Forderungen nicht erfüllt oder nicht allein gekommen ist, wird er nicht auftauchen.

»Kate, du bist zu angespannt«, mahnt Chris' Stimme. »Du musst lockerer werden und die Kontrolle über die Situation gewinnen. Du weißt, wie so etwas abläuft, und du hast, was er will – Geld. Der Typ wird deine Fragen beantworten, wenn du dich wie immer selbstbewusst verhältst. Im Moment benimmst du dich allerdings wie eine blutige Anfängerin.«

Sie reibt sich die Hände trocken. Chris hat nicht ganz unrecht. Normalerweise ist sie nicht so nervös, aber von diesem Treffen hängt sehr viel ab. »Ich will nur, dass er mir etwas gibt. Irgendetwas.«

»Du kannst es nicht erzwingen. Wenn er Informationen hat, wirst du sie bekommen. Komm schon, Kate. Tu so, als wäre es ein Polizeieinsatz wie jeder andere.«

»Aber er ist nicht wie jeder andere! Es geht um dich!«

In dem Moment nimmt sie eine Bewegung wahr und hört auf, mit sich selbst zu reden. Ein großer Mann in einem schwarzen Parka taucht auf und dreht sein Gesicht, das von einer Pelzkapuze umrahmt wird und an einen Totenkopf erinnert, in ihre Richtung. Sie öffnet die Autotür und tritt auf den bröckelnden Bürgersteig, den Umschlag mit dem Geld fest in der Hand haltend.

Je näher sie ihm kommt, desto ruhiger wird sie. Er sieht krank aus. Sein Gesicht ist faltig und seine papierne Haut gespannt. Einzelne Barthaare sprießen aus seinem Kinn hervor, winzige Locken aus grauem Draht.

»DI Young.« Seine Stimme ist tief und kräftig, erfüllt von einer Energie, die in seinem Körper nicht vorhanden zu sein scheint. »Zeigen Sie mir Ihr Handy.«

Sie reicht es ihm. Es ist wie gewünscht ausgeschaltet.

Er prüft es und legt es ihr dann in die offene Hand zurück. »Öffnen Sie Ihre Bluse.«

»Ich bin nicht verkabelt.«

»Beweisen Sie es.«

Sie stopft Telefon und Umschlag in die Jackentasche, knöpft die Bluse auf und hält sie so weit offen, dass ihr Sport-BH zum Vorschein kommt. »Zufrieden?«

»Und jetzt das Geld.«

Sie schließt die Knöpfe wieder und schüttelt den Kopf. »Nein. Nicht bevor Sie mir alles erzählt haben, was Sie über die Ereignisse im Maddox Club im Januar wissen.«

Er zögert, taxiert ihren grimmigen Blick und schiebt die Hände in die Taschen. »Okay, aber Sie haben das nicht von mir. Sind wir uns darüber einig?«

Sie nickt.

»In dieser Nacht schickte ich einen meiner Jungs und zwei Mädchen zu einem Stammkunden – dem Manager des Klubs, Durand. Er rief mich in den frühen Morgenstunden an und sagte mir, ich solle meinen Jungen nicht zurückerwarten … er habe einen ›unglücklichen Unfall‹ gehabt. Außerdem meinte er, dass der Klub meinen Vertrag mit sofortiger Wirkung auflöse.«

Kate weiß bereits von Farais Arrangement, Sexarbeiter und -arbeiterinnen an den Maddox Club zu liefern. Das ist keine Neuigkeit für sie, und ihre Finger verkrampfen sich um den Umschlag mit dem Bündel Geldscheine, unwillig, eine so hohe Summe für eine so dürftige Information auszuhändigen.

Farai starrt mit aufgeblähten Nasenflügeln in die Ferne. Dann lässt er ein grollendes Lachen los, das wie ferner Donner klingt, und sagt: »Ich habe Durand mitgeteilt, dass ich eine ›Kompensation‹ für die plötzliche Kündigung und für den Verlust meines Jungen verlange – fünfzig Riesen. Er war einverstanden, unter der Voraussetzung, dass es sich um eine einmalige Zahlung handele. Der Gast, der meinen Jungen gebucht hatte, würde bezahlen und Durand die Geldübergabe organisieren.«

In Kates Ohren setzt ein rhythmisches Pulsieren ein, hervorgerufen durch die plötzliche Beschleunigung ihres Herzschlags. Das ist etwas, was sie bei der offiziellen Ermittlung nicht herausgefunden haben.

Farai fährt fort: »Eine Woche später trafen wir uns in einem Pub in der Stadt. Durand hatte mir bereits einen Whisky bestellt – einen doppelten – und einen für sich selbst. Ich hätte ahnen müssen, dass er etwas im Schilde führte. Er schwitzte, war nervös und drehte sich ständig um, als hätte er Angst, dass jemand auftauchte und ihm das Hirn wegpustete. Doch ich schenkte dem nicht genügend Beachtung. Ich dachte, er hätte Angst, dass ich ihn an die Bullen verpfiffen hatte, dass sie von dem Jungen wüssten und jeden Moment auftauchen würden.

Es stellte sich heraus, dass ich total danebenlag. Ich weiß nicht, was er mir in den Drink geschüttet hat, aber ich fing an zu reden und hörte nicht mehr auf. Er stellte mir Fragen und ich konnte einfach nicht die Klappe halten. Ich erzählte ihm allen möglichen Mist über mein Geschäft, den ich nicht hätte erzählen sollen, und dann *bumm*! Er öffnete sein Hemd. Der Bastard war verkabelt. Er sagte mir, ich sollte besser niemandem sagen, dass ich meinen Jungen verloren hatte, sonst würde man mich verhaften, weil ich dem Klub Minderjährige angeboten hatte. Und wenn ich erst einmal im Gefängnis säße, würde ich meinen Schöpfer früher treffen, als mir lieb wäre.«

»Er hat gedroht, Sie im Gefängnis umbringen zu lassen?«

»Jepp.«

Er klopft auf seine Tasche, zieht ein Päckchen Zigaretten heraus und schiebt sich eine zwischen die Lippen. Dann sucht er nach seinem Feuerzeug und fummelt eine Weile daran herum, bevor es endlich einen Funken schlägt. »Sie wollen die Wahrheit wissen? Die Wahrheit ist, dass mein Junge getötet wurde und dass der Drecksack, der ihn ermordet hat, nun ja, mächtige Freunde hat.« Er wedelt mit seiner Zigarette in ihre Richtung, während er spricht. »Einer von ihnen war ein Bulle und zusammen mit Durand haben sie mich ordentlich reingelegt, damit ich nicht sage, was wirklich passiert ist. Und sie weigerten sich, mir einen Penny zu zahlen. Nichts! Bastarde wie sie, mit Geld und Einfluss, kommen mit allem durch ... sogar mit einem Mord.«

»Wir wissen, dass der Junge minderjährig war, aber was ist mit den beiden Mädchen, die Sie in dieser Nacht ebenfalls in den Klub geschickt haben? Wie alt waren sie?« In einem inoffiziellen Gespräch mit Kate hatte Superintendent John Dickson zugegeben, in der fraglichen Nacht Sex mit einem der beiden Mädchen gehabt zu haben, obwohl er darauf bestanden hatte, dass es volljährig gewesen sei.

Farai beäugt sie misstrauisch. »Und Sie wollen mich wirklich nicht da mit reinziehen?«

»Ich kann Sie nicht zwingen, sich in den Zeugenstand zu stellen und auf die Bibel zu schwören, aber wenn Sie es mir sagen, werde ich einen Weg finden, Ihre Aussage zu verwenden, ohne dass Sie den Kopf hinhalten müssen. Im Moment erfährt niemand außer uns beiden etwas darüber. Wie alt waren die Mädchen, die Sie in jener Nacht im Januar in den Klub geschickt haben?«

Er zieht an seiner Zigarette, deren Ende für einen Moment orangerot aufleuchtet. »Sie waren vierzehn.«

»Beide?«

»Ja. Die Anfrage war speziell für Mädchen nicht älter als vierzehn Jahre.«

Sie hatte richtig vermutet. Dickson hatte mit einer Minderjährigen geschlafen.

»Ich brauche ihre Namen.«

»Die kann ich Ihnen nicht sagen.«

»Dann kann ich Ihnen das Geld nicht geben.« Sie hält seinem Blick stand, bis er schließlich leise lacht.

»Okay, DI Young. Sie heißen Rosa und Stanka.«

»Haben diese Mädchen auch einen Nachnamen?«

»Mit Sicherheit, aber ich kenne nur ihre Vornamen.«

»Kennen Sie die Namen der Gäste, mit denen sie geschlafen haben?«

»Keine Ahnung. Wenn die Mädchen sie wussten, haben sie es mir nicht gesagt.«

»Kann ich mit Rosa und Stanka sprechen?«

»Nein. Sie sind nicht mehr in Stoke. Ich hielt es für klug, meine Tätigkeit zu verlegen.«

»Wohin?«

»Das spielt keine Rolle.«

»Wer war der Polizist, der in die Sache involviert war und Sie reingelegt hat?«

»Bevor ich Ihnen das sage, will ich mein Geld. Das macht man nicht noch einmal mit mir.«

Sie reicht ihm den prallen Umschlag. Der volle Betrag steckt in Zwanzig-Pfund-Noten darin und er scheint ihr nur zu gern ohne Überprüfung zu glauben. »Zählen Sie nach, wenn Sie wollen.«

»Ich vertraue Ihnen.«

»Sie kennen mich nicht. Also zählen Sie nach.«

Er schiebt den Umschlag in seine Tasche. »Ich weiß, dass alles drin ist. Sie würden mich nicht bescheißen. Ich mag Sie, DI Kate Young. Sie haben Mumm und Ihr Blick sagt mir, dass Sie vor nichts und niemandem Angst haben.«

»Sagen Sie es mir, Farai. Wer hat Durand überzeugt, sich verkabeln zu lassen und Sie zu täuschen?«

»Ein Typ namens Dickson.«

»John Dickson?«

»Ich kenne nur seinen Nachnamen.«

»Sind Sie sicher?«

»Ja. Durand ist sein Name aus Versehen herausgerutscht, als ich ihn später in die Mangel genommen habe. Er sagte, wenn ihm oder seiner Familie etwas zustoßen würde oder wenn ich überhaupt wieder auftauchen würde, könnte Dickson mich so was von zusammenschlagen lassen, dass mir keine Zeit bliebe, um mein eigenes Grab zu schaufeln.«

»Und hat Dickson Sie kontaktiert?«

Er scheint über ihre Frage nachzudenken, während er Rauch in die Nachtluft bläst. »Ich habe gehört, dass er nach mir und meinen Mädchen sucht, aber da war ich längst verschwunden. Und das werde ich bleiben. Für Sie habe ich eine Ausnahme gemacht. Sie haben für meinen Jungen Gerechtigkeit erwirkt und dieser Wichser von Dickson muss zur Strecke gebracht werden. Sie sind die Person, die dazu imstande ist.«

Diese Informationen reichen sicherlich aus, um Dickson wegen Sex mit einer Minderjährigen anzuklagen, aber sie will mehr. Dickson ist eng mit dem Mann befreundet gewesen, der den jungen Prostituierten getötet und einen Killer angeheuert hat, um ihren Mann Chris zu ermorden. Soweit es sie betrifft, hat sich Dickson noch anderer Vergehen schuldig gemacht, als nur mit einer minderjährigen Prostituierten geschlafen zu haben. Und sie wird weitergraben, bis sie jeden noch so kleinen Beweis hat, um ihn für eine lange Zeit ins Gefängnis zu bringen. Sie hat noch eine letzte Frage. »Hat Durand jemals etwas davon erwähnt, einen Auftragskiller anzuheuern?« Das war reine Spekulation und, seinem Gesichtsausdruck nach zu urteilen, ein sinnloser Versuch.

»Nicht mir gegenüber. Aber Sie wissen so gut wie ich: Wenn ein Mensch in Gefahr ist und in die Enge getrieben wird, tut er alles, um zu überleben, egal wer er ist.« Er zieht kurz an der Zigarette und lässt den Rauch seine Worte einhüllen. »So, das wars. Sie wissen alles, was ich weiß. Kontaktieren Sie mich nicht mehr. Das war eine einmalige Sache.« Er wartet nicht auf eine Antwort und huscht an ihr vorbei in die Dunkelheit.

Zurück im Auto öffnet sie erneut die Bluse und tastet im Sport-BH nach dem kleinen schwarzen Gerät, das sie dort versteckt hat. Es ist so groß wie eine Büroklammer und misst nur 1,8 mal 4,5 mal 0,6 Zentimeter, verspricht aber eine Reichweite von bis zu vierzig Metern. Sie schaltet es aus und sagt dann: »Hoffentlich hat es jedes seiner Worte aufgenommen.«

»Das sollte es. Du hast es oft genug in verschiedenen BHs getestet«, antwortet sie mit der Stimme ihres toten Mannes Chris. »Lass uns nach Hause fahren und es herausfinden.«

KAPITEL 1

In der Ferne donnerte es. Leichter Regen setzte ein und bildete auf den Steinplatten dunkle Kreise, die im warmen Schein der Deckenlampe an Goldmünzen erinnerten. Laura warf den Schlüssel in den metallenen Briefkasten, in dem er mit einem Klappern landete, und machte sich auf den Weg, der hundert Meter einen Hang hinunter zur Hauptstraße führte. Sie folgte ihm eher instinktiv, als dass sie ihn tatsächlich sehen konnte, geleitet nur vom schummrigen Licht, das über den Parkplatz am Fuße des Abhangs fiel.

Sie hatte den Kurs später als geplant verlassen, da zwei Stammkundinnen sie aufgehalten hatten, die mehr über die Eigenheiten des Bikram-Hot-Yoga und ihre letzte Indienreise erfahren wollten. Normalerweise wäre der einstündige Kurs um zwanzig Uhr vorbei gewesen und sie jetzt zu Hause, mit Charcoal, ihrer Perserkatze, auf dem Schoß und einem Glas kalten Wein in der Hand.

Der Himmel wurde von einem Blitz in zwei Teile zerrissen, der die ganze Umgebung in ein gleißendes Weiß tauchte. Der Sturm kam schnell näher. Mit etwas Glück würde sie es zurück zu ihrem Cottage schaffen, bevor es noch stärker zu regnen begann.

Es war sieben Monate her, dass Laura von Stafford, einer geschäftigen Stadt mit etwa sechzigtausend Einwohnern, nach Abbots Bromley gezogen war, einem etwas mehr als zwanzig Kilometer entfernt liegenden Dorf mit kaum zweitausend Einwohnern. Die plötzliche und unvorhergesehene Trennung hatte ihre ohnehin schon zerbrechliche psychische Gesundheit ins Wanken gebracht und den Umzug unumgänglich gemacht. Als sie mit den emotionalen Folgen konfrontiert wurde, hatte Laura auf die einzige Weise reagiert, die sie kannte, und war vor der Person geflohen, die ihre Liebe mit grausamen Worten und ungerechtfertigter Eiseskälte zerstört hatte. Die grünen Felder rund um Abbots Bromley, die malerischen Cottages, die die Straßen säumten, und der langsame Lebensrhythmus hatten ihre Heilung unterstützt, und obwohl sie noch einen langen Weg vor sich hatte, machte sie endlich Fortschritte.

Der zweimal wöchentlich stattfindende Kurs erwies sich als nützlicher als jede Therapiesitzung, die sie bisher besucht hatte. Ihr Arzt hatte ihr vor ein paar Jahren geraten, mit Yoga zu beginnen, um den Stress abzubauen, der sie täglich überflutete. Sie hätte nie gedacht, dass sie ihr Wissen einmal an andere weitergeben würde, doch als die Lehrerin plötzlich ihre kranke Mutter in Bakewell pflegen musste, war Laura bereitwillig eingesprungen, und aus den zwei Wochen waren inzwischen sechs geworden. Doch das machte ihr nichts aus.

Ein Geräusch wie von einem gigantischen Traktor rumpelte über den Himmel und sie zog die Strickjacke fester über ihr lockeres Oberteil. Sie hatte den Parkplatz fast erreicht und musste nur noch die Straße überqueren und über den Bürgersteig zu den Häusern am anderen Ende des Dorfes huschen, um sich vor dem Wetter in Sicherheit zu bringen. Ihr Haus war ein renoviertes Reihenmittelhaus mit einem Schlafzimmer. Es hatte zur Privatschule gehört, die seit Beginn des 19. Jahrhunderts Teil der Geschichte von Abbots Bromley war, bis man es beschlagnahmt hatte, um neuen Wohnraum zu schaffen.

Es überraschte sie immer wieder aufs Neue, wie friedlich das Dorf war. Es war nicht nur von den umliegenden Städten abgeschnitten, sondern auch vom modernen Leben. Den Mittelpunkt des Dorfes bildete das Gemeindehaus, in dem alle Aktivitäten und Veranstaltungen stattfanden, vom Kunstunterricht bis zur Theateraufführung. Hier kannten die Menschen ihre Nachbarn persönlich und trafen sich im Pub, beim Metzger oder im Tante-Emma-Laden zum Klatsch und Tratsch. Doch so weit war Laura noch nicht. Sie war nicht bereit, irgendetwas über sich mit ihren Nachbarn zu teilen, ob diese ihr wohlgesinnt waren oder nicht. Was sie mehr als alles andere schätzte, war die Anonymität, die sie hier genoss. In Abbots Bromley war sie nur als die vorübergehende Yogalehrerin bekannt und ihre Vergangenheit komplett ausgelöscht. Und sie wollte, dass es so blieb.

Ein Donnerschlag hallte in ihrem ganzen Körper wider und ließ sie wie angewurzelt auf einer moosbedeckten Platte stehen bleiben. Der Urinstinkt beschleunigte ihren Herzschlag. Stürme beunruhigten sie normalerweise nicht und sie konnte sich nicht erklären, warum sie sich dieses Mal so unwohl fühlte. Auf dem Parkplatz des Restaurants standen nur ein paar Autos und niemand war zu sehen. Zehn Meter trennten sie von der Straße und der Gasse nach Hause. Sie schulterte ihre Tasche und machte sich auf den Weg dorthin.

Der Arm kam aus dem Nichts. Muskulös und kraftvoll schlug er ihr auf den Hals, machte jedes Denken und Handeln unmöglich, und sie ging innerhalb von Sekunden zu Boden.

* * *

DI Kate Young leerte ihr Glas und studierte das Etikett auf der Flasche Cloudy Bay Sauvignon. Sie hatte ihre Stiefschwester ein Vermögen gekostet, weit mehr als die üblichen fünf Pfund, die Kate bereit war, für eine Flasche Wein auszugeben. Aber es ließ sich nicht leugnen, dass er köstlich gewesen war. Obwohl sie keine Ahnung hatte, wie Guave eigentlich schmecken sollte, genoss sie die fruchtigen Aromen und den subtilen Hauch von Kräutern. Man konnte darauf vertrauen, dass Tilly einen Wein mit dreizehn Prozent Alkoholgehalt wählte und darauf bestand, die zweite Flasche zu öffnen.

Kate stellte die Flasche auf den Teppich, streckte sich dann und gähnte. So entspannt hatte sie sich schon lange nicht mehr gefühlt. Der Alkohol hatte geholfen, die Unruhe zu dämpfen, die sie wegen des Wiedersehens mit Tilly empfunden hatte. Es war Jahrzehnte her, dass sich ihre Wege getrennt hatten, als Tilly nach Australien gegangen war, Arm in Arm mit Jordan, Kates Ex-Verlobtem. Jahre der Entfremdung und des Hasses. Zu viel verschwendete Zeit, zu viel unterschwelliger Groll. Doch jetzt war sie hier in Kates Haus, zusammen mit ihrem fünfjährigen Sohn Daniel, der das Ebenbild seiner Mutter war mit dem glänzenden braunen Haar, den leuchtenden Augen und einem Lächeln, das Kate direkt ins Herz gegangen war.

Der Wein hatte seinen Teil dazu beigetragen, dass Kate sich lockerer und ruhiger fühlte, und nachdem Daniel eingeschlafen war, hatten Tilly und sie sich unterhalten. Es war schon nach Mitternacht, aber der Schlaf noch in weiter Ferne. Kate war entspannt, nicht müde. Sie warf einen Blick auf das Foto ihres verstorbenen Mannes, der ihr geraten hatte, ihre Beziehung zu Tilly wieder aufleben zu lassen. Er hatte sie davon überzeugt, die Vergangenheit ruhen zu lassen, und sie daran erinnert, dass nichts wichtiger war als die Familie. Und als sie endlich in der Lage gewesen war, den Schmerz loszulassen, hatte sie Tilly zurück in ihr Leben gelassen. Chris war ihre Stütze gewesen.

Mit ihm an ihrer Seite war es ihr gelungen, die Vergangenheit und all den Schmerz zu verbannen. Er hatte sie vor sich selbst gerettet, doch nun war er weg, von ihr genommen, und Tilly war zurück.

Chris war im Januar getötet worden und sie hatte ihre eigene Art, mit dem Verlust umzugehen – Rache. Sie war überzeugt, dass ihr Chef, Superintendent Dickson, eine Rolle bei Chris' Tod gespielt hatte, und dafür würde er bezahlen. Chris, Journalist durch und durch, hatte ein handgeschriebenes Tagebuch und eine Datei auf seinem Computer hinterlassen, die beide darauf hindeuteten, dass Dickson korrupt war.

Im Tagebuch hieß es, Dickson sei in einen Pädophilenring involviert, gegen den Chris ermittelt hatte. Die Spur hatte ihn zu einem privaten Herrenklub geführt, dessen Mitgliedern minderjährige weibliche und männliche Sexarbeiter angeboten worden waren. Diese Entdeckung hatte Chris das Leben gekostet. Er war über mehr gestolpert, als ihm bewusst gewesen war, als er eines der Klubmitglieder befragt hatte, einen Mann, der für den Tod eines jungen Prostituierten verantwortlich war und kurz darauf einen Auftragskiller anheuerte, um Chris zum Schweigen zu bringen. Dickson war nicht nur mit dem Mörder befreundet gewesen, sondern hatte in der Nacht, in der der Junge gestorben war, im Zimmer nebenan übernachtet. Obwohl Dickson behauptete, nichts darüber zu wissen, was sich zugetragen hatte, glaubte Kate ihm nicht.

In der Datei auf Chris' Computer waren die Namen der Polizeibeamten aufgeführt, die seiner Meinung nach korrupt waren. Dicksons Name war unter den vielen, die sie kannte, einschließlich ihres Mentors und Chefs, DCI William Chase. William war ein enger Freund und Partner ihres Vaters gewesen, lange bevor sie unter ihm zu arbeiten begonnen hatte. Nach dem Tod ihres Vaters war er an dessen Stelle getreten und zu einer Vaterfigur geworden, die sie auf ihrem Weg nach oben begleitete. Ob DCI Chase nun korrupt war oder nicht, Kate konzentrierte ihre Bemühungen darauf, die Wahrheit über Dickson herauszufinden. Sie vermutete, dass er an der Beauftragung des Killers beteiligt gewesen war, sei es durch einen Vorschlag, sei es, dass er seinem Freund dabei geholfen hatte, einen Mann im Darknet aufzuspüren. Allein aus diesem Grund war Dickson zu ihrem Hauptaugenmerk geworden. Sie war es Chris schuldig.

In Wahrheit brauchte sie niemand anderen – nicht einmal Tilly –, denn sie hatte immer noch Chris oder zumindest eine selbst erschaffene Version ihres verstorbenen Mannes, entstanden aus reiner Not und Verzweiflung: eine Version, die nur in ihrem Kopf existierte. Es war verrückt. Jeder Psychiater würde ihr raten, von einer solch ungesunden Praxis abzulassen. Aber so bewusst sie sich auch darüber war, was sie da tat, sie wollte nicht aufhören, so zu tun als ob. Sich so zu verhalten, wie sie es tat, mochte nicht normal sein, doch für sie funktionierte es. Sie war vollkommen zufrieden damit, wie es lief – sie und Chris, die zusammenarbeiteten, um Dickson vor Gericht zu bringen.

»Herrje, ist es schon so spät?« Tillys britischer Akzent war während ihrer Jahre im Ausland verschwunden. Sie hatte alles angenommen, was ihre neue Heimat zu bieten hatte, einschließlich der gedehnten australischen Sprechweise.

»Ist schon okay.«

Sie sprang auf. »Nein, nein. Ich sollte dich etwas schlafen lassen.«

»Wirklich, es ist okay. Ich schlafe in letzter Zeit nicht viel.«

Ein Stirnrunzeln zupfte an Tillys perfekt geschwungenen Augenbrauen. »Ja, ich kann mir nicht einmal ansatzweise vorstellen, wie schwer das für dich ist.« Sie nahm das silbergerahmte Foto auf dem Tisch neben sich in die Hände. Kate spürte das Verlangen, ihre Stiefschwester anzuschreien, damit sie das Bild wieder zurückstellte, aber sie biss sich auf die Lippe. Tilly hatte nichts falsch gemacht. Kate war es einfach nicht gewohnt, Gäste oder Besucher zu haben. Ihre selbst auferlegte Isolation hatte dazu geführt, dass sie ihre persönlichen Gegenstände vor anderen unbedingt schützen wollte, besonders jene, die sie an Chris erinnerten. Es war eine spontane Entscheidung gewesen, Tilly und Daniel einzuladen, über Nacht zu bleiben, anstatt sie zurück in ihre gemietete Unterkunft in Stafford fahren zu lassen, wo sie die letzten fünf Tage gewohnt hatten.

»Ich wünschte, ich hätte Chris kennengelernt. Er muss ein großartiger Mensch gewesen sein, Kate. Ein guter Kerl.«

»Ja, das war er.« Sie wollte nicht über ihren Mann sprechen. Tilly hatte Kate ihre erste Liebe, Jordan, gestohlen, aber Chris hätte sie niemals bekommen. Er hatte Kate vielleicht davon überzeugt, die Beziehung zu ihrer Stiefschwester wieder aufleben zu lassen, aber wenn die Umstände anders gewesen wären und er noch am Leben gewesen wäre, hätte sie den Kontakt auf ein Minimum beschränkt, vielleicht auf Gespräche per Telefon oder Skype. Aber da Chris weg war, konnte sich die Geschichte nicht mehr wiederholen.

Obwohl er tot war, fühlte sich Kate ihm näher als zu seinen Lebzeiten. Sie stellte ihn sich häufig an ihrer Seite vor und führte Gespräche mit ihm.

»*Bleib ruhig, Kate, sie wird gleich die Klappe halten.*« Sein imaginäres Flüstern brachte sie zum Lächeln. Tilly missdeutete es als eine liebevolle Erinnerung und stellte das Foto mit einem leisen Seufzer wieder hin.

»Also, was hast du morgen für uns geplant?« Sie korrigierte sich mit einem Kichern. »Ich meine *heute.*«

»Ich dachte, wir fahren mit Daniel in den Drayton-Manor-Freizeitpark. Dort gibt es bestimmt genügend Attraktionen, damit wir alle drei uns wunderbar amüsieren können.«

»Dort gibt es also ein Weinzelt, richtig?« Tilly kicherte wieder und zog Kate in eine Vergangenheit zurück, in der sie sich ein Schlafzimmer geteilt und eine gemeinsame Basis gefunden hatten. Kate hatte ihren Vater gehasst, weil er eine neue Liebe gefunden hatte, fast so sehr, wie Tilly ihre Mutter Ellen verachtet hatte, weil sie Kates Vater geheiratet hatte. Die wütenden Mädchen hatten beieinander Trost und Gesellschaft gesucht.

»Wahrscheinlich ist es nicht sehr schlau, unmittelbar vor einigen der gruseligeren Fahrgeschäfte Wein zu trinken.«

»Nein, das ist eine verdammt gute Idee. Das macht mich vielleicht mutig genug, mich ihnen zu stellen, und hält mich davon ab, mir die Seele aus dem Leib zu schreien oder in die Hose zu machen.« Sie meinte es nicht so. Es gab nicht viel, das Tilly aus der Ruhe bringen konnte. Nicht mehr. Sie leitete ein Frauenhaus in Sydney und war dort auf alle möglichen Arten von Horror und Elend getroffen. Kate bewunderte sie dafür, dass sie sich für diejenigen einsetzte, die durch die Hölle gegangen waren. Sie strebte nach Unbeschwertheit und Kate belohnte sie mit einem kleinen Lächeln. Tilly ließ sich auf einen anderen Stuhl fallen, den, auf dem Chris immer gesessen hatte, was Kate zusammenzucken ließ. Tillys Miene wurde ernst. »Hör zu, ich habe es schon mal gesagt, aber ich möchte es dir noch einmal von Angesicht zu Angesicht sagen. Es tut mir aufrichtig leid, wie sich die Dinge entwickelt haben. Ich meine damit nicht nur Chris. Ich meine damit auch mich … Jordan … dich … einfach alles.«

»Das ist Schnee von gestern.«

»Trotzdem muss ich es loswerden.« Sie hob die dunklen, feuchten Augen und eine Sekunde lang glaubte Kate, die frisch gebildeten Tränen galten ihr, bis Tilly weitersprach. »Ich kann nicht glauben, dass sie beide innerhalb weniger Wochen gestorben sind.« Die Traurigkeit galt ihrer Mutter, Ellen. Nach der Scheidung von Kates Vater war Ellen zu Tilly und Jordan nach Australien gezogen, wo sie nur einen Monat nach dem

Tod von Kates Vater in Großbritannien bei einem verrückten Motorradunfall ums Leben gekommen war.

»Gruselig, oder?«

»Mum hielt große Stücke auf Jordan. Sie wäre am Boden zerstört gewesen wegen unserer Trennung. Wirklich seltsam, dass es kurz nach ihrem Tod dazu kam. Aber mir wurde plötzlich klar, dass er mich zum Narren gehalten hatte.«.

Kate sagte nichts. Tilly hatte bereits ausführlich über die Trennung gesprochen. Jordan hatte sich hinter ihrem Rücken mit einer anderen Frau getroffen und der anschließende Streit hatte dazu geführt, dass eine wütende Tilly ihren Sohn und ein paar persönliche Gegenstände gepackt hatte, in ein Hotel gezogen war und einen Flug nach Großbritannien gebucht hatte, um zu der einzigen Person zu fliegen, auf die sie als Freundin zählen konnte – Kate.

Tilly tupfte sich die Augen mit einem Taschentuch trocken und sagte dann: »Wie man in den Wald hineinruft, so schallt es heraus.«

Kate sah das anders. Im Rückblick erkannte sie, dass ihre Stiefschwester wahrscheinlich nicht die Absicht gehabt hatte, ihr Jordan zu stehlen. Sie hatte sich zu seiner inneren Stärke, seiner Gelassenheit und seiner Freundlichkeit hingezogen gefühlt und er wiederum zu ihrer Zerbrechlichkeit. Kate, seine damalige Verlobte, war unabhängig und selbstbewusst gewesen, während Tilly eine »Ritter in glänzender Rüstung«-Reaktion in ihm ausgelöst hatte. Im Nachhinein betrachtet, hatten die beiden besser zusammengepasst als Jordan und sie. Tilly mochte mit Jordan durchgebrannt sein, aber daraus folgte nicht unbedingt, dass sie es verdiente, unglücklich zu sein, ebenso wenig wie der kleine Daniel, der seinen Vater nun nicht mehr sehen würde. Genau das wollte sie gerade sagen, als Tilly wieder das Wort ergriff.

»Ich war gestern mit Daniel in dem alten Haus in Uttoxeter.«

»Das hast du mir gar nicht gesagt.«

»Es sieht noch genauso aus wie damals, abgesehen von einem frischen Anstrich und den Blumenkästen auf den Fensterbänken.«

Tilly meinte ihr früheres Zuhause. Das zweistöckige Haus aus dem 18. Jahrhundert in der Balance Street war dringend renovierungsbedürftig gewesen, aber es lag in der Nähe der Polizeistation, in der ihr Vater gearbeitet hatte. Doch trotz seiner bescheidenen Ausstattung und der nicht mehr zeitgemäßen Einrichtung hatte es immer noch eine Erhabenheit ausgestrahlt. Kate erinnerte sich daran, dass sie von dem Oberlicht über der Eingangstür und den Säulen an beiden Seiten verzaubert gewesen war und sich gefühlt hatte, als würde sie einen Tempel betreten.

Tilly redete immer noch. »Die Stadt hat sich ziemlich verändert und das neue Einkaufszentrum – wow! Daniel war total begeistert vom CineBowl.«

Das CineBowl war ein großes Vergnügungszentrum mit einer Eislaufbahn, einer Bowlingbahn mit acht Bahnen und einem Kino. Als Kate und Tilly noch in Uttoxeter gelebt hatten, waren die einzigen Unterhaltungsmöglichkeiten ein paar Geschäfte, ein kleines Kino und der Bramshall Park gewesen, in dem die beiden Mädchen den Großteil ihrer Freizeit verbracht hatten.

»Ich war schon ewig nicht mehr in Uttoxeter«, sagte Kate. Nachdem sie das Haus geerbt hatte, wurde es verkauft und mit dem Erlös hatte sie die Hypothek auf ihr eigenes Haus abgezahlt, ein Haus, das sie niemals verlassen würde, weil Chris immer noch dort lebte, wenn auch nicht körperlich, so doch im Geiste.

Tilly kaute auf der Unterlippe, bevor sie meinte: »Ich konnte es nicht ertragen, in den Park zu gehen.«

Der Bramshall Park barg schreckliche Erinnerungen für Tilly, die dort mit gerade mal vierzehn Jahren überfallen und vergewaltigt worden war. Dieses Ereignis, zusammen mit einer tiefen Bewunderung für ihren Vater, hatte dazu geführt, dass Kate zur Polizei gegangen war. Sie wollte anderen Frauen wie Tilly zu Gerechtigkeit verhelfen.

Sie fuhr fort: »Ich habe Angst, dass ich vielleicht nie wieder dorthin zurückkehren kann.«

»Es war nicht deine Schuld, was passiert ist.«

»Vielleicht war meine Kleidung zu …«

»Du warst noch ein Kind. Du hattest dich genauso angezogen wie fast alle Mädchen in diesem Alter. Du hattest keine Schuld.« Kate erhob die Stimme. Nach der Tortur hatte sich Tilly von ihren vielen Freunden abgekapselt und war Stück für Stück von der Bildfläche verschwunden, zerfressen von einer Mischung aus Angst und Selbstverachtung. Das wäre ihr fast zum Verhängnis geworden.

Ihre Mutter und Kates Vater hatten nicht bemerkt, dass sie sich in einem weitaus schlechteren Zustand befunden hatte, als beide vermutet hatten. Und wäre Kate nicht früher als erwartet nach Hause gekommen, hätte sich Tilly das Leben genommen. Kate schob die Erinnerung an die Pillen beiseite, die auf ihrem Schminktisch gelegen hatten. Ihre Stiefschwester hatte erst drei oder vier geschluckt, bevor sie hereingeplatzt war und sie auf frischer Tat ertappt hatte. Sie hatte sie zur Toilette getrieben und sie gezwungen, sich zu übergeben, bevor sie die restlichen Pillen entsorgt hatte. Dann hatte sie ihre Stiefschwester schluchzend in den Arm genommen und versprochen, den Vorfall gegenüber beiden Elternteilen nie zu erwähnen. Es war bis heute ihr Geheimnis geblieben.

Kate ließ ein kurzes Schweigen zwischen ihnen zu, bevor sie leise sagte: »Wir haben nie wirklich darüber gesprochen, was im Bramshall Park passiert ist. Ich meine, ich wusste, was passiert ist, aber wir haben nie darüber gesprochen, von Stiefschwester zu Stiefschwester, nicht wahr?«

»Ich konnte mich niemandem anvertrauen. Ich konnte es weder meiner Mum noch dir oder später sogar Jordan sagen. Ich litt unsäglich, bis er mir schließlich vorschlug, ein Treffen für Vergewaltigungsopfer in Sydney zu besuchen. Und als ich andere Frauen über ihre Erfahrungen sprechen hörte, konnte ich mich endlich öffnen. Ich habe ihnen Dinge erzählt, die ich weder dir noch der Polizei damals gesagt habe.«

Kates Augen weiteten sich. »Du hast der Polizei Informationen vorenthalten?«

»Ich war ein Kind – ein völlig verängstigtes Kind. Wenn ich damals darüber sprach, durchlebte ich die ganze schreckliche Erfahrung erneut, Minute für Minute, Sekunde für Sekunde. Es war eine endlose Reihe von Fragen von Polizisten, Ärzten, Krankenschwestern, Seelsorgern … ich war irgendwann so verwirrt. Ich wollte, dass sie aufhörten, Fragen zu stellen, und mich in Ruhe ließen. Sie haben den Bastard, der mich vergewaltigt hat, nie gefunden, oder? Und wenn sie es getan hätten, was wäre dann passiert? Demütigende Gerichtsverhandlungen, mein Name in den Zeitungen, jeder hätte gewusst … dass ich vergewaltigt worden war. Alle hätten mich verurteilt und gesagt, dass ich es wahrscheinlich verdient hatte.«

»Nein! Sie hätten nicht …«

»Das weißt du nicht! Ich glaubte, dass ich es verdient hatte, also warum sollten die anderen es nicht tun? Wie auch immer, ich konnte nichts davon ertragen. Es war einfacher, ihnen das Minimum an Informationen zu geben und nach Hause zu gehen.«

Es war sinnlos, darauf hinzuweisen, dass Tilly dabei hätte helfen können, die Person zu finden, die sie angegriffen hatte, und möglicherweise andere davor bewahrt hätte, das gleiche Schicksal zu erleiden. An ihrem Gesichtsausdruck war zu erkennen, dass sie die Konsequenzen ihrer Untätigkeit bereits kannte, und es war ein weiteres Stück Scham, das sie mit sich herumtrug. »Was hast du in deiner Aussage ausgelassen? Hast du sein Gesicht gesehen?«

»Nein, er trug eine Sturmhaube. Ich konnte ihnen keine Beschreibung geben. Ich habe einige Details über die eigentliche Vergewaltigung weggelassen, die wirklich peinlichen Sachen.« Ihre Lippen zitterten. »Er war grob. Er sprang mich von hinten an und drückte mich mit dem Gesicht voran zu Boden. Er zischte, ich sei eine ›dreckige, ekelhafte Schlampe‹ und andere abscheuliche, beleidigende Dinge, während er mich vergewaltigte. Und er nannte mich bei meinem Namen.«

»Er wusste deinen Namen? Hast du seine Stimme erkannt?«

»Nein, die Maske dämpfte sie und er sprach so tief und bedrohlich, dass es wie ein Knurren klang. Ich hatte solche Angst, Kate. Ich wollte nur, dass es vorbei war. Ich war nicht mal sicher, ob er mich danach am Leben lassen würde. Ich dachte, er würde mich umbringen.«

»Geh nicht zurück nach Uttoxeter. Bestrafe dich nicht selbst«, sagte Kate.

Tilly zuckte mit den Schultern. »Den Ort aufzusuchen, an dem es passiert ist, könnte mir helfen, das alles ein für alle Mal hinter mir zu lassen. In letzter Zeit sind die Albträume schlimmer geworden, wahrscheinlich wegen des Stresses mit Jordan.«

Kate wollte weitere beschwichtigende Ratschläge geben, aber Tilly schüttelte sich und lächelte schwach. »Vielleicht kann ich dorthin zurückkehren, sobald ich mich besser eingelebt habe. Schließlich habe ich gerade Uttoxeter besucht. Das ist ein Schritt in die richtige Richtung.«

»Vielleicht ja. Aber du musst dich nicht zwingen, an den Tatort zurückzukehren oder dich an das Geschehene zu erinnern.«

»Doch, das muss ich, wenn ich hier ein neues Leben beginnen will.«

Überraschende Wärme durchflutete Kates Adern, als ihr bewusst wurde, wie schön es wäre, ihre Stiefschwester und ihren Neffen um sich zu haben. Der Plan war, dass Tilly ein paar Wochen blieb, um sich zurechtzufinden, und wenn Daniel mit allem einverstanden war, würden sie dann nach Australien fliegen, um ihre Angelegenheiten zu regeln, bevor sie für immer nach England zurückkehrten.

»Ich tue, was ich kann, um mich einzuleben. Ich habe sogar über Facebook Kontakt zu alten Schulfreunden von damals aufgenommen.« Sie zählte ein paar Namen auf, an die sich Kate erinnerte. »Und vor einigen Wochen bekam ich eine Freundschaftsanfrage von Ryan Holder. Erinnerst du dich an ihn?«

Der Name kam ihr bekannt vor, obwohl sie sich kein Gesicht dazu vorstellen konnte. Sie schüttelte den Kopf.

»Er war in der Schule ein paar Klassen über uns. Vom Aussehen her war er nicht wirklich mein Typ, aber ich hoffte, einer seiner besser aussehenden Kumpel würde mich bemerken, wenn ich mit ihm ausginge.« Sie zog eine Grimasse. »Es funktionierte und ich ließ ihn wie die sprichwörtliche heiße Kartoffel fallen. Jedenfalls hat er mir verziehen, dass ich ihn abserviert habe. Er sagte, er hätte es verdient, weil er so ein Nerd gewesen sei.«

»Ist er verheiratet?«

»Nein, aber ich bin nicht auf diese Weise an ihm interessiert. Er auch nicht an mir. Wir haben uns ein bisschen über die Sachen und die Leute von damals amüsiert. Ich hatte vergessen, was für eine nette Gesellschaft er war. Es war schön, andere Erinnerungen zu haben, an die ich denken kann, als an das, was an jenem Tag im Bramshall Park passiert ist.« Ihr Gesicht trübte sich kurz, dann schüttelte sie leicht den Kopf, als wolle sie die

Gedanken daran verscheuchen. »Genug von diesem rührseligen Mist. Kein Heraufbeschwören der Vergangenheit mehr. Wir sollten uns auf die Zukunft konzentrieren und entscheiden, was wir mit ihr machen wollen. Es ist toll, dich wieder in meinem Leben zu haben, Kate. Ich habe dich vermisst.«

»Ich habe dich auch vermisst, Tilly.«

Kate stand auf und ging zu dem Eichenschrank, in dem sie den Whisky aufbewahrte – eine Sammlung, die in der Zeit, in der Chris und sie zusammen gewesen waren, gewachsen war. Es war sein Lieblingsgetränk gewesen und durch ihn hatte sie einen guten Whisky zu schätzen gelernt, bis sie ihn schließlich genauso genoss wie er. »Lust auf einen Schlummertrunk?«

»Warum nicht?«

Sie griff nach einem Single Malt, nicht nach einer der teureren Flaschen, die Chris bei einem seiner Auslandseinsätze gekauft hatte. Es gab Dinge, die sie nicht bereit war mit Tilly zu teilen. Sie nahm auch zwei Kristallbecher heraus. »Erzähl mir von den Kängurus. Ich habe irgendwo gelesen, dass es in Australien zwei rote Kängurus pro Einwohner gibt.«

Tilly gluckste. »Würde mich nicht überraschen. Letzte Woche hat sich ein großer Pulk von ihnen auf dem Golfplatz herumgetrieben.«

»Haben sie Golf gespielt? Was war ihr Handicap?«

»Die Tatsache, dass sie nicht rückwärtslaufen können.«

Kate goss ihnen ein und stieß mit Tilly an.

»Auf die Neuanfänge«, sagte Tilly.

»Auf die Neuanfänge.«

KAPITEL 2

Tausend Möwen kreischten in Kates Kopf, als sie sich aus einem traumlosen Schlaf kämpfte und feststellte, dass es fast zehn Uhr morgens war. Das Handy auf ihrem Nachttisch trillerte in voller Lautstärke und sie griff danach. Aus einem Whisky waren zwei geworden, dann drei, und jetzt konnte sie ihre Zunge, ein geschwollenes Stück Filz in ihrem ausgetrockneten Mund, kaum noch bewegen.

Aber sie musste auch nicht viel sagen, DCI William Chase übernahm das Reden. »Morgen, Kate. Ich weiß, du bist nicht im Dienst, aber du wirst dringend gebraucht. Die Leiche einer jungen Frau wurde in einem Müllcontainer vor einem Restaurant, dem Variations in Abbots Bromley, entdeckt und wir denken, dass dieser Fall definitiv etwas für dein Team ist.«

Kate versuchte zu schlucken und brachte ein heiseres »Wissen wir, wer sie ist?« hervor.

»Nein, sie hatte nichts bei sich.«

»Okay, bin schon unterwegs.«

Sie warf die Bettdecke zurück, stand auf und betrachtete sich im Spiegel. Sie sah gar nicht so schlecht aus für jemanden, der in einer Nacht mehr getrunken hatte als im ganzen Monat davor. Allerdings traute sie sich noch nicht zu fahren. Sie hatte bestimmt noch zu viel Alkohol im Körper.

Sie rief die dreiundzwanzigjährige Emma Donaldson an, eine von zwei Detective Sergeants in ihrem kleinen Team, die, dem Grunzen im Hintergrund nach zu urteilen, gerade in der Kampfsportakademie ihres Bruders Greg war. Emma, die einzige Tochter in einer siebenköpfigen Familie, verbrachte den Großteil ihrer Freizeit mit Taekwondo-Training.

»Hallo Chefin.«

»Wir wurden angefordert.«

Emma stellte ihre Vorgesetzte nicht infrage, sondern hatte verstanden, dass etwas Ernstes passiert war.

»Würdest du mich bitte abholen?«, fragte Kate.

»Kein Problem. Ich brauche eine Viertelstunde.«

»Alles klar. Bis dann.«

Kate würde sie während der Fahrt nach Abbots Bromley aufklären. Vorher könnte sie eine kurze, aufpäppelnde Dusche gebrauchen, aber sie musste noch zwei Personen anrufen: DS Morgan Meredith, der eine vielversprechende Sportlerkarriere aufgegeben hatte, um zur Polizei zu gehen, und bereits jetzt einen guten Eindruck auf seine Vorgesetzten machte, war ein Jahr älter als Emma, ergänzte deren Fähigkeiten und war, soweit es Kate betraf, einer der wenigen Beamten, denen sie vertrauen konnte. Die letzte Person, die sie benachrichtigen musste, war ihr neuestes Teammitglied, der siebenundzwanzigjährige DC Jamie Webster, der mit seiner schwangeren Frau Chloe und seinem achtzehn Monate alten Sohn Zach von Newcastle upon Tyne nach Stoke versetzt worden war, um näher bei der Familie seiner Frau zu sein. Er war äußerst eifrig und sogar bereit, jede Menge Überstunden zu machen, um eine Beförderung und die damit verbundene Gehaltserhöhung zu erreichen, damit er seine stetig wachsende Familie ernähren konnte.

Es ärgerte Kate, dass sie ein so kleines Team leitete. Sie wollte zu ihren früheren Aufgaben zurückkehren und die zwölfköpfige Einheit anführen, die sie vor dem Vorfall in einem Zug im März geleitet hatte. Damals hatte sie einen Zivilisten mit einem Bewaffneten verwechselt und ihn fast angegriffen, was sie zu einer Auszeit gezwungen hatte. Seit ihrer Rückkehr blieb ihr Team auf Emma und Morgan beschränkt, und obwohl sie ihre Fähigkeiten unter Beweis gestellt hatte, hatten DCI William Chase und Superintendent John Dickson ihr nicht erlaubt, dort weiterzumachen, wo sie aufgehört hatte. Jamie war ein Kompromiss: eine zusätzliche Person, die das Team bei den Ermittlungen unterstützen sollte, wobei weder seine gute Laune noch seine Fähigkeiten ausreichten, um Kate zu besänftigen.

Nachdem sie alle in der Einheit kontaktiert hatte, ging sie ins Bad, wo sie beim Anblick ihrer wahllos auf den Hocker geworfenen Kleidung sofort an Chris' Büro dachte. Der Schlüssel befand sich in ihrer Gesäßtasche. Sie konnte nicht riskieren, dass jemand zufällig über die Informationen stolperte, die sie dort zusammengetragen hatte. Also hatte sie das Büro abgeschlossen, bevor Tilly gekommen war. Nun war sie froh, diese Vorsichtsmaßnahme getroffen zu haben, da sie sowohl ihre Stiefschwester als auch Daniel allein im Haus zurücklassen musste. Außerdem war es Chris' Zimmer und sie wollte nicht, dass jemand anderes als sie es betrat.

»Ich würde ihn mitnehmen, wenn ich du wäre. Weißt du noch, wie neugierig sie früher war? Wie sie deine Sachen durchwühlt und sich dein Make-up oder deine Kleider ohne Erlaubnis ausgeliehen hat?«, fragte Chris.

»Woher weißt du das? Du hast Tilly nie kennengelernt.«

»Ich kenne all deine Gedanken, deine Erinnerungen, einfach alles, Kate. Ich bin in deinem Kopf. Ich weiß alles, was du weißt. Du und ich – wir sind für die Ewigkeit miteinander verbunden. Was immer du denkst, denke ich auch und umgekehrt. Das ist es, was du wolltest, erinnerst du dich? Du brauchst mich.«

»Nicht jetzt, Chris. Das ist nicht gerade sehr hilfreich.« Sie sollte sich diese Schwäche nicht erlauben, sollte nicht so tun, als wäre er bei ihr, auch wenn das die Unterstützung war, die sie brauchte, um durch den Tag zu kommen. Sie fischte den Schlüssel aus ihrer Jeans und legte ihn auf das Regal, um ihn mitzunehmen. In dieser Angelegenheit brauchte sie keinen vorgetäuschten Ratschlag. Sie wollte auf keinen Fall, dass Tilly im Büro herumschnüffelte.

Geduscht und angezogen spülte sie zwei Schmerztabletten mit einer Flasche kaltem Wasser herunter. Es blieb keine Zeit für ein Frühstück oder wenigstens eine Tasse Kaffee. Sie würde sich später etwas zu essen besorgen. Fürs Erste würden die Pillen ihre Wirkung zeigen müssen.

»Hallo.« Eine rotäugige Tilly, die Kates Morgenmantel trug, stand in der Küchentür. »Ich dachte, ich hätte gehört, dass du aufgestanden bist und dich fertig machst.«

»Sorry, ich habe versucht, dich nicht zu stören, und wollte dir gerade eine Nachricht hinterlassen. Ich wurde unerwartet zur Arbeit gerufen.«

»Mist. Ich nehme an, das bedeutet, dass unser Tagesausflug ausfällt.« Tilly kam herein, ließ sich auf einen Barhocker fallen und gähnte hinter vorgehaltener Hand.

»Ich fürchte, ja. Du kannst natürlich hierbleiben und etwas Schlaf nachholen. Wir machen dann später etwas aus. Vielleicht ins Kino oder essen gehen …«

»Du musst uns nicht bespaßen, Kate. Wir kommen schon klar. Wir haben eine Unterkunft und jede Menge Dinge zu tun, alte Freunde zu besuchen, Sehenswürdigkeiten zu besichtigen. Sobald Daniel aufgestanden ist, fahren wir zurück nach Stafford. Ruf mich an, wenn du Feierabend hast, dann können wir etwas vereinbaren.«

»Bist du sicher?«

»Natürlich. Dass wir über Nacht bleiben, war nicht geplant und es ist wahrscheinlich für uns beide das Beste, wenn wir es langsam angehen. Es gibt noch eine Menge nachzuholen. Ruf mich an und wir machen einen anderen Tag für den Ausflug in den Freizeitpark aus. Es wird noch genügend Gelegenheiten geben.«

»Ja, das wird es. Okay, wenn ihr geht, zieh die Haustür zu, bis du ein lautes Klicken hörst. Sie verriegelt sich automatisch. Ich melde mich so bald wie möglich bei dir. Wir könnten uns in der Stadt treffen, wenn du willst, und vielleicht zusammen zu Mittag essen.«

»Was immer du willst.« Tilly ließ den Kopf hängen und holte tief Luft. »Was ich über Jordan sagte, meinte ich auch so. Wenn ich die Zeit zurückdrehen könnte ...«

»Lass gut sein. Du hast dich oft genug entschuldigt.«

»Jordan und ich ... nun ... nein ... du hast recht. Vergiss es. Ich weiß nicht einmal, was ich sagen will. Ich merke, dass du über ihn hinweg bist. Du und Chris scheint ... perfekt zusammengepasst zu haben.«

»Ja, wir waren ziemlich eng.« Eine Autohupe ertönte. Emma war gekommen, um sie abzuholen, gerade zur rechten Zeit. »Ich muss mich beeilen. Ich rufe dich später an.«

»Klar.«

»Gib Daniel einen Kuss von mir. Wir holen den Ausflug nach Drayton Manor bald nach, versprochen.« Sie schwankte kurz. Sie hätte alles dafür gegeben, ein Kind mit Chris zu haben, einen kleinen Jungen, der ihm ähnelte; jemanden, den sie hätte lieben können und der sie täglich an ihren Mann erinnert hätte. Daniel war bezaubernd: ein glückliches, sorgloses Kind, das sie akzeptierte, als ob es sie schon sein ganzes Leben lang kennen würde. Sie schüttelte die Gedanken ab, nahm die Reisetasche mit der Ausrüstung, die sie für den Tag brauchen würde, und ging zur Haustür.

»Hast du den Büroschlüssel?«, flüsterte Chris.

»Ja. Und jetzt schwirr ab.«

* * *

Charakteristische Cottages mit staubrosa, primelgelben und entenblauen Türen, an denen bunte Blumenkränze hingen, säumten die Hauptstraße und waren in Vorbereitung auf den bevorstehenden Abbots Bromley Horn Dance mit Wimpeln geschmückt. Dieser Volkstanz ging auf das Mittelalter zurück und sollte am sogenannten *Wakes Monday*, also in zwei Tagen, aufgeführt werden. Ursprünglich hatte es sich bei den Hörnern um Rentiergeweihe gehandelt, deren Alter mithilfe der Radiokarbonmethode auf etwa tausend Jahre geschätzt worden war. Sie wurden frühmorgens von Tänzern, den sogenannten *deer-men*, die Kostüme im Tudorstil trugen, aus der St.-Nicholas-Kirche abgeholt, von wo aus sie durch das Dorf, die umliegenden Bauernhöfe und Kneipen getragen wurden, wo die Männer ihre Tänze aufführten, bevor sie die Hörner am gleichen Abend zurückbrachten. Dieses Fest zog Besucher aus der ganzen Welt an. Behelfsmäßige Zelte waren auf einer kleinen Grünfläche vor dem Goats Head Pub errichtet worden, einem Gasthaus im Fachwerkstil aus dem 16. Jahrhundert, in dem angeblich der Straßenräuber Dick Turpin eine Nacht verbracht hatte, nachdem er sein Pferd Black Bess auf einem Pferdemarkt in Rugeley gestohlen hatte.

»Und da sind wir wieder«, sagte Emma. »Ich kann kaum glauben, dass ein idyllischer Ort wie dieser ein Brennpunkt für Verbrechen sein kann.«

»Fairerweise muss man sagen, dass der letzte Mord ein paar Kilometer entfernt stattgefunden hat, aber ich verstehe, was du meinst.«

Im vergangenen Mai hatte Kate die Mordermittlung geleitet, die in Admaston auf der einen Seite des Blithfield-Stausees begonnen und auf seiner anderen Seite, in Abbots Bromley selbst, geendet hatte. Als sie um die Kurve bogen und die Einsatzfahrzeuge, die die schmale Straße blockierten, nicht passieren konnten, hielten sie hinter einem Van der Spurensicherung an, ließen ihr Auto stehen und liefen die Straße hinauf zu einem Fußweg, der mit einem Wegweiser zum Gemeindehaus des Dorfes versehen war. Er grenzte an einen Grasstreifen, der den Weg zu einem Restaurant, dem Variations, und einem Stück Asphalt trennte und mit blau-weißem Tatortband abgesperrt war, das in einer leichten Brise flatterte wie die festlichen Wimpel, die entlang der Straße aufgehängt waren. Weiß gekleidete Forensiker waren bereits vor Ort und durchkämmten das Gelände nach Hinweisen.

Kate hielt den Ausweis hoch, der an ihrem Schlüsselband hing, und nannte dem Beamten, der für das Tatortprotokoll zuständig war, ihre Namen. »DI Kate Young und DS Donaldson.« Dann nahm sie ein Paar Überschuhe aus einer Schachtel und zog sie an. Als sie zu dem nahe gelegenen Van hinüberschaute, sah sie Ervin Saunders, den Leiter der Forensik, der sich ebenfalls gerade anzog. Er lächelte.

»Morgen, ihr beiden. Ich würde *Guten* Morgen sagen, aber das ist er offensichtlich nicht, jedenfalls nicht für das unglückliche Opfer.« Etwas exzentrisch in Kleidung und Auftreten trug er Tweed-Knickerbocker mit langen Kakisocken und Budapester, die an jedem anderen lächerlich aussehen würden. Doch an Ervin mit seinen aristokratischen Gesichtszügen und seiner Nach-mir-die-Sintflut-Haltung wirkten sie völlig normal. Er zog den Papieranzug über ein cremefarbenes Hemd und eine Weste und griff dann nach einem Paar Überschuhe.

»Ich vermute, du hattest noch keine Gelegenheit, dir das Opfer anzuschauen?«, fragte Kate.

Er balancierte auf einem Fuß. »Da vermutest du richtig. Ich war in einer Besprechung und bin erst vor ein paar Minuten angekommen.«

Ein jugendlich frisch aussehender Polizist mit rotblondem Haar kam auf Kate zu. »Ma'am, der Chefkoch des Variations hat bereits seine Aussage gemacht, aber vielleicht wollen Sie noch mit ihm sprechen. Er hat die Leiche entdeckt.«

»Ja, bitten Sie ihn hierzubleiben. Wir werden mit ihm reden, sobald wir das Opfer gesehen haben.«

Der Beamte ging zurück in Richtung des weiß verputzten Gebäudes, das ein mehrfach verglastes Fenster besaß, welches zum Parkplatz hinausging.

»Wir müssen herausfinden, wer gestern Abend dort gegessen hat«, sagte sie zu Emma, die ihr zustimmte.

»Anscheinend ist das Essen sehr gut«, sagte Ervin und hob die Kapuze an, um sein dichtes Haar zu bedecken. Seine Augen funkelten. »Obwohl ich vermute, dass man einen Michelin-Stern für die Leiche in den Abfalleimern abziehen könnte. Seid ihr bereit, einen Blick auf sie zu werfen?«

Kates Mund kräuselte sich leicht. Humor, auch schwarzer, war in diesem Beruf immer willkommen. Sie ahmte Ervins Bewegungen nach und duckte sich unter der Absperrung hindurch, wohl wissend, dass Emma das Gleiche tat, und ging auf den Fotografen zu, der auf der anderen Seite des Parkplatzes vor einem Waldstück und zwei grauen Müllcontainern stand. Die Bäume standen so dicht beieinander, dass Kate nicht über die ersten paar Stämme hinaussehen konnte. Sofern der Mörder nicht bleistiftdünn gewesen war, konnte man vermutlich ausschließen, dass er sich aus dieser Richtung genähert hatte.

Emma meldete sich zu Wort. »Morgan ist gerade angekommen.«

Der Kollege nickte zur Begrüßung. »Was haben wir bis jetzt?«

Kate zuckte mit den Schultern. »Noch nicht viel, außer dass das Opfer weiblich ist und …« Sie wurde vom Fotografen unterbrochen.

»Ich bin fertig, wenn ihr einen Blick auf sie werfen wollt.«

Sie schob sich mit Ervin vor, wobei sie angesichts des sauren Geruchs die Nase rümpfte. Auf dem Müllhaufen lag die Leiche einer halb nackten Frau, ihre blassen Beine waren zerschrammt und blutverschmiert. Sie war sehr schlank und nahm kaum Platz ein. Ihre Augen waren geschlossen, der Mund geöffnet und eine elegante Hand bedeckte die Hälfte ihres Porzellangesichts, während ihr kastanienbraunes Haar über die unter ihr aufgehäuften schwarzen Säcke fiel. Sie sah aus wie eine gebrochene Meerjungfrau auf einem vom Wasser umspülten schwarzen Felsbrocken.

»Können wir sie da rausholen?«, fragte Kate.

»Ja, dafür kann ich sorgen.« Ervin organisierte sein Team, das den gebrechlichen Körper auf eine bereits auf dem Boden liegende Plane hob. Während die Tote aufgebahrt wurde, schaute er in die Mülltonne. »Da liegt eine Schaumstoff-Fitnessmatte drin.«

»Sie könnte durchaus dem Opfer gehören«, sagte Emma.

Ervin zog eine schwarze Yogahose mit Stretchbund und Bändeln heraus, auf deren Vorderseite ein Nike-Logo prangte. »Und die hier. Sie könnte ihr von der Größe her passen.«

Er griff erneut in den Container und holte ein Paar dehnbare Stoffschuhe mit grünem Blattmuster, blassrosa Einfassung, passendem Zehenschutz und einem grünen Gummiband heraus. »Ich bin kein Experte für Damenmode, aber ich würde sagen, das sind spezielle Flex-Schuhe für Sportarten wie Pilates oder Yoga.«

Emma warf einen Blick auf das kleine Fitkicks-Etikett an der Ferse und stimmte ihm zu. »Sieht aus, als hätte sie einen Yoga- oder Pilateskurs besucht, bevor sie überfallen wurde.«

»Werden im Gemeindehaus Sportkurse angeboten?«, fragte Kate.

»Ich glaube schon«, sagte Morgan.

»Überprüfst du das bitte?« In dem Moment wurde Kates Aufmerksamkeit auf die hagere Gestalt gelenkt, die mit einem Pathologenkoffer in der Hand und langen Schritten den asphaltierten Weg überquerte. Harvey Fuller, Ende vierzig, konnte mit seiner altmodischen, drahtumrandeten Brille, dem weißen Haar und dem ordentlich gestutzten Silberbart für einen älteren Mann gehalten werden. Nur die klaren kobaltblauen Augen unter den schweren schwarzen Brauen verrieten, dass er jünger war, als der erste Eindruck vermuten ließ. Und sein athletischer Körperbau, der sich unter dem weiten Anzug verbarg, deutete darauf hin, dass er ein Mann in ausgezeichneter körperlicher Verfassung war.

»Morgen zusammen. Nicht gerade der beste Start in den Tag, was?« Er stellte den Koffer auf dem Boden ab und zog sich Handschuhe an, um die Leiche zu untersuchen. »Ich dachte, Sie hätten heute dienstfrei.«

»Anscheinend sind wir unersetzlich«, sagte Morgan. »Sie brauchten ihre beste Spezialeinheit für diesen Fall.«

Harveys Augenwinkel kräuselten sich. »Gut, sehen wir sie uns mal an.« Er hockte sich neben das Mädchen. Seine Bewegungen waren routiniert und geschickt. Zuerst hob er die Augenlider des Opfers an, um die blutunterlaufenen Augen zu untersuchen. »Sie hat Petechien in beiden Augen und die leichten Blutergüsse um die Lippen sind möglicherweise eine Folge davon, dass ihr Angreifer ihr eine Hand fest auf den Mund presste, um sie zum Schweigen zu bringen.« Er befühlte den Hals des Mädchens und zeigte auf die violetten Markierungen auf beiden Seiten. »Diese Abschürfungen deuten darauf hin, dass der Angreifer erhebliche Kraft auf die Halsstrukturen und Gefäße ausgeübt hat, wahrscheinlich bei dem Versuch, sie zu erdrosseln. Diese Abschürfung auf der linken Seite, unter dem Kiefer, scheint jedoch durch einen festen Schlag oder Stoß verursacht worden zu sein.«

Er betrachtete die kreisförmige Markierung mit einem Durchmesser von etwa zwei Zentimetern. »Ich habe ähnliche Spuren schon einmal gesehen. Das letzte Mal war es bei einem jungen Mann, der mit jemandem in eine Schlägerei verwickelt gewesen war, der sich mit Kampfsport auskannte. Ich glaube, Ihr Opfer hat einen direkten Schlag auf den Vagusnerv erlitten.«

Emmas Augenbrauen hoben sich. »Ein Vagusschlag? Sie denken, unser Mörder könnte im Kampfsport ausgebildet sein?«

»Moment mal. Ich kann euch nicht ganz folgen. Was ist ein Vagusschlag?«, unterbrach Kate sie.

Emma erklärte es ihr. »Das ist eine Selbstverteidigungstechnik, die nur wenige beherrschen. Du musst nicht viel Kraft aufwenden, um jemanden außer Gefecht zu setzen, aber du musst den richtigen Winkel erwischen. Andernfalls kannst du einen Menschen töten.«

»Das ist richtig. Der Vagusnerv ist der längste Hirnnerv, der zu wichtigen Organen wie Herz, Lunge und Darm führt sowie Herzschlag und Atmung reguliert«, sagte Harvey. »Wird genau auf die Stelle Druck ausgeübt, an der dieser Nerv an der Halsseite verläuft, kann dies zu einer kurzen Bewusstlosigkeit oder – wenn er stark genug ist – zum Tod führen.«

»Glauben Sie, die Frau starb durch einen Schlag auf den Hals?«, fragte Kate.

»Nach der Obduktion weiß ich mehr.« Harvey setzte seine Untersuchung fort und drehte die Hände des Opfers um. »An den Handgelenken sind weitere Blutergüsse zu sehen, zweifellos dort, wo sie mit Gewalt in Position gehalten wurden … und es gibt leichte Abschürfungen an den Handflächen und«, er kontrollierte ihre Beine, bevor er weitersprach, »an Knien und

Schienbeinen, wo sich außerdem Spuren von Schmutz oder Erde und einige leichte grüne Flecken befinden.«

»Vom Gras?«, fragte Kate.

»Das wäre meine Vermutung. Und schauen Sie hier.« Er zeigte auf blaue Flecken an den Innenschenkeln. »Es ist ein Automatismus, dass ein Vergewaltigungsopfer versucht, die Beine fest zusammenzudrücken.«

Vor Kates Augen tauchte eine Erinnerung an Tillys tränenverschmiertes Gesicht auf, wie sie einen Pullover über ihren dünnen Körper und so weit wie möglich über die schwarzblauen Prellungen an fast identischen Stellen ihrer Oberschenkel nach unten zog. Sie blinzelte sie weg.

Harvey begann mit der Überprüfung der Totenflecken. Als Nächstes würde er die Körperkerntemperatur bestimmen und daraus vielleicht einen ungefähren Todeszeitpunkt ableiten.

Morgan warf bereits mit Theorien um sich. »Sie wurde überfallen und vergewaltigt. Sie kämpfte mit ihm und der Angreifer versetzte ihr einen Schlag oder einen Stoß gegen den Hals und tötete sie unbeabsichtigt.«

»Das ist eine Möglichkeit. Vielleicht ist aber genau das Gegenteil passiert und der Angreifer hat sie absichtlich mit einem Vagusschlag außer Gefecht gesetzt, damit er sie vergewaltigen konnte, und hat sie dann getötet. Oder er hat sie erst getötet und dann vergewaltigt«, sagte Emma.

Kate nickte zustimmend. »Wie auch immer das Ganze ablief, wir müssen uns wohl darüber im Klaren sein, dass der Mörder möglicherweise eine Kampfsportart beherrscht. Wie führt man einen solchen Schlag aus, Emma?«

»Man schlägt mit dem mittleren Knöchel zu.«

»Können wir also davon ausgehen, dass die Größe der Schürfwunde an ihrem Hals ungefähr der Größe des mittleren Fingerknöchels des Mörders entspricht?«, sagte Kate.

»Des proximalen Knöchels«, sagte Harvey. »Und ja, es ist wahrscheinlich, dass der Bluterguss dadurch verursacht wurde.«

Kate nickte nachdenklich. »Danke.«

»Und dann ist da noch das hier«, sagte Harvey.

Morgan stieß einen leisen Pfiff aus.

»Was zum …?« Emmas Stimme erstarb, während Kate auf den Anblick vor sich starrte. Harvey hatte das fleckige Oberteil der Frau hochgezogen, um tiefe, blutige Kratzer unter ihrer rechten Schulter zu enthüllen, die ein einziges Wort bildeten – MEIN.

Harvey beugte sich weiter vor und schüttelte den Kopf. »Ich kann nicht sagen, was zum Einritzen der Buchstaben benutzt wurde, aber es war eine dünne Klinge. Und der Gerinnung nach zu urteilen hat er es gemacht, als sie noch lebte.«

Morgan hob den Kopf zum Himmel und murmelte: »Was für ein kranker Freak.«

»Er ist besessen«, sagte Kate. »Er wollte, dass sie weiß, dass sie ihm gehört.«

Emma öffnete langsam die Faust. »Ich gehe in die Gemeindehalle und sehe nach, welche Kurse dort stattfinden und ob jemand unser Opfer kennt.«

»Gute Idee. Morgan, würdest du mit dem Koch sprechen? Vielleicht hat er seiner Aussage noch etwas hinzuzufügen.« Kate wandte ihre Aufmerksamkeit Harvey zu und studierte die dunkelvioletten Verfärbungen zwischen den Schulterblättern und auf Rücken und Hüften des Opfers.

Harvey griff nach dem Rektalthermometer in seinem Koffer und fing Kates Blick auf. »Der Grad der Totenstarre deutet darauf hin, dass der Überfall gestern Abend stattfand, und die Leichenflecken entsprechen dem Umstand, dass der Körper mehrere Stunden lang auf Müllsäcken gelegen hat.«

Kate schaute weg, als er die Kerntemperatur des Körpers überprüfte. Seine Stimme erreichte ihre Gedanken, die kurzzeitig zu ihrer Stiefschwester zurückgewandert waren. Dieses Mädchen erinnerte sie an eine jüngere Tilly, zierlich, fast zerbrechlich, mit nussbraunen Augen und seidigem tiefbraunem Haar.

Harvey prüfte sein Thermometer mit einem »Aha«.

Nach etwa dreißig bis sechzig Minuten tritt ein Körper in das zweite Stadium des Todes ein, die Algor mortis oder Todeskälte, in der die Körpertemperatur jede weitere Stunde um etwa anderthalb Grad sinkt, bis die Umgebungstemperatur erreicht wird. Harvey würde die rektale Temperatur von der normalen Körpertemperatur subtrahieren und dann die Differenz durch 1,5 teilen, um einen ungefähren Todeszeitpunkt zu ermitteln.

Nachdem er seine Berechnungen durchgeführt hatte, sprach Harvey wieder. »Sie ist höchstwahrscheinlich gestern Abend zwischen acht und zehn Uhr gestorben.«

Ervin tauchte wieder auf, wobei nur seine Augen und Stirn sichtbar waren. Er runzelte die Augenbrauen stark, als er die Nachricht auf dem Rücken des Opfers entdeckte. »Was zum Teufel?«

»Ich weiß. Es ist nicht voller Wut oder in Eile hingekritzelt worden. Sieh nur, wie sauber es geritzt wurde«, sagte Kate.

»Und alle Buchstaben scheinen die gleiche Breite und Höhe zu haben. Der Mörder ist sehr kontrolliert.«

»Das denke ich auch.«

»Wir haben Anzeichen eines Handgemenges an der Böschung gefunden. Dort sind Blutstropfen.«

»Und wir glauben, dass das Opfer Grasflecken an den Beinen hat«, sagte Kate.

»Dann haben wir vermutlich den genauen Ort der Vergewaltigung gefunden. Willst du ihn dir ansehen?«

»Danke, Harvey«, sagte sie, bevor sie Ervin über die Wiese zu der Stelle folgte, an der mehrere Markierungen neben kleinen rostfarbenen Flecken aufgestellt worden waren – Blut, möglicherweise von der Wunde im Rücken des Opfers. Ervin zeigte stumm auf zerstörte Grashalme und freiliegende Erde, wo das Opfer mit Fersen und Fingern nach Halt gesucht oder versucht hatte, seinem Angreifer zu entkommen.

»Alles okay?«, fragte sie.

»Ich? O ja, Entschuldigung, ich war meilenweit weg … im Tunnel. Kein schöner Aufenthaltsort.«

Sie verstand, was er meinte. Ervin hatte sich die möglichen Szenarien so vorgestellt, als wäre er dabei gewesen und als hätte er sie miterlebt. Auch sie konnte sich die gequälten Angstschreie der Frau vorstellen, während sie auf die grasbewachsene Böschung gezwungen, vergewaltigt und dann verstümmelt wurde, nur wenige Meter von der Sicherheit und dem Restaurant entfernt, aber unfähig, Aufmerksamkeit zu erregen.

Ein Mensch, der bereit war, all dies zu tun und sein Opfer dann so nah an einem Parkplatz, einer Straße und einem Restaurant zu töten, war entweder extrem selbstbewusst oder so verzweifelt beziehungsweise auf seine Tat fixiert, dass er alle Vorsicht über Bord warf. Würde Letzteres jemand tun, der sich die Zeit nahm, eine Botschaft in die Haut des Opfers zu ritzen, sich mit Kampfsport auskannte und in der Lage war, dem Vagusnerv gezielten Schaden zuzufügen? Das erschien Kate unwahrscheinlich. Ihrer Meinung nach hatte der Angreifer damit gerechnet, dass er nicht gestört werden würde, und sein Opfer möglicherweise schon seit einiger Zeit beobachtet, um den besten Ort und den besten Zeitpunkt für seine Tat herauszufinden.

Sie untersuchte die zerquetschten und zerrissenen Grashalme, stellte sich die rohe Gewalt auf dem Rücken der Frau vor, die nötig war, um sie in Position zu halten, während sie vergewaltigt wurde. Vielleicht war das Opfer einen Großteil des Angriffs bewusstlos gewesen und war erst gegen Ende der Tortur wieder zu sich gekommen, als es versuchte, sich zu befreien und zu fliehen. Sie trug keinen Schmuck. Könnte der Mörder ihn entfernt haben? Sie ging neben Ervin zu den Mülltonnen zurück.

»Harvey, irgendwelche Anzeichen, dass sie einen Ehering trug?«

Er schüttelte den Kopf. »Nichts deutet darauf hin, dass einer gewaltsam entfernt wurde. Die Haut an ihrem Ringfinger ist weder glänzender noch glatter, es gibt auch keine Bräunungsstreifen oder Schwielen. Hätte sie einen Ring jedoch nur kurz getragen, wäre nichts davon zu sehen.«

»Okay, danke. Sonst nichts, was uns hilft, sie zu identifizieren?« Sie sah Ervin an.

»Bis jetzt nicht, aber wir überprüfen jeden Müllsack. Bisher noch keine Hausschlüssel, kein Telefon und kein Ausweis. Der Mörder könnte die Sachen mitgenommen haben.«

»Dann sollten wir hoffen, dass jemand im Gemeindehaus weiß, wer sie ist. Ich gehe jetzt zu Emma. Lasst mich wissen, wenn ihr irgendetwas findet.«

Sie rief Jamie auf seinem Handy an, während sie sich auf den Weg nach oben machte.

»Entschuldigung, Chefin. Ich bin gerade erst aus Stoke raus. Ich musste Zach bei seiner Oma absetzen und habe dann im Stau gestanden.«

»Dann ist es wahrscheinlich am besten, wenn du umdrehst und zur Wache fährst, um dort auf Anweisungen zu warten. Wir haben ein weibliches Opfer, das letzte Nacht überfallen, vergewaltigt und wahrscheinlich erwürgt wurde. Wir haben die Frau noch nicht identifiziert, aber vielleicht haben wir Glück, also halte dich ran. Du musst für uns ein paar Namen überprüfen.«

»Klar. Sorry, ich hatte nicht erwartet, dass man mich anruft …«

»Ist schon okay. Ich verstehe. Wir wurden in letzter Minute einberufen. Ich melde mich, sobald ich etwas für dich habe.«

Sie schob das Handy zurück in ihre Tasche. Jamie war ein anständiger Polizist, auch wenn er – wie sie alle – seine Work-Life-Balance auf die Reihe kriegen musste, falls er wie gehofft befördert werden wollte.

* * *

Der Weg, der breit genug für ein kleines Fahrzeug war, schlängelte sich an einem Kinderspielplatz vorbei zu einem weiteren kleinen, leeren Parkplatz. Die ehemalige Kapelle war ein einstöckiges Gebäude aus rotem Ziegelstein mit einem schrägen Ziegeldach und über der alten Tür standen im Halbkreis die Worte Abbots Bromley Parish Hall – Abbots Bromleys Gemeindehaus – um ein rundes Steinschild mit dem Staffordshire-Knoten. Eine Reihe von Plakaten zierte die glasüberdachte Anschlagtafel neben dem breiten Eingang und warb für Veranstaltungen und Kurse. Kate stieß die Tür auf und rief Emmas Namen. Sie folgte der Antwort in einen Raum mit hohen Fenstern, die den Ausblick auf einen blauen Himmel freigaben. Stühle standen an der Wand gestapelt, bis auf einen, auf dem ein kahlköpfiger Mann Ende sechzig saß, der den Kopf zwischen den Händen hielt. Emma hockte neben ihm. »Das ist Peter Grantham, der Hausmeister. Peter, das ist DI Young. Sie leitet die Ermittlungen.«

Der von der Zeit gezeichnete Mann mit den buschigen Augenbrauen sah auf. Kummer verstärkte seine Züge. Er senkte die zitternden Hände.

»Morgen, Sir. Können wir Ihnen etwas bringen? Ein Glas Wasser …«

»Nein danke. Ich bin okay.«

Emma stand auf und ging auf Kate zu. Sie senkte die Stimme. »Mr Grantham erzählte mir, dass Laura Dean gestern

Abend eine Yogastunde abgehalten hat. Sie war so gegen acht Uhr zu Ende. Seine Beschreibung passt zu dem Opfer.«

Kate warf einen Blick in die Richtung des Mannes. Er hatte alles mitgehört und seine feuchten Augen hielten ihrem Blick stand, doch seine Stimme schwankte. »Laura wurde umgebracht, nicht wahr? Hätte ich doch nur die Halle wie üblich abgeschlossen und sie den Weg und die Straße ein Stück hinunterbegleitet! Aber meiner kleinen Hündin ging es in letzter Zeit nicht besonders gut und ich machte mir Sorgen um sie, zumal sich ein Sturm zusammenbraute. Sie wird bei Stürmen nervös, wissen Sie? Gerät regelrecht in Panik. Also fragte ich Laura, ob sie nach dem Unterricht abschließen und die Schlüssel in den Briefkasten werfen könnte. Es machte ihr nichts aus, also überließ ich ihr das Abschließen. Ich kam vor etwa einer Stunde her, um den anderen Raum für eine Musikveranstaltung später am Tag vorzubereiten. Ich hatte keine Ahnung, dass ihr etwas zugestoßen ist.«

Kate antwortete mit fester Stimme: »Wir sollten keine voreiligen Schlüsse ziehen, Sir.«

Er hob hilflos die Arme. »Ich habe mein ganzes Leben in Abbots Bromley gelebt. Es ist ein ganz normales Dorf. So etwas ist hier noch nie vorgekommen. Das ist … das ist furchtbar.« Er kniff sich in die Nase und schüttelte den Kopf, um weitere Gefühlsausbrüche zu verhindern.

»Wo wohnt Laura?«, fragte Kate.

»In einem der Cottages gegenüber der alten Schule. Das mit der blauen Tür – Bluebell Cottage.«

»Und wo wohnen Sie?«

Er öffnete den Mund, aber es kam kein Ton heraus. Stattdessen schüttelte er den Kopf.

»Mr Granthams Haus liegt auf der anderen Seite der Wiese hinter dem Gemeindehaus. Deshalb hat er die Polizeifahrzeuge auf der Hauptstraße nicht bemerkt, als er herkam. Das ist doch richtig, oder, Sir?«, sagte Emma.

Peter nickte. »Ich kann die Gemeindehalle von meinem Schlafzimmerfenster aus sehen.«

»Ist Ihnen gestern Abend, als Sie gegangen sind, irgendetwas oder jemand Seltsames aufgefallen?«, wollte Kate wissen.

»Nein, ich habe keine Menschenseele gesehen. Und nachdem ich heimgekommen bin, habe ich den Fernseher angemacht und nicht rübergeschaut, bis es Zeit fürs Bett war. Da war das Licht aus.«

»Wie lange arbeiten Sie hier schon als Hausmeister?«

»Seit ich in Rente gegangen bin. Vorher habe ich in der Brauerei gearbeitet. Also seit etwa fünf Jahren.«

»Und was sind Ihre Aufgaben?«, fragte Kate.

»Nun, wir lassen die Halle nicht unverschlossen, es sei denn, es findet ein Kurs oder eine Veranstaltung statt. Also ist es meine Aufgabe, aufzuschließen und Stühle aufzustellen, wenn sie gebraucht werden, und anschließend aufzuräumen und die Halle wieder abzuschließen. Außerdem behalte ich alles im Auge und komme ab und zu vorbei, um Vandalen oder einheimische Kinder abzuschrecken, die vor dem Haus herumlungern.«

»Haben Sie oft Ärger mit Vandalen?«

»Bisher nur einmal, als ein paar Jungs aus einem anderen Dorf kamen und Ärger machten. Das war vor etwa einem Jahr.«

»Und freitags schließen Sie vor der Yogastunde auf und hinterher wieder ab?«

»Das ist richtig. Ich komme etwa zehn Minuten vor Unterrichtsbeginn vorbei und komme wieder, wenn der Unterricht beendet ist. Eigentlich ist Cassie die Lehrerin, aber sie musste nach Bakewell, um ihre kranke Mutter zu pflegen. Laura ist in den letzten Wochen für sie eingesprungen und hat ihre beiden Kurse übernommen: Dienstagmorgens von elf bis zwölf und freitagabends von sieben bis acht. Freitags begleite ich Laura normalerweise die Straße hinunter und gehe auf ein Bierchen in den Pub.«

»Was machen Sie während des Unterrichts?«

»Normalerweise gehe ich nach Hause oder zu einem meiner Freunde im Viertel und komme rechtzeitig zurück, um wieder abzuschließen. Ich gehe nie weit weg.«

»Aber gestern Abend haben Sie sich Sorgen um Ihren Hund gemacht und sind deshalb zu Hause geblieben?«

»Das ist korrekt. Wegen des Sturmes. Betsy hasst das Donnern. Macht ihr eine Heidenangst.«

»War der Sturm noch im Gange, als der Unterricht zu Ende war?«

»Ja. Zu diesem Zeitpunkt rumpelte es bereits seit einer guten Stunde. Wir hatten ein paar fiese Donnerschläge und ziemlich viele Blitze, aber wenig bis keinen Regen. Gegen halb neun zog das Gewitter dann weg.«

»Ich verstehe. Wenn Ihnen noch etwas einfällt, das uns bei den Nachforschungen helfen könnte, rufen Sie uns bitte an.« Kate sah Emma an, die nach einer Visitenkarte griff und sie ihm hinhielt. Peter nahm sie mit zitternder Hand.

»Ich hoffe, Sie finden denjenigen, der ...« Er hielt inne und schüttelte den Kopf.

»Wir tun, was wir können.«

Kate verließ das Gebäude und blieb vor der Tür stehen, um sich umzuschauen. »Wo ist Peters Haus?«, wollte sie wissen.

»Da drüben.« Emma ging auf ein Tor am Ende des Weges zu und zeigte auf das Wohnhaus in der Ferne. Das Fenster im Obergeschoss war sichtbar und ging in Richtung Gemeindehaus. Von dort aus konnte Peter sehen, ob Licht in der Halle brannte. »Ich habe die Namen einiger Frauen, die den Kurs besucht haben.«

»Gut. Wir müssen herausfinden, wer gestern Abend sonst noch dort war. Wenn es sich bei der Leiche um Laura handelt, brauchen wir die Adresse ihrer nächsten Verwandten.« Kate machte sich wieder auf den Weg, dieses Mal in die entgegengesetzte Richtung, das Telefon ans Ohr geklemmt.

»Jamie«, sagte sie, »bist du im Büro?«

»Ja, bin hier und warte auf Anweisungen.«

»Kannst du Informationen über Laura Dean abrufen? Sie wohnt in Bluebell Cottage, an der Hauptstraße in Abbots Bromley, gegenüber der alten Schule.«

»Schon dabei.«

Sie beendete das Gespräch und blieb stehen, als sie Morgan sah, der mit schnellen Schritten den Parkplatz überquerte. Er baute sich vor Emma und ihr auf.

»Der Koch hat das Opfer bei mehreren Gelegenheiten dabei beobachtet, wie es den Weg zum Gemeindehaus benutzt hat. Er weiß nicht, wie die Frau heißt, ist sich aber sicher, dass sie jeden Dienstagmorgen und Freitagabend den Yogakurs besucht.«

»Dann ist es höchstwahrscheinlich Laura Dean«, sagte Emma.

»Es sieht auf jeden Fall so aus.« Kate senkte den Kopf und starrte einen Moment lang auf den Asphalt. »Morgan, würdest du die Frauen befragen, die gestern Abend in der Stunde waren?« Emma riss die Seite mit den Namen und Adressen aus ihrem Notizbuch heraus und reichte sie an Morgan weiter. »Emma, du kommst mit mir. Ich will mich in Lauras Haus umsehen und schauen, ob dort noch jemand wohnt.«

Sie hatte sich bereits in Bewegung gesetzt und ging mit langen Schritten die Straße hinunter, in Richtung der alten Schule und eines Hauses mit einer blauen Tür. Emma musste traben, um mit ihr Schritt zu halten. Kates Gesicht war starr. Die Leiche war noch nicht offiziell identifiziert worden und unter normalen Umständen würde sie warten, bis das der Fall war. Doch in einem kleinen Dorf wie diesem, in dem sich Nachrichten und Klatsch schnell verbreiten würden, war die

Zeit von entscheidender Bedeutung. Die nächsten vierund-zwanzig Stunden, in denen die Erinnerungen der Menschen am frischesten waren, würden entscheidend sein und Kate zählte darauf, dass diese enge Dorfgemeinschaft wertvolle Hinweise liefern würde.

Es dauerte nur fünf Minuten, um die Reihenhäuser zu erreichen. Lauras Haus war das mittlere, direkt gegenüber vom Schuleingang. Kate betätigte den Türklopfer, der halb von einem blauen Blumenkranz verdeckt war, und trat zurück, um zu den Schlafzimmerfenstern hinaufzusehen. Es gab keine Anzeichen von Bewegung.

»Ich glaube, sie ist nicht da«, rief eine Stimme. »Normalerweise kann ich ihre Musik durch die Wände hören, aber heute Morgen ist alles still.«

Kate hielt ihren Dienstausweis hoch. »DI Young und das ist DS Donaldson. Und wie heißen Sie?«

»Shalini Towcester.«

»Shalini, wann haben Sie Laura zuletzt gesehen?«

»Gestern Abend. Ich bin ihr auf der Straße begegnet. Sie war gerade auf dem Weg zu einer Yogastunde.« Die Frau war Mitte vierzig und wiegte einen weißen Hund in den Armen. »Warum möchten Sie denn mit Laura sprechen?« Trotz ihres beiläufigen Tonfalls konnte sie die Neugierde in ihrer Stimme nicht verbergen.

Kate ignorierte ihre Frage. »Haben Sie mit ihr gesprochen?«

»Wir haben ein paar Worte über das Horn Dance Festival verloren. Ich bin in diesem Jahr im Festkomitee und habe sie gefragt, ob sie am großen Tag den Gottesdienst besucht. Sie sagte, es sei nicht ›ihr Ding‹.«

»Wie lange wohnen Sie schon hier?«

»Zwanzig Jahre, wenn auch nicht immer in diesem Haus. Ich habe früher am anderen Ende des Dorfes gewohnt und bin nach meiner Scheidung hierhergezogen. Ich wollte Abbots Bromley und alle meine Freunde nicht verlassen.«

»Sind Sie eng mit Laura befreundet?«

Sie lachte leise. »Mit Laura? Nein, ich kenne sie kaum. Nachdem sie hier eingezogen war, tat ich das, was Nachbarn nun mal so tun, und lud sie auf einen Kaffee ein, doch sie lehnte ab. Ich hatte den Eindruck, dass sie sich mit niemandem anfreunden wollte. Ich war ziemlich überrascht, als sie den Yogakurs übernahm.«

»Besuchen Sie die Stunden manchmal?«

»Nein, ich bin Mitglied im YOLO, dem Fitnessstudio auf dem Weg nach Lichfield. Ich stehe mehr auf Kardiotraining.«

»Wohnt Laura allein?«

»Ja.«

»Danke. Sagen Sie, Shalini, nachdem Sie Laura gestern Abend gesehen haben, was haben Sie dann gemacht?«

»Ich bin nach Hause gegangen und habe ferngesehen.«

»Sind Sie mit Ihrem Hund spazieren gegangen?«

»Ja-ha.«

»Um wie viel Uhr war das?«

»Um halb acht.«

»Wo sind Sie entlanggelaufen?«

»Die Radmore Lane hinunter zum Cricketfeld und dann wieder zurück nach Hause.« Ihre Stimme wurde misstrauisch.

»Sie sind nicht in Richtung Gemeindehaus gegangen?«

Shalini kniff die Augen zusammen. »Nein.«

»Danke, Shalini. Sie haben uns sehr weitergeholfen. Ein anderer Polizist wird zu gegebener Zeit vorbeikommen und Ihre Aussage aufnehmen.«

Shalini öffnete den Mund, hielt es dann aber offensichtlich für besser, keine Fragen zu stellen. Sie schloss ihn wieder und nickte stumm.

Kate drehte sich auf dem Absatz um und ging mit Emma an ihrer Seite zurück auf die Straße. »Es wird nicht lange dauern, bis die Leute anfangen, eins und eins zusammenzuzählen und zu spekulieren, wer das Opfer ist. Wir müssen ihre nächsten Verwandten benachrichtigen, bevor das passiert.«

Kate war sich der neugierigen Gesichter an den Fenstern bewusst, die ihre Bewegungen beobachteten, während Emma und sie zum Parkplatz zurückgingen. War es möglich, dass jemand an einem Ort, an dem den Bewohnern wenig zu entgehen schien, eine Frau angriff und unbemerkt floh? Irgendjemand musste doch etwas Verdächtiges bemerkt haben und in der Lage sein, ihnen zu helfen.

KAPITEL 3

Ein nerviges Gezeter ertönte, als eine Amsel, aufgeschreckt durch die weißen Anzüge, aus dem Gebüsch krabbelte und mit lautem Geschrei davonflog. Kate ignorierte den Krach und konzentrierte sich ausschließlich auf den Tatort. Mehrere nummerierte Markierungen waren auf dem Parkplatz, dem Weg und der Grasböschung aufgestellt worden, eine davon in der Nähe der Schleifspuren.

Kate schloss kurz die Augen und versuchte, sich Laura vorzustellen, wie sie den Weg zur Hauptstraße hinunterging. Vielleicht hatte ihr Angreifer sie überrascht, als sie die Halle verließ. Oder jemand, der die junge Frau den Weg hinunterbegleitet hatte, war plötzlich über sie hergefallen.

»Ihr habt vermutlich nichts gefunden, was Licht ins Dunkel bringen könnte, oder, Ervin?«

Sie wusste, dass es eine große Aufgabe war, zumal das Team noch nicht sehr lange vor Ort war. An einer Stelle wie dieser, die von vielen Menschen aufgesucht wurde, war das Auffinden relevanter Beweise eine Herausforderung. Ervin reichte einem Kollegen einen durchsichtigen Beweisbeutel, der ihn in einen Behälter warf. Dann wandte er seine Aufmerksamkeit ihrer Frage zu. »Bonbonpapier, Zigarettenstummel, den Verschluss eines

Ohrrings, einen Schlüsselring, den Deckel einer Getränkedose.« Ervin zählte weitere Artikel auf.

Kate hob die Hand, um seinen Redefluss zu unterbrechen. »Ich hatte gehofft, der Mörder wäre unvorsichtig gewesen und hätte einen großen Hinweis hinterlassen. So wie sie es in Fernsehserien immer tun.«

»Ach, wenn dem doch so wäre! Reale Forensik wäre für die meisten Leute zu langweilig zum Anschauen.«

»So wie die reale Polizeiarbeit.«

»Wie wahr.« Er lächelte halbherzig und ließ den Blick über den Parkplatz schweifen, während er sprach. »Ich vermute, ihr werdet hier viel zu tun haben. Es scheint keine Kameras zu geben, die den Parkplatz oder die Hauptstraße überwachen. Hier ist man wohl nicht an eine hohe Kriminalitätsrate gewöhnt.«

Kate würde das noch einmal überprüfen. Manchmal sicherten die Leute ihre Grundstücke mit Kameras ab. Harvey packte gerade seinen Koffer zusammen, ein Hinweis darauf, dass die Leiche weggebracht werden konnte. Sie blieb dicht an der Wand. Es gab keinen weiteren Anlass für sie, über den Tatort zu trampeln und eine Kreuzkontamination von Beweisen zu riskieren.

Harvey bahnte sich seinen Weg zu ihr. »Es wurde aggressive Gewalt angewendet. Es gibt zwar keine Hinweise auf Sperma, aber sie wurde mit Sicherheit vergewaltigt. Ich schicke die Sanitäter, damit sie sie abholen, und melde mich so schnell wie möglich bei Ihnen.«

»Danke, Harvey.«

Emma, die sich mit einem uniformierten Beamten unterhalten hatte, gab Kate ein Zeichen, zu ihr zu kommen. Die Nachricht war nicht hoffnungsvoll.

»Zivilbeamte haben die unmittelbare Umgebung überprüft und anscheinend hat niemand etwas gesehen. Wegen des Wetters hatten die Leute, deren Wohnzimmer zur Straße gehen, die Jalousien oder Vorhänge zugezogen. Sieht so aus, als hätte sich unser Mörder den perfekten Abend ausgesucht, um zuzuschlagen.«

»Mist! Dann sind wir auf die Leute angewiesen, die den Yogakurs besucht haben oder im Restaurant waren«, sagte Kate.

»Und jeden, der momentan bei der Arbeit ist und noch befragt werden muss.«

»Wie viele sind das?«

Emma zuckte halbherzig mit den Schultern. »Nur sechs Häuser entlang dieses Teiles der Hauptstraße. Wir haben das Gebiet ausgeweitet und die Beamten befragen jetzt jeden, der jenseits der Wiese bis zum Ende des Dorfes wohnt.«

»Und ich wette, diese Leute hatten ebenfalls ihre Vorhänge geschlossen.« Kaum hatte Kate ihren Satz beendet, klingelte ihr Telefon. Jamie klang ziemlich munter.

»Chefin, wir haben eine offizielle Bestätigung. Es *ist* Laura Dean.«

»Wie kommt es, dass wir das so schnell haben?«

»Ervin hat die Fingerabdrücke des Opfers geschickt und es gibt eine Übereinstimmung.«

»Sie ist im System erfasst?«

»Im Februar dieses Jahres wurde sie beim Ladendiebstahl erwischt und erhielt einen Strafbescheid wegen Ruhestörung. Ich habe mir ein paar grundlegende Informationen über sie besorgt, die ich dir gleich per E-Mail schicke. Der nächste Angehörige ist ihr Vater, Richard Dean. Ich schicke dir seine Adresse.«

»Gute Arbeit.«

»Er lebt in Sutton Coldfield.«

»Ich fahre hin, um ihm die schlechte Nachricht zu überbringen. Kannst du dafür sorgen, dass ein FLO ihn aufsucht?« Ein FLO, ein Family Liaison Officer, war ein erfahrener Beamter, der darin geschult war, trauernde Familien zu unterstützen, und der in der Lage war, einen wechselseitigen Informationsfluss zwischen Familie und Ermittlungsteam zu gewährleisten.

»Klar, Chefin.«

»Und finde so viel wie möglich über sie heraus: soziale Medien, Freunde, Arbeit, alles.«

Jamie hielt Wort und das Foto und die weiteren Informationen landeten innerhalb von Sekunden in ihrem Posteingang. Es gab keinen Zweifel an der Identität der Frau im Müllcontainer.

Emma warf einen Blick auf das Bild und nickte zustimmend. »Eindeutig Laura.«

»Okay. Ich glaube, wir sind hier fertig. Zeit, ihrem Vater die schlechte Nachricht zu überbringen.«

Sie machten sich wieder auf den Weg, dieses Mal zum Auto. Die Sonne funkelte auf den sauberen Fenstern und das ganze Dorf strahlte eine freundliche, gemütliche Atmosphäre aus. Es war ein für eine solch schreckliche Tat höchst unwahrscheinlicher Ort. Über ihnen flatterten Wimpel in einer sanften Brise und winzige Blumen in Terrakottatöpfen wippten mit ihren zerbrechlichen Köpfen im Einklang. Könnte der Angreifer ein Einwohner sein – ein Monster, das versteckt unter den Einheimischen lebte?

Das Wort *MEIN*, das in Lauras Haut geritzt worden war, hatte eine große Bedeutung. Es suggerierte Verlangen oder Besitz. Der Täter könnte jemand sein, der von Laura zurückgewiesen worden war, ein Ex-Freund oder jemand, der von Eifersucht zerfressen war und Laura für sich selbst haben wollte. Sie mussten mehr über Laura erfahren, um zu wissen, wo sie anfangen sollten.

Kaum hatte Kate sich angeschnallt, rief Morgan an. Sie stellte ihn auf laut.

»Die Frauen aus der Yogastunde können sich nicht erinnern, jemanden gesehen zu haben, der sich draußen herumgetrieben hat. Aber sie haben mir die Namen aller anderen Teilnehmer gegeben, also werde ich mit ihnen sprechen.«

»Was konnten sie dir über Laura erzählen?«, fragte Kate.

»Nichts, außer dass sie Ende Februar ins Dorf gezogen ist, im Yoga aufgegangen ist und allein lebte.«

»Sonst nichts? Das kann ich kaum glauben! Machen es sich Dorfbewohner nicht gewöhnlich zur Aufgabe, alles über Zugezogene herauszufinden? Ich hätte gedacht, dass sie sie gnadenlos ausgequetscht hätten.«

»Sie sagen, dass seit der Sanierung der Schule und der Umgebung viele Familien und Singles wie Laura aus den umliegenden Großstädten ins Dorf gezogen seien. Ich hatte den Eindruck, dass diese Leute immer noch als Außenseiter betrachtet werden und die Einheimischen nicht großartig an einem Kontakt interessiert sind.«

»Aber sie haben einen Kurs besucht, der von einer Außenseiterin geleitet wurde?«

»Offensichtlich wären die Stunden ausgefallen, wenn Laura sich nicht freiwillig bereit erklärt hätte, die Lehrerin bis zu ihrer Rückkehr zu vertreten, und … Laura hat kein Geld für die Stunden verlangt. Sie sagte, sie sei offiziell nicht dafür qualifiziert und könne daher keine Bezahlung annehmen. Sie machte es, weil sie Spaß am Yoga hatte.«

»Das ist merkwürdig«, murmelte Emma. »Wer erklärt sich bereit, zweimal pro Woche einen Kurs zu halten, ohne dafür bezahlt zu werden?«

Kate stimmte ihr zu. »Wussten sie überhaupt etwas über sie?«

»Nur dass sie einige Zeit in Indien verbracht hat. Daher ihre Liebe zu und ihr Wissen über Yoga. Sie sagten, sie sei eine sehr gute Lehrerin gewesen.«

»Ich warte darauf, dass Jamie mehr über sie herausfindet.«

»Ich mache mit den anderen Kursteilnehmerinnen weiter und spreche dann mit den Gästen, die gestern Abend im Restaurant waren.«

»Danke. Wir werden mit ihrem Vater sprechen.«

»Wir sehen uns dann später.«

Nachdem sie das Gespräch beendet hatte, starrte Kate aus dem Fenster. »Das kommt mir seltsam vor.«

»Was denn?«

»Eine alleinstehende junge Frau, die in ein verschlafenes Dorf zieht und sich mit niemandem außer anderen Yogabegeisterten einlassen will.«

»Vielleicht wollte sie nicht, dass jemand von ihrem Ladendiebstahl erfährt. Wann wurde sie erwischt?«

»Am ersten Februar.«

»Und sie zog Ende Februar um. Ich nehme an, das könnte der Auslöser gewesen sein.«

Emma überholte einen kleinen Kia, an dessen Steuer ein älterer Mann saß. Ein Pudel starrte sie mit herausgestreckter Zunge vom Beifahrersitz aus an wie ein verirrtes Kind. Sie hatten das Dorf hinter sich gelassen und fuhren an abgemähten Weizenfeldern vorbei. Kates Handy vibrierte, als eine Nachricht einging. Sie hatte erwartet, dass sie von Jamie wäre, und zögerte, als sie Tillys Namen sah. Dieser Fall würde sie davon abhalten, so viel Zeit mit ihrer Stiefschwester zu verbringen, wie sie es gern getan hätte. Sie war nicht begeistert von der Vorstellung, dass Tilly sich wieder allein in der Gegend einleben musste, ohne die moralische Unterstützung, die sie offensichtlich brauchte.

Nochmals danke, dass wir hier übernachten durften.

Ruf mich an, wenn du Zeit dazu hast.

Grüße von Daniel.

Tilly

Sie antwortete kurz und fügte ein paar Kuss-Smileys hinzu. *Mist!* So hatte sie sich das nicht vorgestellt. Sie brauchte Zeit, damit Tilly und sie sich wieder näherkamen und sie ihr helfen konnte, eine dauerhafte Unterkunft zu finden. Und natürlich war da auch noch Daniel. Kate empfand bereits eine große Zuneigung zu ihrem Neffen und hatte sich darauf gefreut, ihn öfter zu sehen und ihre Pflichten als Tante zu erfüllen. Die Wahrheit war, dass Tilly zu einem günstigen Zeitpunkt zurückgekehrt war. Seit Chris weg war, klaffte in Kates Leben eine große Lücke, die darauf wartete, gefüllt zu werden.

Chris' Stimme flüsterte in ihr Ohr. »Und ich? Wo passe ich da hinein? Oder bin ich nicht mehr wichtig?« Sie wollte antworten, dass er natürlich wichtig sei. Sie hatte immer noch die Absicht, ihre Ermittlungen fortzusetzen, um zu beweisen, dass Dickson für den Tod ihres Mannes mitverantwortlich war. Aber sie musste Zeit mit Tilly verbringen und nun musste sie weitere Prioritäten setzen, da die Ermittlungen ihre volle Aufmerksamkeit verlangten. Gedankenverlorene Minuten verstrichen, bis sie sich in den Verkehrsstau einreihten, der sich auf einen Kreisverkehr zubewegte, und ihr Telefon erneut summte. Dieses Mal war es Jamie.

»Ich habe ein kurzes Update für euch. Bis zum dritten Februar war Laura Dean als Rechtsanwaltssekretärin für Tomkins Solicitors in Stafford tätig. Geoffrey Tomkins, der dort der Seniorpartner ist, sagte mir, sie sei sehr ruhig, bescheiden und effizient gewesen. Er hat keine Ahnung, warum sie gekündigt hat, aber ich bin mir sicher, dass es kein Zufall ist, dass sie das, zwei Tage nachdem sie wegen Ladendiebstahls aufgegriffen wurde, getan hat. Laut ihren Arbeitsunterlagen hat sie seitdem nicht mehr gearbeitet.«

»Was ist mit ihren Finanzen? Wie hat sie es geschafft, sieben Monate lang ohne Arbeit auszukommen?«

»Ich habe eine entsprechende Anfrage gestellt und außerdem ihren Mobilfunkanbieter kontaktiert. Ich habe mir auch Zugang zu ihrem Facebook-Konto verschafft, aber alles vor dem dritten Februar – Fotos und Informationen – wurde gelöscht.«

»Was für Sachen hat sie dort gepostet?«

»Meistens positive Affirmationen, dass man sich selbst lieben und für kleine Dinge dankbar sein muss und solche Sachen. Es gibt eine Handvoll Fotos von ihr mit einigen Leuten, von denen ich annehme, dass es ihre Freunde sind, und ich bin gerade dabei, sie zu identifizieren und mehr über sie zu erfahren.«

»Gute Arbeit. Halte uns auf dem Laufenden.« Sie beendete das Gespräch.

»Ich habe Freunde auf Facebook und Instagram«, sagte Emma, »die auch solche inspirierenden Zitate posten. Im wirklichen Leben sind sie die depressivsten Menschen, die ich kenne. Vielleicht war Laura das auch.«

»Könnte sein. Hast du viele Freunde in den sozialen Medien?«

»Ja, ziemlich viele. Aber die meisten kenne ich aus der Collegezeit oder es sind Leute aus dem Fitnessstudio und vom Taekwondo. Oder Freunde meines Bruders. Ich habe keine Lust, mich auf den anderen Plattformen herumzutreiben, obwohl ich meinen Instagram-Account meistens auf dem Laufenden halte. Und du?«

»Ich habe alle Profile stillgelegt, nachdem ... Chris gestorben ist.« Die Nachricht von Chris' Tod war in allen Zeitungen und sogar in den nationalen Nachrichten gewesen. Sie war über Nacht zu einer unfreiwilligen Berühmtheit geworden, aber sie konnte sich nicht mit dem Verlust abfinden und verleugnete ihn so vehement, dass sie alle sozialen Medien verlassen hatte und seitdem nicht mehr dorthin zurückgekehrt war.

Sie konnte fast Chris' Hand auf ihrem Knie spüren, wie er es leicht drückte und flüsterte: »Du brauchst niemanden, Kate. Es gibt dich und mich und uns geht es gut.«

Ihre Lippen zuckten unwillkürlich als Antwort und sie bemerkte den Ausdruck, der über Emmas Gesicht huschte. Es war offensichtlich, dass sie immer noch Zweifel an Kates Zurechnungsfähigkeit hatte. Sie lächelte sie an. »Ich werde sie wahrscheinlich wieder aktivieren. Meine Stiefschwester ist mit meinem fünfjährigen Neffen aus Australien zu Besuch. Ich habe versprochen, dass ich ihnen die Gegend zeigen werde. Vielleicht poste ich ein paar Fotos von unseren Tagesausflügen, damit die Leute wissen, dass ich wieder unter den Lebenden bin.«

Diese Aussage erfüllte ihren Zweck. Der Schatten auf Emmas Gesicht verschwand. »Ich wusste gar nicht, dass du eine Stiefschwester hast.«

»Wir haben den Kontakt verloren, als sie ins Ausland zog. Sie kam vor einer Woche zurück und wird sich wahrscheinlich wieder dauerhaft hier niederlassen. Wir holen gerade alles nach. Sie hat letzte Nacht bei mir übernachtet.«

»Das ist gut … wirklich gut.« Emmas Kopf wippte leicht.

Kate versuchte ein weiteres Lächeln und wurde dafür mit einem Strahlen belohnt.

Obwohl sich die Königsstadt Sutton Coldfield über ein weites Gebiet erstreckte, lebte Richard Dean abseits vom Trubel in Four Oaks, einem Wohngebiet am nördlichen Stadtrand, das an den Sutton Park grenzte. Sie bogen von der Hauptstraße ab und fanden sich in Ethelred Close wieder, wo dicke Bäume und grünes Laub den Eindruck von Privatsphäre vermittelten. Es war eine Illusion, die auf dem privaten Parkplatz, umgeben von glänzenden Büschen, aufrechterhalten wurde, wo sie zum Klang gurrender Tauben über ihnen aus dem Auto stiegen.

»In welchem Haus wohnt er?«, fragte Emma.

Der Herbst brachte unweigerlich die unwillkommene Kälte eines frostigen Morgens mit sich, bot aber auch eine Reihe atemberaubender Farbtöne. Kate nahm den Anblick der hohen Eichen mit ihren Blättern in den verschiedensten Rottönen in sich auf, die sich an das Rotbraun der Buchen und die schlanken Ebereschen mit den blassgelben Blättern schmiegten und eine theatralische Kulisse für mehrere rote Backsteinbauten mit Flachdächern bildeten. Dann konzentrierte sie sich wieder auf die Frage. »Im Erdgeschoss. Auf der anderen Seite.« Sie gingen zu einem Weg hinüber, der sich um die Wohnhäuser schlängelte. Feuchter Grasschnitt, der kürzlich auf den Kies geworfen worden war, blieb an ihren Schuhen kleben. Das plötzliche Rattern eines Zuges schreckte mehrere Tauben auf, die sich daraufhin lautstark im Gleichklang erhoben und über den Himmel verstreuten.

Die Tür zu Richards Wohnung war wie alle anderen weiß gestrichen, passend zu den Fensterrahmen. An seiner hing jedoch ein Schieferschild mit der Aufschrift »Klingel defekt … Schreien Sie laut Ding Dong«. Sie klingelte trotzdem und der Mann mit dem Sinn für Humor öffnete die Tür. Kate erkannte sofort die Ähnlichkeit. Laura hatte einige seiner Gesichtszüge und sein dickes kastanienbraunes Haar geerbt. Er war von schlanker Statur, hatte eine gebeugte Haltung, war über 1,83 Meter groß und trug eine Brille auf seiner Höckernase.

»Richard Dean?«

»Ja, der bin ich.«

»Ich bin DI Kate …«

»Ich weiß, wer Sie sind. Ich schaue die Nachrichten.« Er umklammerte den Türrahmen fester, seine Finger waren lang und blass wie die eines Künstlers oder eines Musikers. Auch Lauras Finger waren lang und schlank gewesen.

Kate hielt ihren Dienstausweis hoch. »Das hier ist DS Donaldson. Können wir bitte hereinkommen?«

Seine Stimme war plötzlich kaum mehr als ein Keuchen. »Worum geht es?«

»Sir, es wäre besser, wenn wir drinnen reden könnten.«

Er schlurfte rückwärts und sie fanden sich in einem aufgeräumten Wohnzimmer wieder. Das Herzstück war ein großes, gestepptes Chesterfield-Sofa, auf dem ein aufgeschlagenes Exemplar des Daily Telegraph lag. Das Kreuzworträtsel war halb ausgefüllt. Ein Becher mit wässriger Flüssigkeit stand in einem leeren Fach in einem Regal, daneben eine Reihe von Romanen, alle mit weißen Buchrücken und dem Namen des Autors in großer blutroter Schrift: Richard M. Dean. Lauras Vater war Schriftsteller.

»Würden Sie sich bitte setzen, Mr Dean?«, sagte Kate.

Er gehorchte ohne Nachfrage, sein Adamsapfel hob und senkte sich.

»Ich muss Ihnen leider eine sehr schlechte Nachricht überbringen. Wir glauben, dass Ihre Tochter Laura letzte Nacht überfallen wurde, und es tut mir sehr leid, Ihnen mitteilen zu müssen, dass sie tot ist.«

»Nein!« Seine Faust flog zu seinem Mund und er presste sie gegen die Lippen, wobei er versuchte, seinen heftigen Atem zu beruhigen. Seine Augen wurden glasig, seine Stimme brüchig. »Nein. Nicht Laura.«

»Sir, wir sind uns sicher, dass es Ihre Tochter ist, obwohl wir Sie bitten müssten, sie offiziell zu identifizieren.«

Er öffnete die Faust und rieb mit der Handfläche über Gesicht und Kinn. »Besteht die Möglichkeit, dass sie es nicht ist?«

»Ich fürchte, nein.«

Er schaute weg. »Wann? Wann muss ich sie sehen?«, sagte er und seine Stimme brach.

»Ein FLO ist bereits auf dem Weg und wird alles mit Ihnen besprechen. Er wird Ihnen erklären, was Sie genau tun müssen.«

Diese Informationen wurden mit einem langsamen, akzeptierenden Nicken aufgenommen. Eine Träne brach durch die Wimpern und rann über sein Gesicht. »Überfallen?«

»Ich fürchte, ja.«

»Wie ist sie gestorben?«

»Es wurde noch nicht offiziell bestätigt, aber wir glauben, dass sie erwürgt wurde.« Kate spürte das Gewicht seines Blickes. »Wir glauben auch, dass sie vergewaltigt wurde.«

Sein Kinn zitterte vor Entsetzen, und obwohl sich seine Lippen öffneten, drang nichts als ein leises Stöhnen aus seinem Mund.

»Gibt es jemanden, den wir für Sie anrufen können?«

»Nein. Steve wird bald nach Hause kommen.« Er bedeckte wieder den Mund und machte mehrere Versuche, seine Atmung zu kontrollieren. Schließlich fragte er: »Haben Sie eine Ahnung, wer ...?«

»Noch nicht, deshalb wären wir für jede Hilfe dankbar, die Sie uns bieten können.«

Er rieb sich die Tränen von den Wangen und versuchte, wieder zu sprechen. »Ich bezweifle, dass ich Ihnen viel helfen kann. Sehen Sie, vor einigen Jahren hatten Laura und ich ... wir hatten eine Meinungsverschiedenheit, was meine Partnerwahl betraf. Sie kommt ... kam fast nie zu Besuch. Ich wünschte von ganzem Herzen, ich könnte Ihnen mehr erzählen. Früher standen wir uns sehr nahe, besonders nach dem Tod meiner Frau Megan, aber dieses Band ist schon vor langer Zeit zerrissen.« Er wischte mit dem Handrücken weitere Tränen weg. »Laura hatte damit zu kämpfen, dass ich eine neue Liebe gefunden hatte, und fühlte sich verlassen, obwohl nichts weiter von der Wahrheit entfernt sein könnte. Steve und ich wollten beide, dass sie ein Teil unseres Lebens ist.«

»Haben Sie sie jemals besucht?«

»Nein. Sie wollte das nicht. Sie kam ab und zu hierher. Sehen Sie, meine Beziehung zu Steve war immer ein Streitpunkt zwischen uns. Es war nicht so, dass sie homophob war, sie war nur – na ja, um es offen zu sagen – eifersüchtig. Nachdem ihre Mutter gestorben war, wurden wir voneinander abhängig, und dann tauchte plötzlich Steve auf, und damit kam sie einfach nicht klar.«

Kate verstand das. Sie hatte ähnliche Emotionen erlebt, als ihr Vater angefangen hatte, mit Ellen auszugehen, Gefühle, die sich noch verstärkt hatten, als sie erfuhr, dass Ellen und Tilly bei ihnen einziehen würden. Der Unterschied war, dass sie versucht hatte, ihre Beziehung zu ihrem Vater aufrechtzuerhalten. Am Ende, als Ellen gegangen war, war sie froh gewesen, dass sie ihn nicht im Stich gelassen hatte.

»In letzter Zeit hatten wir kleine Fortschritte gemacht und ich glaubte fest daran, dass sie mit der Zeit wieder zu sich kommen würde … doch jetzt ist es … zu spät.« Seine Worte blieben ihm in der Kehle stecken.

»Mr Dean, was für ein Mensch war Laura?«

Ein schiefes Lächeln erschien auf seinem Gesicht. »Sie war sehr still. Schüchtern sogar. Als Kind hatten wir ihr den Spitznamen Maus gegeben. Als Megan dann krank wurde, hat sie sich sehr verändert. Sie war damals ein Teenager. Wir hatten uns immer wieder wegen ihres Aussehens, ihres Verhaltens, ihrer Schularbeiten gestritten – all die üblichen Dinge. Ich bin mir nicht sicher, ob sie schlimmer war als andere in ihrem Alter, aber es war zweifelsohne eine anstrengende Zeit. Damals hat sie sich stundenlang in ihrem Zimmer eingeschlossen. Megan war besorgt, dass Laura sich zu sehr zurückzog, und versuchte, sie davon abzubringen, natürlich ohne Erfolg. Nachdem Megan gestorben war, wurde es immer schlimmer. Sie ging nie mit Freunden aus und verbrachte jeden freien Moment damit, sich um das Haus und mich zu kümmern. Es war, als würde sie versuchen, Megans Platz einzunehmen. Ich habe sie deswegen zur Rede gestellt und ihr erklärt, dass sie sich freischwimmen und ihren eigenen Weg gehen musste. Da gestand sie mir, dass es ihr nicht leichtfiel, Freundschaften zu schließen, und dass sie sich zu Hause wohler fühlte. Ich ließ es auf sich beruhen und wir fanden in eine Alltagsroutine hinein und dann, als ich dachte, dass die Zeit reif sei, erzählte ich ihr von Steve. Doch es stellte sich heraus, dass es alles andere als der richtige Zeitpunkt war.«

»Sie hat die Nachricht nicht gut aufgenommen?«, fragte Kate.

Er schüttelte den Kopf. »Sie wurde wütend, weinte, schlug um sich und schrie, dass ich Megan nie geliebt hätte. Es war furchtbar. Sie wollte kein Wort hören, das ich zu sagen hatte, und eine Woche später zog sie aus, fand eine Wohnung zur Miete und begann ihr eigenes Leben. Ich hatte mir das alles anders vorgestellt.« Er starrte in die Ferne. Seine Nasenflügel bebten und er schniefte erneut. »Und das ist so ziemlich alles, was ich Ihnen über Laura erzählen kann. Furchtbar, nicht wahr? Ich kann Ihnen viel über sie als Teenager erzählen oder als Kind, aber als Erwachsene … nun, dazu kann ich Ihnen nicht viel sagen, denn die Wahrheit ist, dass ich … kaum etwas über meine eigene Tochter weiß.«

»Wussten Sie, dass sie nach Abbots Bromley gezogen ist?«

»Nicht, bis ich bei einer Sportveranstaltung im Mai dieses Jahres zufällig ihren Chef traf oder, besser gesagt, ihren ehemaligen Chef, Geoffrey Tomkins. Geoffrey erwähnte, dass sie im Februar nicht nur unerwartet gekündigt hatte, sondern auch weggezogen war und keine Nachsendeadresse hinterlassen hatte. Sobald ich das hörte, rief ich sie an, um zu fragen, warum sie ihre Sachen gepackt hatte und gegangen war. Ihre Antwort hat mich traurig gemacht. Worte – oder gemeine Kommentare, nehme ich an – hatten sie wirklich verletzt. Sie hatten sie so tief getroffen, dass sie sagte, sie sei sich nicht sicher, ob sie jemals wieder lieben könnte.«

»Welche Art von Kommentaren?«

»Die genauen Details kenne ich nicht. Ich weiß nur, dass Laura sie sich zu Herzen genommen hatte. Meine Bemühungen, sie zu beschwichtigen, schlugen fehl. Wie ich schon sagte, sie war furchtbar sensibel. Sie gab mir genug Anlass zur Sorge, dass ich sie in ihrem neuen Zuhause besuchte. Wir unterhielten uns nett über das Dorf und sie erzählte mir, dass sie eine Katze adoptieren würde. Sie wollte nicht mit mir über ihre zerbrochene Beziehung oder darüber sprechen, was zwischen ihr und ihrem Ex passiert war. Sie sagte, es täte zu sehr weh, um überhaupt daran zu denken, geschweige denn darüber zu reden.«

»Wie sah es finanziell bei ihr aus? Wie konnte sie ohne Einkommen leben?«

»Nach Lauras Geburt haben Megan und ich einen Treuhandfonds für sie eingerichtet. Wenn ich ein gutes Jahr hatte, legte ich alle überschüssigen Tantiemen aus meinen Buchverkäufen dort an. Sobald Megan erfuhr, dass sie unheilbar krank war, sorgte sie dafür, dass die Hälfte ihrer Lebensversicherung bei ihrem Tod in den Fonds floss. Der Betrag, den sie pro Jahr erhielt, deckte ihre Hypothek, die Nebenkosten, angemessene Haushaltsausgaben und ein paar Extras zum Leben ab. Von dem Geld allein hätte sie jahrzehntelang überleben können, ohne zu arbeiten.« Seine Worte versiegten.

»Wann haben Sie zum ersten Mal von Lauras Beziehung erfahren?«

»Ich habe es eher vermutet als gewusst. Es gab verräterische Anzeichen: Sie hatte ihr Aussehen und ihre Einstellung verändert – sie war plötzlich selbstbewusster und definitiv glücklicher.« Er schloss für einen Moment die Augen. »Sie leuchtete auf einmal von innen heraus.«

»Und das war wann?«

»Im Sommer.«

»Aber Sie haben sie nie direkt danach gefragt?«

»Nein. Sie wollte mir offensichtlich nichts von diesem Mann erzählen, und als sie mich an meinem Geburtstag Anfang Dezember besuchte, dämmerte mir, dass es zu Ende war. Ihr Strahlen war verschwunden.«

»Haben Sie sie zwischendurch nicht gesehen?«

»Nein, sie war immer zu beschäftigt gewesen.«

»Was ist mit Textnachrichten oder Telefonanrufen?«

»Ich schreibe keine SMS und Laura telefonierte nicht gern. Die Wahrheit ist, dass wir uns nicht viel zu sagen hatten.« Er ließ den Kopf sinken. »Damals bemerkte ich, dass sie abgenommen hatte, führte das aber auf zu viel Sport und Arbeit zurück.« Seine Augen wurden feucht und er ließ den Kopf hängen. »Was für ein furchtbarer Vater ich doch geworden bin.«

Obwohl der Mann aufrichtig zu bereuen schien, konnte Kate nicht verstehen, warum er sich von seiner einzigen Tochter ferngehalten hatte, vor allem da sie bereits ihre Mutter verloren hatte. Ihr eigener Vater hätte sich nie so verhalten, und obwohl Ellen und Tilly in ihr Leben getreten waren, hatte sie immer eine besondere Nähe zu ihm empfunden. Waren das Tränen über den Verlust einer Tochter oder Tränen des Bedauerns des Mannes, der die Uhr nicht zurückdrehen und Wiedergutmachung leisten konnte?

Die Haustür fiel ins Schloss und ein dicker Mann trat in die Wohnung. Die Plastiktüten fielen mit einem dumpfen Schlag auf den Teppich und er zog seine Mütze ab, sodass sein rotes Haar zu sehen war, das die gleiche Farbe wie sein Vollbart hatte. Seine Augen huschten zu Kate und Emma, dann zu seinem Partner.

»Richard? Was ist hier los?«

»Laura. Sie wurde … ermordet.«

»O mein Gott! Nein!«

Er stürzte auf seinen Freund zu, ließ sich auf das Sofa fallen und schlang seine kräftigen Arme um ihn. Richard schluchzte in seine Schulter.

»Wie gut kannten Sie Laura, Sir?«, fragte Kate, obwohl sie die Antwort bereits ahnte.

»So gut wie gar nicht. Sie hasste die Tatsache, dass ihr Vater weitergemacht und eine neue Liebe gefunden hatte, also besuchte sie ihn nur, wenn ich bei der Arbeit war. Aber das … das ist eine furchtbare Nachricht.«

Kate legte eine Visitenkarte auf den Couchtisch. »Ein weiterer Polizeibeamter wird in Kürze zu Ihnen kommen. Meine Durchwahl steht auf der Karte. Rufen Sie mich jederzeit an, wenn Sie mit mir reden möchten. Ich möchte noch einmal sagen, wie sehr es mir leidtut, Ihnen so schlechte Nachrichten zu überbringen.«

* * *

Emma ließ ihren Sicherheitsgurt mit einem festen Klicken einrasten. »Das klingt für mich, als hätte Laura nach dem Ende ihrer Beziehung eine Art Zusammenbruch gehabt. Ich kann mir nicht vorstellen, warum sie sonst einen passablen Job aufgibt, in einen abgelegenen Ort wie Abbots Bromley flüchtet und nicht einmal ihrem Vater sagt, wohin sie gegangen ist. Und das würde auch diesen Ladendiebstahl erklären.«

»Sie hat vielleicht schon mal geklaut und wurde nicht erwischt. Aber ich stimme dir zu. Es hört sich so an, als ob sie mit allem zu kämpfen hatte und der Umzug nach Abbots Bromley einen Neuanfang für sie bedeutete. Es wäre hilfreich, wenn wir mit ihrem Ex sprechen könnten.« Äste, aufgewirbelt von einem plötzlichen Windstoß, ließen Blätter wie goldenes Konfetti gegen die Windschutzscheibe regnen. »Ich weiß, dass sie mit ihrem Vater nicht gerade auf einer Wellenlänge lag, aber warum die ganze Geheimniskrämerei und Verleugnung? Sie hätte einfach sagen können, dass sie sich mit jemandem trifft, ohne zu sehr ins Detail zu gehen.«

Kates Handy vibrierte wieder. Ein kurzer Blick auf die Nachricht ließ ihre Nerven kribbeln, als sie erkannte, von wem sie stammte.

Dad möchte mit Ihnen sprechen, dringend.

Sierra

Sierra Monroes Vater, Cooper, saß im Gefängnis, weil er die Leiche des jungen Sexarbeiters beseitigt hatte, der in jenem Herrenklub ermordet worden war, gegen den Chris ermittelt hatte. Wenn Cooper sie sehen wollte, musste er ihr etwas Wichtiges zu sagen haben. Während der Befragung hatte der ehemalige SAS-Soldat behauptet, er habe ihnen alles gesagt. Kate hatte jedoch eine Regung in seinem Gesicht gesehen und war überzeugt, dass er Informationen besaß, die er nicht teilen konnte oder wollte. Die Tatsache, dass er jetzt unbedingt mit ihr sprechen wollte, deutete darauf hin, dass sie recht hatte und er endlich auspacken würde. Er könnte sogar den Durchbruch bringen, auf den sie gehofft hatte – Informationen über Dickson, der sich in der Mordnacht im Klub aufgehalten hatte. *Ja!* Emma warf einen Blick in ihre Richtung, aber sie schob das Handy in ihre Tasche und setzte ein Pokerface auf. Cooper hatte nichts mit ihrer aktuellen Untersuchung zu tun und dieser Fall musste ihre oberste Priorität sein. Er würde warten müssen.

KAPITEL 4

Er lässt ein brennendes Streichholz auf die benzingetränkten Gegenstände fallen und beobachtet, wie die Flammen an Lauras Habseligkeiten lecken, während er die Bierdose öffnet.

Wie der Vater, so der Sohn.

Die vertraute Erinnerung taucht auf, um sich mit den Flammen zu vermischen, und er wird in eine andere Zeit zurückversetzt ...

* * *

Er steht im Flur, den Blick auf das Schlüsselloch gerichtet, von wo aus er die Szene hinter der Schlafzimmertür seiner Halbschwester gut sehen kann. Er bewegt sich nicht aus der geduckten Position, aus Angst, seinen Vater auf seine Anwesenheit aufmerksam zu machen, auch wenn der Mann abgelenkt ist. Seine Halbschwester, deren Gesicht fast von ihrem glänzenden kastanienbraunen Haar verdeckt wird, zupft am unteren Rand ihres langen T-Shirts.

»Was hast du mir zu sagen?«

»Entschuldigung.«

»Entschuldigung, was?«

»Entschuldigung, Daddy.«

»Lauter!«

»Entschuldigung, Daddy.«

Ihre Augen, die die Farbe von dunklem Kakaopulver haben, laufen vor Tränen über, aber sein Vater schlägt ihr auf die Wange und ihre Hand huscht an die Stelle, wobei sich der Griff um ihre Kleidung löst, die hochrutscht und nacktes Fleisch enthüllt. Er kann nicht sehen, was als Nächstes passiert, aber plötzlich drückt sein Vater ihr Gesicht ins Bett und lässt seine Hose fallen.

Sein Herz hämmert mit einer Mischung aus Aufregung und Schrecken. Das Gesicht seines Vaters verzieht sich von einem wütenden Grinsen zu einer Maske der Verzückung. Jeder Stoß wird von einem tiefen, wütenden Grunzen begleitet, bis er seinen Mund weit aufreißt, den Kopf zur Decke hebt und vor Vergnügen laut aufschreit. Der Junge weiß, was als Nächstes passieren wird. Er hat es immer und immer wieder gesehen. Seine Halbschwester ist erst dreizehn, aber sie wird den Mund halten, wenn sie weiß, was gut für sie ist.

Sein Vater legt seine große Hand um ihre Kehle und drückt ein wenig zu. Ihre Augen starren ihn wild an. »Du weißt, was passiert, wenn du ein Wort sagst.«

»Ja, Daddy.«

»Gutes Mädchen. Du gehörst mir. Merk dir das – du bist mein!«

Er schleicht sich leise davon. Eines Tages wird er genauso mächtig sein wie sein Vater.

* * *

Die Kindheitserinnerung verblasst und er nippt an seinem Bier, während helle Flammen Lauras Portemonnaie und andere Dinge aus ihrer Tasche, einschließlich ihres Handys, verschlingen. Sobald die Asche abgekühlt ist, vergräbt er sie im Garten. Er hat nichts auf dem Parkplatz hinterlassen, womit man sie identifizieren könnte, und obwohl er weiß, dass die Polizei irgendwann herausfinden wird, wer sie ist, hat er sich etwas Zeit verschafft.

Es ist erst ein paar Stunden her, dass er Laura überfallen hat, doch sosehr er sich auch anstrengt, er kann die übliche Befriedigung nicht auskosten, wenn er sich an das Ereignis oder den entsetzten Gesichtsausdruck seines Opfers erinnert. Mit ihren zarten Gesichtszügen, den schönen Augen und dem schlanken Körper war sie fast die perfekte Verkörperung seiner ersten Liebe. Doch dann hat sie den Bann gebrochen, indem sie ihn angespuckt hat, anstatt ihn seine Fantasie ausleben zu lassen und seine Hände um ihre Kehle zu legen, und er hat die Kontrolle verloren. Anstatt sie mit Worten und Erinnerungen zu entlassen, die sie für den Rest ihres Lebens verfolgen sollten, hat er ihre Lebenskraft ausgelöscht.

Es war ein unglücklicher Unfall. Manche sagen, es sei das stärkste Gefühl, das man sich vorstellen kann, wenn man zusieht, wie das Leben aus einem anderen Menschen entweicht, aber für ihn war es das nicht. Er fühlte sich angewidert, nicht von dem, was passiert ist, sondern von Laura. Er trat gegen ihre schlaffen Gliedmaßen und verfluchte sie. Sie wurde nutzlos für ihn. Indem sie starb, ruinierte sie die Inszenierung. Sie sollte die perfekte Stellvertreterin für seine erste Liebe sein, diejenige, die er wirklich wollte, und jetzt musste er sich nach einem neuen Ersatz umsehen. Obwohl, wenn er seine Karten richtig ausspielte, musste er vielleicht nicht ständig Ersatz finden, weil er in der Lage sein würde, seine erste Liebe zu sich zurückzulocken … und dieses Mal würde sie nicht entkommen.

KAPITEL 5

Kate stapfte in das Büro, das sie sich mit ihrem Team teilte: ein erbärmlich ungeeigneter Raum, in dem die Schreibtische so dicht nebeneinanderstanden, dass man sich verrenken musste, um zwischen ihnen hindurchzukommen. Sie hatte um einen größeren Raum gebeten, nur um mitgeteilt zu bekommen, dass das Budget nicht ausreiche, um ihre Einheit zu verlegen. Ihr ursprüngliches Büro war geräumiger und moderner gewesen und sie hatte den Verdacht, dass es Teil von Superintendent Dicksons Bemühungen war, sie zu zermürben und dazu zu bringen, eine Versetzung zu beantragen oder sogar aus dem Dienst auszuscheiden, wenn sie in einem so minderwertigen Quartier eingesperrt war. Obwohl Kate noch nichts beweisen konnte, vermutete sie, dass Dickson sie brechen wollte, bevor sie Informationen aufdecken konnte, die ihn mit dem Tod des Sexarbeiters oder Chris' Ermordung in Verbindung bringen würden. Er spielte Katz und Maus mit ihr und sorgte dafür, dass sie wusste, dass er die Kontrolle hatte. Er hatte sie nicht nur weggesperrt, sondern ihr auch verboten, wieder die Leitung ihrer alten Einheit zu übernehmen. Doch Kate wäre nicht Kate, wenn sie nicht fest entschlossen wäre, über sich selbst hinauszuwachsen und ihn nicht merken zu lassen, dass es ihr zu schaffen machte. Sie könnte überall arbeiten. Platz war nicht wichtig. Was am meisten zählte, waren die Mitglieder ihres Teams, und ihre waren besonnene, engagierte Polizisten. Sie würde Dickson weiterhin in dem Glauben lassen, dass er alle Fäden in der Hand hielt. Wenn sie den Schein nicht aufrechterhalten würde, wäre möglicherweise ihr eigenes Leben in Gefahr.

In einer Ecke türmte sich hinter Jamies rasiertem Kopf ein unordentlicher Aktenstapel auf einem Schrank, der auf ihn zu stürzen drohte. Unbeeindruckt von dem Chaos nahm er ein selbst gemachtes Eiersandwich aus einer Plastikdose, die Augen auf eine Facebook-Seite auf dem Computerbildschirm geheftet. Eine Leuchtröhre, die einzige Lichtquelle im Raum, summte konstant über ihm. Kate zog ihren Stuhl herüber, stellte sich darauf und tippte gegen die Lampe, bis das Geräusch verstummte.

»Danke, Chefin. Ich habe vorhin draufgehauen, aber es ist wieder angegangen. Das verdammte Ding muss ersetzt werden«, sagte Jamie.

»Ich werde den Hausmeister noch einmal darum bitten. Wie weit bist du gekommen?«

»Ich habe Informationen über einige ihrer Facebook-Freunde gesammelt, diejenigen, mit denen sie am häufigsten Kontakt hatte. Sie scheint einer Kinderkrankenschwester im Stoke Hospital sehr nahegestanden zu haben, einer Alicia McCarty.« Er hielt einen Klebezettel hoch. »Und ich habe hier noch etwas Interessantes. Es ist ein privater Chat zwischen Alicia und Laura, in dem Alicia einen Kerl namens Kevin erwähnt. Er könnte der Grund sein, warum Laura ihre alten Beiträge gelöscht hat.«

Kate schlängelte sich an Emma vorbei zu Jamies Schreibtisch und hockte sich hin, um die Nachricht zu lesen.

Alicia: Schön, dass du wieder auf FB bist, Süße. Geht es dir besser?

Laura: Ja, es war an der Zeit, dass ich mich wieder zusammenreiße.

Alicia: Wie ich sehe, hast du Kevin blockiert.

Laura: Ich wollte nicht, dass er wieder mein Leben ruiniert.

Alicia: Dieser Idiot. Du hättest ihn blockieren sollen, als er anfing, diese verdammten Herzen unter jedem Bild zu hinterlassen.

Laura: Ich weiß.

Alicia: Er war schon in der Schule ein Vollidiot.

Laura: Ich hatte Mitleid mit ihm.

Alicia: Ich weiß, Süße. Du bist viel zu nett. Wollen wir uns später im Enzo's auf einen Drink treffen, um zu feiern, dass du wieder auf Social Media unterwegs bist?

Laura: Wann?

Alicia: Um sechs Uhr.

Laura: Alles klar, bis dann.

Jamie wartete, bis sie zu Ende gelesen hatte, bevor er fortfuhr: »Ich überprüfte die Schulaufzeichnungen und entdeckte einen

Kevin Shire, der in derselben Klassenstufe wie Laura und Alicia war. Er muss es sein, von dem sie reden, und ... er wohnt nur fünf Meilen von Abbots Bromley entfernt, in einem Dorf namens Hamstall Ridware.«

»Dann will ich auch die Adresse und Kontaktdaten von diesem Mann haben.«

Jamie wandte seine Aufmerksamkeit der Aufgabe zu und hielt nur inne, um mit seinem Daumen Ei vom Schreibtisch zu wischen.

Kate kehrte in ihre Ecke zurück, indem sie sich erneut an Emma vorbeischob, die das Handy zwischen Ohr und Hals eingeklemmt hatte, während sie leise sprach und gleichzeitig tippte. Kates Team war sehr erfahren. Sie hatte keine Bedenken, dass sie sich nicht an das Verfahren halten und effizient arbeiten würden. Die nächsten Stunden würden für das Sammeln von Informationen entscheidend sein, wenn sie den Täter schnell festnehmen wollten, und den ernsten Gesichtern im Büro nach zu urteilen wollten alle dieses Ergebnis erreichen. Kate eilte in den Flur, um Alicia anzurufen. Die Stimme am anderen Ende war hell und melodisch.

»Hallo, Alicia McCarty am Apparat.«

»Alicia, hier spricht DI Kate Young vom Revier in Stoke-on-Trent. Ich fürchte, ich habe schlechte Nachrichten über eine Ihrer Freundinnen, Laura Dean.«

»Was ist mit ihr passiert? Geht es ihr gut?«

»Es tut mir sehr leid, Ihnen sagen zu müssen, dass sie heute Morgen tot aufgefunden wurde.«

Ein scharfes Einatmen war zu hören, ein halbes Schluchzen. »Was? Wie ist sie gestorben?«

»Wir glauben, dass sie überfallen wurde, als sie nach einer Yogastunde nach Hause gehen wollte. Ich muss mit Ihnen reden, Alicia. Vielleicht können Sie mir helfen herauszufinden, wer ihr das angetan hat.«

»Das … kann nicht wahr sein.« Das Stöhnen war tief und leise, voller Kummer. Kate hörte besorgte Stimmen im Hintergrund, dann ersetzte eine gedämpfte Stimme die von Alicia. Kate strengte sich an, um zu hören, was geschah, und schloss daraus, dass die Person das Kommando übernahm. Es gab noch mehr Schlurfen, das Geräusch von möglicherweise schabenden Stuhlbeinen auf dem Fliesenboden, dann ein gemurmelter Dank und Alicia war wieder am Apparat.

»DI Young, sind Sie noch da?«

»Ja, ich bin hier. Sind Sie okay?«

»Entschuldigung, mir wurde schwindelig und ich musste mich hinsetzen. Jemand wird mich gleich nach Hause bringen.«

»Wo wohnen Sie?«

Kate kannte die Straße, die nur wenige Autominuten vom Krankenhaus entfernt war. »Wäre es in Ordnung, wenn wir uns dort treffen?«, fragte sie.

»Ja.« Alicia klang verschwommen, distanziert, als der Schock einsetzte. Diese Frau konnte ihnen vielleicht ein paar Antworten geben und Kate hatte keine Zeit zu verlieren.

»Ich bin in zwanzig Minuten da.«

* * *

Alicia war eine große, schlanke Frau mit braunen Haaren, einem herzförmigen Gesicht und Augen, die Wärme ausstrahlten. Sie saß an ihrem Küchentisch, umklammerte ein Glas Wasser und blinzelte die Tränen zurück.

»Ich kann es immer noch nicht glauben«, sagte sie.

»Können wir über Laura reden?«, fragte Kate.

Alicia nickte.

»Was können Sie mir über sie erzählen?«

»Sie war eine ruhige, freundliche Person. Ich kenne sie schon sehr lange. Wir sind seit der Schule beste Freundinnen. Immer

77

wenn ich down war, ließ sie mich schimpfen oder betrank sich mit mir, und wenn ich gut drauf war, lachte sie mit mir. Sie war eine wirklich gute Freundin.«

»Haben Sie sie oft gesehen?«

»Trotz meiner Schichtarbeit haben wir es immer geschafft, uns mindestens einmal pro Woche abends oder mittags zu treffen. Und wir haben uns fast jeden Tag geschrieben.«

»Auf Facebook?«

»Dort nicht so viel. Meistens über Whatsapp.« Sie stellte das Glas Wasser ab und richtete ihre Aufmerksamkeit auf ein dünnes Lederarmband, an dem sie herumfummelte, während sie sprach. »Was ist mit ihrer Katze? Kümmert sich jemand um Charcoal?«

»Wir waren noch nicht in ihrem Haus. Wissen Sie, ob jemand einen Ersatzschlüssel hat?«

Sie schüttelte den Kopf. »Laura war sehr auf ihre Privatsphäre bedacht. Niemand hat einen Schlüssel, nicht einmal ich.«

»Wir werden dafür sorgen, dass jemand die Katze abholt.«

»Sie hat ihn erst vor einem Monat bekommen. Aus dem Tierrettungszentrum in Ashbourne. Vielleicht nehmen sie ihn zurück.« Ihre Stimme erstarb.

»Machen Sie sich keine Sorgen um Charcoal. Wir kümmern uns darum.«

Alicia nickte schwach.

»Kennen Sie ihren Vater?«

»Ja, aber ich habe ihn seit Jahren nicht mehr gesehen, nicht seit dem Tod ihrer Mutter.«

»Das muss für die beiden hart gewesen sein.« Visionen einer jüngeren Kate tauchten vor ihrem geistigen Auge auf. Wenn sie sich nicht um ihren Vater hätte kümmern müssen, wäre sie im Kummer ertrunken.

»Das war es. Zumal sie sich kurz nach dem Tod ihrer Mutter zerstritten haben. Laura ging es damals nicht gut und sie wurde kaum mit dem Verlust fertig. Sie war überzeugt, dass er schuld daran war, dass Megan Krebs bekommen hatte. Damals dachte ich, sie reagiere über, und ich wusste nicht, wie ich ihr helfen sollte. Aber jetzt verstehe ich sie. Das war einfach eine der Trauerphasen.«

Kate war mit den fünf Phasen vertraut: Verdrängung, Wut, Verhandlung, Verzweiflung und Akzeptanz. Nach dem Tod ihrer Eltern war sie durch sie alle hindurchgegangen.

»Laura konnte nicht akzeptieren, dass Megan nur ein unglückliches Opfer des Krebses war, und suchte nach einem Grund, warum sie krank geworden war. Sie biss sich daran fest, dass es in den Wochen vor Megans Diagnose viele Spannungen und Streitigkeiten gegeben hatte. Ihre Eltern hatten Eheprobleme und Laura war sich sicher, dass der Stress die Erkrankung ausgelöst hatte. Sie wurde sehr wütend auf ihren Vater und wollte von zu Hause weggehen. Aber sie konnte nirgendwo hin und schließlich versöhnten sie sich wieder. Eine Zeit lang kamen sie gut miteinander aus, besser sogar als zu Megans Lebzeiten, bis sie herausfand, dass er sich heimlich mit Steve traf. Sie zog aus und blieb bei mir, bis sie eine eigene Wohnung gefunden hatte. Danach kam ihre Beziehung nie wieder in Ordnung. Sie besuchte ihn nur selten.«

»Ich nehme an, sie fühlte sich im Stich gelassen.«

»Sie fühlte sich betrogen. Es wäre vielleicht in Ordnung gewesen, wenn ihr Vater ihr einfach die Wahrheit gesagt hätte, anstatt es vor ihr geheim zu halten. Anscheinend hatten Steve und er schon seit einiger Zeit eine Beziehung gehabt, bevor Laura es herausfand. Laura war verletzt und fühlte sich hintergangen. So war Laura, sie liebte einen Menschen von ganzem Herzen, aber wenn man sie im Stich ließ, konnte sie nicht damit umgehen. Dann lief sie davon.«

Wie Tilly, dachte Kate. Vor vielen Jahren war ihre Stiefschwester vor ihren Problemen davongelaufen und tat nun das Gleiche, indem sie vor ihrem Mann davonlief.

»Steve war der Grund, warum sie den Kontakt zu ihrem Vater auf ein Minimum reduziert hatte. Jedes Mal, wenn sie seinen Freund sah, wurde sie daran erinnert, dass ihr Vater eine neue Liebe gefunden und Megan komplett vergessen hatte. Es hat sie innerlich aufgefressen.«

»Und Sie sind zusammen zur Schule gegangen?«

»Das ist richtig. Wir gingen in die gleiche Klasse.«

»Was können Sie mir über Kevin Shire erzählen?«

»Kevin?«

»Ich weiß aus einem Chat zwischen Laura und Ihnen auf Facebook, dass sie Schwierigkeiten mit ihm hatte.«

»Sie haben unsere Chats gelesen?« Sie verdrehte die Augen. »Ist das überhaupt legal?«

»Das ist es, wenn wir in einem Mordfall ermitteln. Wir müssen uns jeden noch so kleinen Beweis ansehen, der uns zur Verfügung steht.«

»Ja … das ist wohl so. Es scheint ein bisschen … egal. Kevin war schon in der Schule in Laura verknallt und hat sie ein paarmal um ein Date gebeten. Laura war nicht im Geringsten interessiert – weder an ihm noch an anderen. Sie wollte keine Beziehung, die so enden würde wie die ihrer Mutter und ihres Vaters, also hielt sie sich von allen fern. Am Ende gab er es auf, sie zu belästigen, und wir verloren den Kontakt zu ihm, bis wir ihn vor acht Monaten bei einem Klassentreffen wiedersahen. Er hatte sich verändert … war plötzlich freundlich und höflich und schien sich zu freuen, uns zu sehen. Er hatte keine Lust, sich unter die Leute zu mischen, also blieb er den ganzen Abend bei uns. Nach ein paar Drinks schickten wir uns gegenseitig Freundschaftsanfragen auf Facebook. Es schien keine große Sache zu sein.« Sie strich über das Armband, die Finger suchten nach dem Verschluss und sie begann, es langsam um ihr schmales Handgelenk zu drehen.

»Zuerst hinterließ er nur den einen oder anderen Kommentar unter ihren Beiträgen, dann fing er an, jedes Foto zu liken, das Laura hochlud. Wir scherzten darüber und sagten, sie hätte auch irgendeinen Mist einstellen können und es hätte ihm gefallen. Dann änderte er alle Likes in Loves und hinterließ unter jedem Foto kleine Herzchen, auch unter denen, die Jahre zurücklagen. Ich meinte zu Laura, dass er sich allmählich seltsam verhielt und vielleicht immer noch in sie verknallt sei. Sie wollte nichts davon wissen, sagte, der Typ sei einsam und unglücklich, und sie wolle seine Gefühle nicht verletzen, indem sie ihn blockiere oder ihm sage, er solle damit aufhören. Erst als er anfing, ihr private Nachrichten zu schicken – Gedichte und Links zu Liebesliedern –, begann sie sich zu gruseln. Dann hat er sie über FaceTime gefragt, ob sie mit ihm ausgehe. Sie sagte ihm, dass sie sich bereits mit einem anderen treffe, und er entschuldigte sich, sagte, er hätte die Zeichen falsch gedeutet, aber trotzdem hinterließ er weiterhin diese dummen Liebesherz-Emojis und Küsse unter jedem ihrer Bilder.«

»Warum hat sie ihn zu diesem Zeitpunkt nicht blockiert?«

»Das weiß ich wirklich nicht. Sie behauptete weiterhin, dass er harmlos sei und sich irgendwann langweilen würde.«

»Und, hat er das?«

Alicia schüttelte den Kopf. »Er begann, vor der Kanzlei zu warten, bis sie Feierabend hatte. Er lud sie auf einen Drink oder zum Essen ein und sie wies ihn ab, nur damit er ein paar Tage später wieder auftauchte. Als er mit einem riesigen Strauß roter Rosen erschien, drohte sie ihm mit der Polizei und er brach in Tränen aus! Sie gab nach und sie gingen in ein Café, um darüber zu reden. Sie dachte, sie hätten sich geeinigt und dass er akzeptierte, dass sie nur als gute Freundin für ihn da sein würde.«

»Aber Kevin sah das nicht so?«

»Er hinterließ nach wie vor Emoji-Herzen unter all ihren Beiträgen, und dann verstand Lauras Freund das Ganze falsch und dachte, sie würde ihn mit Kevin betrügen, und trennte sich von ihr. Sie war am Boden zerstört, zog sich komplett aus den sozialen Medien zurück, wollte nicht essen, mit niemandem sprechen, nicht einmal mit mir. Dann fing sie an, Medikamente gegen Depressionen zu nehmen, und baute ziemlichen Mist. Sie wissen wahrscheinlich von dem Ladendiebstahl im Februar.«

»Ja.«

»Sie machte wirklich eine beschissene Zeit durch. Sie war völlig durcheinander und wusste nicht einmal, warum sie die Kleidung in dem Laden gestohlen hatte. Der Ärger mit der Polizei machte die Sache noch schlimmer. Sie kündigte ihren Job, zog aus ihrer Wohnung in Stafford aus und in ein Dorf, in dem sie anonymer sein konnte, wo niemand von dem Ladendiebstahl wusste, von ihrer Beziehung, von nichts.«

»Nach Abbots Bromley?«

»Ja. Sie dachte, sie könnte dort in relativer Unbekanntheit leben.«

»Das ist ganz in der Nähe von Kevins Wohnort.«

»Er lebt doch in Stafford, oder?«

»Nein, er lebt in Hamstall Ridware, nur acht Kilometer von Abbots Bromley entfernt.«

»Verdammt, das habe ich nicht gewusst. Er hat uns bei dem Klassentreffen definitiv gesagt, dass er in Stafford wohnt.«

Kate nickte. »Hat Laura ihre Facebook-Seite nach ihrem Umzug wieder aktiviert?«

»Ja, aber sie hat alle alten Beiträge und Fotos gelöscht und neu angefangen.«

»Hatte sie Kevin zuerst blockiert?«

»Ja.«

»Sie sagten, ihr Freund hätte sich wegen Kevin von ihr getrennt. Was wissen Sie über diesen Mann?«

»Nichts.«

»Überhaupt nichts?«

»Nein.«

»Sie hat Ihnen doch bestimmt einen Vornamen verraten oder ein Foto von ihm gezeigt?«

Alicia hob die feuchten Augen. »Man musste Laura kennen, um sie zu verstehen. Sie war nicht wie meine anderen Freunde. Sie war eine sehr zurückhaltende Person.«

»Auch bei Ihnen?«

»Sie hätte es mir irgendwann erzählt, aber nachdem er sie abserviert hatte, wollte sie überhaupt nicht mehr über ihn reden.«

Es war eine ähnliche Erklärung wie die, die Lauras Vater gegeben hatte. Aus irgendeinem merkwürdigen Grund hatte Laura die Identität ihres Freundes geheim gehalten. »Kein Vorname?«

»Nein.« Alicia putzte sich die Nase.

Kate suchte nach irgendeinem Anzeichen dafür, dass die Frau Informationen zurückhielt, und sah nichts anderes als Verzweiflung über den Verlust einer lieben Freundin.

»Sind Sie sicher, dass Sie uns nichts über diesen Mann erzählen können? Vielleicht, wo er wohnte oder arbeitete oder welche Automarke er fuhr?«

»Ich wünschte, ich könnte Ihnen helfen, aber ich kann es nicht. Sie hat mir nicht ein einziges Detail über ihn erzählt.«

»Haben Sie sie gefragt, warum sie es Ihnen nicht sagen wollte?«

»Nein, und deshalb sind wir auch so lange Freunde geblieben. Wir haben uns einfach wortlos verstanden.«

Alicia drehte das Armband rhythmisch um ihr Handgelenk, während sie sprach, jeder Satz begleitet von einem Ziehen und Drehen, bis Kate dachte, es würde auseinanderbrechen. Tränen rannen über ihre bereits geröteten Wangen. Kate beendete die Befragung, bedankte sich bei der jungen Frau für ihre Zeit und ließ sich von ihr versichern, dass sie allein zurechtkommen würde, bis ihre Mitbewohnerin auftauchte.

* * *

Ervin hatte sich selbst übertroffen und zwei Beamte sowie einen Schlosser aufgetrieben, die Kate vor Lauras Haus treffen sollte. Es dauerte nur ein paar Minuten, bis sich die Eingangstür zu einer Holztreppe öffnete und Kate sich in einem einfachen, lichterfüllten und freundlichen Raum wiederfand. Die Sohlen ihrer Schuhe quietschten auf den hellen Holzdielen und sie blieb vor einem hellbraunen zweisitzigen Sofa stehen, das mit üppigen Kissen und einem Überwurf in gedeckten Farben bestückt war. Darüber waren in einer großen kursiven goldenen Schrift die Worte *Love your Journey* auf die cremefarbene Wand geschrieben. Der Raum wirkte beruhigend und Kate fragte sich, ob dies Lauras spiritueller Raum war – ein Gedanke, der durch den weißen verzierten Schrein verstärkt wurde, der eine Sammlung von Kristallen, Ornamenten und einen goldenen Buddha enthielt. Kate wies die Beamten an, nach Laptops, mobilen Geräten und allem zu suchen, was ihnen helfen könnte, mehr über das Opfer zu erfahren.

»Oh«, fügte sie hinzu, »und halten Sie Ausschau nach einer Katze!«

Das Wohnzimmer überraschte Kate. Eine leuchtende Zimmerpflanze schien ihr zuzuwinken und sie konnte nicht widerstehen, eines der seltsam beruhigenden, gummiartigen Blätter zu streicheln. Es war eine von fünf Pflanzen, die alle in weißen Übertöpfen florierten und einen Teil des Bodens einnahmen. Sie spähte durch die Lamellen der schneeweißen Holzfensterläden und sah einen Traktor vorbeirumpeln. In diesem Raum gab es keine Geräusche oder Vibrationen davon. Sie trat zurück und erhaschte einen Blick auf sich selbst in einem weiß gerahmten Spiegel, während sie in einen anderen Raum ging, der ebenfalls klein und minimalistisch eingerichtet war, mit großen Drucken von sanften Wellen an den Wänden und vier hellblauen Wishbone-Stühlen um einen passenden runden Tisch. Eine Boulevardzeitung lag aufgeschlagen darauf, daneben stand ein leerer Porzellanbecher mit Kolibrimotiv.

Der letzte Raum im Erdgeschoss war eine Pantryküche, die bis auf eine Katzentoilette und einen grauen Kratzbaum mit fünf Plattformen, hängenden Bällen, einem integrierten Korb und einem Kissen am höchsten Punkt aufgeräumt war. Sie öffnete Schubladen, überprüfte Schränke, aber es gab kein Handy. Sie näherte sich der Hintertür, warf einen Blick auf den leeren Futternapf und den Namen darauf – Charcoal. Das rechteckige Fenster in Augenhöhe gewährte ihr einen Blick in einen Garten, der viel kleiner war als ihr eigener und nur Platz für eine Bank und ein weiteres Katzenhaus bot, ein wahrhaft prächtiges Bauwerk mit zwei Leitern, die zu separaten Schlafbereichen führten, mit einem baumelnden Spielseil, mehreren Plattformen und Hängematten. Es war klar, dass Laura ihren Katzenfreund vergöttert hatte. Ganz oben, etwa zwei Meter über dem Boden, befand sich ein zusammengerolltes Knäuel aus dunkelgrauem Fell.

Sie kehrte ins Wohnzimmer zurück und ging die Treppe hinauf. »Ich habe die Katze gefunden«, rief sie.

»Ich werde sie holen, wenn wir fertig sind«, kam die Antwort hinter einer offenen Tür hervor. Kate folgte der Stimme und blickte in ein großzügiges Schlafzimmer mit einem separaten Ankleidebereich, der mit weißen Schränken mit Lamellentüren gefüllt war, deren Inhalt gerade von einem Beamten durchsucht wurde.

Beeindruckt von der Helligkeit des Raumes trat sie ein. Er war länger als breit und ein Kingsize-Bett stand in der Mitte des Raumes und vor einem breiten Fenster ein cremefarbener Korbsessel mit weißen Kissen. Kate schlenderte zu einem Bücherregal und nahm das Foto einer Frau heraus, die mit einem offenen Buch in der Hand posierte. Blassgesichtig und mit hohlen Wangen war sie immer noch auf eindringliche Weise schön. Sie vermutete, dass es Megan war, Lauras Mutter. Sie stellte es wieder neben eine andere prächtige Pflanze und betrachtete ihren eigenen käsigen Teint in einem frei stehenden Spiegel, auf dessen Sockel sorgfältig weiße Teelichter aufgereiht worden waren. Sie schob die Bluse in den Bund und ging durch den Türbogen, der den Schlafbereich vom Ankleidebereich trennte. Die offenen Schränke enthüllten Paare von dem, was Kate als zweckmäßige Schuhe bezeichnen würde, flach und bequem, alle poliert und paarweise auf Gestellen aufgereiht. Die Kleidung war nach Farben geordnet – links weiß und rechts schwarz. Laura bevorzugte neutrale Farben, die durch ein paar Teile in Pink betont wurden. Der Beamte war auf den Knien und durchwühlte beschriftete Kartons. Die Großbuchstaben kennzeichneten ihren Inhalt: Steuererklärungen, Rechnungen, Versicherungsunterlagen, Kontoauszüge, Fotos. Lauras Welt war geordnet gewesen.

»Keine elektronischen Geräte?«, fragte sie den Beamten.

»Nichts.«

Der Mörder musste ihr Telefon mitgenommen haben. »Sie hatte doch einen Internetzugang, oder?«

Er schaute auf. »Sicher, aber sie scheint nichts anderes damit verbunden zu haben als einen Bluetooth-Lautsprecher dort auf dem Nachttisch.«

Der andere Beamte erschien und ließ einen Satz Autoschlüssel am Finger baumeln. »Schlüssel für einen Smart.«

Ein kurzer Anruf würde die Zulassung des Fahrzeugs in Erfahrung bringen, obwohl Kate sicher war, dass sie einen silber-weißen Smart gesehen hatte, der in der Nähe geparkt war. Sie nahm den Schlüssel, ging auf das am weitesten entfernte Fenster im Schlafzimmer zu und richtete ihn auf das Auto auf der Straße. Die Rücklichter blinkten mehrmals auf. Sie schloss den Wagen wieder ab, ging um den Kollegen herum, griff nach der Schachtel mit den Fotos und öffnete den Deckel. Es gab nur eine Handvoll Bilder, meist von Laura als Kind mit zwei Erwachsenen. Die eine Person war die Frau auf dem Bild und sie erkannte in der anderen Richard Dean an seinem ehrwürdigen Gesicht. Es gab ein paar Schnappschüsse von Laura in Indien. Das Datum auf der Rückseite zeigte an, dass sie im Jahr 2018 aufgenommen worden waren. Sie zog eines heraus – ein ikonisches Bild des Tadsch Mahal, auf dem Laura auf genau der Bank saß, auf der Prinzessin Diana 1992 in einer inzwischen berühmten Aufnahme posiert hatte, in der ihre sich auflösende Ehe festgehalten worden war. Auf der Suche nach einem Hinweis darauf, wer sie wirklich gewesen war, schaute Kate auf Lauras schwaches Lächeln und das blasse Gesicht, sah aber nur Einsamkeit. Ihr Telefon klingelte und Emmas Name leuchtete auf.

»Wir haben Kevin Shire zur Befragung hier.«

»Ich bin auf dem Weg. Fangt erst in zwanzig Minuten an. Ich sollte kurz danach da sein.«

Sie legte die Fotos zurück und reichte dem Beamten die Autoschlüssel. »Ich muss jetzt los.« Der Schlüsseldienst würde dafür sorgen, dass der Ort verschlossen zurückgelassen wurde. »Oh, die Katze ist im Garten, in einem Katzenbaumhaus. Denkt daran, sie mitzunehmen.«

* * *

Zurück auf dem Revier hastete sie die Treppe hinauf in den Raum, der an denjenigen grenzte, in dem Emma und Jamie Lauras alten Schulfreund Kevin verhörten. Sie ließ sich vor dem Monitor nieder, um ihnen zuzusehen.

Mit einer von Akne gezeichneten Haut und Augen, die so blass waren, dass sie fast weiß wirkten, saß Kevin mit offenem Mund da, als Emma ihn nach seinen Aktivitäten am Abend zuvor fragte. Er zupfte an der Haut um seinen Daumen herum, die sich bereits entzündet hatte. Seine Stimme war hell und sehr leise.

»Ich verstehe das nicht«, sagte er.

»Sie verstehen die Frage nicht?«, fragte Emma.

»Ich verstehe die Frage. Sie wollen wissen, wo ich gestern Abend war. Was ich nicht verstehe, ist, warum Sie mich das fragen. Warum mich?« Er schaute von Emma zu Jamie. Verwirrung spiegelte sich auf seinem Gesicht wider und zog es in die Länge, als würde es schmelzen.

»Ich habe Ihnen bereits erklärt, dass wir Laura Deans Tod untersuchen. Wir wissen, dass Sie mit ihr befreundet waren, und wir sprechen mit allen, die sie kannten.«

»Ist sie gestern Abend gestorben?«

»Kevin, ich bitte Sie um Hilfe.«

»Ich verstehe das nicht. Was ist mit ihr passiert?«

»Im Moment stufen wir ihren Tod als verdächtig ein und warten auf die Obduktionsergebnisse, die uns einige Antworten geben werden.« Emma trug den Satz mit geübter Leichtigkeit vor. Im Nachbarraum, für sie unsichtbar, nickte Kate zustimmend. Es war klug, nicht zu viele Informationen herauszugeben, besonders in diesem Stadium der Ermittlungen. »Und wir sprechen mit so vielen Leuten wie möglich, die sie kannten.«

Er richtete seinen flehenden Blick auf Jamie. »*Sie* glauben nicht, dass ich ihr wehgetan habe, oder?«

»Kevin, bitte beantworten Sie meine Frage.« Emmas Stimme klang autoritär und hatte den gewünschten Effekt.

»Ich hätte ihr nie auch nur ein Haar gekrümmt. Laura war wunderbar.«

»Sie mochten sie?«

»Sehr. Sie war immer nett und half mir durch eine schwierige Zeit.«

»Sie gingen in die gleiche Klasse, nicht wahr?«

»Das ist richtig.«

»Wie war damals Ihre Beziehung zu Laura?«

»Beziehung? Es gab keine Beziehung.«

»Waren Sie damals befreundet?«

»Nicht besonders eng.«

»Mochten Sie sie?«

»Ich bin mir nicht sicher, worauf Sie hinauswollen. Ich denke schon. Sie war hübsch, aber ich war ein … Ich war nicht der attraktivste Junge in der Klasse und die Mädchen haben mich nicht beachtet.« Er blinzelte wie ein Reptil.

Kates Blick schärfte sich, als sie seine Körpersprache studierte. Es gab keine abwehrende Haltung, kein nervöses Spielen mit den Fingern, kein Zappeln bei den Fragen. Er sagte entweder die Wahrheit oder war ein Meister darin, seine Reaktionen zu verschleiern.

»Wann haben Sie Laura zuletzt gesehen?«

Er legte den Kopf schief und schien über die Frage nachzudenken. »Vor langer Zeit. Letzten November oder vielleicht Anfang Dezember. Ich bin mir nicht sicher.«

»Erzählen Sie mir, was passiert ist, als Sie sie das letzte Mal gesehen haben.«

»Wir haben uns gestritten.« Die Antwort war voller Traurigkeit und wurde von einem kleinen Seufzer begleitet. Kate konnte sich nicht entscheiden, ob sie echt war oder nicht. Da war etwas an diesem Mann, das ihr Misstrauen weckte.

»Worüber haben Sie gestritten?«

»Es war dumm, wirklich. Laura hatte sich in den Kopf gesetzt, dass ich zu – wie war das Wort, das sie benutzte? – *anhänglich* sei. Ich sah das nicht so.«

»Und was hat sie dazu gebracht, Ihr Verhalten anders zu interpretieren?«

Er zuckte leicht mit den Schultern. »Ehrlich? Ich weiß es wirklich nicht. Sie sagte, ich sei zu aktiv auf ihrer Facebook-Seite, würde alle ihre Beiträge liken und Kommentare hinterlassen. Ich war auch nicht aktiver als viele ihrer anderen engen Freunde. Es ist ja nicht so, dass ich etwas Bedrohliches geschrieben hätte. Genau das Gegenteil war der Fall.«

»Hat sie erklärt, warum sie sich an Ihren Aktionen gestört hat?«

»Nein, nur dass sie wollte, dass ich aufhöre, ihr Nachrichten zu schicken und ihre Beiträge zu kommentieren. Und sie meinte, dass sie mich nicht mehr sehen wollte. Wir haben uns nach der Arbeit ab und zu auf einen Kaffee getroffen und geplaudert. Es hatte uns beiden die Möglichkeit gegeben, Dinge zu besprechen. Sie vermisste immer noch ihre Mutter. Ihr Vater lebte mit einem Kerl zusammen, wissen Sie? Sie konnte seinen neuen Partner nicht ausstehen.« Er blinzelte wieder. Einmal. Kate konzentrierte sich auf sein Gesicht. Es gab keine unwillkürlichen Zuckungen, die mit Emotionen einhergehen, kein Runzeln der Brauen, kein Anzeichen von irgendetwas. »Ich habe nie ganz verstanden, warum sie unseren Treffen einen Riegel vorgeschoben hat, aber ich habe ihren Wunsch respektiert und mich zurückgehalten.« Kate schüttelte den Kopf. Der Mann log. Sie hoffte, dass Emma die gleichen Signale empfing.

»Und was passierte dann?«

Diesmal starrte er an die Decke, bevor er antwortete. »Ich likte ein Selfie, das sie gepostet hatte. Das war dumm von mir, aber einige Leute hatten es bereits gelikt und ich dachte naiverweise, es würde ihr Selbstvertrauen stärken, wenn sie sieht, wie beliebt der Beitrag ist.«

»Warum sollte ihr das helfen?«, fragte Emma.

»Laura wusste nicht, wie hübsch sie in Wirklichkeit war. Sie hat ihr Licht immer unter den Scheffel gestellt und sich für uninteressant gehalten. Sie war nicht in der Lage, ein Kompliment anzunehmen. Das war schon in der Schule so gewesen.«

»Und was passierte dann?«

»Sie war stinksauer auf mich und hat mir irgendeinen Schwachsinn geschrieben, dass ich ihr Leben ruiniert hätte. Ich antwortete ihr, aber da hatte sie ihr Konto bereits deaktiviert. Ich verstand nicht, warum sie sich so aufregte, aber ich dachte mir, dass es vorbeigehen würde. Als sie sich nach ein paar Wochen nicht mehr auf Facebook gemeldet hatte, schaute ich in der Kanzlei Tomkins Solicitors vorbei, in der sie arbeitete, um zu sehen, ob es ihr gut ging. Sie wollte mich nicht sehen. Anscheinend war sie zu sehr mit der Arbeit beschäftigt, also versuchte ich es bei ihrer Freundin Alicia, aber auch sie hatte mich auf Facebook blockiert. Da gab ich dann auf. Laura wollte eindeutig nichts mit mir zu tun haben. Ich habe sie seitdem nicht mehr gesehen.«

»Wussten Sie, dass sie Ende Februar dieses Jahres nach Abbots Bromley gezogen ist?«

Er riss die Augen ebenso übertrieben überrascht auf wie seinen Mund. Kate achtete auf jede kleine Bewegung. Man konnte viel an den Reaktionen der Leute erkennen und genauso viel daran, was sie nicht sagten, wie an dem, was sie tatsächlich sagten. »Wie hätte ich das nicht wissen können? Ich gehe manchmal ins Goats Head.« Er hatte diese Information, ohne zu zögern, angeboten. Kate war schon früher auf Verdächtige gestoßen, die freiwillig Auskünfte machten, um hilfreich und unschuldig zu erscheinen. Kate war zuversichtlich, dass Emma jedes Schauspiel durchschauen würde. Sie blieb cool, nahm seine Antwort auf und nutzte sie als Grundlage für ihre nächste Frage.

»Wirklich? Wann waren Sie das letzte Mal in dem Pub?« Sie behielt einen fast beiläufigen Ton bei und nickte ermutigend.

»Gestern Abend.«

»Sie waren gestern Abend in Abbots Bromley?«

»Genau.«

»Um wie viel Uhr?«

»Ich kam gegen sieben Uhr dort an und blieb ein paar Stunden.«

»Gibt es jemanden, der Ihr Alibi bestätigen kann?«

»Moment mal, warum sollte das jemand tun müssen?«

»Ich würde es vorziehen, wenn Sie die Frage beantworten würden.«

»Wurde sie in Abbots Bromley getötet? Das ist es, oder? Sie wurde im Dorf ermordet, und Sie denken, dass ich es war. Nun, ich war es nicht. Ich war den ganzen Abend im Pub.«

»Und wer kann Ihr Alibi bestätigen?«

»Ähm, nun, ich habe dort niemanden gesehen, den ich kenne. Vielleicht erinnert sich der Barmann an mich. Ich saß allein an einem Tisch.«

»Sie waren zwei Stunden im Pub, ganz allein?«

Kevin antwortete lediglich mit einem Achselzucken. »Ich trinke oft allein. Das ist doch kein Verbrechen, oder?« Er sah Jamie an und befeuchtete seine Lippen. »Kumpel, ich habe sie nicht umgebracht.«

»Ich bin nicht Ihr Kumpel. Mein Name ist DC Webster.«

Kevin schmollte einen Moment lang. »Tut mir leid, DC Webster.«

»Sagen Sie mal, Kevin, trainieren Sie?«, fragte Emma.

»Trainieren?«

»In einem Fitnessstudio? Einem Klub?«

»Ich bin nirgends Mitglied.«

»Wollen Sie damit sagen, dass Sie nicht trainieren?«

»Ich trainiere manchmal zu Hause und gehe ab und zu laufen.«

»Was ist mit Kampfsport?«

»Als Kind habe ich Judo gemacht. Warum?«

Emma ignorierte seine Frage. »Welches Level haben Sie erreicht?«

»Shodan.«

»Dann müssen Sie sehr eifrig gewesen sein. Wie viele Jahre haben Sie trainiert?«

»Sechs. Dann habe ich es aufgegeben. Warum fragen Sie mich nach Judo?«

Wieder antwortete Emma nicht auf seine Frage. »Wir brauchen eine Liste mit den Namen der Leute, die mit Ihnen im Pub waren, und von allen anderen, die Sie dort gesehen haben.«

»Ich kenne keinen der Typen mit Namen, die dort etwas getrunken haben!«

»Aber Sie gehen manchmal dorthin, um etwas zu trinken.«

»Genau. *Manchmal.* Ich gehe dorthin, wenn ich nicht mit vielen Leuten zusammen sein will, die ich kenne. Ich gehe in mehrere verschiedene Kneipen in der Umgebung. Um mich zu entspannen.« Er fuchtelte mit den Händen vor dem Gesicht herum, seine Stimme stockte. »Sie können doch nicht ernsthaft glauben, dass ich Laura etwas angetan habe.«

»Da müssen Sie uns schon ein bisschen auf die Sprünge helfen, Kevin. Sicherlich können Sie sich erinnern, wer noch im Pub war. Vielleicht haben Sie mit jemandem gesprochen, jemanden begrüßt, ein paar Worte auf der Herrentoilette …«

»Nein. Ich habe nur mit dem Barmann gesprochen, um zu bestellen. Ich ging zu einem ruhigen Platz in der Ecke, spielte ein Spiel auf meinem Handy, genoss einen Drink und ging dann nach Hause.«

»Sind Sie nach Hause gefahren?«

»Ja.«

»Nach wie vielen Pints?«

»Ein paar. Danach bin ich zu alkoholfreien Getränken übergegangen, weil ich ja nach Hause fahren wollte.« Er starrte sie mit hartem Blick an.

»Dafür brauchen wir eine Bestätigung.«

Er antwortete nicht.

»Okay, Kevin. Wir müssen Sie aus unseren Ermittlungen ausschließen und dazu benötigen wir nicht nur eine Bestätigung Ihres Alibis, sondern auch eine DNA-Probe.«

»Wirklich?«

»Das ist das übliche Prozedere. DC Webster wird das gleich übernehmen. Es wird nicht lange dauern.«

»Vielleicht sollten Sie das auch mit den beiden Jungs machen, die ich in der Nähe der Wiese herumhängen sah, als ich draußen rauchen war. Sie sahen wie Unruhestifter aus.«

»Wie kommen Sie darauf?«

»Die Art, wie sie sich verhalten haben. Sie teilten sich eine Flasche, die, da bin ich mir ziemlich sicher, Alkohol enthielt, und schrien grundlos irgendwelche Obszönitäten. Ich habe meine Kippe ausgedrückt und bin abgehauen, bevor sie mich entdeckten.«

»Können Sie sie beschreiben?«

»Ungefähr sechzehn oder so. Einer war groß und hatte dunkles Haar. Um ehrlich zu sein, habe ich den Kopf gesenkt gehalten. Ich wollte sie nicht auf mich aufmerksam machen und ihnen einen Grund geben, herüberzukommen und auf mich loszugehen.«

»Um wie viel Uhr war das?«

»Gegen acht.« Auf seine Aussage folgte ein weiteres Blinzeln. »Ich war nicht in Laura verknallt. Ich mochte sie, das ist alles. Ich war nicht bereit für eine weitere Beziehung. Ich hatte eine

Zeit lang eine ernste Sache und bin immer noch nicht wirklich darüber hinweggekommen.«

»Mit wem?«

»Das spielt keine Rolle. Sie ist tot.«

»Es tut mir leid, das zu hören. Was ist passiert?«

»Leukämie. Holly ist Anfang des Jahres gestorben.«

Kate empfand dies als Zugabe, als unnötige Information, um von sich abzulenken. Emma ging es offensichtlich genauso.

»Sie müssen sehr aufgelöst gewesen sein.«

»Ja. Ich habe immer noch Schwierigkeiten, darüber zu sprechen.«

»Das kann ich mir vorstellen. Sie müssen Holly wirklich vermissen … Wie war ihr Nachname?«, fragte sie freundlich.

Er zögerte nur eine kurze Sekunde. »Whitmore, aber ich will nicht darüber reden. Ich dachte, Sie sollten wissen, dass ich Laura nur als gute Freundin gesehen habe.«

Emma schenkte ihm ein mitfühlendes Lächeln und ging den Rest ihrer Fragen durch, aber sie ergaben nichts.

Auch nach dem Ende der Befragung beobachtete Kate Kevin weiter. Es gab Gründe, an seiner Ehrlichkeit zu zweifeln. Für einen Mann, der behauptet hatte, Laura sehr zu mögen, hatte er wenig Emotionen bei der Nachricht von ihrem Tod gezeigt. Seine Reaktionen wirkten fast einstudiert. Er hatte auch freiwillig Informationen über seinen Aufenthaltsort und über die Beobachtung von zwei Teenagern gegeben, bevor er danach gefragt wurde. Und er hatte sich in letzter Minute eine Geschichte über eine tote Freundin ausgedacht, vermutlich um das Interesse von sich abzulenken. Außerdem hatte er auf einem recht ansehnlichen Niveau eine Kampfsportart praktiziert. Sie schaute auf ihrem Telefon nach und stellte fest, dass Shodan, oder erster Dan, wie es auch genannt wurde, der niedrigste Rang des schwarzen Gürtels in den japanischen Kampfkünsten war. Mit etwas Übung würde Kevin in der Lage sein, einen

Vagusschlag durchzuführen. Jamie machte einen DNA-Abstrich und reichte dem Mann anschließend eine Visitenkarte. Kevin stand auf und steckte sie ein. Dabei schaute er absichtlich auf und starrte direkt in die Kameralinse, bevor er ein letztes Mal blinzelte und aus dem Raum ging.

KAPITEL 6

Er ist erst seit zwei Wochen mit ihr zusammen und total in sie verliebt. Er muss sich selbst kneifen, um sicher zu sein, dass es wahr ist, dass er mit dem Mädchen ausgeht, für das er schwärmt, seit er sie zum ersten Mal gesehen hat. Sie ist seine erste und einzige richtige Freundin: lustig, hübsch und sehr sexy. Er befühlt seine Tasche und die Konzertkarten rascheln. Er hat all seine Ersparnisse für sie ausgegeben und sie werden jeden Cent wert gewesen sein, wenn er sie ihr überreicht. Sie war ganz scharf darauf gewesen, die Band zu sehen.

In der Kantine wimmelt es nur so von Schülern und er kann sie zunächst nicht finden. Er bahnt sich einen Weg durch jüngere Kinder, die ihre Tabletts tragen und ihm die Sicht versperren, und entdeckt sie schließlich am anderen Ende des Speisesaals, wo sie mit seinem besten Kumpel an einem Tisch sitzt. Sein Herz schlägt schneller. Sie ist so heiß!

Endlich erreicht er sie, lässt sich neben ihr nieder und greift nach ihrer Hand. Sie zieht sie sofort weg.

»Was ist los?«, fragt er.

»Nichts. Ich dachte, wir hätten Schluss gemacht.«

»Was? Wann?« Er bekommt kaum Luft.

»Als ich dir sagte, dass ich etwas Freiraum brauche. Gestern in der Bibliothek.«

»Ich dachte nicht, dass du damit meinst ...«

Sie wirft ihm einen mitleidigen Blick zu, was das Ganze noch schlimmer macht.

»Können wir darüber reden?«

»Das haben wir. Gestern.«

»Das war kein Reden!« Als er die verstohlenen Blicke und das Grinsen bemerkt, unterbricht er sich selbst. Er macht sich vor seinem Kumpel total lächerlich. »Nun, es ist dein Verlust«, sagt er und versucht, das Gesicht zu wahren.

»Wie auch immer«, antwortet sie und winkt ihn mit einer Handbewegung weg.

Er steht auf und geht gedemütigt davon, die Tickets in seiner Tasche rascheln und verhöhnen ihn, als er sich an den anderen Schülern vorbeidrängt und nach draußen läuft.

Diese Wut brennt noch heute in ihm. Ihretwegen konnte er nie eine richtige Beziehung zu Frauen aufbauen und musste mit der Ablehnung und dem Schmerz auf seine eigene Weise umgehen – mit anderen Frauen, die ihn an seine erste Liebe erinnern.

* * *

Er lehnt den Kopf gegen die Stuhllehne, der Blick geht ins Leere, während er sich an seine erste Liebe erinnert, das Mädchen, mit dem all das angefangen hat. Er will ihr seidenes Haar an seinem Gesicht spüren, ihre lilienweiße Haut berühren und mit seiner Klinge seine Botschaft in ihr Fleisch ritzen – eine Botschaft, die ihr beweisen wird, wie leidenschaftlich seine Gefühle für sie sind. Der Gedanke, ihre Kehle mit seinen Händen zu packen und zuzudrücken, erregt ihn noch mehr und er muss einige tiefe, bebende Atemzüge nehmen, um sein rasendes Herz zu beruhigen. Als er sich

endlich wieder unter Kontrolle hat, meldet er sich bei Facebook an.
Sie schicken sich regelmäßig Nachrichten und nun möchte er den
Einsatz erhöhen.

* * *

Es war ein langer Tag gewesen und nun hatte sich das Team zur Besprechung im Büro versammelt. Morgan war seine Notizen durchgegangen, die er bei der Befragung aller Teilnehmerinnen von Lauras Yogastunde gemacht hatte, wobei er die Stimme erheben musste, um das wütende Gebrumme der Leuchtröhre zu übertönen.

»Kann irgendjemand das verdammte Ding plattmachen? Es macht mich wahnsinnig«, schnaubte Kate.

Jamie zog seinen Stuhl heran, sprang darauf und verpasste dem Sockel der Leuchte mit der Kante seiner geballten Faust einen Schlag. Das Geräusch verstummte.

»Hat keine der Frauen etwas Ungewöhnliches gesehen?«, wollte Kate wissen.

»Nein, nichts.« Morgan knallte sein Notizbuch auf den Schreibtisch, setzte sich daneben und stützte die Hände auf die breiten Oberschenkel, um Kate zuzuhören, die ihre nächste Frage an Jamie richtete.

»Wie weit sind wir mit der Videoüberwachung?«

»Es gibt keine, Chefin, weder im Dorf noch in der näheren Umgebung.«

»Nicht einmal in den Pubs?«

»Nur im Goats Head, aber die einzige Überwachungskamera dort erfasst lediglich den Kassenbereich.«

Kate hielt den Blick auf Jamie gerichtet. »Was ist mit den Aussagen der Gäste im Restaurant? Irgendetwas Nützliches?«

»Die Vorhänge waren geschlossen, sodass niemand etwas Ungewöhnliches bemerkt hat.«

»Und den Jungs in der Küche ist auch nichts aufgefallen? Niemand, der draußen herumhing, keine Teenager, nicht einmal die Frauen, die aus der Yogastunde kamen?«, hakte Kate nach.

»Nein, nichts. Es gibt nur ein kleines Fenster zum Parkplatz, aus dem nur jemand, der an der Arbeitsfläche direkt darunter arbeitete, etwas hätte sehen können.«

»Aber das Variations war nicht gerade überfüllt mit hungrigen Gästen! Irgendein Mitarbeiter hat sich doch bestimmt mal eine Pause gegönnt und ist nach draußen gegangen oder hat den Müll entsorgt.«

»Anscheinend war es so ruhig, dass der Manager beschloss, drei seiner Leute um acht Uhr nach Hause zu schicken, sodass nur noch er selbst, ein Koch und ein Kellner dort waren. Sie hatten keine Pausen, beendeten ihre Schicht um zehn Uhr und gingen alle gleichzeitig nach Hause.«

»Dann müssen wir uns wohl vorerst auf ihr Wort verlassen.«

Die Mitarbeiter des Restaurants, die bereits freiwillig DNA-Proben abgegeben hatten, besaßen ein Alibi für die Zeit zwischen acht und neun Uhr und standen vorerst nicht unter Verdacht.

»Das sieht nicht gut aus. Kommt schon, Leute. Es ist ein kleines Dorf. Irgendjemand muss doch etwas Ungewöhnliches bemerkt haben. Was ist mit den Teenagern, die Kevin angeblich gesehen hat?«

Emma schaute von ihren Notizen auf. »Ich habe keine Hinweise oder Namen, obwohl eine andere Zeugin, die in der Hauptstraße gegenüber dem Goats Head wohnt, bestätigte, dass ein paar Jungs im Dorf herumhingen. Ihre Beschreibung war genauso vage wie Kevins.«

»Hat sie Kevin beim Rauchen vor dem Pub gesehen?«

»Ich fürchte, nein. Sie bemerkte nur die Jungs, die in der Nähe des Buswartehäuschens herumlungerten. Sie sah auch die Flasche und denkt, es könnte Wodka gewesen sein.«

»Fragt weiter. Wie weit sind wir mit Kevin?«

»Ich sammle noch Informationen, Chefin«, sagte Jamie.

Morgan legte den Kopf schief. »Wenn Kevin von Laura besessen war und sie ihn zurückgewiesen hat, einmal in der Schule und dann noch einmal im letzten Jahr, würde das möglicherweise das Wort *MEIN* erklären, das der Täter ihr in die Haut geritzt hat.«

»Das sehe ich genauso, aber Fakten führen uns zu den Antworten, nicht Spekulationen, also haltet euch daran.«

Morgan gab ein Grunzen von sich, rutschte vom Schreibtisch auf seinen Stuhl und schaltete seinen Laptop ein.

Kate zog eine Banane aus ihrer Schreibtischschublade, schälte die narbige Schale ab und biss hinein, wobei ihre Aufmerksamkeit auf Lauras Foto am Whiteboard gelenkt wurde.

Es war unwahrscheinlich, dass es sich um einen spontanen Überfall handelte. Abbots Bromley war nicht stark bevölkert und ruhig im Vergleich zu einem Stadtzentrum, in dem ständig Autos und Menschen unterwegs waren. Mehrere Szenarien drängten sich auf: Entweder wusste Lauras Angreifer, dass sie die Yogaklasse unterrichtete, und hatte ihr aufgelauert oder er wartete darauf, dass irgendeine Frau die Yogastunde allein verließ, und Laura war zufällig diejenige, die er erwischte, oder er hatte es auf eine andere Frau abgesehen, die er jedoch nicht isolieren und angreifen konnte, weshalb er sich im letzten Moment Laura als Ersatz auswählte. Die Möglichkeiten schwammen in ihrem Kopf herum wie übergroße Fische in einer Schüssel.

Während sie kaute, starrte sie angestrengt auf das Bild der jungen Frau, als ob es die Antwort enthielte. In gewisser Weise erinnerte Laura sie an Tilly, als sie jünger war. Sie waren beide sehr schlank, hatten ein puppenhaftes Aussehen und wirkten zerbrechlich. Und dann waren da noch die Augen … Beide hatten dunkelbraune Augen.

Eine Erinnerung drängte sich an die Oberfläche: Tilly, wie sie an ihrer Schulter weinte, und Kate, die ihr über das dichte dunkle Haar strich. Obwohl sie in gewisser Weise helfen konnte, hatte sie den Albträumen und den Schuldgefühlen, die sich in Tilly hineingefressen hatten, kein Ende bereiten können. Für Tilly wurde nie Gerechtigkeit geübt. Nun hatte Kate die Pflicht, ihr zu helfen, ein für alle Mal mit dem Geschehenen fertigzuwerden, damit sie nach Staffordshire zurückkehren konnte, in die Nähe ihrer Stiefschwester, die dafür sorgen würde, dass sie nie wieder etwas so Furchtbares erleben würde.

Sie riss den Blick von Lauras Gesicht los und schwor sich im Stillen, dass sie ihren Mörder finden würden.

»Und was ist mit mir, Kate? Vergiss mich nicht.«

Kate schloss für einen Moment die Augen. *Das werde ich nicht.* Sie konnte ihn nicht vergessen, und doch hatte sie in den letzten Stunden kaum einen Gedanken an Chris verschwendet.

Verdammt! Cooper. Sie schaute auf die Uhr. Sechs Uhr. Nun war keine Zeit mehr, um ihn noch am Abend zu besuchen. Das würde bis morgen warten müssen. Sie schickte Tilly eine Nachricht, in der sie ihr mitteilte, dass sie immer noch im Büro sei, und fragte, wie ihr Tag gewesen sei. Die Antwort kam umgehend:

Kein Problem, Schwesterherz.

Uns geht es gut.

Hatten einen lustigen Tag.

Daniel hat ein neues Videospiel. Wir spielen es gerade.

Bis später.

Sie hatte drei Herzen hinzugefügt.

»Kate.« Emmas Stimme hallte laut in dem kleinen Raum wider. »Ich glaube, wir müssen Kevin noch einmal einbestellen. Er hat sich das mit der toten Freundin ausgedacht.«

»Es gibt sie nicht?«

»Holly Whitmore ist tatsächlich an Leukämie gestorben.« Emma verdrehte den Hals, um Kate anzusehen. »Laut ihrem Social-Media-Account, der immer noch aktiv ist, war sie jedoch mit jemandem namens Floyd Evanshaw zusammen, der jetzt ihren Account betreut, nicht mit Kevin Shire.«

Morgan war blitzschnell auf den Beinen, schob sich an den Schränken vorbei und warf dabei einige Akten auf den Boden. »Lass mal sehen.« Kate stellte ihren Bildschirm so ein, dass Bilder eines hübschen Mädchens in Latzhosen zu sehen waren. Ein junger Mann mit einem Hipsterbart hatte einen Arm um ihre nackte olivfarbene Schulter gelegt.

Morgan schüttelte den Kopf. »Dieser verlogene Mistkerl.«

»Lies mal vor, Emma«, sagte Kate.

»›Es ist jetzt ein Jahr her, dass du von uns gegangen bist, aber das Licht, das du hinterlassen hast, leuchtet immer noch in meinem Herzen. Ich vermisse dich mit jedem Atemzug. Ich sende dir Liebe, bis wir uns wiedersehen, mein Engel.‹ Das wurde erst vor ein paar Tagen geschrieben.«

Kates Herz raste. »Hast du überprüft, ob Kevin einer ihrer Freunde war?«

»Dazu hatte ich noch keine Gelegenheit.«

»Okay, dann mach das jetzt.«

Emma tippte seinen Namen in das entsprechende Feld und überprüfte die Ergebnisse. »Kein Kevin.«

Morgan hockte neben ihr, die Nähte seiner Hose spannten sich. »Überprüfe Floyds Seite.«

Hollys Seite wich der ihres Freundes, auf dessen Profilbild die beiden zusammen mit einem wolligen Hund an einem Sandstrand zu sehen waren. »Ich versuche es noch einmal mit Kevins Namen.«

Niemand gab einen Ton von sich, als Emmas Finger über die Tastatur flogen. »Und da ist er! Kevin ist einer von Floyds Freunden. Er wusste alles über Floyd und Holly.«

Kate, die die ganze Zeit die Bananenschale in der Hand gehalten hatte, warf sie in den Mülleimer und rieb die Handflächen aneinander. »Okay, klärt das mit ihren Eltern ab und überprüft, ob Holly Kevin kannte oder sogar mit ihm ausgegangen ist, bevor ihr seinen Hintern hierherschleppt. Der Mann hat einiges zu erklären. Gute Arbeit, Emma.«

Morgan kehrte zu seinem Schreibtisch zurück und blieb kurz stehen, um die Akten einzusammeln und wieder zurückzustellen.

»Ich habe eine weitere mögliche Spur«, sagte Jamie. »Ich habe mich um die Leute gekümmert, die wir heute Morgen nicht erwischt haben, und mit einem Kerl gesprochen, der drei Häuser vom Variations entfernt wohnt. Gestern Abend, gegen acht Uhr, hörte er einen Tumult, öffnete die Vorhänge, um zu sehen, was los war, und sah zwei Jungs auf der gegenüberliegenden Seite die Straße hinunterlaufen. Einen der beiden konnte er beschreiben. Ich fahre zurück nach Abbots Bromley und frage in der Nachbarschaft, ob jemand den Jungen wiedererkennt.« Er schnappte sich seine Jacke. »Will jemand was zu essen? Ich halte auf dem Rückweg bei Benito's.«

Auch wenn die Einrichtung des Benito's in den Achtzigerjahren stecken geblieben war, waren die Tapas die besten in der Gegend. Das Team hatte eine Vereinbarung mit dem Eigentümer getroffen und durfte anschreiben, abgerechnet wurde immer am Monatsende.

»Unbedingt«, antwortete Morgan. »Sieh zu, dass du reichlich von diesen Steak- und Chorizo-Frikadellen bekommst und sie nicht alle aufisst, bevor ich zurück bin.«

»Das würde ich mich nicht wagen. Chefin, irgendetwas, worauf du Lust hast?«

»Ich bin mit allem glücklich, was du auswählst.«

»Ich auch.« Emma streckte den Daumen zum Dank nach oben, während Jamie seine Jacke anzog und verschwand.

Kate machte sich auf den Weg zum Waschraum. Wenn sie beweisen könnten, dass Kevin der Täter war, wäre das ein hervorragendes Ergebnis. Dann könnte sie sich ein oder zwei Tage freinehmen und etwas mit Tilly und Daniel unternehmen. Sie senkte den Kopf und wusch sich die Hände. Es war ihr zur Gewohnheit geworden, sich Chris bei solchen kleinen alltäglichen Dingen an ihrer Seite vorzustellen, und sie sprach leise mit ihm.

»Es sieht vielversprechend aus, Chris. Kevin hat einiges zu erklären.«

Sie sah zum Spiegel auf, um das Gespräch mit seiner Stimme fortzusetzen, nur um festzustellen, dass er nicht da war. Plötzlich wurde sie von einem Gefühl der Leere übermannt. Wo war er? Sie hatte ihn nicht mehr gesehen seit … In dem Moment wurde es ihr klar. Sie war so damit beschäftigt gewesen, über diesen Fall und über Tilly nachzudenken, dass Chris in den Hintergrund getreten war. Wenn sie so weitermachte, würde sie nie wieder eine Verbindung zu ihm aufbauen können und ihn ganz verlieren. Wie konnte sie das wiedergutmachen? Die Antwort war einfach – indem sie den Mann kontaktierte, der mit ihr sprechen wollte, Cooper.

Sie wollte gerade im Gefängnis anrufen, um einen Termin mit ihm zu vereinbaren, als Stimmen auf dem Flur sie daran erinnerten, dass jemand hereinkommen und ihre Monologe belauschen könnte. Im Moment wusste sie nicht, wem sie außer ihrem Team vertrauen konnte, und die Wände hatten Ohren. Wenn Dickson, wie sie vermutete, an der Beauftragung von Chris' Mörder beteiligt gewesen war, würde er keine Skrupel haben, Kate die gleiche Strafe zukommen zu lassen. Sie lief zum Parkplatz, auf dem nur zehn Fahrzeuge, darunter Dicksons BMW, geparkt waren, und sprintete leichtfüßig zu ihrem eigenen Auto, von dem aus sie das Gefängnis in Thamesbury anrief, um einen Besuch für den nächsten Morgen zu vereinbaren.

Nachdem sie das Gespräch beendet hatte, starrte sie auf das anonyme Backsteingebäude, dessen Fenster bis auf zwei oder drei in Dunkelheit lagen. Bildete sie sich das nur ein oder drang ein Lichtstreifen durch die Jalousien von Dicksons Büro? Beobachtete er sie? Sie wagte nicht, laut mit dem Mann zu sprechen, der nur in ihrer Vorstellung lebte. Das Licht verschwand und Chris' Stimme klang laut in ihrem Ohr.

»Ich nehme an, Cooper will erzählen, was im Maddox Club passiert ist. Etwas, das er bisher zurückgehalten hat. Er hatte viel Zeit zum Nachdenken und will reinen Tisch machen. Vielleicht hofft er, dass ihm das, was er dir sagt, eine vorzeitige Entlassung einbringt.«

Kate nickte. Sie war sich sicher, dass Cooper ein wichtiges Beweisstück zu diesem Fall zurückgehalten hatte, eines, das Dickson belasten würde. Er wusste mehr über den Mord, der damals stattgefunden hatte, als er zugegeben hatte, und sie hätte ihr Leben darauf verwettet, dass Dickson an Chris' Ermordung beteiligt gewesen war. »Ich werde ihn festnageln, Chris. Und wenn es den Rest meines Lebens dauert, ich werde Dickson dafür bezahlen lassen.«

Sie stieg aus ihrem Auto in die eisige Kälte und rannte zur Tür, in der Hoffnung, dass sie nicht auf der Treppe mit ihm zusammenstieß. Für den unwahrscheinlichen Fall, dass sie es tat, hatte sie eine Geschichte über ein Gespräch mit einem Informanten vorbereitet. Dickson würde sie nicht überrumpeln.

KAPITEL 7

Heather Gault war eine der CIOs, der Civilian Investigation Officers, die als zivile Ermittlungsbeamte in Trentham House arbeiteten. Sie selbst war zwar keine Polizistin, unterstützte ihre Kollegen jedoch und im Allgemeinen machte ihr diese Arbeit Spaß. In den letzten Wochen hatte sie herausgefunden, dass nicht jeder Polizeibeamte so engagiert war, wie sie gedachte hatte, manche waren sogar korrupt. Nun wartete sie auf einen Anruf, der ihr die Informationen liefern würde, die sie brauchte, um auf einen von ihnen mit dem Finger zeigen zu können. Offensichtlich fehlte ihrer Quelle jedoch der Mut, um sich wie besprochen zu melden. Heather würde später versuchen, sie erneut zu kontaktieren. Nach einer langen Schicht wollte sie nun endlich Feierabend machen und ausgehen.

Sie hielt die Hände unter das Trockengerät und wartete darauf, dass die Digitalanzeige die Null erreichte, bevor sie sie herausziehen konnte. Das war besser, als sie an der Hose abzuwischen, wie sie es oft tun musste, nachdem sie entdeckt hatte, dass die Papierhandtücher im Spender ausgegangen waren. Der Countdown lief ab und das Surren verstummte. Sie ging zum Waschbecken, kramte in ihrer Tasche nach einer Tube Handcreme und massierte die Lotion sanft in die Haut ein. Sie schnupperte an ihren Achselhöhlen und verzog das

Gesicht angesichts des sauren Geruchs. Eine weitere Suche in ihrer Tasche förderte ein Minideospray zutage, das sie unter die Bluse schob und, den Arm hebend, großzügig versprühte, bis der ganze Waschraum nach Rosen roch.

Sie kramte erneut in ihrer Tasche. Diesmal zog sie einen Lippenstift heraus, den sie auf ihre vollen Lippen auftrug, bevor sie ihrem Spiegelbild einen korallenroten Schmollmund zeigte. Das würde reichen. Schließlich ging es nur um einen Drink in Gesellschaft, es war kein richtiges Date.

Die Tür zur Damentoilette öffnete sich und Deepa Singhs lächelndes Gesicht erschien. Heather fragte sich, was ihre Kollegin ständig glücklich machte, und wünschte sich, sie hätte eine winzige Portion von dem, was auch immer es war, das Deepa begeisterte.

»Wir sehen uns morgen Nachmittag.«

»Auf jeden Fall. Ich werde um Punkt fünf da sein.«

Deepa veranstaltete eine Baby-Shower-Party und Heather hatte eine herrlich weiche babyblaue Decke und einen süßen Stoffhasen gekauft.

»Okay, bis dann.« Deepa hauchte ihr einen Kuss zu und verschwand.

Heather löste die Spange, die ihr schweres kastanienbraunes Haar an seinem Platz hielt, und ließ es ganz natürlich fallen, um ihr Gesicht zu umrahmen. Dann tupfte sie etwas Puder auf die Augenlider, um ihr schönstes Merkmal zu betonen: die schokoladenfarbenen Augen, denen oft ein Schlafzimmerblick zugeschrieben wurde. Zufrieden mit ihrem Aussehen warf sie alles zurück in die Tasche, in der Hoffnung, dass er sich über ihre kurzfristige Entscheidung vorbeizukommen freuen würde.

Das Foyer von Trentham House war noch hell erleuchtet, und obwohl ein Mantel an der Stuhllehne hing, was darauf hindeutete, dass noch jemand da war, saß niemand am Empfang. Sie war wahrscheinlich eine der Letzten, wenn nicht die

Allerletzte, die ging. Deepa und sie hatten einen ganzen Tag investiert, um den Rückstand aufzuarbeiten und klar Schiff für Montagmorgen zu machen.

Die Tür fiel hinter ihr ins Schloss und sie lief die Stufen hinunter zur Einfahrt, die als Besucherparkplatz diente. Die Mitarbeiter mussten den städtischen Parkplatz benutzen, der nur hundert Meter entfernt lag. Sie schulterte die Tasche und überprüfte ihr Handy. Es gab immer noch keine Nachrichten von ihrer Quelle. Sie hoffte, dass die junge Frau ihre Meinung nicht geändert hatte. Mit gesenktem Kopf bemerkte sie weder die Bewegung im Gebüsch noch die Gestalt, die sich aus dem Schatten löste, bis sie aufsah. Und da war es bereits zu spät.

KAPITEL 8

Kevin Shire sackte auf seinem Stuhl zusammen und starrte Kate mit großen Augen an.

»Ich verstehe das nicht. Warum haben Sie mich auf die Wache gebracht?«

»Wir müssen Ihnen noch ein paar Fragen stellen.«

»Sollte dann nicht ein Anwalt oder so bei mir sein?«

»Dies ist eine freiwillige Befragung. Sie unterstützen uns bei unseren Ermittlungen, aber wenn Sie einen Anwalt haben möchten, können wir das für Sie arrangieren.«

»Bei Ihren Ermittlungen unterstützen? Also beschuldigen Sie mich nicht?«

»Warum sollten wir das tun?«

Er ließ seine rosafarbene Zunge herausschnippen und strich damit leicht über seine Lippen, ohne einmal zu blinzeln. »Ich ... Ich könnte in Schwierigkeiten stecken.«

»Möchten Sie uns erklären, was Sie damit meinen?« Kate spiegelte seine Stille in ihrer eigenen Haltung wider.

»Sie wissen es, oder?«

»Was wissen wir, Kevin?«

»Das mit Holly. Sie haben meine Geschichte überprüft, nicht wahr?«

111

Morgan übernahm die Befragung, öffnete seinen Ordner und zog ein Blatt Papier heraus. »Das ist die Aussage von Mr Floyd Evanshaw. Ich würde sie Ihnen gern vorlesen.«

Kevin senkte den Kopf und zupfte an dem getrockneten Blut um seinen Daumennagel herum, während Morgan fortfuhr. »Holly und ich haben uns im Oktober 2018 auf der Party eines gemeinsamen Freundes kennengelernt. Wir haben uns gut verstanden und wurden ein paar Wochen später ein Paar. Im März 2019 ist sie bei mir eingezogen. Sie war meine Welt. Fragen Sie unsere Freunde und sie werden Ihnen bestätigen, dass wir Seelenverwandte waren. Im Dezember desselben Jahres fühlte sie sich plötzlich schlapp und war ständig müde. Sie dachte, es sei wegen der Arbeit oder die für die Jahreszeit typische Grippe. Wir erkannten den Ernst der Lage nicht, bis sie bemerkte, dass sie sich häufig Blutergüsse zuzog und sich zunehmend schlechter fühlte. Also gingen wir zum Arzt, der eine akute myeloische Leukämie feststellte. Wenige Wochen nach der Diagnose haben wir sie verloren. Ich kann immer noch nicht glauben, dass sie gestorben ist.« Morgan sah von der Erklärung auf. »Mr Evanshaw erzählte mir, dass er mit Ihnen befreundet ist und dass Sie damals auf derselben Party in Stoke-on-Trent waren. Er fühlte sich schuldig, weil Sie sich mit Holly unterhalten hatten, bis er sich in das Gespräch einmischte und sie zur Tanzfläche zog. Er hat sich später bei Ihnen entschuldigt und Sie haben es ›mit einem Lachen abgetan‹. Holly war nie Ihre Freundin.« Morgan legte das Blatt Papier in die Akte zurück und schloss sie.

Kevin schaute nicht auf.

Kate ließ die Stille wirken. Ein Tröpfchen frisches Blut sickerte aus Kevins Nagel.

»Warum haben Sie uns gesagt, dass Holly Ihre Freundin wäre?«

Stille.

»Mit Schweigen helfen Sie sich nicht.«

Kevin hörte auf, an seinem Daumen zu pulen.

»Wir könnten Sie verwarnen und einsperren, weil Sie unsere Zeit vergeuden. Sie wollen doch nicht, dass wir das tun, oder?«

Er schüttelte den Kopf, sein fettiges Haar glitzerte im Licht.

»Dann sagen Sie uns die Wahrheit.«

Er stotterte: »Ich … Ich … Ist das nicht offensichtlich?«

»Ich würde es gern von Ihnen hören.«

»Ich dachte, Sie verdächtigen mich, Laura getötet zu haben. Ich geriet in Panik.«

»Wenn Sie sie nicht umgebracht haben, hätten Sie nur die Wahrheit sagen müssen.«

Kevin schnaubte. »Ja klar.« Endlich hob er den Kopf und richtete die unheimlichen grau-weißen Augen auf Kate. »Ich wollte nur, dass sie mich mag.«

»Erzählen Sie mir, was auf Facebook passiert ist«, sagte Kate.

»Sie wissen, was passiert ist. Sie hat sich darüber geärgert, dass ich ihre Beiträge gelikt habe.«

»Wussten Sie, dass sie sich zu der Zeit mit jemandem traf?«

Er nickte.

»Hat sie Ihnen gesagt, mit wem?«

»Nein, nur dass sie verliebt war und dass wir beide nie mehr als Freunde sein könnten.«

»Und das hat Sie verletzt?«, fragte Kate.

Seine Stimme veränderte ihr Timbre. »Ja, es tat weh. Ich wusste nichts von einem Freund. Auf Facebook war nichts über eine Beziehung zu finden. Sie hat mich verdammt noch mal angebaggert und mich glauben lassen, ich hätte eine Chance bei ihr.«

»Wie das?«

113

»Die Art, wie sie mich ansah und wie sie sprach. Es fühlte sich ... intim an. Ich konnte spüren, dass etwas zwischen uns lief. Doch dann hat sie mich niedergemacht, als ich versucht habe, ihr das klarzumachen.«

Morgan stützte die Arme auf den Tisch und lehnte sich näher zu Kevin heran. »Und das hat Sie sehr verärgert, nicht wahr? Es gefiel Ihnen nicht, an der Nase herumgeführt zu werden. Hat es Sie wütend gemacht?«

Kate ließ ihn reden. Die Einschüchterung war gewollt, um den Mann zu verunsichern.

»Ich ... Nein ... Ja ... Ich habe sie nicht umgebracht.«

»Aber das wollten Sie, nicht wahr? Erst ist sie ganz nett zu Ihnen, und als Sie endlich den Mut aufbringen und sie einladen, lässt sie Sie abblitzen. Und dann sagt sie Ihnen, dass Sie Leine ziehen sollen. Ich wäre ziemlich verärgert, wenn jemand das mit mir machen würde.« Die Worte kamen wie Gewehrsalven aus Morgans Mund.

Kevin blinzelte dreimal hintereinander. »Nein, ich habe genau das getan, worum sie mich gebeten hat.«

»Das haben Sie nicht«, knurrte Morgan. »Sie haben weiterhin ihre Posts gelikt, sogar dumme Herz-Emojis unter einige von ihnen gesetzt. Was für eine Botschaft sendet das wohl aus? Sie wussten genau, was Sie taten. Sie wollten, dass ihr Freund glaubt, sie würde ihn betrügen. Und Sie waren nicht überrascht, als genau das passierte. Ich wette, Sie waren verdammt zufrieden mit sich selbst.«

»Nein!«

Morgan hörte nicht auf. »Aber vermutlich waren Sie ziemlich überrascht, dass sie wütend auf Sie war. Sie hatten erwartet, dass sie Ihnen weinend in die Arme fallen würde. Stattdessen hat sie sich von Facebook und von Ihnen losgesagt. Das war nicht das, was Sie erwartet hatten, oder? Was hat sie zu Ihnen gesagt, Kevin?«

»Nichts.«

»Was hat sie zu Ihnen gesagt?« Morgans Stimme hallte laut in dem kleinen Raum wider.

Kevins Lippen begannen zu zittern. »Dass sie niemals mit mir ausgehen würde, selbst wenn ich der letzte Mann auf dem Planeten wäre.«

»Ah! Ich wette, Sie haben sie dafür gehasst!«

»Nein! Ich habe sie nicht gehasst. Ich hasste mich selbst!« In seinen Augen glitzerten Tränen. »Ich hasste … mich.«

Morgan lehnte sich zurück und erlaubte Kate, die Befragung wieder zu übernehmen.

»Haben Sie versucht, sich bei ihr zu entschuldigen, Kevin?«, fragte sie.

»Nein, das habe ich nicht. Ich habe aufgegeben. Ich hatte Laura auf ein Podest gestellt und mir eingeredet, dass sie perfekt wäre. Aber nachdem sie auf mich losgegangen war und mir gesagt hatte, was für ein Idiot ich wäre, erkannte ich, dass sie es nicht war. Es gab eine Seite an ihr, die ich nie zuvor gesehen hatte – eine, die ich nicht mochte. Sie hat mir eine Nachricht geschickt, eine lange, hasserfüllte Nachricht, und dann ihr Facebook-Konto deaktiviert, damit ich nicht darauf antworten konnte. Um ehrlich zu sein, wollte ich gar nicht antworten. Sie hätte sich nichts von dem angehört, was ich zu sagen hatte. Ich wusste nicht, dass sie nach Abbots Bromley gezogen war. Und wenn ich es gewusst hätte, wäre ich nicht in diesen Ort gekommen.« Er ließ den Kopf in die Hände fallen.

Kate sah, wie seine Schultern von leisen Schluchzern bebten, und beendete die Befragung. Wenn Kevin für die Tat verantwortlich war, würden sie Beweise finden müssen, um es zu bestätigen, denn ein Geständnis würden sie von ihm sicher nicht bekommen.

* * *

Kate tauchte das knusprige Hähnchen in den winzigen Topf mit der scharfen Sriracha-Soße und biss hinein, ohne den Geschmack zu genießen oder wenigstens wahrzunehmen. Die anderen schienen mit größerer Begeisterung zu essen, vor allem Morgan, der sich in seinem Stuhl zurücklehnte und die Fleischbällchen in den Mund schob, als wären sie Popcorn.

Jamie schlürfte aus einer Dose Red Bull, während seine freie Hand die Tastatur bearbeitete. Kate staunte über seine Geschwindigkeit und seine Tüchtigkeit. Sie machte diesen Job schon sehr lange und konnte trotzdem nicht so gut tippen oder ›screensurfen‹ wie die anderen in ihrem Team. Sie hatten eine Spur zu einem der Jugendlichen, der zum Zeitpunkt von Lauras Ermordung in Abbots Bromley gesehen wurde, und überprüften gerade den Namen in der Datenbank der Polizei.

Emma saß auf der Kante ihres Schreibtischs und sah Jamie aus dem Augenwinkel zu, während sie auf Calamari auf einem Papptablett einstach. Sie hielt inne, das Stück Calamari schwebte in der Luft. »Das ist er. Davey Watkins.« Sie rutschte auf dem Schreibtisch nach vorne, ihre Augen verengten sich. »Er war schon mal in Schwierigkeiten.«

»Weswegen?«, fragte Morgan.

»Wegen Sexting. Vor drei Jahren. Er war damals dreizehn Jahre alt und es wurde als Outcome 21 eingestuft«, sagte Jamie und kritzelte etwas auf einen gelben Klebezettel.

Ein »Outcome 21« erlaubte es der Polizei, ein Verbrechen zwar als geschehen aufzulisten, es wurden jedoch keine formalen strafrechtlichen Maßnahmen ergriffen.

»Hier, Emma, seine Kontaktdaten. Er stammt nicht aus dem Dorf.«

Emma nahm den Zettel. »Milton Farm, Dunstall. Wo ist das?«

Auf Jamies Bildschirm erschien eine Karte und er zeigte auf den entsprechenden Ort, der fast fünfzehn Kilometer vom Tatort entfernt lag. »Er muss irgendwie nach Abbots Bromley gekommen sein.«

Kate nickte. »Rede mit ihm. Finde heraus, warum er dorthin und nicht in eines der umliegenden Dörfer oder sogar nach Burton-on-Trent gegangen ist, das näher an seinem Wohnort liegt.«

Emma stand auf und klirrte mit ihren Schlüsseln. »Da bin ich überfragt. Kommst du, Morgan?«

Morgan zerknüllte seinen Karton und warf ihn in den Mülleimer. »Ich folge dir auf Schritt und Tritt.«

»Emma, bist du mit deinen Tapas fertig?« Jamie warf ihr einen flehenden Blick zu.

»Bedient euch.«

Morgan stürzte sich zuerst auf die Schachtel und schnappte sich das größte Stück Calamari, bevor er es Jamie mit einem »Zu langsam, Kumpel« triumphierend unter die Nase hielt und Emma hinterherstürmte.

Es war schon nach zweiundzwanzig Uhr und sie hatten keine neuen Hinweise, denen sie nachgehen könnten. Kate schickte Jamie nach Hause und nahm die Stille auf, die er hinterließ. Sie steckte eine Büroklammer an die andere und hing der Frage nach, wer Lauras mysteriöser Freund gewesen sein mochte und warum sie seine Identität sogar vor ihrer engsten Freundin geheim gehalten hatte. Sie steckte eine dritte und vierte Klammer an die Kette und ließ sie über ihrem Schreibtisch baumeln. Wenn sich doch nur die Puzzleteile dieser Ermittlung so einfach zusammenfügen würden. Sie hatte nicht die Absicht, das Büro zu verlassen, bis sie von Emma und Morgan gehört hatte. Wenn sie Grund zu der Annahme hatten, dass Davey für den Angriff auf Laura verantwortlich oder Zeuge des Überfalls war, würde sie hier sein, wenn sie ihn zur Befragung herbrachten.

»Schieb Cooper nicht länger hinaus«, flüsterte Chris.

»Ich habe fest vor, ihn morgen zu treffen, wie geplant.«

Seine Worte taten weh. Sie wollte Chris nicht beiseiteschieben. Wenn das, was Cooper ihr zu sagen hatte, mit Chris' Tod zu tun hatte, würde sie dem nachgehen. Und doch wusste sie gleichzeitig, dass sie Laura nicht im Stich lassen konnte, um sich auf Chris zu konzentrieren. Beide forderten ihre Aufmerksamkeit.

Sie schloss die Augen und dachte an den Mann, den sie immer noch mit jeder Faser ihres Körpers liebte. Mit einem flauen Gefühl in der Magengrube stellte sie fest, dass sie sich das intensive Grün seiner Augen nicht mehr vorstellen konnte. Sie suchte nach Erinnerungen, die den genauen Farbton wiedergeben könnten, und stellte fest, dass ihre Gedanken die Bilder durcheinanderbrachten. Kalte Finger krallten sich in ihr Herz. Ihre Erinnerungen an Chris verblassten. Alicia hatte die fünf Stadien der Trauer erwähnt und Kate wusste, dass sie, wenn sie die Wut über seinen Tod nicht unterdrückte, jedes Stadium durchlaufen und das letzte erreichen würde – Akzeptanz. Ihr Wunsch, die Wahrheit hinter seinem Tod aufzudecken, trieb sie an und hielt die Erinnerung an ihn wach. Wenn sie nicht weiter nach Dickson oder den anderen korrupten Beamten forschte, gegen die Chris ermittelt hatte, würden wertvolle, klare Erinnerungen durch bruchstückhafte, vage ersetzt werden. Sie würde die Kraft seiner Liebe oder die Essenz seines Wesens vergessen und er wäre für immer fort.

Ein neues Bild ersetzte Chris' Gesicht, eines, das viel klarer war – Lauras. Und mit ihm kam ein neuer Gedanke. Was wäre, wenn Tilly ihrem Angreifer nicht entkommen wäre und ein ähnlich grausames Schicksal sie ereilt hätte? Die Büroklammern fielen leise auf den Tisch und sie beugte sich über ihre Tastatur. Sie musste Lauras Mörder fassen. Und dafür musste Kate mehr über die Frau herausfinden.

Kapitel 9

Kate lehnte sich in ihrem Stuhl zurück und unterdrückte ein Gähnen. Die jüngsten Verdächtigen – die beiden Jugendlichen, die sich in Abbots Bromley herumgetrieben hatten – waren bei ihren Geschichten geblieben. Keiner von ihnen hatte Laura gesehen oder konnte sich daran erinnern, Kevin außerhalb des Pubs bemerkt zu haben. Obwohl ihre Befragung notwendig gewesen war, hatte sie die Ermittlung wertvolle Zeit gekostet.

Morgan warf die Akte auf seinen Schreibtisch. »So ein Mist. Was für eine Zeitverschwendung. Ich weiß nicht, wie es dir geht, aber ich bin todmüde.«

»Mir geht es gut«, antwortete Emma. »Du könntest dieses ungesunde Essen weglassen und mehr Sport treiben.«

»Wir können nicht alle Ninja-Experten sein wie du«, antwortete er grinsend.

»Sehr witzig.«

»Eigentlich wollte ich tatsächlich mit dir über Kampfsport reden, Emma«, meinte Kate. »Aber das kann warten, bis du etwas geschlafen hast.«

»Nein, schon okay. Wie ich bereits sagte, ich bin nicht müde.«

»Dann lasse ich euch beide mal allein.« Morgan zog seinen Mantel an und ging zur Tür.

Emma saß auf der Kante ihres Schreibtischs. »Was willst du wissen?«

»Alles, was du mir über den Vagusschlag sagen kannst.«

»Okay. Nun, es ist eine Selbstverteidigungstechnik, die recht einfach zu erlernen und auszuführen ist. Sie muss jedoch mit einer gewissen Kraft durchgeführt werden, und natürlich mit Präzision. Andernfalls kannst du damit einen Menschen töten. Wer auch immer Laura angegriffen hat, wird das gewusst haben, und ich vermute, dass der Schlag nur durchgeführt wurde, um sie bewusstlos zu machen.«

»Wie erfahren muss man sein, um ihn durchführen zu können?«

»Dazu braucht man eigentlich keine große Körperkraft oder Spitzenfitness. Allerdings muss man ihn wie jede Selbstverteidigungstechnik regelmäßig üben. Er wird aus offensichtlichen Gründen immer gegen einen Dummy und nicht gegen eine lebende Person ausgeführt und niemals als offensive Technik eingesetzt. Außerdem sollte er nur im äußersten Notfall benutzt werden, wenn es hart auf hart kommt und man um sein Leben kämpft. Ich lehne mich also wieder einmal weit aus dem Fenster, wenn ich behaupte, dass der Mörder die Technik bewusst anwendete oder dass es ihm egal war, ob er etwas falsch machte.«

»Meinst du, Kevin wäre dazu in der Lage?«

Sie verzog das Gesicht. »Er war noch ziemlich jung, als er mit Judo anfing, und hätte das damals im Unterricht nicht gelernt. Aber falls er zu Hause trainiert, könnte er es schaffen, auch wenn es einiges an Geschick erfordert.«

Kate verschränkte die Arme und schwankte, ob ihr Täter Kevin oder jemand ganz anderes sein sollte, und beschloss, sich alle Optionen offenzuhalten. »Könnte es sein, dass wir jemanden suchen, der einen hohen Ausbildungsstand hat oder selbst Ausbilder ist?«

»Das ist wahrscheinlicher.«

»Hast du den Schlag schon einmal ausprobiert?«

»Nein. Ich konzentriere mich eher auf Taekwondo-Tritte und -Schläge, obwohl ich manchmal auch Nacken- und Körperschläge trainiere. Diese Art von Nervenschlägen wird auch in anderen Kampfsportarten wie Ju-Jutsu, Karate oder Kempo praktiziert.«

»Meinst du, du könntest dieser Sache für mich weiter nachgehen? Es ist dein Fachgebiet. Frag herum und finde heraus, ob jemand gesehen wurde, wie er diesen Schlag in den Fitnessstudios vor Ort übte. Vielleicht kennt dein Bruder ja jemanden.«

»Ja klar.«

»Ich muss dich noch um einen anderen Gefallen bitten.«

»Schieß los.«

»Du weißt doch, dass meine Stiefschwester Tilly in Großbritannien bleiben möchte, oder?«

»Ja.«

»Könntest du beim nächsten Training vielleicht etwas Zeit erübrigen und ihr ein paar grundlegende Selbstverteidigungstechniken zeigen? Sie ist hier auf sich allein gestellt und ich würde mich wohler fühlen, wenn ich wüsste, dass sie auf sich selbst aufpassen kann, wenn sie draußen unterwegs ist.«

»Natürlich. Ich trainiere jeden Morgen vor der Arbeit in Gregs Fitnessstudio. Wenn sie vorbeikommen will, zeige ich ihr gern ein paar Sachen. Gib ihr meine Telefonnummer, damit wir uns dort verabreden können.«

»Danke, Emma. Ich weiß das sehr zu schätzen.« Kate hatte Tilly bereits angeschrieben und gefragt, ob sie bereit wäre, einen Selbstverteidigungskurs zu belegen, und eine positive Antwort erhalten. Es könnte helfen, Tilly etwas Selbstvertrauen zurückzugeben. Und wenn sie für eine Weile als alleinstehende Frau leben würde, ginge es Kate besser, wenn Tilly sich selbst verteidigen könnte, sollte sie in eine gefährliche Situation geraten.

Emma packte ihre Sachen zusammen und verließ das Büro, sodass Kate mit ihren Gedanken allein blieb. Bisher hatten sie noch nichts Neues entdeckt, das ihnen helfen würde, Lauras Mörder aufzuspüren. Morgen würde sie sich bei der Spurensicherung erkundigen, ob sie irgendetwas in ihrem Haus gefunden hatten, das einen Hinweis auf die Identität des Verantwortlichen geben könnte.

Die Zeiger der Uhr bewegten sich auf halb zwei zu und sie beschloss, nach Hause zu gehen und ein paar Stunden zu schlafen. Es war eine Sache, sich in eine Untersuchung zu stürzen, und eine andere, zu schnell auszubrennen. »Und du musst in Topform sein, wenn du morgen früh mit Cooper sprichst«, sagte Chris.

»Ich werde …« Sie unterbrach sich selbst. Sie sollte nicht länger laut mit ihrem imaginären toten Ehemann reden. Das grenzte bereits an Wahnsinn. Sie griff nach dem Türknauf und hielt dann inne. Wie dem auch sei, die Vorstellung, dass er bei ihr war, half ihr mehr, als sie zugeben wollte. »Ich komme schon klar«, murmelte sie.

KAPITEL 10

Diese kleine, miese Schlampe! Sie hatte sich an ihn rangemacht, ihn glauben lassen, sie seien ein Paar, und ihn dann abserviert. Er war freundlich gewesen und war ihr mit Respekt begegnet, und doch war es nicht gut genug gewesen. Er hätte sie so behandeln sollen, wie sein Vater seine Halbschwester behandelt hatte. Es ist jetzt über ein Jahr her, dass sie ihn abserviert hat, und er ist immer noch nicht darüber hinweg. Der Schmerz sitzt tief. Ohne dass sie es bemerkt hatte, war er ihr mehrmals gefolgt und hatte jedes Mal auf eine Gelegenheit gewartet, die Szene umzusetzen, von der er seit Monaten träumte. Im Park ist niemand zu sehen und sein Puls beschleunigt sich bei der Aussicht auf das, was kommen wird. Diesmal wird er das Sagen haben. Sie wird weder ihn noch seine Emotionen kontrollieren können. Er wird die volle Macht über sie haben. Eine Stimme in seinem Kopf flüstert »Sie ist mein« und er streift sich eine gestrickte Sturmhaube über das Gesicht und schiebt sich in den Schatten der Bäume.

Sie hört seine schneller werdenden Schritte nicht und spürt seine Anwesenheit erst, als er über ihr ist und sie mit einem Schlag außer Gefecht setzt. Sie ist so leicht, dass sie sofort zu Boden stürzt. Bevor sie sich erholen kann, hat er sie bereits ins Gebüsch geschleift. Er entfesselt die Dämonen, verflucht sie, zwingt sie nieder. Sie fügt sich, und als es vorbei ist, stöhnt er zufrieden auf. Endlich ist sie sein. Er beugt sich vor, um es ihr zu sagen, doch sie holt ohne Vorwarnung aus und ihre Nägel bohren sich so tief in seine Hand, dass Blut aus der Wunde fließt. Er gibt keinen Laut von sich, bedeckt sie mit seiner anderen Hand, bevor sie das Ausmaß der Verletzung erkennt, und zischt, sie solle verschwinden und nicht zurückschauen, sonst würde er sie umbringen. Sie verschwindet, ein schluchzendes, gebrochenes Chaos.

Seine Hand hat vier tiefe Kratzer. Sie werden mit der Zeit heilen, doch für den Moment sollte er sie besser verstecken. Er studiert sie und lächelt. Irgendwie lassen sie die ganze Erfahrung noch realer erscheinen. Er leckt die Wunden, die ihre Nägel verursacht haben, und versucht, jeden Rest von ihr zu schmecken, der in seinem Blut sein könnte, während imaginäre Trompeten siegreich in seinem Kopf erklingen. Sie gehört ihm! Er sollte es irgendwie feiern, etwas tun, damit er sich immer an diesen wunderbaren Moment erinnert. Ein Tattoo vielleicht? Er denkt über diese Möglichkeit nach, und als das Blut aus seinen Wunden Blasen zu schlagen und zu verkrusten beginnt, erwägt er die Möglichkeit, sich ein schwarzes Herz tätowieren zu lassen, das für die Schlampe steht, die sein Herz gebrochen hat, zusammen mit einem einzigen Blutstropfen, der ihn daran erinnern soll, dass er letztendlich sie gebrochen hat.

Die Erinnerungen verblassen und er schlägt auf den Sandsack ein, sodass dieser mit einer solchen Geschwindigkeit hin und her schwingt, dass er ihn umzustoßen droht. Er grunzt bei der Anstrengung, bevor er schließlich zurücktritt und Luft einsaugt. Sein Gesicht glüht vor Anstrengung, Schweiß brennt ihm in den Augen, sodass er immer wieder blinzeln muss. Aber er fühlt sich gut – unbesiegbar. Das Training hat ihm geholfen, mit der Enttäuschung fertigzuwerden, dass seine Opfer ihm nicht die Befriedigung verschaffen, die sie sollten. Selbst wenn er in seinem Element ist und sie zur Unterwerfung zwingt, während er sich an jedes Detail erinnert, wie es sich angefühlt hat, seine erste Liebe zu übermannen, fällt es ihm immer schwerer zu akzeptieren, dass diese

Frauen ihr Abbild sind, dass er sie bewusst ausgewählt hat, um ihm
zu erlauben, diese kostbaren Momente wieder zu erleben. Während
dieses wilden Trainings hat er akzeptiert, was er bereits ahnte – er
will sie, wieder. Er wischt sich mit dem Arm über die Stirn und
nickt dem Typen zu, der ihn beim Training beobachtet hat.

»Da hat aber jemand mächtig Wut im Bauch, Kumpel«, sagt
der Mann.

»Ja, aber jetzt nicht mehr so sehr.«

»Hast sie aus dem Körper trainiert, was?«

»Das kann man wohl sagen«, antwortet er und grinst freund-
lich. Wenn der Kerl wüsste, wen er sich vorgestellt hatte, als er die
Faust in den Sack schleuderte, würde er nicht so reden. Das ist
das Gute daran, in diesem Fitnessstudio zu trainieren. Niemand
schenkt einem viel Aufmerksamkeit. Jeder hier trainiert sehr viel,
sodass es nicht ungewöhnlich ist, jemanden zu sehen, der mit den
Fäusten gegen einen Sack oder einen Trainingspartner hämmert
oder sogar tritt, oder dass jemand lange Zeit in der Ecke des Raumes
mit einem Dummy verbringt, um Vagusschläge zu üben.

»Bis dann«, sagt er. »Viel Spaß beim Training.«

* * *

Kate nahm begierig die kühle Luft auf und atmete tief ein, um
die Benommenheit eines tiefen und traumlosen Schlafes zu vertreiben. Nach nur drei Stunden Schlaf machte sie sich für den
Lauf bereit, der sie auf den Tag vorbereiten sollte.

An diesem Morgen hatte sie sich entschieden, zum
Blithfield Reservoir zu fahren, um dort zu trainieren. Nicht weil
der Stausee direkt neben dem Dorf lag, in dem Laura gestorben
war, sondern weil es danach nur noch eine kurze Fahrt zum
Thamesbury-Gefängnis für ihr Treffen mit Cooper um acht
Uhr sein würde.

Es gab noch einen weiteren wichtigen Grund, warum sie gern zum Joggen dorthin fuhr. Jedes Mal, wenn sie den Damm überquerte und den Wagen parkte, fühlte sie sich seltsam ruhig, denn hier schien ihre Verbindung mit Chris stärker zu werden. Er rückte stärker in den Fokus, während sie durch die alten Wälder lief und sich seiner Anwesenheit bewusst war, fast so, als würde er es ihr Schritt für Schritt gleichtun, so wie er es zu Lebzeiten getan hatte. Sie musste die Verbindung auffrischen, zumal die Fähigkeit, ein klares Bild ihres Mannes, seiner Eigenarten und sogar das genaue Timbre seiner Stimme heraufzubeschwören, zu schwinden drohte.

Es gab Gerüchte über versunkene Häuser und Menschen, die beim Bau des Stausees ums Leben gekommen waren. Kate glaubte nichts davon, da es keine dokumentierten Beweise dafür gab. Doch an kühleren Morgen, wenn Wolkenfetzen über dem Wasser hingen, bemerkte sie die Arme, die mit bloßem Auge kaum sichtbar waren und sie näher an den Uferrand winkten. An diesen Tagen war der Stausee wild und voller Geheimnisse. Wenn sie die Ohren spitzte, hörte sie mehr als nur ein gelegentliches nasales Tröten der Wildvögel, Geräusche wie gedämpfte Hilferufe. Heute gab es jedoch nichts davon und das Wasser war spiegelglatt. Ein Graureiher erhob sich träge aus dem Schilf und begann sich anmutig zu rekeln, die langen Beine immer wieder anziehend, während sich sein identischer Zwilling unter ihm spiegelte. Sie schüttelte die Schultern und löste so die Anspannung zwischen ihnen, blickte über das Wasser, in dem sich der blassblaue Himmel und die Flammen aus Orange, Karmesin und Gold im wechselnden Laub ringsum spiegelten, und lief dann auf die Bäume und die Stille zu.

Kate joggte durch den feuchten Wald und mied dabei Wurzeln, die sich durch die Haufen von durchnässtem Laub auf dem Pfad schlängelten und drehten. Ihr Atem ging stoßweise, als sie den Hang mit hohem Tempo nahm. Von hier aus würde sie die Wildblumenwiese erreichen und zum See zurückkehren, um die zweite Phase dieser langen Rundstrecke zu beenden.

»Abgesehen von der Aufnahme könntest du wirklich eine unterschriebene Aussage von Farai und ein volles Geständnis von Cooper Monroe gebrauchen«, sagte Chris und erinnerte sie an das Gespräch, das sie erst zwei Wochen zuvor aufgezeichnet hatte, als sie sich einzig und allein darauf konzentriert hatte, das Ausmaß der Korruption um Dickson aufzudecken und herauszufinden, ob er eine zentrale Rolle bei der Entscheidung gespielt hatte, Chris ermorden zu lassen.

Die Qualität der Aufnahme war gut und das Gespräch zwischen ihr und Farai klar zu verstehen. Sie hatte es inzwischen auf einen USB-Stick heruntergeladen, auf dem sich bereits die Datei der korrupten Beamten befand, die Chris auf seinem Computer hinterlassen hatte. Sie musste nur noch einen Ort finden, an dem sie ihn sicher aufbewahren konnte.

»Die Chance auf eine Aussage ist gering und die Aufnahme wird vor Gericht keinen Bestand haben. Es gibt nicht genug Beweise, dass es Farai war, mit dem ich gesprochen habe. Wollen wir hoffen, dass Cooper mehr Dreck über Dickson erzählen kann. Falls ja, werde ich dafür sorgen, dass Dickson bekommt, was er verdient.«

Cooper hatte die Sexarbeiterinnen in dieser Nacht im Januar in den Maddox Club gefahren, in der der Junge getötet wurde. Er war dafür bezahlt worden, seine Leiche zu vergraben und zu schweigen, bevor man ihn bat, Chris zu verprügeln, der gegen den Klub ermittelt hatte. Cooper hatte sich geweigert, dem Journalisten etwas anzutun, aber damit hatte er eine Kette von Ereignissen in Gang gesetzt, die schließlich dazu führte, dass ein Auftragskiller aus dem Darknet angeheuert wurde, der Kates Ehemann und andere unschuldige Fahrgäste in einem Zug erschoss. Vögel stoben aus den Baumkronen, ihre Flügel schlugen so schnell wie ihr Herz.

Dickson hatte dem Untersuchungsteam damals wichtige Informationen vorenthalten. Er hatte geholfen, den Tod eines Jungen zu vertuschen, und Farai bedroht, der ein wichtiger Zeuge gewesen wäre. Außerdem hatte er den Mann geschützt, der für den Tod des Jungen verantwortlich war. Daher bestand für Kate kein Zweifel daran, dass Dickson ihm auch geholfen hatte, den Auftragskiller anzuheuern, oder zumindest gewusst hatte, dass er jemanden dafür bezahlen würde, ihren Mann zum Schweigen zu bringen.

Ihre Füße rutschten über das Gras und sie konzentrierte sich wieder auf ihren Atem. Sie musste ihre Ausdauer für den letzten Anstieg bewahren, der durch den Wald und zurück zur Straße führte, wo ihr Auto stand. Dort würde sie sich mit einem Handtuch abtrocknen und mit Deo einsprühen, bevor sie zum Gefängnis fuhr, obwohl sie bezweifelte, dass Cooper sich am Schweißgeruch stören würde. Er war Mitglied des SAS gewesen und hatte Seite an Seite mit seinen Kameraden in lebensbedrohlichen Situationen gekämpft, in denen sich sicherlich niemand zuerst um die persönliche Hygiene kümmerte.

Ihr Handy vibrierte an der Oberseite ihres Armes, wo es befestigt war, und sie blieb stehen und nutzte die Bluetoothverbindung, um frei zu sprechen.

»DI Young.«

»DI Young, hier spricht Callum Fullerton, der Leiter des Thamesbury-Gefängnisses. Sie sind heute Morgen um acht Uhr mit Cooper Monroe verabredet.«

»Das ist richtig.«

»Ich fürchte, das wird nicht mehr möglich sein. Mr Monroe wurde heute Morgen tot in den Duschräumen gefunden. Offenbar hat er sich das Leben genommen.«

»Nein, das ist unmöglich. Er wollte mit mir über etwas Wichtiges sprechen.«

»Das tut mir leid.«

»Sind Sie sicher, dass er sich das Leben genommen hat und nicht angegriffen wurde?«

»Daran gibt es keinen Zweifel. Er hatte sich die Kehle durchgeschnitten und zu der Zeit, als man ihn fand, bereits sehr viel Blut verloren. Er ist auf dem Weg zur Krankenstation gestorben.«

»Haben Sie mit seiner Tochter gesprochen?«

»Ja, kurz bevor ich Sie angerufen habe. Es tut mir leid, dass ich Ihnen eine so schlechte Nachricht überbringen muss. Ich hoffe, das hat keinen direkten Einfluss auf Ihre Untersuchung.«

»Ich weiß nicht, was er mir zu sagen hatte, also kann ich nicht sagen, ob es von Bedeutung war oder nicht. Schien er irgendwelche Probleme oder Feinde zu haben, während er bei Ihnen war, Sir?«

»Nein, er war ein vorbildlicher Gefangener und wäre wahrscheinlich bei nächster Gelegenheit auf Bewährung freigekommen. Sehr schade. Es schien, als wäre er in den letzten Tagen ruhiger als sonst gewesen, nicht er selbst. Der Kaplan bestätigte, dass er kürzlich mit Bedauern über seine Vergangenheit gesprochen habe. Ich schätze, er hat plötzlich beschlossen, dass ihm alles zu viel war.«

Das konnte sich Kate ganz und gar nicht vorstellen. Cooper hatte zu einer Eliteeinheit der Special Forces gehört und war in dieser Zeit mit weitaus schlimmeren Situationen konfrontiert gewesen als mit dem Leben im Gefängnis. Außerdem liebte er seine Tochter Sierra. Er hätte sich nicht umgebracht. Doch etwas in der Stimme des Direktors verriet ihr, dass sie diese Meinung besser nicht äußern sollte, also dankte sie ihm für seine Zeit.

»Verdammt! Und nun?«

»Ich weiß nicht.« Chris' Stimme spiegelte das Entsetzen in ihrer eigenen wider. »Wir werden nie erfahren, was er zu sagen hatte.«

Sie erstarrte, doch ihre Gedanken rasten. Farai war gewarnt worden, dass er nicht lebend aus dem Gefängnis herauskommen würde. Konnte das möglich sein? »Was, wenn jemand von unserem heutigen Treffen erfahren und beschlossen hatte, dass es zu riskant sei, Cooper mit mir reden zu lassen? Was, wenn Dickson ihn töten ließ, um zu verhindern, dass er mit mir spricht?«

»Das sind eine Menge ›Was wäre Wenns‹, Kate. Trotzdem kann ich mir nicht vorstellen, dass er dich sehen wollte und sich dann an dem Morgen etwas antut, an dem er dir etwas Wichtiges zu sagen hatte.«

Kate trat gegen einen Stein, der durch die Luft wirbelte und gegen einen Baum flog. »Verdammt, dieses Gespräch wäre wichtig gewesen! Das bringt alles durcheinander.«

Ein graues Eichhörnchen raste über den Weg und stoppte abrupt ab, als es Kate sah, die regungslos dastand. Es huschte davon, als sie ein leises Stöhnen ausstieß, das immer lauter und schließlich zu einem wütenden Schrei wurde, der durch die Bäume hallte.

KAPITEL 11

*Er hält vor dem bodenlangen Spiegel in der Ecke seiner Garage
inne, um seinen muskulösen, glänzenden Oberkörper zu bewundern. Er beugt die kräftigen Finger, die noch immer von der kürzli-
chen Anstrengung mit dem Handtrainer schmerzen, dann grinst er
und springt nach vorne, streckt den rechten Arm in Richtung seines
Halses aus, bereit, seinem Spiegelbild einen Schlag zu verpassen,
und stoppt in der Bewegung, bevor er das Glas trifft. Er tritt wieder
zurück und erlaubt sich ein weiteres Lächeln. Er ist eine gefährliche
Killermaschine. Ein Wolf im Schafspelz. Wer würde ahnen, dass er
solche Kraft in den Fäusten hat?*

*Er hat den Vagusschlag so oft geübt, dass er ihn mit geschlos-
senen Augen durchführen kann. Es ist äußerst wichtig, dass er
dem Nerv selbst Schaden zufügt und nicht den Muskeln, die ihn
schützen. Der einzige Weg, wie er den größten Schaden an den
Nervenfasern anrichten kann, ist die Schlagkraft, und so muss
er von vorne eindringen, wo die Weichteile liegen. Das erfordert
Geschick und Übung. Zu hart und er tötet. Zu weich und sein
Opfer könnte entkommen. Bisher hat er sich nur einmal geirrt und
die Leiche wurde nie gefunden.*

*Die dröhnenden Zeichen und das Geigenintro von Morrisseys
»At Last I Am Born« erklingen. Gut, dass er den Wecker auf seinem
Handy gestellt hat, der ihm sagt, dass es an der Zeit ist, sich für die*

Arbeit fertig zu machen, wo er sich unter die Kollegen mischen und ein ganz normaler Kerl sein wird. Dort ahnt niemand, wozu er fähig ist. Gewöhnliche Menschen besitzen nicht die Macht, die er hat. Er ist ein Rächer, ein Halbgott.

Er gönnt sich einen Moment der Genugtuung und die Gelegenheit, den vorherigen Abend noch einmal Revue passieren zu lassen, als er dieser Schlampe gezeigt hat, wer wirklich das Sagen hat. Für einen Moment hatte er sich in die Zeit seiner ersten Eroberung zurückversetzt gefühlt, während er an ihrem üppigen Haar zog, das wie dicke Schokoladenwellen herabfiel, und in ihre unschuldigen braunen Augen sah. O ja, das hatte jenen köstlichen Moment wieder aufleben lassen, als er seine erste Liebe in die Knie gezwungen und sie dazu gebracht hatte, sich ihm hinzugeben.

Ohne Vorwarnung verpufft die Euphorie, genau wie am Freitag in Abbots Bromley. Normalerweise lässt ihn eine Neuauflage dieses ersten Angriffs wochenlang nicht mehr los, aber seit sie wieder in sein Leben getreten ist, hält sie nur noch ein paar Stunden an. Bisher ist es ihm nicht gelungen, herauszufinden, wo sie wohnt, und eine Vorgehensweise festzulegen, die es ihm erlauben würde, sie aufzuspüren und einen Überfall zu planen. Frustration nagt an ihm. Er will sie so sehr, dass er nicht in der Lage ist, ihre Stellvertreterinnen voll zu genießen. Der Drang, sie zu finden und wieder zu besitzen, macht alles kaputt.

Er nimmt ein Handtuch und wischt sich das Gesicht ab, dann starrt er wieder in den Spiegel und ist enttäuscht von dem, was er jetzt sieht. Diese neue Kraft sollte sich in seinen Zügen zeigen, doch sie ist bereits verpufft und hinterlässt einen gewöhnlichen Menschen, und so kippt seine Stimmung und wird durch bittere Enttäuschung ersetzt.

Er ist beeindruckender, als sein Vater es je gewesen war, und trotzdem fühlt er sich unausgefüllt. Er wischt sich ein letztes Mal über das Gesicht und spannt den Kiefer an. In diesen wenigen Momenten, während Morrissey im Hintergrund singt, ist eine

*Entscheidung gefallen. Er ist dazu bestimmt, den Akt zu wieder-
holen, um die Euphorie zu erleben, nach der er sich sehnt, und
weiter für diesen besonderen Menschen zu üben – seine erste Liebe.
Er wird wieder zuschlagen.
Morgen.*

* * *

Da ihr Plan, mit Cooper zu sprechen, zunichtegemacht worden
war, joggte Kate zurück zu ihrem Wagen. Die Nachricht von
seinem Tod war ein schwerer Schlag, und sosehr sie sich auch
bemühte, sie konnte den Gedanken nicht abschütteln, dass
Cooper absichtlich zum Schweigen gebracht worden war. Falls
dem so war, stellte sich die Frage nach dem Warum. Egal wie viele
Alternativen sie in Betracht zog – verärgerte Zellengenossen,
andere Leute mit Rachegelüsten –, die Tatsache, dass er genau
am Morgen ihres Treffens gestorben war, ließ ihre Alarmglocken
läuten. Die einzige andere Person, die wusste, dass er mit ihr
sprechen wollte, war seine Tochter Sierra. Sie könnte es dem
Falschen verraten haben oder jemand im Gefängnis hatte es
herausgefunden und die Betroffenen gewarnt, dass Cooper sich
mit Kate treffen wollte. Dickson?

Sie konnte die Gefängnisbehörde nicht überreden, seinen
Tod eingehender zu untersuchen. So viel war durch die abwei-
sende Art des Leiters am Telefon klar geworden. Möglicherweise
würde es nicht einmal eine Autopsie oder eine Untersuchung
der tatsächlichen Todesursache geben. Es sei denn, sie könnte
Sierra dazu überreden, diese zu verlangen. Das Bild einer Kate,
die mit feuchten Augen, aber hocherhobenen Hauptes hinter
dem Sarg ihres Vaters herging, erschien vor ihrem geistigen
Auge und einen Moment lang dachte sie an den Schmerz, den
Sierra erleben würde. Ihre Mission würde warten müssen. Sierra
brauchte Zeit, um die schreckliche Nachricht zu verdauen.

Sie warf sich auf den Fahrersitz, starrte durch die Windschutzscheibe, ballte dann die Fäuste und schlug auf das Lenkrad. Ein Schwarm Gänse hob wie vom Lärm gestört ab, begleitet von lautem Geschnatter und synchronem Flattern. Die Kakofonie des Lärmes wurde immer lauter und erfüllte den ganzen Himmel, als sich immer mehr Vögel zu ihnen gesellten und sich in einer perfekten V-Formation gruppierten, um die lange Reise in Richtung Süden fortzusetzen. Der Anblick lenkte sie ab und sie wünschte ihnen im Stillen einen guten Flug.

Chris hatte ihr einmal erzählt, dass Gänse während ihrer Wanderung aufeinander achtgaben. »Sie lassen nie ein Tier im Stich«, hatte er gesagt. Wenn eines während des Fluges Probleme bekam oder so krank oder müde war, dass es landen musste, wurde es von zwei anderen Vögeln flankiert, die entweder neben ihm flogen oder mit ihm landeten, um seine Sicherheit zu gewährleisten. Und wenn es starb, würde das verbleibende Paar zusammen losfliegen und aufeinander aufpassen. Chris war ihr persönlicher Reisebegleiter gewesen, jemand, der sie nie im Stich gelassen hätte. Sie brauchte nicht laut zu reden, um zu wissen, dass er immer noch bei ihr war und es immer sein würde. Sie atmete hörbar aus, richtete sich auf und ließ den Motor an. Es war Zeit, zur Wache zurückzukehren. Vorher würde sie jedoch zu Hause vorbeifahren und kurz duschen. Sie würde sich mit dem Team besprechen und sehen, ob es neue Informationen bezüglich Laura Dean gab, und später am Tag mit Sierra sprechen.

Als sie in Richtung Damm fuhr, waren die Gänse schon in weiter Ferne, ihr ausgeprägtes Flugmuster war jedoch noch sichtbar. DCI William Chase rief an, bevor sie die Hälfte der Strecke hinter sich gebracht hatte.

»Morgen, Kate.«

Bevor sie Chris' Akte entdeckt hatte, hätte sie William ihr Leben anvertraut. Doch seit diesem Tag stand eine unsichtbare

135

Mauer zwischen ihnen und ihre alte, lockere Freundschaft war belastet. Sie wusste, dass es ihre Schuld war. Sie hielt William auf Distanz, lehnte Einladungen zum Abendessen oder zu Drinks in seinem Haus ab und ging ihm aus dem Weg, damit er ihre veränderte Haltung nicht bemerkte oder vermutete, dass sie einen Verdacht gegen ihn hegte. Glücklicherweise war er in den letzten Monaten beruflich stark eingespannt und sie hatte noch weniger Kontakt zu ihm als sonst. Sie sprach mit ruhiger, freundlicher Stimme.

»Morgen, William. Alles in Ordnung?«

»Hi, Kate. Ich fürchte, nein. Ich wurde gerade darüber informiert, dass die Leiche einer Frau in einem Müllcontainer auf dem öffentlichen Parkplatz in der Newbury Avenue entdeckt wurde. Sieht nach einer weiteren brutalen Vergewaltigung aus. Ich möchte, dass du dir den Tatort ansiehst.«

»Wissen wir, wer die Frau ist?«

»Noch nicht.«

Kate war mit der Straße und der Gegend vertraut. Sie war schon ein paarmal dort gewesen, um Trentham House zu besuchen, wo mehrere CIOs, die in den Techniken der Strafverfolgung geschult waren, mit der Polizei zusammen an einfacheren Fällen arbeiteten. »Ich bin in fünfzehn bis zwanzig Minuten da.«

»Schalte das Blaulicht ein. Ich möchte, dass du so schnell wie möglich dort eintriffst.«

* * *

Emma und Morgan trugen bereits Schutzanzüge und warteten an ihrem Streifenwagen. Kate gesellte sich zu ihnen und zog einen weißen Anzug hervor, den sie über ihre Laufkleidung streifte.

»Was haben wir bis jetzt?«, fragte sie.

»Schlechte Nachrichten. Das Opfer wurde inzwischen identifiziert«, antwortete Emma. »Es ist Heather Gault.«

»Oh, verdammt … Verdammt!« Heather war eine aufgeweckte, engagierte und umgängliche Kollegin gewesen. Kate hatte bei mehreren Fällen mit ihr zusammengearbeitet und nichts als Respekt für sie empfunden.

»Ihr Auto steht auf dem Parkplatz. Sie muss gestern bei der Arbeit gewesen sein. Ich werde noch einmal überprüfen, wann sie gegangen ist«, sagte Morgan.

»Wenn das mit Lauras Tod zusammenhängt, müssen wir uns noch mehr anstrengen. Sie ist eine von uns. Uns werden alle aus Trentham House im Nacken sitzen.«

Emma murmelte: »Genau das, was wir jetzt brauchen. Noch mehr Druck.«

»Das gehört zum Job. Wir schaffen das schon.« Kate zog sich ein Paar Plastikhandschuhe an. »Wer hat sie gefunden?«

»Ein Ehepaar, das sein kaputtes Sofa entsorgen wollte, entdeckte den Container und versuchte dort sein Glück.«

»Nicht wirklich ihr Glückstag. Das muss ein ziemlicher Schock gewesen sein. Wenigstens hatten sie den Anstand, die Polizei anzurufen und zuzugeben, was sie vorhatten. Habt ihr Namen und Adresse?«

»Ja, wir werden später mit ihnen reden«, sagte Emma.

»Warum steht der Container überhaupt hier?«, fragte Kate.

»In dem Gebäude, das über dem Parkplatz liegt, finden gerade Renovierungsarbeiten statt. Es gibt keine vordere Einfahrt, also wurde er so nah wie möglich platziert.«

»Waren die Arbeiter gestern hier?«

»Keine Ahnung, aber wir werden uns darum kümmern.«

»Gut. Okay, lasst uns anfangen.«

Kate hatte Mühe, über Heathers geschwollenes Gesicht hinwegzusehen und sich daran zu erinnern, wie sie vor diesem sinnlosen Überfall ausgesehen hatte: makellose Haut, eine gerade Nase, große braune Augen und perfekte, bogen-förmige Lippen, die nun hinter einer Maske aus getrocknetem Blut verschwunden waren. Kate suchte nach Zeichen, die sie daran erinnerten, wer Heather gewesen war, aber sie konnte diesen geschundenen Körper in der zerrissenen Bluse nicht mit der Frau in Verbindung bringen, die auf ihr Aussehen ebenso stolz war wie auf ihr Talent. Ihr Blick ruhte auf den manikür-ten fliederfarbenen Nägeln und dem silbernen Armband, das sie immer trug. Ihre Hände waren zart, makellos und klein, wie die eines jungen Mädchens. Wie Laura war die einunddreißigjäh-rige Heather von schlanker Statur und hätte mit ihrem jugend-lichen Aussehen leicht als Frau von Anfang bis Mitte zwanzig durchgehen können. Die Chancen, dass dies das Werk dessel-ben Angreifers war, stiegen.

Ervin seufzte laut. »Oh, kannst du das glauben? Ausgerechnet Heather! Das hätte nicht passieren dürfen.«

Kate blickte auf und nahm seine stark gefaltete Stirn in Augenschein. Ervin war ein geselliger Mensch, und wenn er jemanden sympathisch fand, war er ihm ein Freund fürs Leben. Sie überlegte gerade, wie nah er Heather gestanden hatte, musste jedoch nicht fragen. Er räusperte sich und sagte: »Ich hatte nicht viel mit ihr zu tun, aber ich mochte sie. Und vor nicht allzu langer Zeit schickte sie mir als Dankeschön eine Flasche meines Lieblingsbrandys. Sehr aufmerksam von ihr.«

»Ja«, sagte Kate und erinnerte sich an die handgeschrie-bene Karte, die Heather ihr nach Chris' Tod geschickt hatte, in der sie ihre Trauer ausgedrückt und ihr Beileid ausgespro-chen hatte. »Sie war das, was ich einen aufrichtigen Menschen nennen würde. Und sie war sehr engagiert. Ich habe gern mit ihr zusammengearbeitet. Ich bin sicher, vielen anderen ging es genauso. Verdammt, Ervin, sie war immer so gepflegt gewesen. Was für ein entsetzliches, würdeloses Ende, halb nackt in den

Müll geworfen. Das ist definitiv der gleiche Modus Operandi, oder?«

»Leider ja. Er hat seine Visitenkarte hinterlassen. Hilf mir mal, Morgan«, sagte Ervin. Gemeinsam drehten sie die Leiche etwas um, um den Blutfleck auf der Rückseite ihrer Bluse unterhalb der rechten Schulter zu enthüllen. Ervin hob den Stoff so weit an, dass Kate die Buchstaben sehen konnte, die in ihre Haut geritzt und blutverschmiert waren – MEIN.

Morgan holte scharf Luft. »Dieser kranke, verdrehte Bastard. Arme Heather. Das hat sie nicht verdient.«

»Wie konnte er ihr das nur antun? Seht euch ihr Gesicht an!« Emma wandte sich ab, die Hand vor dem Mund.

»Alles in Ordnung?«, fragte Kate.

»Gib mir einen Moment.«

Kate nickte Ervin zu, damit er Heather wieder umdrehte. Sie konnte sich nicht vorstellen, welche Qualen Heather hatte durchleben müssen. Doch eines war sicher: Sie hatte um ihr Leben gekämpft und damit zweifellos das Leiden verlängert. Kate verspürte den Drang, sie zu bedecken, damit ihre Kollegen ihre Nacktheit nicht sehen konnten. »Hat er ihre Kleidung in den Müllcontainer geworfen so wie Lauras?«

»Nein. Und wieder einmal sieht es so aus, als gäbe es weder Handtasche noch Telefon.« Morgan stand auf und legte eine Hand auf Emmas Arm. Sie drehte sich mit einem Nicken wieder um. Ihre Augen waren glasig von nicht vergossenen Tränen.

Sie räusperte sich. »Meinst du, dieser Perverse hat sie als Trophäen mitgenommen?«

»Zu diesem Zeitpunkt schließe ich nichts aus«, antwortete Kate.

Ervin zeigte auf die Abschürfungen an Heathers Hals. »Die Wunden hier sind denen sehr ähnlich, die wir bei Laura gefunden haben.«

Kate beugte sich etwas vor und besah sich den dunklen Bluterguss genauer. »Emma, was hältst du davon?«

Emma trat neben sie und betrachtete den kreisförmigen Bluterguss an der linken Seite von Heathers Hals. »Ja, der wurde wahrscheinlich durch einen Vagusschlag verursacht, obwohl ich gern Harveys Meinung hören würde.«

»Er sollte bald hier sein«, sagte Ervin. »Er war im Labor, als ich mit ihm sprach, und meinte, er würde so schnell wie möglich kommen. Sie wurde also höchstwahrscheinlich irgendwo bewusstlos geschlagen und dann vergewaltigt. Die Frage ist wo? Es gibt keine offensichtlichen Anzeichen dafür, dass hier auf diesem Parkplatz ein Kampf stattgefunden hat.«

»Aber sie wurde doch bestimmt hier überfallen. Ihr Auto steht dort drüben«, sagte Emma und deutete auf einen blauen Audi TT.

»Sie hatte offensichtlich während der Auseinandersetzung einen Schlag auf die Nase abbekommen und ziemlich stark geblutet, doch es gibt nirgends Blut, weder davon noch von den eingeritzten Buchstaben. Wenn der Überfall hier stattgefunden hätte, gäbe es Flecken auf dem Boden. Ich habe die Suche zwischen hier und Trentham House ausgeweitet.«

Kate ging langsam zu Heathers Auto hinüber, hob die Hände und spähte durch das Fahrerfenster. Sie konnte weder eine Handtasche noch ein Telefon entdecken und die Türen waren verschlossen. Sie drehte sich um, als sie sich nähernde Schritte hörte. Ein Kollege aus Ervins Team rief nach ihm.

»Chef! Wir haben etwas vor der Zahnarztpraxis gefunden.« Ervin machte sich auf den Weg entlang der Newbury Avenue, gefolgt von Kate, Morgan und Emma. In der von Bäumen gesäumten Straße mit den imposanten viktorianischen Häusern hatten einst wohlhabende Leute gelebt. Inzwischen waren hier Geschäfte untergebracht – eine Kindertagesstätte, verschiedene Arztpraxen, Finanzberater und ein Maklerbüro. Sie blieben vor einem mit einem achteckigen Turm geschmückten und einem Steildach bedeckten Haus stehen: eine Zahnarztpraxis. Der Beamte winkte sie zu einem rechteckigen Rasenstück und einem Springbrunnen, einem grauen Steinbecken, in dem eine große Steinkugel stand.

»Wir haben hier Blutflecken gefunden«, sagte er.

»Bleibt hier«, sagte Ervin, überquerte das Gras und bückte sich, um die rötlich braunen Flecken zu untersuchen.

»Ich gehe davon aus, dass diese Stellen mit aufgewühlter Erde nicht von Kaninchen verursacht wurden«, sagte Morgan. Der Rasen sah aus, als hätte jemand versucht, eine Handvoll Gras auszureißen. Obwohl ein Tier das Chaos verursacht haben könnte, war Kate sich sicher, dass der Schaden entstanden war, als Heather versucht hatte, ihrem Angreifer zu entkommen. Sie folgte den Furchen in Richtung des Brunnens. Ervin begegnete ihrem Blick.

»Es sieht so aus, als wäre sie entweder gefallen oder gegen diesen Brunnensockel gestoßen worden und hätte sich hier das Gesicht aufgeschlagen.«

Kate stellte sich die Frau vor, wie sie darum gekämpft hatte, sich von ihrem Angreifer zu befreien, wie sie ihre Hände ausgestreckt und sich am Gras festgekrallt hatte. Hatte sie sich losgerissen, nur um auf dem taufrischen Gras auszurutschen und auf dem Becken aufzuschlagen?

Eine andere Stimme unterbrach ihre Grübeleien. »Chef, wir haben ein paar Kleidungsstücke gefunden.«

Der Sprecher hielt dickblättrige Äste beiseite und gab den Blick auf einen schwarzen Pumps frei, der neben einem Spitzenhöschen lag.

Emma stieß ein leises »Oh, Mist« aus.

Morgan schenkte ihr ein trauriges Lächeln. »Wir können nicht mehr tun als unseren Job, Emma. Wir müssen sie genauso behandeln wie jedes andere Opfer.«

»Aber sie war nicht irgendein anderes Opfer. Sie war eine von uns. Sie war unsere Kollegin«, wiederholte sie.

Er drückte ihre Schulter. »Wir kriegen ihn, Emma.«

Kate schwieg. Sie hatte Heather zwar nicht so gut gekannt, aber ihr war es ebenso wichtig wie ihrem Team, den Täter aufzuspüren.

Ervin rief: »Tut mir leid, Kate. Wir müssen weitermachen. Ich rufe dich an, sobald ich etwas für dich habe.«

»Danke, Ervin. Sagt Bescheid, falls ihr ihr Handy und ihre Tasche findet. Sie wird beides bei sich gehabt haben.« Das Trio kehrte zu den Autos zurück und Morgan riss die blauen Überschuhe ab. »Warum hat er ihre Kleidung unter einem Busch zurückgelassen? Warum hat er sie nicht zusammen mit ihrer Leiche in den Container geworfen oder beides hier zurückgelassen?«

Kate hatte bereits eine Theorie. »Er wollte ihre Leiche loswerden, genau wie er Lauras loswerden wollte. Das ist seine Art, uns zu zeigen, dass er keinen Respekt vor diesen Frauen hat. Was die Kleidung angeht, keine Ahnung. Ich vermute, er hat sich nicht um sie gekümmert.«

»Bastard«, sagte Emma atemlos.

»Er könnte es eilig gehabt haben oder besorgt gewesen sein, dass ihn jemand entdecken würde, wenn er zurückkäme, um die Kleidung zu holen«, überlegte Morgan.

»Ja«, sagte Kate, »ich denke, wir können davon ausgehen, dass er ihr Telefon und ihre Handtasche mitgenommen hat. Genauso wie er Lauras Hausschlüssel und ihr Handy behalten hat.«

»Ja, der Mistkerl versucht, es uns schwerer zu machen, indem er alles entfernt hat, was die Opfer identifizieren könnte.« Morgan nickte in Richtung des Parkplatzes. »Achtung! Da kommt DCI Chase.«

William, gekleidet in offizieller Uniform, entdeckte Kate und ging auf sie zu. Sein Gesicht trug den Ausdruck eines erfahrenen Detectives, der das Schlimmste gesehen hatte und dennoch von der Grausamkeit in der Welt erschüttert war. Für einen kurzen Moment fühlte Kate ein vertrautes Gefühl der Zuneigung für den Mann, der sie während ihres gesamten Berufslebens unterstützt hatte, ein Mann, der bald in den Ruhestand gehen und die Tage mit seinen Katzen und seinen Bienen verbringen würde. Das Gefühl verflog so schnell, wie es aufgetaucht war.

»Heather Gault, wer hätte das gedacht? Dies ist in der Tat ein sehr trauriger Tag. Kate, haben wir es mit der gleichen Person zu tun, die Laura überfallen und getötet hat?«

»Ja. Daran gibt es keinen Zweifel.«

Seine Augen bohrten sich in ihre, aber sosehr sie sich auch bemühte, sie konnte nichts von der üblichen Wärme in ihren Tiefen finden. Da es unwahrscheinlich war, dass er Wind von ihren privaten Ermittlungen zu Chris' Tod bekommen hatte, nahm sie an, dass er wegen Heather furchtbar aufgebracht war. Doch sie musste nicht Chris' Stimme heraufbeschwören, um sich daran zu erinnern, *dass* jemand davon gewusst hatte. Und dass jemand dafür gesorgt hatte, dass Cooper nicht mit ihr reden konnte.

William nickte knapp. »Das ist alles, was ich hören musste. Findet den, der das getan hat.«

* * *

Kate klebte Heathers Foto auf das Whiteboard, auf dem sie einen zarten blassrosa Pullover trug, der zu ihrem Hautton passte, und sehnsüchtig in die Kamera schaute. Es war wichtig, sich daran zu erinnern, dass diese Opfer Menschen waren, die Familien, Pläne, Ziele und Hoffnungen gehabt hatten. Laura und Heather hatten nicht nur ihr Leben verloren, sie hatten auch schreckliche Qualen durchgemacht, bevor sie ermordet wurden. Wenn es irgendeinen Zweifel daran gegeben hatte, dass Lauras Tod das Ergebnis unbeabsichtigter Gewalt war, hatte Heathers Auffinden das Gegenteil bewiesen. Kate war sich sicher, dass ihr Mörder sie mit voller Absicht getötet hatte. Sie hätte mit Heathers Eltern gesprochen, aber die lebten auf Guernsey, weshalb man Beamte auf die Insel geschickt hatte, um ihnen die traurige Nachricht zu überbringen. Es lag an Kate und ihrem Team, den Täter aufzuspüren und vor Gericht zu stellen.

Angesichts der endlosen Listen von Freunden, Familienangehörigen und Kollegen, die kontaktiert werden mussten, waren alle voll ausgelastet. Tastaturen klapperten und Stimmen füllten den Raum, der an ein Hotline-Büro erinnerte, während jeder von ihnen seinen Beitrag leistete. Kate bat die Kriminaltechniker, das Bildmaterial der Überwachungskameras in der Umgebung der Newbury Avenue zu sichten, in der Hoffnung, dass sie etwas herausfinden würden, obwohl im Moment alles, was sie taten, kaum mehr als ein Schuss ins Blaue zu sein schien. Ein Telefonanruf nach dem anderen wurde mit einem leisen Seufzen und dem Drücken von Tasten beendet, bevor ein weiterer getätigt wurde. Heathers Tod hatte die Dringlichkeit der Ermittlungen erhöht.

Emma legte ihr Telefon weg, kritzelte etwas auf einen Notizblock und schüttelte den Kopf in Kates Richtung. »Heather hat gestern den ganzen Tag mit Deepa Singh gearbeitet, und die kann sich nicht erinnern, jemanden draußen gesehen zu haben, als sie gegen sechs Uhr ging.«

»Hat sie auch auf dem Parkplatz geparkt?«

»Nein, ihr Mann hat sie abgeholt. Er hat auch niemanden bemerkt.«

Jamie hörte auf zu tippen und meinte: »Was ich nicht verstehe, ist, woher der Angreifer wusste, dass Heather die Letzte sein würde, die nach Hause ging. Was, wenn Deepa das beabsichtigte Opfer war?«

Kate kratzte sich nachdenklich an einer Augenbraue. Hatte der Angreifer ursprünglich Deepa angreifen wollen, war dann aber durch die Ankunft ihres Mannes abgeschreckt worden? Sie zog die Möglichkeit in Betracht, dass jemand Trentham House den ganzen Tag beobachtet und darauf gewartet hatte, dass eine der beiden Frauen auftauchte. Doch das passte alles nicht zusammen. Vor allem wenn man sich die Opfer ansah. Die Ähnlichkeiten zwischen ihnen waren kaum zu übersehen und sie wurde das Gefühl nicht los, dass ihr Mörder sie absichtlich ausgewählt hatte. »Die Frage kann ich auch nicht beantworten«, sagte sie schließlich. »Im Moment gehe ich davon aus, dass der Mörder ein berechnender Mistkerl ist und wusste, dass Heather in Trentham House war und wann sie Feierabend machen würde.«

»Aber woher sollte er das wissen?« Jamie klang wie ein hartnäckiges Kleinkind.

Kate erklärte ihm nicht, dass sie immer ihrem Instinkt vertraute. »Er kannte die Gewohnheiten seiner Opfer. Er könnte sogar beide Frauen gekannt haben.« Ein anderer Gedanke kam ihr in den Sinn – die Handys der Opfer. Sie stach mit einem Bleistift in ihr Notizbuch und sagte mit fordernder Stimme: »Haben wir schon eine Antwort vom Mobilfunkanbieter der beiden Frauen?«

»Noch nicht«, antwortete Morgan.

»Noch nicht? Warum hast du nicht mehr Druck gemacht? Wissen die denn nicht, dass wir in einem Doppelmord ermitteln?«

Jamie hob beide Hände hoch. »Mein Fehler. Das war meine Aufgabe, aber ich war mit anderen Dingen beschäftigt und habe nicht nachgehakt.«

»Kümmere dich sofort darum. Sag ihnen, dass wir diese Informationen unbedingt noch heute brauchen. Die Antwort könnte in ihren Telefonprotokollen oder Textnachrichten liegen.«

»Wird gemacht.«

»Ich muss dich nicht daran erinnern, wie wichtig diese Sache geworden ist. Nicht nur weil Heather eine von uns war. Zwei Todesfälle in zwei Tagen. Wenn ich ehrlich bin, befürchte ich, dass er bald wieder eine Frau vergewaltigen und töten wird.«

Jamie ergriff wieder das Wort. »Ich habe nach einer Verbindung zwischen den beiden Frauen gesucht, wobei eine Sache besonders heraussticht – sie haben beide in Stafford gearbeitet. Und sie arbeiteten nicht nur in der gleichen Stadt. Tomkins Solicitors, die Kanzlei, in der Laura gearbeitet hat, liegt nur drei Straßen von der Newbury Avenue entfernt. Sie kannten sich vielleicht, gingen in die gleichen Cafés, suchten die gleichen Geschäfte auf ... Ich weiß nicht. Ich werfe es nur als Möglichkeit in den Raum. Ich habe mir ihre Social-Media-Accounts angeschaut und kann dort keine gemeinsamen Verbindungen erkennen. Aber sie könnten sich über den Weg gelaufen sein.«

Kate verschränkte die Arme und überdachte seine Theorie. Es gab noch eine andere Möglichkeit, zumal der Angreifer höchstwahrscheinlich ein Kampfsportfan war. »War Heather Mitglied in einem Fitnessstudio oder besuchte sie regelmäßig Sportkurse? Falls ja, überprüft, ob Laura auch irgendwann Mitglied war.«

»Guter Gedanke, Chefin«, sagte Jamie und machte sich eine Notiz.

Emma seufzte. »Ich kann einfach nicht begreifen, dass sie auf diese Weise getötet wurde. Ich mochte sie sehr. Erinnert ihr euch, als sie an diesem großen Betrugsfall gearbeitet hat? Sie war während der Besprechungen so aufmerksam wie ein Kind in der Schule, das begierig lernen wollte.«

»Ja, daran erinnere ich mich. Sie war wirklich voller Energie wie ein Minitornado, der durch das Büro wirbelte. Wenn man sie bat, etwas zu tun, war sie sofort zur Stelle und besorgte sich die Informationen, bevor man seinen Satz beendet hatte. Eine nette Frau. Und eine tolle Beamtin. Hey, was ist mit den Fällen, an denen sie gearbeitet hat? Vielleicht ist sie Laura so begegnet«, überlegte Morgan.

Emma öffnete den Mund und schloss ihn dann mit einem Kopfschütteln wieder.

»Raus damit«, drängte Kate.

»Na ja, ich dachte, dass sie vielleicht den Behauptungen nachgegangen sein könnte, dass Kevin Laura stalkte. Aber dann ist mir eingefallen, dass Laura ihn nicht angezeigt hat.«

»Schaut euch ihre offenen Fälle an«, sagte Kate. »Wir müssen jeden Stein umdrehen. Ich denke, wir haben es mit jemandem zu tun, der die Gewohnheiten dieser Frauen kannte oder sie gestalkt hat. Dieser Mann studiert ihre Gewohnheiten und wartet auf eine Gelegenheit, um zuzuschlagen. Ich denke, das sagt uns, dass wir es mit jemandem zu tun haben, den diese beiden Frauen kannten. Was Kevin betrifft, findet heraus, ob es irgendetwas gibt, das ihn mit Heather in Verbindung bringt. Bisher können wir ihn nicht als möglichen Verdächtigen ausschließen.«

»Was ist mit Lauras Ex-Freund?«, fragte Emma. »Wir haben ihn noch nicht identifiziert. Er könnte beide Opfer gekannt haben.«

»Das kann ich mir irgendwie nicht vorstellen«, sagte Jamie und verzog das Gesicht. »Er geht mit Laura aus, macht dann mit ihr Schluss, weil er wegen einiger dummer Facebook-Posts eifersüchtig ist, und greift sie dann ein paar Monate später an? Nein, das passt nicht.«

Kate wollte schon zustimmen, aber Morgan lehnte sich über den Schreibtisch und richtete einen Stift auf Jamie. »Warte mal eine Sekunde. Der Typ könnte labil sein. Wenn er so verdammt eifersüchtig auf einen Typen war, dem Lauras Facebook-Posts gefielen, dass er sie abservierte, könnte er auch labil genug sein, sie anzugreifen. Und was ist mit der Nachricht, die er in ihre Haut geritzt hat – *MEIN*? Der Typ ist besitzergreifend. Der Gedanke ist nicht so einfach von der Hand zu weisen.«

Kate nickte leicht. »Okay, aber was ist mit Heather? Er müsste sie auch gekannt haben.«

»Vielleicht hat er das«, überlegte Emma. »Wenn Laura sich mit einem Arbeitskollegen traf, würde das erklären, warum sie niemandem sagen wollte, wer der Mann war, und auch, warum sie kurz nach dem Ende der Beziehung gekündigt hat. Heather könnte mit der gleichen Person Kontakt gehabt haben.«

Jamie wischte ihre Worte mit einem abweisenden »Nein, das ist reine Spekulation« beiseite.

Emma sah ihn finster an. »Das nennt man Theorien erörtern.«

»Wie auch immer du es nennst, es ist keine richtige Polizeiarbeit.« Jamie wandte sich wieder seinem Computerbildschirm zu.

Sie wurden durch ein Klopfen an der Tür gestört. Einer der Forensiker, die Kate zu Lauras Haus begleitet hatten, hielt eine Tüte mit Beweismitteln hoch.

»Verzeihen Sie die Störung, Ma'am. Wir haben dies gerade in einem Buch in dem Haus gefunden, das wir durchsucht haben. Wir waren uns nicht sicher, ob es wichtig ist oder nicht.«

Kate nahm die Tüte und studierte den Inhalt: ein kleines Foto von Laura, einer anderen Frau und zwei Männern, die alle bunte Partyhüte trugen und Grimassen für die Kamera schnitten. Sie reichte das Bild herum.

»Es wurde in einer dieser Fotokabinen aufgenommen, die man für Partys mieten kann«, sagte Jamie. »Wir wollten eine für den sechzigsten Geburtstag meiner Mutter mieten, aber die kosten ein Vermögen. Weit außerhalb unserer Preisklasse.«

»In welchem Buch haben Sie das gefunden?«, fragte Kate den Beamten.

»In einem Buch mit Shakespeares Sonetten, wobei es als Lesezeichen für das Gedicht *Soll ich vergleichen dich dem Sommertag?* diente.«

»Okay, vielen Dank. Das könnte durchaus nützlich sein.«

Nachdem der Beamte gegangen war, meldete sich Jamie zu Wort. »Glaubst du, ihr Freund hat ihr das Buch geschenkt, Chefin?«

»Ja, meine Gedanken gingen in diese Richtung. Und ob einer der Männer auf dem Foto ihr Freund war. Es wäre hilfreich, wenn wir sie identifizieren könnten.«

Emma tippte auf ihrer Tastatur. »Ich werde meiner Theorie nachgehen und ihre Arbeitskollegen überprüfen.«

Von dort, wo Kate saß, konnte sie die Internetseite von Tomkins Solicitors und verschiedene Profile der Mitarbeiter sehen. Jamie stellte sich hinter Emma, die immer wieder auf die Maus klickte und bei einem Foto des Seniorpartners, Geoffrey Tomkins, innehielt. »Glaubst du wirklich, dass Laura eines dieser Fossilien daten würde?«, fragte Jamie.

»Hey, keine Vorurteile gegenüber älteren Menschen, bitte«, fuhr ihn Emma an.

»Oh, Entschuldigung. Ich habe nur einen absolut vernünftigen Einwand erhoben.«

»Stopp!« Kate hatte die Stimme erhoben.

Jamie erhaschte einen Blick auf das Foto, das auf dem Bildschirm angezeigt wurde. »Scheiße!«

Das Bild zeigte einen dunkelhaarigen, kräftig aussehenden Mann Ende dreißig. Emma las die folgende Bildunterschrift vor: »Christian Laurent, Leiter der Abteilung für Familienrecht und Kooperative Praxis.«

Kate stand auf, um einen genaueren Blick darauf zu werfen. Das war definitiv der Mann auf dem Bild aus dem Fotoautomaten. Emma scrollte weiter durch die Profile der anderen Partner, aber es gab weder von der Frau ein Bild noch von dem anderen Mann auf dem Foto. »Es gibt nur einen Weg, um herauszufinden, ob sie sich getroffen haben. Wir müssen ihn fragen. Jamie, bringe alles über ihn in Erfahrung, was du kannst, und Morgan, du sprichst mit Heathers Kollegen. Überprüfe, ob sie mit Tomkins Solicitors oder, genauer gesagt, mit Christian zu tun hatte.«

Sie drehte sich um, als jemand ihren Namen rief. William stand in der Tür. »Der Superintendent möchte kurz mit dir sprechen«, sagte er.

»Natürlich.«

William verschwand wieder und Kate schaute auf ihre Uhr. Es war kurz nach zwölf. Sie wappnete sich innerlich für das Gespräch, denn John Dickson gegenüber sollte man niemals irgendwelche Gefühle zeigen. Angesichts der Tatsache, dass er von William über die Fortschritte auf dem Laufenden gehalten wurde, musste es einen anderen Grund geben, warum er mit ihr persönlich sprechen wollte. Als sie die Treppe hinaufstieg, hörte sie Chris' Stimme laut in ihrem Ohr. »Sei vorsichtig mit dem, was du sagst.«

»Oh, das werde ich. Ich werde *sehr* vorsichtig sein.«

KAPITEL 12

Eingerahmt vom Licht, das durch das Fenster fiel, stand Superintendent John Dickson regungslos da und drehte sich nicht sofort zu ihr um. Es war wahrscheinlich Teil seines Spieles, sie zu destabilisieren, ihr das Gefühl zu geben, minderwertig zu sein oder in irgendeiner Weise Schuld zu haben. Doch sie würde nicht einknicken. Da würde er sich schon mehr anstrengen müssen. Kate blieb mit festen Beinen, geradem Rücken und erhobenem Kopf stehen und wartete darauf, dass er von ihrer Anwesenheit Notiz nahm. Als er sich schließlich umdrehte, sah sie zu ihrer Überraschung Angst in seinen Gesichtszügen. Seine Stimme klang freundlich.

»Danke, dass Sie gekommen sind. Bitte setzen Sie sich.«

Sie nahm den ihr angebotenen Platz ein. Das war nicht das, was sie erwartet hatte. Sie hatte keine Ahnung, was er vorhatte.

Er gesellte sich zu ihr und nahm entspannt in seinem großen Stuhl Platz, ein Bein über das andere geschlagen, die Hände über die ledernen Armlehnen drapiert. »Wir haben schon lange nicht mehr miteinander geplaudert, nicht wahr?«

»Nein, Sir.«

»Das war meine Schuld. Es gab viele dringende Angelegenheiten, die zu erledigen waren. Eigentlich wollte ich mich schon seit einiger Zeit mit Ihnen unterhalten.«

Sein sanftes Lächeln täuschte sie nicht und ihre Nackenhaare stellten sich auf. Seine Unaufrichtigkeit war offensichtlich und wurde von der Kälte in seinen Augen entlarvt. Doch sie spielte mit.

»Ich verstehe.«

»Wie kommen Sie zurecht?«

Sie ließ sich von der seltsamen Frage nicht beirren. Er täuschte entweder Höflichkeit vor oder versuchte, sie zu verunsichern, indem er sie daran erinnerte, was passiert war, als sie im März einen schweren Rückschlag und einen Zusammenbruch erlitten hatte. Seit ihrer Rückkehr im Mai hatte sie ihren Job jedoch gut gemacht, und er wusste das. Ihre Erfolgsquote sprach für sich. »Gut, danke, Sir. Keine Probleme.«

»Also, Kate, Sie brauchen für mich kein tapferes Gesicht aufzusetzen. Es ist erst vier Monate her, dass Sie die Wahrheit über Chris' Tod aufgedeckt haben. Sie sind dieses Jahr durch die Hölle gegangen und ...«

Sie konnte sich nicht beherrschen. »Wie Sie wissen, Sir, haben mich sowohl der Psychiater als auch der Arzt für diensttauglich befunden. Bei allem Respekt, ich verstehe das Problem nicht.«

Eine Schärfe schlich sich in seine Stimme. »Es gibt kein Problem. Ich wollte mich nur vergewissern, ob Sie sich in der Lage fühlen, diesen Fall weiter zu bearbeiten, zumal es sich nun um einen Doppelmord handelt.«

Wieder spielte sie mit. »Ich weiß Ihre Sorge um mein Wohlergehen zu schätzen, aber ich sehe keinen Grund, mich von den Ermittlungen zurückzuziehen. Ich bin der Herausforderung auf jeden Fall gewachsen und voll darauf konzentriert, den Täter zur Rechenschaft zu ziehen.«

»Das ist gut zu hören. In diesem Fall würde ich gern über die neueste tragische Entwicklung sprechen.« Er schüttelte traurig den Kopf, um seine Worte zu unterstreichen. »Es versteht sich von selbst, dass diese Untersuchung sowohl bei der Öffentlichkeit als auch bei der obersten Führungsebene, die einen reibungslosen Ablauf wünscht, auf großes Interesse stoßen wird. Heather war eine geschätzte CIO und ihr Tod macht uns alle sehr betroffen.«

»Ja, Sir.« Das Kribbeln im Nacken ließ nicht nach.

Er zögerte und tat so, als würde er sich vorsichtig in eine vorab festgelegte Richtung vorantasten. Sein schwaches Hüsteln, ein scheinbares Räuspern, verriet es. Es war der Vorbote zu seinem Finale.

»Ich will ehrlich zu Ihnen sein, Kate. Ich habe immer noch einige Zweifel an Ihnen. Ich fürchte, Sie sind mental nicht so belastbar, wie Sie tun.« Er hob eine Hand, um sie zum Schweigen zu bringen, und schenkte ihr ein Lächeln. »Das ist weder grausam noch abwertend gemeint. Sie haben enorme Fortschritte gemacht und sind von einem sehr dunklen Ort zurückgekommen. Und ich bin sehr stolz auf Sie. Ich sollte an dieser Stelle vielleicht erklären, dass dies einer der Gründe ist, warum ich Ihre Anfragen, Ihr altes Team zu leiten, abgelehnt habe. Ich bin mir sicher, dass meine Entscheidung Sie verärgert hat, und ich möchte klarstellen, dass es aus aufrichtiger Sorge um Ihre Gesundheit geschah. Ich glaube, Sie sind noch nicht so weit. Vielleicht bietet mir dieser Fall einen guten Grund, meine Meinung über Sie zu ändern.«

Sie hielt ihre Wut im Zaum. Er würde sie nicht dazu bringen, etwas zu sagen, was sie später bereuen könnte. Er sorgte sich nicht um sie. Dies war nicht mehr als ein Vorwand, um zu rechtfertigen, dass er sie im Innendienst eingesperrt hielt und ihre Karriere behinderte und sie nicht an den Punkt zurückkehren ließ, an dem sie vor Chris' Ermordung gewesen war. Dicksons Lippen bewegten sich, doch sie schloss seine Stimme aus und hing ihren eigenen Gedanken nach, bevor sie sich wieder auf ihn konzentrierte.

»Auch wenn die Untersuchung durch Heathers Tod eine hohe Aufmerksamkeit erlangt, werden Sie weiterhin als leitende Beamtin fungieren.« Er schaute einen Moment lang weg, kniff die Nasenlöcher zwischen Finger und Daumen zusammen, bis seine Nase weiß wurde, und stieß dann einen langen Seufzer aus. »Ich halte meinen Kopf genauso hin wie Sie. Der Chief Superintendent will Ergebnisse und ich erwarte von Ihnen und Ihrem Team, dass Sie in jeder Hinsicht vorbildlich sind. Lassen Sie mich jetzt nicht im Stich. Das wäre dann alles.«

Sie erhoben sich gleichzeitig, standen sich von Angesicht zu Angesicht gegenüber, die Atmosphäre war angespannt. Er hielt ihrem Blick für einen kurzen Moment stand, aber es reichte aus, um ihn zu deuten. John Dickson hasste sie.

* * *

»Wir haben Christian Laurents Adresse«, sagte Morgan, sobald Kate zurück ins Büro stürmte.

Sie schnappte sich ihre Autoschlüssel. »Na los, lass uns mit ihm sprechen.«

Jamie sah auf. »Alles in Ordnung, Chefin? Du siehst ziemlich sauer aus.«

»Ich möchte die Sache so schnell wie möglich aufklären, also sorge dafür, dass du jedes noch so kleine Detail über diesen Christian Laurent herausfindest. Und sammle sämtliche Informationen über Heather. Schick sie an unsere E-Mail-Adresse.« Sie drehte sich auf dem Absatz um und marschierte hinaus.

* * *

Die Fahrt nach Hints, einem kleinen, wohlhabenden Dorf zwischen Lichfield und Tamworth, verlief weitgehend ruhig. Morgan verbrachte die meiste Zeit damit, sein Handy auf E-Mails zu überprüfen und alle nützlichen Informationen über Christian Laurent vorzulesen.

»Er wurde 1981 in Lichfield geboren und hat vor acht Jahren seine Freundin Sophie geheiratet. Sie haben einen zehn-jährigen Sohn. Er arbeitete bis 2019 in einer Anwaltskanzlei in Lichfield, nahm dann eine Stelle bei Tomkins Solicitors in Stafford an und zog noch im selben Jahr nach Hints.«

Ihr Handy unterbrach seinen Monolog. Emmas Name leuchtete auf dem Autodisplay auf und sie drückte die Freisprechtaste am Lenkrad.

»Schieß los, Emma.«

»Heathers Mobilfunkanbieter hat uns endlich die gewünschten Informationen geliefert. Ich hatte nicht viel Zeit, die Liste der angerufenen Nummern durchzugehen, aber am Morgen vor ihrem Tod rief sie ein Prepaidhandy an. Ich habe die Nummer markiert, weil es im August einige Anrufe zwi-schen den beiden Telefonen gab und es die letzte Nummer war, die Heather anrief, etwa eine Stunde bevor sie Trentham House verließ. Ich schicke dir die Nummer rüber. Ich versuche gerade wieder, Laura Deans Telefonanbieter zu kontaktieren. Der trö-delt herum und behauptet, sie hätten zu wenig Personal.«

»Okay, danke für das Update.«

Sie fuhren in einen großen Kreisverkehr.

»Es ist nicht mehr weit. Du musst auf diese Spur wechseln«, sagte Morgan und wies auf die Fahrbahnmarkierungen.

»Du kennst dich hier aus?«

»Nicht wirklich, aber es gibt ein Restaurant mit einem Michelin-Stern in Hints.«

Kate kicherte, entschuldigte sich dann aber. »Sorry, aber die Vorstellung, dass du in einem Sternerestaurant isst, ist echt lustig.«

»Ja, ich weiß. Nicht mein üblicher ›Bier und Curry‹-Abend. Ich bin auch nur unter Protest dorthin gegangen. Die Eltern einer Ex-Freundin hatten uns eingeladen, um ihren Geburtstag zu feiern. Ich habe mich total blamiert, nicht mit dem richtigen Messer gegessen und den Rotwein geschlürft, als wäre er Limonade. Zu meiner Verteidigung muss ich sagen, dass ich total nervös war. Wie auch immer, wir trennten uns ein paar Wochen später. Nicht wegen des Essens«, fügte er hinzu.

»Ihr Verlust.«

Die Bemerkung brachte ihr ein Lächeln ein.

Ursprünglich schien Hints ein Ein-Straßen-Dorf gewesen zu sein, dessen Häuser von der Hauptstraße, der A5, zurückgesetzt gebaut waren, bis eine Schnellstraße um den Ort herum gebaut wurde. Auf der anderen Seite der Straße gab es nichts als riesige Felder, auf denen Erdbeeren wuchsen. Sie bogen in die School Lane ein und fuhren an Steinmauern, steilen Böschungen und hohen, dünnen Bäumen entlang, die den schmalen Durchgang säumten und deren Schatten den Weg verdunkelten. Die Straße schlängelte sich an Bauernhöfen und herrschaftlichen Anwesen mit Stallungen, Pferdekoppeln und lang gezogenen Zufahrten vorbei. Schließlich überquerten sie eine uralte Buckelbrücke und fuhren in den Dorfkern hinunter.

Morgan pfiff leise. »Sieh sich einer das Haus an. Nicht schlecht! Die Häuser kosten bestimmt ein paar Millionen.«

»Kann schon sein.« Reichtum beeindruckte Kate nicht. Sie stammte aus bescheidenen Verhältnissen und ihr Zuhause war ein modernes, frei stehendes Haus mit zwei Schlafzimmern, einfach im Design, aber wohnlich. Es konnte nicht mit der Architektur in dieser Straße mithalten, aber sie hatte sich nie nach etwas Größerem oder Protzigerem gesehnt. Alles, was sie sich jemals gewünscht hatte, war ein Ort für Chris und sich: ein Haus, das eines Tages ein Familienheim werden würde.

»Das ist es! Ach du meine Güte, sieh dir diese Bude an!«

Ein von einem Architekten entworfener, kühner, zweigeschossiger Bau tauchte vor ihnen auf. Er hatte zwar die Form eines traditionellen Hauses, doch an diesem Punkt endete bereits jede Ähnlichkeit. Das gesamte Gebäude schien in zwei Hälften geschnitten und die eine Hälfte einen Meter zurückgeschoben worden zu sein, bevor sie wieder mit ihrem Zwilling verbunden worden war, sodass sie nicht mehr korrekt ausgerichtet waren. Die Dächer waren versetzt und die von oben bis unten verglaste Fassade war mit Metallpaneelen durchwirkt. Ein angebauter einstöckiger Flügel, der anscheinend auch als Eingang diente, war in einem Nebenwinkel zwischen die Hälften gesetzt worden.

»Ist das eine Art zerquetschter Kies?«, fragte Morgan. Die winzigen hellgrauen Steine, die sich über die gesamte Länge der Auffahrt erstreckten, ähnelten poliertem Marmor.

»Keine Ahnung. Aber was auch immer es ist, es ist kein Unkraut in Sicht«, antwortete Kate nur mäßig interessiert. Morgan mochte von der seltsamen glasigen Auffahrt und den identischen Rasenquadraten überwältigt sein, die von weiteren Quadraten unterbrochen wurden, die abwechselnd mit spät blühenden roten und weißen Rosen gefüllt waren, doch irgendetwas fehlte in dieser bilderbuchmäßigen Anlage.

»Ich hätte auch gern so einen Protzbau. Der muss ein Vermögen gekostet haben.«

»Er ist Anwalt. Wahrscheinlich verdient er jedes Jahr ein fettes Gehalt.«

»Das Haus erinnert an die Glaspyramide vor dem Louvre, nur dass es keine Pyramide ist, sondern reines Glas: erlesen, geschmackvoll. Wirklich außergewöhnlich. Weißt du, was ich meine?«

»Ja, ich habe es begriffen. Es gefällt dir. Sehr sogar.«

Er schenkte ihr ein verlegenes Grinsen. »Mein Fehler. Normalerweise lasse ich mich nicht hinreißen. Aber das ist sozusagen mein Traumhaus. Modern. Anders. Okay, ich höre auf damit. Ich bin darüber hinweg. So was von drüber hinweg.«

»Bist du sicher?«

»Natürlich.« Er schenkte ihr wieder ein Lächeln. »Vielleicht sollten wir uns das Bad ansehen und ein bisschen herumlaufen, während wir hier sind … Du weißt schon. Um Inspiration für mein eigenes zukünftiges Haus zu sammeln.«

»Ich hoffe wirklich, dass du mich auf den Arm nimmst.«

»Natürlich tue ich das.«

Er stieg aus und Kate überprüfte schnell ihr Telefon und sah, dass Emma wie versprochen die Telefonnummer geschickt hatte. Dann sprang sie aus dem Auto, um sich ihrem Kollegen an der Haustür anzuschließen.

»Es gibt keine Türklingel«, sagte er.

»Dann klopfe, aber bitte vorsichtig. Nicht, dass du das Glas zerschlägst.«

»Als ob.« Trotzdem rollte er seine behandschuhten Finger zusammen, bevor er an die Tür klopfte.

Ein Mann erschien, ein Handy ans Ohr gedrückt. Er runzelte die Stirn über die Besucher, dann öffnete er und sprach mit der Person am anderen Ende der Leitung. »Ich muss Schluss machen. Hier geht etwas vor sich. Wir sehen uns später.« Er beendete das Gespräch und sah von Morgan zu Kate. »Kann ich Ihnen helfen?«

Sie hielten gleichzeitig ihre Dienstausweise hoch. »Mr Laurent?«

»Ja.«

»Ich bin DS Morgan Meredith, und das ist DI Kate Young. Wir kommen von der Wache in Stoke-on-Trent. Könnten wir kurz reinkommen?«

»Erst wenn Sie mir sagen, worum es geht.« Seine Augen verengten sich und er presste die Lippen leicht zusammen.

»Es geht um Laura Dean.«

»Inwiefern?«

»Es tut mir leid, Ihnen sagen zu müssen, dass sie tot ist, Sir.«

»Oh. O mein Gott! Das ist ja furchtbar.«

»Könnten wir reinkommen und Ihnen ein paar Fragen stellen?«

»Worüber?«

»Das würden wir gern drinnen besprechen«, sagte Kate.

»Ähm, okay. Ich denke schon, aber ich weiß nicht, inwieweit ich Ihnen behilflich sein kann. Ich habe sie seit Längerem nicht mehr gesehen.«

Sie folgten ihm in etwas, das eine Mischung aus Wintergarten oder Wohnzimmer und botanischem Garten zu sein schien, in der breitblättrige Malven und exotische Palmen in riesigen grauen Töpfen sowie ein verzierter Käfig standen, in dem zwei gelbe Sittiche von Sitzstange zu Sitzstange flatterten.

Christian bot ihnen Plätze auf einem geschwungenen Rattansofa mit enteneiblauen Kissen an. Für sich selbst wählte er einen passenden Hängesessel und ließ sich mit geübter Leichtigkeit hineinfallen. »Es tut mir wirklich leid, das von Laura zu hören. Was ist passiert? Ein Unfall?«

Morgan antwortete: »Sie wurde am Freitagabend überfallen.«

Er legte die Hand an die Kehle. Kate, geschult in Körpersprache, bemerkte die automatische und unwillkürliche Geste der Verletzlichkeit. Christian war bemüht, das Richtige zu sagen. »Das ist wirklich furchtbar. Und wie kann ich Ihnen behilflich sein?«

Morgan fuhr mit der Befragung fort und erlaubte Kate, Christians Verhalten zu beobachten. »Können Sie zunächst Ihre Beziehung zu Laura beschreiben, Sir?«

»Wie Sie wahrscheinlich wissen, war sie Sekretärin in der Kanzlei, in der ich arbeite.«

»Würden Sie sagen, dass Sie eine rein berufliche Beziehung zu ihr hatten?«

»Ja. Ja, das würde ich sagen.«

»Also rein professionell?«, wiederholte Morgan.

Christian rieb sich einige Male das Kinn, bevor er die Hand in den Schoß fallen ließ. Mit seiner körperlichen Präsenz und dem steinernen Blick war Morgan die richtige Person, um ihn in dieser Angelegenheit zu bedrängen.

»Sir, Sie müssen offen zu uns sein. Wenn Sie mehr als ein Arbeitsverhältnis hatten, müssen wir das wissen, um Sie aus den weiteren Ermittlungen ausschließen zu können. Verstehen Sie das?«

Er nickte einmal, dann noch zweimal. »Ja, ich verstehe. Wir haben uns vielleicht ein paarmal außerhalb der Arbeit getroffen.«

»Als Arbeitskollegen?«

»Wir waren Kollegen. Mehr nicht.«

Morgan starrte den Mann schweigend an.

»Ich habe Laura seit dem Tag, an dem sie ihre Kündigung eingereicht hat, nicht mehr gesehen oder gesprochen.«

Morgan reichte ihm das Foto aus dem Automaten. »Können Sie uns das dann erklären?«

Er lächelte müde. »Das wurde auf einer Party aufgenommen, letzten Sommer. Alle Gäste waren dazu eingeladen, sich fotografieren zu lassen.«

»Und Sie haben sich entschieden, mit Laura in die Kabine zu gehen. Warum gerade sie?«

»Ich ging mit vielen Leuten rein, nicht nur mit ihr. Meine Frau und ich waren Gastgeber der Party. Ich schätze, ich habe mich mit fast jedem Gast fotografieren lassen.«

»Die Sache ist die, dass Laura dieses Bild in einem Buch mit Liebesgedichten aufbewahrt hat. Es hat ihr offensichtlich etwas bedeutet.«

Als Christian nicht antwortete, fragte Morgan weiter: »Hatten Sie eine Beziehung mit ihr?«

»Nein.«

»Aber aus irgendeinem Grund hing sie an diesem Foto.«

Er richtete seinen Blick auf Morgan. »Wahrscheinlich wegen meiner Schwester, Ilsa. Das ist die andere Frau auf dem Bild.«

»Wollen Sie damit sagen, dass die beiden eine Beziehung hatten?«

Christian schaute weg. »Ich wüsste nicht, was Sie das angeht.«

»Darf ich Sie daran erinnern, dass wir in einem Mordfall ermitteln? Alles, was wir fragen, ist relevant, also schlage ich vor, dass Sie uns helfen.«

»Ich habe Ihnen gesagt, was Sie wissen müssen.«

»Würden Sie bitte bestätigen, dass Ilsa und Laura in einer Beziehung waren, Sir?«, fragte Morgan.

Christian seufzte. »Was Ilsa treibt, ist ihre Sache, nicht meine.«

An dieser Stelle hakte Kate nach. »Verstehen Sie sich gut mit Ihrer Schwester?«

»Auch hier kann ich den Sinn Ihrer Frage nicht nachvollziehen, weshalb ich nichts weiter dazu zu sagen habe. Ich weiß nichts über den Überfall auf Laura. Also, wenn Sie keine weiteren Fragen haben, möchte ich Sie bitten zu gehen. Ich bin ziemlich beschäftigt.«

»Wissen Sie, warum sie sich getrennt haben?« Morgan öffnete sein Notizbuch, kritzelte etwas hinein und sah dann auf, um auf eine Antwort zu warten. Christian beobachtete die Sittiche, die von Stange zu Stange hüpften.

»Sir.«

Er riss den Blick von den Vögeln los. »Ilsa bricht immer irgendeiner armen Kuh das Herz. Sie nimmt sie ins Visier, verzaubert sie und lässt sie dann fallen. Ich für meinen Teil billige ihre Methoden nicht und Laura hatte es nicht verdient, so schlecht behandelt zu werden. Sie war viel sensibler als einige der anderen Affären meiner Schwester. Das ist alles, was ich zu diesem Thema zu sagen bereit bin. Wenn Sie mehr wissen wollen, müssen Sie mit Ilsa sprechen. Ich hielt mich wie immer aus der Sache raus. Ich finde, das ist oft die beste Art, sich zu verhalten, wenn es um sie geht.«

Morgan hob bereitwillig seinen Bleistift und bat um Ilsa Laurents Kontaktdaten. Nachdem er sie notiert hatte, sah er zu Kate, ein Signal für sie, alles zu fragen, was sie auf dem Herzen hatte.

»Mr Laurent, hat Laura Sie kontaktiert, nachdem sie Tomkins Solicitors verlassen hat?«

»Nein.«

»Hat sie mit Ihnen in der Kanzlei über Ilsa gesprochen, während der Zeit, in der sie zusammen waren, oder nach der Trennung?«

»Nein, nie.« Obwohl seine Antwort bestimmt klang, blickte er nach unten, während er sprach.

»Obwohl Ilsa Ihre Schwester ist? Sicherlich haben Sie zumindest ab und zu Höflichkeitsfloskeln ausgetauscht oder die beiden sogar bei anderen gesellschaftlichen Ereignissen als der Party getroffen, auf der Sie das Foto mit den beiden aufgenommen haben.« Kate schenkte ihm ein halbes Lächeln, das ausreichte, damit er sich wieder an die Kehle fasste. Die Richtung, die die Befragung nahm, beunruhigte ihn. »Nun?«

»Nein. Wie ich bereits erklärt habe, wollte ich mich nicht in das Liebesleben meiner Schwester einmischen.«

»Es gab also keine Situationen, in denen Sie beide allein im Büro waren und über Ilsa geplaudert haben?«

Eine Kälte mischte sich in seine Stimme. »Wir haben nicht am Wasserspender herumgehangen und über ihr Liebesleben gesprochen, falls Sie das wissen wollen. Sie war eine effiziente Rechtsanwaltssekretärin und die Zusammenarbeit mit ihr war angenehm.«

»Sie mochten sie?«

»Ja. Ich mochte sie, aber nicht in einem romantischen Sinne. Sie war ... zerbrechlich und ich fühlte mich ein wenig verantwortlich für ihr Unglück.«

»Inwiefern?«

»Wenn ich nicht in einem Meeting gesteckt hätte, als Ilsa mich besuchen wollte, hätte sie keine Zeit gehabt, sich mit Laura anzufreunden und sie anzumachen.«

Die Art, wie er sprach, ließ einen neuen Gedanken aufkommen, und Kate zögerte einen Moment, bevor sie wieder sprach. »Sir, darf ich Sie fragen, ob Sie eifersüchtig auf die Beziehung Ihrer Schwester zu Laura waren?«

Er prustete laut, ein übertriebener, gutturaler Ausbruch, der Kate die Antwort gab. »Was für ein absurder Gedanke. Warum in aller Welt hätte ich eifersüchtig sein sollen?«

Kate behielt das Lächeln auf ihrem Gesicht bei. »Sehr gut, Sir.«

Morgan schrieb übertrieben auffällig etwas in sein Notizbuch und klappte es zu, bevor er sagte: »Wir müssen noch überprüfen, wo Sie sich am Freitagabend aufgehalten haben, sofern es Ihnen nichts ausmacht, uns diese Information zu geben. Es geht nur darum, Sie auszuschließen.«

»Oh, um Himmels willen! Sie können doch nicht wirklich glauben, dass ich für diesen Überfall verantwortlich bin.«

»Wie ich schon sagte, Sir, es geht nur darum, Sie auszuschließen.«

Er warf den Kopf zurück und sprach mit monotoner Stimme zur Decke. »Ich habe lange gearbeitet und das Büro irgendwann zwischen halb neun und neun verlassen. Auf dem Heimweg hielt ich im Red Lion in Hopwas an, um an den Feierlichkeiten zum Geburtstag von Geoffrey Tomkins teilzunehmen. Mehrere meiner Kollegen, die zu dieser Zeit schon dort waren, können das bestätigen. Und meine Frau wird bestätigen können, dass ich gegen elf Uhr nach Hause kam.«

»Kann auch jemand bestätigen, dass Sie zur angegebenen Zeit im Büro waren?«

»Nein, alle anderen waren bereits in den Pub gegangen. Ich wurde aufgehalten, weil ich gerade an einem schwierigen Fall arbeitete.«

»Ich verstehe«, sagte Morgan. »Wenn es Ihnen nichts ausmacht, würden wir gern eine DNA-Probe von Ihnen nehmen.«

»Wozu?«

»Wie ich schon sagte, Sir, es geht nur darum, Sie auszuschließen.«

»Nein, auf keinen Fall. Wenn Sie mich jetzt entschuldigen würden, ich habe zu tun.«

»Ich habe noch eine Frage«, sagte Morgan.

»Dann beeilen Sie sich bitte.«

Er blätterte durch einige Bilder auf seinem Telefon und hielt an einem von Heather an, bevor er das Gerät an Christian weiterreichte. »Kennen Sie diese Frau?«

Er betrachtete es und schüttelte den Kopf. »Nein.«

»Schauen Sie gut hin, Sir. Ihr Name ist Heather Gault.«

Er starrte noch einen Moment auf das Handy, bevor es zurückgab. »Ich kann mich nicht erinnern, sie jemals gesehen zu haben.« Er sprang auf und brachte die Sittiche erneut dazu aufzuflattern.

Kate legte eine Visitenkarte auf den Tisch. »Das ist meine Nummer, falls Ihnen noch etwas einfällt. Sagen Sie, Sir, sind Sie Mitglied in irgendwelchen Klubs oder Fitnessstudios?«

»Nein. Ich habe einen Personal Trainer, der zweimal pro Woche hierherkommt und mich fit hält.«

»Selbstverteidigung und Laufen?«

Er schüttelte den Kopf. »Hauptsächlich Zirkeltraining und Sparring.«

»Sie boxen?«

»Ja. Das hilft mir, Stress abzubauen.«

»Haben Sie jemals eine Kampfsportart praktiziert?«

»Ich habe vor ein paar Jahren ein bisschen Kickboxen gemacht. Aber ich sehe wirklich nicht die Relevanz ...«

Kate ließ ihn nicht ausreden. »Und kennen Sie vielleicht diese Telefonnummer?«

Sie zeigte ihm die Nummer des Prepaidhandys, die Heather angerufen hatte.

Er schüttelte den Kopf.

»Und was ist mit gestern Abend? Wo waren Sie da?«

»Gestern Abend? Da war ich im Büro.«

»Schon wieder?«

»Ja, schon wieder. Ich habe einen anspruchsvollen Job.«

»Um wie viel Uhr haben Sie das Büro verlassen?«

»Warum?«

»Könnten Sie bitte die Frage beantworten?«

Er seufzte. »Gegen Viertel nach acht. Meine Frau erwartete mich um acht Uhr zu Hause und ich kam etwas zu spät.«

»Hat zu der Zeit noch jemand im Büro gearbeitet?«

»Nein.«

»Und Sie arbeiten normalerweise auch samstags?«

»Ja, wenn ich viel Arbeit nachzuholen habe. Und gestern war so ein Tag.«

»Vielen Dank.«

»Okay.« Er starrte Morgan an, der sich in aller Ruhe vom Sofa erhob, sich vor ihn stellte und ihn überragte.

»Vielen Dank für Ihre Zeit, Mr Laurent. Wir müssen vielleicht noch einmal mit Ihnen sprechen.«

»Ich würde es begrüßen, wenn Sie mich vorher anrufen und einen Termin vereinbaren würden.«

»Wir werden versuchen, daran zu denken, Sir.«

KAPITEL 13

Ilsas Einzimmerwohnung war geräumig und gut aufgeteilt. Sie hatte den Raum maximiert, indem sie ihn übersichtlich ließ. Das Kochfeld, über dem eine Stahlhaube hing, sah aus, als würde es kaum benutzt werden, und alle Küchengeräte waren außer Sichtweite in Schränken versteckt, sodass nicht einmal eine Kaffeedose oder eine Tasse zu sehen waren.

Kate hockte auf der Kante eines runden Drehstuhls mit halbmondförmiger Rückenlehne und dick gepolsterten Armlehnen. Er war mehr Sofa als Sessel und konnte problemlos zwei Personen beherbergen, solange eine dieser Personen nicht Morgan war, der sich für einen knallgrünen Plastikstuhl entschieden hatte, der zum Bettüberwurf und zu den Kissen passte, die die grauen Möbel aufpeppten. Ilsa Laurent saß im Schneidersitz auf ihrem Bett, eine Schachtel mit Taschentüchern vor sich. Ohne Make-up war ihre Haut fleckig und ihre Augen funkelten vor Tränen. Sie trug eine weite Lounge-Hose und ein Unterhemd, das den Blick auf die schlanken, muskulösen Arme freigab, die verschiedene vom Yoga inspirierte Tattoos trugen: einen Mond, eine Lotusblume, das Om-Zeichen und die Chakren. Sie hob das Kinn. »Ich weiß nicht, was ich sagen soll. Die arme Laura.«

Sie griff noch einmal nach den Taschentüchern und putzte sich die Nase. »Sorry, das war ein ziemlicher Schock.«

»Das verstehe ich und es tut mir leid, dass wir Ihnen eine so schlimme Nachricht überbringen müssen. Fühlen Sie sich trotzdem in der Lage, uns ein paar Fragen zu Laura zu beantworten?«

»Natürlich, wie kann ich Ihnen helfen?«

»Ich würde gern mit Ihrer Beziehung beginnen. Warum haben Sie sich getrennt?«

Ilsas Stimme war hell und freundlich. »Es lag an mir. Ich bin nicht gut in Langzeitbeziehungen. Sie scheinen immer in die gleiche Richtung zu gehen. Am Anfang denke ich: ›Das ist die Richtige‹, und dann merke ich, dass sie es nicht ist. Laura war nicht das, wonach ich gesucht habe. Ich dachte, sie wäre es, aber sie war es nicht.« Sie schaute auf das Exemplar von Shakespeares Sonetten, das in Kates Schoß ruhte. Sie hatte bereits zugegeben, es Laura geschenkt zu haben. »Es ist so traurig, dass sie das Buch und das Foto behalten hat. Ich dachte, sie würde über mich hinwegkommen, genau wie ich über sie, dabei hing sie die ganze Zeit an vergangenen Erinnerungen und an uns. Das ist schrecklich traurig.«

»Man sagte uns, dass Sie sich wegen eines Missverständnisses auf Facebook getrennt haben. Es gab da einen ehemaligen Schulfreund, der Lauras Posts immer wieder gelikt hat.«

»O ja, ich erinnere mich. Kevin. Er war eine richtige Plage, so was wie ein Facebook-Stalker. Ich weiß nicht, warum sie nicht sehen konnte, was er war. Ich kam zufällig an einem Café vorbei, sah sie zusammen dort sitzen und bekam mit, wie er sie ansah. Ich wartete, bis sie nach Hause kam, und erklärte ihr, dass er an ihr interessiert sei. Richtig an ihr interessiert sei. Ich meinte, sie solle aufhören, sich bei ihm anzubiedern, und wir stritten uns. Sie dachte, das sei Unsinn, obwohl ich mir nur Sorgen um sie gemacht habe. Sie konnte das nicht sehen und die Dinge liefen aus dem Ruder. Als Nächstes brach sie in

Tränen aus, weil sie das Ganze an ihre Eltern erinnerte, die sich stritten, und dann wurde sie hochemotional, weinte und platzte mit allerlei Mist heraus, wie sehr sie mich liebe, dass sie ohne mich nicht leben könne und es nicht ertragen würde, wenn wir uns stritten. Sie war so … bedürftig, dass sich mir der Magen umdrehte. Und in diesem Moment kam mir die Erkenntnis – sie war nicht die Richtige für mich. Sie flehte mich an, ihr zu sagen, dass ich sie liebe, und ich muss leider gestehen, dass ich genau das Gegenteil getan habe. Ich war so wütend über ihr Verhalten, dass ich einige Dinge gesagt habe, für die ich mich jetzt schäme. Aber einmal ausgesprochen, kann man die Dinge, die man gesagt hat, nicht mehr zurücknehmen, oder? Ich habe sie verletzt, und damals war mir das egal. Ich wollte einfach nur raus aus der Beziehung, bevor sie mich erstickte. Also bin ich gegangen.«

»Haben Sie sie wiedergesehen?«

»Ein paarmal. Aber jedes Mal, wenn wir uns trafen, war es eine Katastrophe. Sie verhielt sich total seltsam: verrückt, verzweifelt, bis zu dem Punkt, an dem ich wusste, dass ich es nicht ertragen konnte, sie überhaupt zu sehen. Ich sagte ihr, dass es definitiv vorbei und meine Schuld sei, dass wir uns in eine Beziehung gestürzt hätten. Sie rief mich trotzdem immer wieder an, bis ich ihre Nummer blockierte und sie es endlich kapierte. Danach habe ich nichts mehr von ihr gehört.«

»Wann hatten Sie das letzte Mal Kontakt mit ihr?«

»Ende November, letztes Jahr.«

»Sie wussten nicht, dass sie die Kanzlei im Februar verlassen hat?«

»Doch, tatsächlich wusste ich das. Mein Bruder erwähnte, dass sie gekündigt hat. Er war ziemlich sauer auf mich, weil er dachte, dass es meine Schuld war, dass sie gegangen ist.«

»Hatte er sich gut mit Laura verstanden?«

»O ja, er hielt sie für die Tollste und war alles andere als erfreut, als ich anfing, mich mit ihr zu treffen. Er warnte mich, aber ich höre nie auf ihn.«

»Warum hat er Sie gewarnt?«

»Er weiß, was ich von Beziehungen halte … und missbilligt mein Verhalten aufs Schärfste.« Sie starrte einen Moment lang finster drein. »Es ist nicht so, dass ich sie absichtlich sabotieren wollte. Ich scheine nur einfach kein Glück damit zu haben.«

»Hat er Sie auch bei anderen Frauen gewarnt?«

»Nein, nur bei Laura.«

»Haben Sie eine Ahnung, warum?«

»Was glauben Sie denn? Er hatte was für sie übrig.«

»Sie meinen, dass er auf sie stand?«

Ilsa schenkte Morgan ein wissendes Lächeln. »Ja, ich würde sagen, dass er auf sie stand. Sie war genau sein Typ – ruhig, unterwürfig und unschuldig. Trotzdem war Laura *meine* Freundin, nicht seine, und sein Interesse beruhte nicht auf Gegenseitigkeit.«

»Sind Sie sicher?«

»Absolut. Laura war nicht in der Lage, eine Beziehung zu Männern aufzubauen. Sie fand sie … zu schwierig.«

»Und doch war sie mit Kevin Shire befreundet.«

»Er war eine Ausnahme. Haben Sie ihn schon einmal getroffen? Er ist … unbedrohlich und, ganz offen gesagt, ein Jammerlappen.«

»Und abgesehen von Kevin war sie mit keinem anderen Mann befreundet?«

»Nein. Sie hatte nicht viele Freunde, weder männliche noch weibliche. Da gab es noch diese alte Schulfreundin, eine Krankenschwester. Ich habe ihren Namen vergessen.«

»Alicia?«

»Ja, genau. Laura hat sich immer mit ihr getroffen, ein- oder zweimal in der Woche.«

»Aber Sie sind nie mitgekommen?«

Ilsa lachte leise. »Nein. Laura war es zu peinlich, von unserer Beziehung zu erzählen. Sie hatte sich nie dazu bekannt, lesbisch zu sein, und der Gedanke, es zu tun, machte ihr Angst. Das war einer der Gründe, warum ich wusste, dass es zwischen uns nicht funktionieren könnte. Ich halte nichts davon, meine Sexualität zu verstecken. Das ist nichts, wofür man sich schämen muss.«

»Was ist mit Arbeitskollegen? War sie mit einem von ihnen befreundet?«

Ilsa schüttelte den Kopf. »Sie kam gut mit ihnen aus, aber sie war nicht sehr gesellig.«

»Fällt Ihnen jemand ein, der ihr etwas Böses wünschte?«

»Überhaupt niemand.«

»Was ist mit ihrem Vater und seinem Partner? Hat sie einen der beiden Ihnen gegenüber erwähnt?«

»Nur selten. Ich schlug vor, sie gemeinsam zu besuchen, aber sie wollte nichts davon hören. Sie war überzeugt, dass Steve sie hasste. Das beruhte übrigens auf Gegenseitigkeit. Außerdem glaubte sie, dass Steve bereits ein Verhältnis mit ihrem Vater hatte, als dieser noch mit ihrer Mutter verheiratet war, und dass Steve sogar geholfen hat, sie zu töten. Das war natürlich lächerlich. Ihre Mutter hatte einfach nur Pech gehabt und Krebs bekommen. Das Problem war, dass Laura sich nicht mit der Tatsache abfinden konnte, dass so ein Mist einfach passiert. Und sie konnte nicht akzeptieren, dass ihr Vater sein Leben weiterlebte und eine neue Beziehung hatte.«

Sie starrte auf das Taschentuch und drehte es zwischen den Fingern. Winzige Stückchen rieselten wie kleine Schneeflocken auf ihren Schoß und sie stieß einen schaudernden Seufzer aus. »Ich hätte freundlicher sein sollen. Wenn ich mich nicht so abrupt von ihr getrennt hätte, wäre sie vielleicht nicht weggezogen und das hier wäre nicht passiert.«

* * *

Eine weitere Viertelstunde mit Ilsa ergab nichts Neues, was sie bei ihren Ermittlungen unterstützen konnte. Sie hatte keine Ahnung von Lauras Ladendiebstahl und ihren Depressionen gehabt und wusste wie Christian und andere Arbeitskollegen auch nicht, dass sie nach Abbots Bromley gezogen war. Sie hatte Laura komplett aus ihren Leben gestrichen und Kate fragte sich, wie viele wahre Freunde diese Frau gehabt hatte. Abgesehen von Alicia schien sich niemand viel aus ihr gemacht zu haben, was Kate sehr traurig fand. Morgan verarbeitete immer noch, was sie gehört hatten, seine Miene war ernst.

»Was hältst du von den beiden?«, fragte Kate.

»Christian war ziemlich angespannt, und das nicht, weil ich ihn zu Tode erschreckt habe. Er ist Anwalt, er sollte an Druck gewöhnt sein, dennoch wirkte er auf mich definitiv nervös.«

»Ich habe ein paar Gesten registriert. Zum Beispiel hat er sich den Nacken gerieben und war nicht voll und ganz auf dich konzentriert, während du bestimmte Fragen gestellt hast. Natürlich könnte er sich eingeschüchtert gefühlt haben, also sollten wir da nicht zu viel hineininterpretieren. Aber in Anbetracht dessen, was seine Schwester uns gerade erzählt hat, würde ich vermuten, dass er in Laura verknallt war, was auch seine Nervosität erklären könnte.«

»Ich glaube, da steckt mehr dahinter.«

»Da bin ich mir nicht sicher. Er kannte Heather nicht, und was, wenn er Laura mochte? Ilsa sagte, dass seine Gefühle nicht erwidert wurden.«

»Genau! Vielleicht war er unglaublich frustriert, dass sie nicht in ihn verliebt war. Was, wenn seine Gefühle über reine Schwärmerei hinausgingen? Und wenn er eifersüchtig genug war, ist er vielleicht über sie hergefallen.«

Kate verschränkte die Arme und überdachte seine Theorie. Sie war nicht zu weit hergeholt.

Morgan redete eifrig weiter. »Es dauert etwa dreißig Minuten, um von Abbots Bromley zum Red Lion in Hopwas zu gelangen, richtig? Er hat kein stichhaltiges Alibi, um zu bestätigen, dass er tatsächlich im Büro war. Also hätte er stattdessen zur Tatzeit in Abbots Bromley sein können. Er hätte genügend Zeit gehabt, das Verbrechen zu begehen, und trotzdem nach neun Uhr in dem Pub eintreffen können, um seine Kollegen zu treffen. Dasselbe gilt für Samstagabend. Von seinem Büro aus ist Trentham House fußläufig zu erreichen.«

»Aber das erklärt immer noch nicht den Überfall auf Heather.«

Morgan zuckte mit den Schultern. »Wer sagt, dass er nicht auch auf sie stand?«

»Und wir sind mit Kevin noch nicht fertig. Wir haben bereits Gründe, ihn zu verdächtigen ...« Sie schüttelte den Kopf. »Nein, du hast recht. Wir sollten Christians Alibi überprüfen. Bitte das Technikteam, alle Video- und Überwachungsaufnahmen in der Nähe seines Büros zu besorgen. Überprüfe, ob du ihn oder sein Auto zu den Zeiten entdecken kannst, in denen er angeblich in der Kanzlei war.«

Morgan stieß ein leises zustimmendes Grunzen aus und fügte dann hinzu: »Ich hatte den Eindruck, dass er Heather auf dem Foto erkannt hat. Er hat es zu schnell abgetan. Ich werde noch mehr über ihn recherchieren.«

»Das höre ich gern – Engagement.« Sie schaute auf ihre Uhr. Es war kurz vor vier.

»Vergiss nicht, dass du auch noch mit Coopers Tochter sprechen musst. Die Zeit läuft, Kate.« Die Stimme in ihrem Kopf schreckte sie auf. In den letzten Stunden hatte sie kaum einen Gedanken an Chris verschwendet.

Sie wandte sich an Morgan. »Die Straße hinauf gibt es eine Tankstelle. Würdest du für mich für fünfzig Pfund tanken, während ich uns Kaffee und Snacks besorge?« Während sie im Laden war, würde sie anrufen, um nachzufragen, wie es dem Mädchen ging, und vielleicht sogar ein Treffen für heute vereinbaren. Coopers Tod war ein Schlag, zumal es niemanden sonst gab, den sie nach dem Mord im Klub fragen konnte. Farai würde nicht noch einmal mit ihr reden und Sierra war wirklich ihre letzte Hoffnung.

»Kein Problem. Kannst du mir einen Cappuccino mitbringen?«

»Natürlich. Möchtest du ein Schokoladenblatt oder ein Herzmotiv obendrauf oder vielleicht ein Einhorn?«

Seine Schultern wackelten, als er leise lachte. »Milchschaum mit Zucker reicht völlig aus. Kein Muster.«

Sie hielten neben einer Zapfsäule, Kate sprang hinaus und überließ es Morgan, mit Einweghandschuhen und Einfüllstutzen herumzufummeln. Sie ging zur Kaffeemaschine und wählte einen Milchkaffee, und als die Maschine surrend und prustend zum Leben erwachte, rief sie Sierra an.

»Hallo?«

»Sierra, hier ist Kate.«

»Haben Sie das mit Dad gehört?«

»Es tut mir so leid. Wie geht es dir? Kümmert sich jemand um dich?«

»Eine Freundin. Ich bin … wie betäubt. Ich glaube nicht eine Sekunde lang, dass er sich selbst umgebracht hat. Er war bereit, seine Strafe zu verbüßen. Ich habe ihn erst neulich gesprochen und er war nicht deprimiert. Wenn er überhaupt darüber nachgedacht hätte … hätte ich das gewusst. Und was ist mit mir? Er würde so etwas nicht tun, ohne mir eine Nachricht zu hinterlassen oder sich zu verabschieden.« Ein Hauch von Hysterie hatte sich in ihre Stimme geschlichen.

»Ich würde gern bei dir vorbeikommen. Dann können wir darüber reden.«

»Sie glauben das auch nicht, oder? Können Sie herausfinden, was wirklich mit ihm passiert ist?«

»Ich weiß nicht ...«

»Aber er hätte sich nie das Leben genommen. Das würde er niemals tun.«

»Wir können später darüber reden.«

»Ja, okay. Wann?«

»Ich kann nicht genau sagen wann. Sobald ich hier wegkann.«

»Gut, ich werde hier sein.«

»Wir sehen uns später.«

Aus der Kaffeemaschine zischte Dampf und an den Seiten des Pappbechers bildete sich Schaum, der wie brodelnde Lava herunterlief. Sie fluchte, schnappte sich den Becher und wischte ihn mit einer dünnen Serviette ab, bevor sie einen Deckel daraufsetzte. Dann stellte sie einen zweiten Becher in Position, drückte die Espressotaste und griff, während er sich füllte, nach einer Auswahl an Schokoladenriegeln in den Regalen am Fenster. Von dort aus beobachtete sie, wie Morgan die letzten Tropfen Benzin aus der Zapfpistole schüttelte, bevor er sie an ihren Platz zurücksteckte. Sie eilte zur Kaffeemaschine zurück, sammelte die Becher ein und beglich die Rechnung. Für den Moment schob sie die Gedanken an Sierra und Cooper beiseite und kehrte zu Morgan zurück.

KAPITEL 14

Kate trank den letzten Rest ihres kalten Kaffees, den sie an der Tankstelle gekauft hatte, und sah sich im Büro um.

»Also, Leute, was haben wir?«

Emmas Antwort kam prompt. »Deepa Singh hat uns angerufen. Sie hat über das nachgedacht, was gestern passiert ist. Es war nicht nur so, dass Heather vor dem Weggehen mehrmals auf ihr Handy geschaut hat, als ob sie eine Nachricht erwartete, sie ist auch noch einmal in den Waschraum gegangen, bevor sie das Gebäude verlassen hat, um ihren Lippenstift neu aufzutragen. Deepa hat sich zu dem Zeitpunkt nicht viel dabei gedacht, aber inzwischen fragt sie sich, ob Heather vielleicht mit jemandem verabredet war.«

»Hatte sie einen Freund?«

»Wenn ja, hat Heather ihn nicht erwähnt.«

Kate nickte. Diese Frage war es wert, dass man ihr nachging.

Emma fuhr fort. »Soweit sie weiß, hatte Heather keine Beziehung zu Tomkins Solicitors oder Christian und es gab keine offenen Fälle, die auf eine Verbindung zwischen den beiden Opfern hinweisen könnten. Zum Zeitpunkt von Lauras Ladendiebstahl arbeitete Heather an einem anderen Fall. Deepa kennt die Nummer des Prepaidhandys nicht, gab mir aber einen anderen Hinweis. Im Juli wurde Heather ein Fall zugewiesen, bei dem es um einen Einheimischen ging, der seinen ehemaligen Chef bedroht hatte. Sie fand auf den Überwachungskameras Beweise dafür, dass er zum Zeitpunkt eines Brandanschlags auf dem Gelände war. Ich glaube, sie hatte ein paar Probleme mit ihm und wollte der Sache nachgehen.«

»Okay, gute Arbeit. Weißt du, wann wir Heathers Computer bekommen?«

»Er wurde an die Techniker geschickt. Der große Zampano wollte ihn nicht direkt zu uns kommen lassen.« Der große Zampano war in diesem Fall Dickson.

»Hat man dir einen Grund dafür genannt?«

»Nur dass kein Austausch von Informationen erwünscht sei.«

Das verstand Kate nicht. Sie interessierte sich nicht für sämtliche Fälle, in denen Heather ermittelt hatte, sondern nur dafür, ob sie Laura, Kevin oder vielleicht sogar Christian kontaktiert hatte. Die Tatsache, dass Dickson ihr das Leben so schwer wie möglich machte, während er gleichzeitig Ergebnisse forderte, ließ sie nur noch stärker an seinen Motiven zweifeln. Stellte er ihr absichtlich eine Falle, damit er sie degradieren oder versetzen lassen konnte, sodass sie aus seinem Leben verschwand? Sie würde ihn bei nächster Gelegenheit von Angesicht zu Angesicht damit konfrontieren.

Verdammter Dickson.

Sie versuchte, sich ihre Irritation nicht anmerken zu lassen. »Irgendwelche neuen Ideen oder Informationen?«

Jamie sackte in seinem Sitz zusammen und starrte auf die halb gegessene Tafel Frucht-und-Nuss-Schokolade in seiner Hand. »Ich kann keinen von Christians Arbeitskollegen erreichen. Keine Ahnung, wo die alle sind, aber niemand von ihnen geht ans Handy.«

»Vielleicht schalten sie es sonntags aus, um Zeit mit ihrer Familie zu verbringen«, meinte Emma.

Jamie gab einen missbilligenden Laut von sich. »Gemeinsame Zeit mit der Familie. Das wäre schön.«

Kate ließ ihn murren. Er hatte den Tag mit seiner schwangeren Frau und seinem Kind verbringen wollen. Das war das Problem mit diesem Job – er fraß die Wochenenden auf und beeinträchtigte das Familienleben. Wenigstens hatten Chris und sie es geschafft, ihre unsozialen Arbeitszeiten zu umgehen und etwas Zeit miteinander zu verbringen. »Versuch es morgen noch mal, wenn sie wieder hinter ihren Schreibtischen sitzen. Emma, hast du irgendetwas entdeckt, das uns einen Hinweis darauf geben könnte, wem das Prepaidhandy gehört, mit dem Heather kontaktiert wurde?«

Emma schüttelte den Kopf. »Sie hat den Messengerdienst von Whatsapp benutzt, also sind wir vorerst aufgeschmissen, bis das Technikteam uns helfen kann.«

»Es muss einen anderen Weg geben, um herauszufinden, was passiert ist. Heather war eindeutig mit jemandem zusammen – Lippenstift, eine Verabredung und ein Prepaidhandy«, sagte Morgan.

»Ich glaube, das Telefon gehört einem verheirateten Kerl«, sagte Jamie. »Das würde erklären, warum er ein Wegwerfhandy benutzt. Er will nicht, dass seine Alte es herausfindet. Es könnte sogar Christian sein.«

»Sie muss sich nicht unbedingt mit einem Mann getroffen haben«, sagte Emma. »Laura war mit Ilsa liiert.«

Jamies Brauen zogen sich zusammen. »Du glaubst, Heather war auch mit Ilsa zusammen?«

»Nein, so habe ich das nicht gemeint«, sagte Emma. »Ich wollte nur sagen, dass Heather sich nicht unbedingt mit einem Mann getroffen haben muss.«

Kate beteiligte sich nicht an den Spekulationen. Der einzige Weg, die Wahrheit herauszufinden, waren Fakten und Beweise. Sie unterbrach die beiden. »Wer auch immer es ist, wir

178

müssen die Person trotzdem identifizieren. Jamie, was ist mit den Videoaufzeichnungen?«

»Ich bin auf das gleiche Problem gestoßen wie Emma. Ich konnte noch niemanden dazu bringen, sich das anzuschauen. Das Technikteam ist sonntags immer unterbesetzt.«

»Okay. Was ist mit den Fitnessstudios und Klubs? Habt ihr überprüft, ob einer von ihnen einem beigetreten ist?«

»Ja, ich habe mich darum gekümmert und die Antwort ist nein. Heather hatte keine Mitgliedschaft in einem Fitnessstudio in Stafford oder Longdon, wo sie wohnte, aber sie ritt. Sie hat ein Pferd in einem Stall nahe Blackfields eingestellt.«

»Danke, Jamie. Was ist mit Lauras Telefonaufzeichnungen? Geht aus ihnen irgendein Kontakt zu Christian hervor?«

»Es gab nur ein paar kurze Anrufe und eine Nachricht, die mit einem Meeting für alle zu tun hatte und Ende August verschickt wurde. Danach nichts mehr«, antwortete Emma.

»Gab es keine anderen ungewöhnlichen Aktivitäten auf ihrem Telefon?«

»Nichts, was ich erkennen könnte. Ich habe eine Kopie an Felicity gemailt und gefragt, ob sie ein paar Minuten erübrigen kann, um es zu überprüfen.«

Felicity Jolly war Leiterin der technischen Abteilung, eine sie- benundfünfzigjährige Gamerin mit Sinn für schwarzen Humor und einer Leidenschaft für Technik. Kate fühlte sich in Felicitys Nähe immer wohl, aber die Technikerin war nicht sehr gesellig, außer mit ihrer Partnerin Bev, sodass Kate sie nur bei der Arbeit sah. Sie fummelte an ihrem Becher herum, zupfte am Papprand und riss ein Stück ab. Sie hatten so wenige Ansätze, denen sie folgen konnten, und so viel zu beweisen. Mit einer Idee, die nach dem Verlassen der Tankstelle in ihr zu brodeln begonnen hatte, klammerte sie sich an einen Strohhalm. »Was wissen wir eigentlich über Richard Deans Partner, Steve Rushmore? Haben wir bei ihm einen Hintergrundcheck gemacht?«

Morgan grunzte. »Nein, aber das sollten wir vielleicht tun. Zwischen Laura und ihm herrschte eine gewisse Feindseligkeit.«

»Kann ich das dir überlassen?«

»Klar, bin dabei.«

Eine E-Mail-Benachrichtigung ertönte auf Emmas Computer und sie warf einen Blick auf die Betreffzeile. »Lauras Pathologiebericht ist da.«

»Endlich. Ich werde ihn mir gleich ansehen«, meinte Kate, ließ ihren ausgefransten Becher stehen und trat hinter ihren eigenen Monitor. »So ein Mist, dass wir nichts haben, was Laura und Heather mit Christian oder Kevin in Verbindung bringen könnte.«

»Oder mit Ilsa«, sagte Jamie. Er richtete seinen Schokoriegel auf Kate. »Diese Möglichkeit haben wir bisher noch nicht ernsthaft in Betracht gezogen. Soll ich mich darum kümmern und das überprüfen?«

»Ja, tu das.« Sie öffnete den Anhang und las den Bericht, wobei ihr schwer ums Herz wurde. Der Überfall war brutaler gewesen, als sie geahnt hatten, und Laura hatte schwere innere Verletzungen erlitten. Der Vagusschlag hatte sie nicht getötet, sondern nur bewusstlos gemacht, und sie war während der Vergewaltigung und der Qualen, als ihr die Buchstaben ins Fleisch geschnitten wurden, wieder zu Bewusstsein gekommen, bevor sie zu Tode gewürgt wurde. Harvey konnte nicht identifizieren, womit sie geschnitten worden war, nur dass es offensichtlich eine dünne, scharfe Klinge gewesen war, die möglicherweise zu einem Messer oder sogar zu einem schmalen Schraubenzieher gehörte. Kate schloss die Augen. Die arme Frau musste schreckliche Angst gehabt haben. Tillys Gesicht tauchte vor ihren geschlossenen Lidern auf. Wenigstens war das Leben ihrer Stiefschwester verschont geblieben, Lauras Schicksal war dagegen von Anfang an besiegelt gewesen.

* * *

Um fünf Uhr dreißig beschloss Kate, ihre Kollegen allein weiterarbeiten zu lassen. Sie musste mit Sierra sprechen und das
Team kam auch ohne sie zurecht. Mit der Anweisung, sie anzurufen, falls sie etwas Wichtiges entdecken sollten, fuhr sie nach
Uttoxeter.

Die Fahrt auf der vertrauten Strecke zu einer Stadt, in der
sie einst gelebt hatte, rief weitere Erinnerungen an Tilly und
Daniel hervor. Obwohl es spät werden würde, wollte sie nach
ihrem Treffen mit Sierra noch ihre Stiefschwester besuchen.
Tilly hatte ihr die Hand gereicht und sie brauchten etwas Zeit
miteinander, auch wenn es nur eine gestohlene Stunde war. Kate
konnte sie nicht zurückgehen lassen, ohne sich zu bemühen,
wieder aufleben zu lassen, was sie einst gehabt hatten. Sie wählte
Tillys Nummer und wurde fröhlich begrüßt. »Kate! Ich hatte
nicht erwartet, von dir zu hören. Wie läuft die Untersuchung?«

»Nicht gerade glänzend.«

»Wie schade. Das bedeutet wohl, dass wir den Themenpark
erst in ein paar Tagen erkunden werden.«

Sie konnte hören, wie Daniel fragte, ob Auntie Kate am
Telefon sei. Ihr Herz schmolz dahin. »Ich werde versuchen,
meinen Zeitplan so auszurichten, dass wir ein paar Stunden
oder sogar einen halben Tag zusammen verbringen können.«

»Das wäre wunderbar.«

»Ich kann in einer Stunde oder so kurz vorbeischauen,
wenn ihr wollt.«

»Das würde mich sehr freuen. Hast du schon gegessen?«

»Noch nicht.«

»Ich bestelle uns Pizza.«

»Ist euch das nicht zu spät?«

»Ganz und gar nicht. Daniel, möchtest du Pizza zum
Abendessen?«

Sie hörte einen Jubelschrei im Hintergrund. »Ich muss erst noch jemanden in Uttoxeter befragen, bevor ich zu euch kommen kann. Ich melde mich kurz, wenn ich losfahre.«

»Super. Dann bis später.«

Das geschichtsträchtige und für seine Rennbahn berühmte Marktstädtchen Uttoxeter hatte auf Kate immer ein wenig verschlafen gewirkt. Trotz all der Sanierungsmaßnahmen, die seit ihrem Wegzug durchgeführt worden waren, hatte es sich immer noch eine Einzigartigkeit, den Hauch einer vergangenen Ära, erhalten, die sich in der Vielzahl der Gebäude, der häuslichen Architektur und dem Grundriss zeigte. Straßen und Gassen führten zum historischen Marktplatz, zu einem Kriegsdenkmal und einer Statue von Samuel Johnson, der im strömenden Regen mit nacktem Oberkörper Buße tat, weil er sich geweigert hatte, auf den Bücherstand seines kranken Vaters aufzupassen.

Kate interessierte sich nicht für die Vergangenheit, im Gegensatz zu ihrem Vater, der, wann immer er seine Tochter unterwegs begleitete, darauf bestanden hatte, irgendeine interessante Tatsache über den Ort zum Besten zu geben. Diese hier war die einzige, an die sie sich erinnern konnte.

Sie umfuhr die Fußgängerzone im Stadtzentrum, passierte einen Supermarkt, der auf einem Gelände stand, das zu der Zeit, als sie noch dort gelebt hatte, zum wöchentlichen Viehmarkt gehört hatte, der Bauern aus der ganzen Grafschaft angelockt hatte. Sierras Haus war eines der zahlreichen Häuser, die auf diesem riesigen Areal gebaut worden waren. Kate fand einen freien Platz am Straßenrand, parkte und machte sich zu Fuß auf den Weg zu Nummer einhundertzwölf, einem ganz anderen Haus als das, in dem Sierra vor Coopers Haftstrafe mit ihm gewohnt hatte. Es war ein einfaches, schlichtes Reihenhaus mit einem winzigen Vorgarten und Jalousien an den Fenstern. Es hob sich durch nichts von den anderen ab, was, so überlegte Kate, wahrscheinlich der Grund war, warum Sierra es ausgewählt hatte.

Sie hatte zwar öfter mit Sierra telefoniert, sie aber seit mehreren Monaten nicht mehr gesehen und war schockiert, als ihr die Zwanzigjährige mit den einst rosigen Wangen die Tür öffnete. Sie hatte tiefe Ringe unter den Augen und ihre Stimme war nur ein Flüstern. »Danke fürs Kommen.«

Kate folgte ihr in die Küche, wo sich eine Katze auf einem der beiden blauen Holzstühle unter dem Tisch zusammengerollt hatte und schlief. Die Möbel stammten nicht aus ihrem alten Haus. Dieser Ort war hochmodern und verströmte den Geruch eines Neubaus, eine Kombination aus verschiedenen Chemikalien, flüchtigen organischen Verbindungen, die aus neuen Farben, Dichtungsmitteln, Bodenbelägen, Holz und den anderen Baumaterialien verdampften, die beim Hausbau verwendet wurden. Hier gab es nichts, was Kate in ihrem Haus in Abbots Bromley gesehen hatte. Selbst die Tassen auf einem Regal schienen erst kürzlich gekauft worden zu sein. Sie nahm an, dass sie alles zurückgelassen hatte, zusammen mit den schlechten Erinnerungen, die mit diesem Haus verbunden waren.

Sierra bot Kate etwas zu trinken an. »Nein danke, ich hatte heute schon genug Koffein. Ich wollte sehen, wie es dir geht.«

»Ziemlich schlecht, offen gesagt. Ich hatte akzeptiert, dass Dad eine Weile weg sein würde, aber dass das passiert?« Dass Cooper ins Gefängnis musste, hatte seinen Tribut von seiner Tochter gefordert. Dennoch sah Kate die gleiche grimmige Entschlossenheit in Sierras Gesicht, die sie einst in Coopers gesehen hatte. »Er hat sich nicht umgebracht, Kate. Er verstand sich gut mit den anderen Häftlingen, half sogar einigen von ihnen, fitter zu werden, und brachte ihnen etwas Selbstverteidigung bei. Und er war sich sicher, dass er wegen guter Führung vorzeitig entlassen werden würde. Er hatte keinen Grund, sich umzubringen. Das hätte Dad niemals getan.«

»Ich glaube auch nicht, dass er das getan hat.«

Sierra knallte ihren Becher auf den Tisch. »Dann beweisen Sie es. Tun Sie irgendetwas. Wer auch immer ihm das angetan hat, soll dafür bezahlen!«

»So einfach ist das nicht. Mir sind die Hände gebunden. Das Gefängnis kümmert sich um alles und ich kenne niemanden da drinnen, den ich um Hilfe bitten könnte.«

»Jemand wollte seinen Tod und ich will wissen, wer und warum.«

»Ich werde einen Weg finden. Aber zuerst muss ich wissen, ob du weißt, worüber er mit mir sprechen wollte.«

»Nein.«

»Okay. Sag mir Wort für Wort, was er dir aufgetragen hat, mir zu sagen.«

Sierra schloss halb die Augen, bevor sie sprach. »Geh zu DI Young. Sag ihr, dass ich mit ihr reden muss, allein. Es ist dringend. Sie muss etwas erfahren.«

»Was muss ich erfahren?«

»Das ist alles, was er gesagt hat.«

»Worüber habt ihr vorher gesprochen?«

»Über dieses Haus und darüber, wie sehr er sich darauf freut, es zu sehen. Und wie stolz er auf mich war, weil ich hier draußen alles für ihn regelte.« Ihre Augen füllten sich mit Tränen, während sie sprach.

»Hat er jemanden erwähnt oder auf jemanden angespielt? Oder hat er angedeutet, dass er besorgt war?«

»Nein.«

»Bist du sicher, dass er sonst nichts gesagt hat? Nimm dir Zeit und denk darüber nach. Weißt du, jemand könnte euch beide belauscht haben, und was immer dein Vater wusste, könnte ihn das Leben gekostet haben.«

Die Tränen liefen nun ungehemmt über Sierras Wangen. Die Katze stand langsam mit einem kleinen Gähnen auf, wobei sie eine winzige rosa Zunge und scharfe weiße Zähne zeigte.

Sie sah Kate mit wachsamen Augen an. »Vielleicht. Ich bin mir nicht sicher.«

»Rede weiter, Sierra. Es könnte wichtig sein.«

»Es war, als ich gerade gehen wollte. Ich könnte mich aber auch irren.«

»Was war es?«

»Ich glaube, er sagte etwas über Sie, oder vielleicht auch über mich, und meinte etwas von vorsichtig sein müssen und erwähnte einen Zug. Aber in dem Moment machten sich alle daran zu gehen und es war so laut, dass ich ihn vielleicht falsch verstanden habe. Aber vielleicht hat auch jemand anderes gesprochen und gar nicht er.«

Kate begegnete dem Blick der Katze, ihr Herz pochte. Sierra hatte ihren Vater reden hören. Er wollte über den Amoklauf im Zug sprechen. Kate musste die Wahrheit hinter Coopers Tod aufdecken, denn das würde zu Antworten führen, die Dickson belasten könnten.

Sierra stellte den Becher ab und verschränkte die Arme. »Was soll ich tun?«

Ihre einzige Möglichkeit bestand darin, die Leiche ihres Vaters von einem anderen Pathologen untersuchen zu lassen und sich dafür einzusetzen, dass sie in das Leichenschauhaus in Stoke-on-Trent gebracht wurde, wo jemand, der nichts mit dem Gefängnis zu tun hatte, sie untersuchen würde. Vielleicht könnte Kate sogar Harvey Fuller dafür gewinnen. »Am besten wendest du dich direkt an das Gefängnis und verlangst eine zweite, unabhängige Autopsie.«

»Was passiert, wenn sie sich weigern?«

»Du brauchst Unterstützung, jemanden, der sich mit den Gesetzen auskennt oder vielleicht einen Anwalt oder jemanden in einer hohen Position kennt.« In dem Moment kam ihr eine Idee. »Was ist mit dem Freund deines Vaters, Bradley Chapman?« Kate hatte Bradley während der Ermittlungen zum

Tod seines Schwiegersohns mehrmals aufgesucht und befragt. Er hatte mit Cooper beim SAS gedient und sie waren auch nach dem Ausscheiden aus den Streitkräften Freunde geblieben.

Sierras Augen leuchteten für einen Moment auf und sie nickte langsam. »Ja, er kennt eine Menge wichtiger Leute.«

»Ruf ihn an. Sag ihm, was du vermutest, und bitte ihn um Hilfe. Wahrscheinlich hat er selbst einen Verdacht, was den Tod deines Vaters angeht. Schließlich waren sie beste Freunde.«

Sierra griff sofort nach ihrem Handy, wählte seine Nummer und sprach mit Bradleys Frau, bevor sie den Kopf schüttelte. »Er ist unterwegs, sollte aber in einer halben Stunde zurück sein.«

Kate sah auf ihre Uhr. Sie konnte nicht hier warten. Tilly erwartete sie. »Okay, ruf mich an, nachdem du mit ihm gesprochen hast, und dann sehen wir weiter.« Sie zögerte einen Moment. Bradley würde ihre Beteiligung möglicherweise nicht gutheißen, schließlich hatte sie ihn bei den Ermittlungen zum Tod seines Schwiegersohns stark unter Druck gesetzt. Er könnte seine Hilfe verweigern, wenn er herausfand, dass sie involviert war. »Erwähne mich nicht. Es ist besser, wenn wir das vorerst für uns behalten.«

Sierra umklammerte das Handy und nickte. »Ich bin sicher, dass er helfen wird. Er muss es einfach.«

Kate drückte im Geiste die Daumen, dass Bradley den nötigen Einfluss haben würde, um eine zweite Autopsie zu veranlassen. Es wäre die einzige Chance, um herauszufinden, was wirklich mit Cooper passiert war.

* * *

Tilly schlang die Arme um Kate, als hätte sie sie seit Jahren nicht mehr gesehen. »Kate!«

Daniel war ebenso erfreut und winkte ihr vor Freude mit einem dreieckigen Pizzastück zu. »Mummy hat Pizza bestellt.«

»Er konnte nicht abwarten. Sorry.«

»Alles gut. Es ist ziemlich spät fürs Abendessen, nicht wahr? Ich wette, er war am Verhungern.«

»Ja, vorhin hatte er noch keinen Hunger. Unsere innere Uhr hat sich wohl noch nicht umgestellt. Ich versuche, ihn länger als sonst wach zu halten, in der Hoffnung, dass er die Nacht durchschläft und wir morgen einen halbwegs normalen Tag haben können.«

»Und, wie schmeckt die Pizza, Kumpel?«

»Lecker!« Er zeigte seine perfekten weißen Zähne und seine Begeisterung war herzerwärmend. Sie konnte nicht anders, als über seine Grübchen auf den Wangen und die rot gefärbten Lippen zu lächeln.

»Was habt ihr denn heute so gemacht?«

»Wir sind Ski gefahren«, sagte er kauend.

»Wir sind zur Skihalle in Tamworth gefahren und hatten beide Unterricht, nicht wahr, Kleiner?« Er nickte, seine Augen funkelten. »Er war sofort Feuer und Flamme und viel besser als ich.«

»Mummy ist ständig umgefallen.«

»Dreimal!« Tilly strich mit ihrer freien Hand über sein Haar und ließ sie auf seinem Kopf ruhen. Kalte Krallen schlugen sich in Kates Herz. In diesem Moment hätte sie sofort mit Tilly getauscht. Die Mutterschaft hatte eine gute Seite an ihrer Stiefschwester zum Vorschein gebracht und sie konnte die ersten Ranken des Neides nicht ignorieren, die sich um ihr Herz wickelten wie Efeu um einen alten Baumstamm. Sie musste es unterdrücken.

»Ich nehme an, du hast keinen passenden Wein dazu, oder?«

»Natürlich habe ich den. Hier, nimm das.« Sie reichte Kate den Pizzakarton, der sich warm anfühlte.

Kate klappte den Deckel auf und atmete das Aroma von Kräutern und Käse ein, bevor sie ein Stück abriss und hineinbiss.

187

»Mmm!« Sie hielt den Blick auf Daniel gerichtet, der ihr nacheiferte, und gemeinsam füllten sie den Raum mit genießerischen Lauten, jeder lauter als der vorhergehende.

Tilly lachte. »Okay, das reicht, ihr zwei. Hier, bitte, Kate.«

Kate griff nach dem Glas und zwinkerte Daniel zu. Es war schön, ein gewisses Maß an Normalität im Leben zu haben.

KAPITEL 15

Kate stützte die Unterarme auf Chris' Schreibtisch und starrte auf die Pinnwand, die Finger um einen Stressball mit Smiley-Gesicht geschlungen – ein Scherzgeschenk für Chris, das sie in seiner obersten Schublade gefunden hatte. An der Tafel hingen mehrere Zettel, auf denen jeweils Namen und Daten standen, und zwischen den Stecknadeln war eine grüne Schnur gespannt. Was sie vor sich hatte, war ein immer größer werdendes Spinnennetzdiagramm, das schließlich zu einem in Rot geschriebenen Namen führte – Dickson.

»Wenn eine zweite Obduktion ergibt, dass Cooper keinen Selbstmord begangen hat, weiß ich, dass ich ihm immer näher komme. Es würde beweisen, dass Cooper zum Schweigen gebracht wurde. Und dafür gäbe es nur einen Grund: ihn davon abzuhalten, mit mir zu sprechen«, sagte sie.

Obwohl Chris nicht reagierte, vermutete sie, dass seine Antwort in die gleiche Richtung wie ihre eigenen Gedanken gegangen wäre. Nicht nur, dass der Gerichtsmediziner dem Antrag zustimmen musste, es gab auch strenge Richtlinien für solche Fälle. Dazu kam noch die Frage nach der Korruption innerhalb der Truppe. Wie weit reichte dieser Sumpf? Und ging Dicksons Einfluss weit genug, um eine zweite Autopsie zu verhindern?

»Wenn du eine bessere Idee hast, wäre jetzt ein guter Zeitpunkt, um sie mir mitzuteilen, denn ich bin gerade mit meinem Latein am Ende.«

Kate schleuderte den Antistressball in Richtung Tafel. Er schlug an der Seite des Schreibtischs auf, landete mit dem Gesicht nach oben auf dem Teppich und grinste sie an. Sie wusste, dass ihre Überlegungen lückenhaft waren, aber was blieb ihr übrig? Es war ja nicht so, dass sie irgendwelche kriminellen Kontakte oder Spitzel innerhalb des Gefängnisses von Thamesbury hätte, die Licht in die Angelegenheit bringen könnten. Die Namen auf der Tafel waren miteinander verbunden: Farai, Cooper, Dickson und Chris. Sie bückte sich, griff nach dem Ball, krallte die Finger um ihn und drückte ihn fest zusammen.

»Nun?« Sie warf den Ball in die Schublade und knallte sie zu.

Es kam immer noch keine Antwort.

»Ich werde Bradley anrufen. Hoffentlich ist er nach dem Gespräch mit Sierra etwas aufgeschlossener. Ich sollte meine Karten richtig ausspielen, denn wenn ich das nicht tue, wird er mir ordentlich die Meinung sagen, und dann gibt es niemanden mehr, den ich noch fragen kann.«

Bradley war während der Mordermittlung ein Verdächtiger gewesen und sie war nicht gerade glimpflich mit ihm umgegangen. Sie war sich nicht sicher, ob er sich ihr gegenüber öffnen würde.

»Vertraue deinem Bauchgefühl, Kate.«

Sie seufzte erleichtert, als sie die geflüsterten Worte hörte.

Bradley war Fahrlehrer, und so war es einfach, mithilfe einer Google-Suche seine Kontaktdaten herauszufinden. Sie schlenderte in die Küche und starrte hinaus in den Garten. Karmesinrote Blätter waren vom Ahorn nebenan herübergeweht worden und häuften sich auf ihrer Terrasse und auf den Gartenmöbeln. Sie sollten für den Winter vorsorglich abgedeckt werden, sonst würden sie vermoosen. Ein leeres Vogelfutterhaus, das am Ast eines Zierkirschbaums in der Ecke ihres Grundstücks hing, schwang im Wind. Chris hatte es immer wieder aufgefüllt, aber seit Januar war es leer geblieben. Sie starrte es an.

»Du solltest es nachfüllen«, sagte Chris' Stimme. »Es ist sinnlos, dass es da ist, wenn du es nicht auffüllst. Unter der Küchenspüle steht etwas Futter.«

»Das werde ich tun.« Sie wählte die Nummer und wartete auf eine Antwort.

»Hallo?« Bradley klang verschlafen.

»Morgen, Mr Chapman. Hier spricht DI Young. Es tut mir leid, dass ich Sie so früh störe, aber ich habe mich gefragt, ob wir uns auf einen kurzen Plausch über einen gemeinsamen Bekannten treffen könnten.« Sie hoffte, dass sie ausreichend geheimnisvoll klang, damit er erkannte, dass sie Coopers Namen nicht am Telefon erwähnen wollte.

Sie hatte es hinbekommen und seine Stimme klang schlagartig aufmerksam. »Ich glaube, das kann ich arrangieren.«

»Würde es Ihnen in, sagen wir, fünfunddreißig Minuten passen?« Sie musste mit ihm sprechen, bevor sie zur Arbeit ging. Sie konnte es sich nicht leisten, während der Ermittlungen zu fehlen. Sie hielt den Atem an und hoffte, dass er zustimmte.

»Wo?«

»Auf dem Parkplatz am Stausee.«

»Okay, ich treffe Sie dort.«

Damit war das Gespräch beendet und Kate nickte leicht und zufrieden. Er hatte weder ihre Bitte abgelehnt noch ihren Anruf infrage gestellt. Das war ein gutes Zeichen. Sie schaute auf die Uhr. Die Zeit war knapp, aber es reichte noch für eine schnelle Dusche vor dem Treffen. Sie musste den Schein wahren und durfte keine Anzeichen dafür liefern, dass sie an zwei Fällen arbeitete, von denen einer inoffiziell war. Damit brach sie die Regeln und würde mit Sicherheit ihren Job verlieren, wenn man sie erwischte.

* * *

Das Wasser war pechschwarz. Eine Gestalt in schwarzer Lederjacke, Jeans und Stiefeln lehnte an der Mauer und starrte über den Stausee. Bradley Chapman drehte sich um, als sie auf den Parkplatz fuhr, und kam sofort auf sie zu. Sie entriegelte die Türen und er ließ sich auf den Beifahrersitz fallen und brachte kalte Luft mit herein. Bradley hatte sich kein bisschen verändert, seit sie ihn das letzte Mal gesehen hatte. Ihm stand die Erfahrung in das markante Gesicht geschrieben und er strahlte eine Zuversicht aus, die nur die selbstsichersten Menschen hatten.

»DI Young. Ich kann nicht sagen, dass ich überrascht bin, von Ihnen zu hören. Ich habe gestern Abend mit Sierra gesprochen.«

»Ich bat sie, meine Beteiligung nicht zu erwähnen.«

»Das hat sie auch nicht, aber nach Ihrem Anruf heute Morgen habe ich eins und eins zusammengezählt. Ich werde Ihre Zeit nicht verschwenden. Erstens: Ich glaube nicht, dass Sie auch nur den Hauch einer Chance haben, eine zweite Autopsie zu bekommen, was ich Sierra auch gesagt habe. Allerdings habe ich zugestimmt, ihre Bitte zu unterstützen. Sie muss wissen, was wirklich mit ihrem Vater passiert ist, und ich übrigens auch. Cooper hätte sich nie das Leben genommen. Das weiß ich. Zweitens: Angenommen, es stellt sich heraus, dass Cooper ermordet wurde, wie wollen Sie seinen Mörder finden?«

»Ich überhaupt nicht. Es müsste eine interne Untersuchung durchgeführt werden.«

Seine Nasenlöcher blähten sich leicht auf. »Warum führen wir dann dieses Gespräch? Ich dachte, Sie strebten nach Gerechtigkeit für Cooper.«

»Sie haben recht, das tue ich. Aber leider kann ich nicht so vorgehen, wie ich gern würde. Wussten Sie, dass Cooper mich treffen wollte?«

»Nein.«

»Dann wissen Sie nicht, worüber er mit mir sprechen wollte?«

Er runzelte die Stirn. »Ich habe keine Ahnung.«

Diese Antwort war enttäuschend. »Aber Sie haben ihn doch besucht, nachdem er verhaftet wurde, oder?«

»Ja.«

»Und hat er Ihnen irgendwann mehr über den Überfall im Zug im Januar erzählt, bei dem mein Mann ermordet wurde?«

»Geht es hier darum?«

Sie nickte unmerklich. »Ich vermute, dass Cooper wegen Informationen getötet wurde, die er über diesen Amoklauf weitergeben wollte. Er bat Sierra, sich mit mir in Verbindung zu setzen, und sagte, er müsse dringend mit mir sprechen. Doch dann starb er genau an dem Morgen, an dem wir uns treffen sollten. Das ist sicher kein Zufall. Die beiden Dinge hängen zusammen, und wenn wir herausfinden können, dass er ermordet wurde, wird sich mein Verdacht bestätigen.«

»Und was werden Sie dann tun?«

»So weit bin ich noch nicht. Ich weiß nur, dass ich die Sache weiterverfolgen muss. Cooper war geistig fit und gesund und hatte eine Tochter, die er anbetete. Wenn er irgendwelche dunklen Gedanken gehabt hätte, wäre das Sierra oder Ihnen aufgefallen. Sein Tod sollte wie ein Selbstmord aussehen und jemand will den Mord vertuschen.«

»Ich verstehe.« Er schürzte die Lippen, dann sagte er: »Eine Sache, die ich gelernt habe, ist, dass man einen Insider braucht, wenn man interne Informationen bekommen will.« Er blickte weiterhin auf die kleinen Wellen, die über die Wasseroberfläche liefen. »Ich kann Ihnen da vielleicht helfen.«

»Wie?«

»Mein Bruder Jack sitzt wegen schwerer Körperverletzung ein und wurde vor zwei Monaten von Winson Green nach Thamesbury verlegt. Ich habe seit seiner Verurteilung nicht mehr viel mit ihm zu tun, aber ich könnte mit ihm sprechen, um herauszufinden, was er weiß. Er mochte Cooper, denn der hatte früher eine Schwäche für meinen eigensinnigen Bruder gehabt. Die beiden gingen immer zusammen zum Tontaubenschießen.«

»Das würde ich sehr zu schätzen wissen, Mr Chapman.«

»Damit das klar ist, ich mache das für Cooper und Sierra, nicht für Sie. Ich glaube nicht, dass einer von uns beiden so tun muss, als würden wir uns mögen. Ich werde Ihnen helfen, weil ich der Sache auf den Grund gehen und die Antworten finden möchte, die Sierra braucht. Und ich möchte, dass man meinen besten Freund für das Gute in Erinnerung behält, das er in seinem Leben getan hat, nicht für seine Fehler. Ich möchte nicht, dass er fälschlicherweise beschuldigt wird, ein Feigling zu sein, der sich das Leben genommen hat, denn, DI Young, das war er nicht. Er hatte mehr Mut in seinem kleinen Finger als die meisten Menschen in ihrem ganzen Körper.« Er stieß die Tür auf, ließ einen Luftzug herein und war im Nu verschwunden. Den Wind ignorierend, der an seinem Schal zerrte, marschierte er auf einen Range Rover zu und stieg ein, ohne einen Blick zurückzuwerfen.

Sie sah zu, wie die roten Rücklichter nach rechts verschwanden, bevor sie den Motor anließ. »Meinst du, ich kann ihm vertrauen, Chris?«

Seine Stimme schien weit entfernt, als stünde er außerhalb des Fahrzeugs. Verlor sie ihn? Sie wiederholte die Frage und versuchte angestrengt, sich sein Gesicht vorzustellen, als er antwortete: »Ja. Er wird dafür sorgen, dass er Antworten bekommt.« Sie entdeckte den kleinen Anflug der Zurechtweisung in seiner Stimme, der sich zu ihren Ängsten gesellte, ob sie das alles wirklich so weit verfolgen würde, wie es ihr möglich war.

»Ich hoffe, du hast recht.« Sie überprüfte ihr Spiegelbild im Rückspiegel. Ihr Haar war zurückgesteckt, der Ton ihres Lippenstifts neutral und auf die Wangenknochen hatte sie etwas Rouge aufgetragen. Sie sah aus wie eine DI, die eine Mordermittlung leitete. Was sie allerdings brauchte, waren Beweise und Verdächtige, denn egal wie aufgeräumt sie aussah, letztlich zählten nur Ergebnisse.

KAPITEL 16

Die einundzwanzigjährige Olivia Sandman eilte den Weg hinunter und kramte in ihrer übergroßen Tasche nach dem Autoschlüssel. Sie musste in zwanzig Minuten im Pflegeheim sein und war schon spät dran. Wenn sie jetzt noch der Verkehr aufhielt, wäre sie völlig aufgeschmissen. Sie hatte bereits zwei Abmahnungen wegen ihrer Unpünktlichkeit erhalten.

Wäre sie nicht bis spät in die Nacht aufgeblieben, um »Queer Eye« zu schauen, hätte sie vielleicht daran gedacht, den Wecker auf ihrem Handy zu stellen, und müsste jetzt nicht panisch aus dem Haus hasten. Sie hatte auch ihr Bett nicht gemacht und ihr Zimmer nicht aufgeräumt, was bedeutete, dass sie später, wenn sie nach Hause kam, eine weitere Standpauke von ihrer Mutter erwarten würde, worauf sie ebenfalls verzichten konnte. Mum führte sich in letzter Zeit wirklich auf wie eine blöde Kuh und beschuldigte Olivia, sich wie ein Gast in einem Hotel zu benehmen. Ja klar. Ein Einsternehotel. Das Haus war zwar ein Neubau, aber eng und charakterlos: ein großer Unterschied zu dem frei stehenden Bauernhaus mit vier Schlafzimmern, aus dem sie ausgezogen waren. Die Scheidung hatte ihren Tribut von ihrer Mutter gefordert. Das zu verlieren, was fünfundzwanzig Jahre lang ihr Zuhause gewesen war, stellte nur einen Teil davon dar. Was sie wirklich verletzt hatte, war der Verrat gewesen. Olivias Vater hatte ihre Mutter für eine weitaus jüngere Frau verlassen, was ihr nicht nur das Herz gebrochen, sondern auch den Verstand geraubt hatte. Und weil sie sich auf die Seite ihrer Mutter geschlagen hatte, lebte Olivia nun in Weston, was bedeutete, dass sie jedes Mal mit dem Auto fahren musste, wenn sie ihre alten Freunde sehen oder zur Arbeit gehen wollte.

Das Haus in der Salt Lane war kein Neuanfang für ihre Mutter, die seit dem Tag, an dem sie dort eingezogen waren, in eine noch größere Depression versunken war und an den meisten Abenden nichts anderes zu tun schien, als Gin in sich hineinzukippen und sich über ihr Schicksal zu beklagen. Doch Olivia hatte nicht vor, hier noch länger zu leben. Jetzt, wo sie ein festes Einkommen hatte, sparte sie jeden Penny ihres Gehalts für eine eigene Wohnung, auch wenn das bedeutete, dass sie zur Miete wohnen musste. Sie wollte nicht den Rest ihres Lebens in Weston mit ihrer traurigen Mutter verbringen.

Sie schluckte, um ihre trockene Kehle zu befeuchten. In der wahnsinnigen Eile, in der sie sich fertig gemacht hatte, war ihr nicht einmal Zeit für ihre übliche Tasse Tee und eine Scheibe Toast geblieben. Auch im Pflegeheim würde sie nicht dazu kommen, da ein voller Terminkalender auf sie wartete. Neben ihren anderen Aufgaben war sie vor allem für zwei Bewohner zuständig: Sie half ihnen beim Waschen und Anziehen, bei der Körperpflege sowie bei alltäglichen Dingen wie dem Bezahlen von Rechnungen oder sie saß einfach nur da und plauderte mit ihnen. Kein Tag war wie der andere und heute sollte sie mit einer Bewohnerin in die Stadt fahren, um ihr bei der Auswahl eines Geschenks für ihre Tochter zu helfen, die diese Woche zu Besuch kommen wollte. Vielleicht könnte sie sich während des Einkaufstrips ein Sandwich besorgen. Wo um alles in der Welt war der Autoschlüssel? Sie war sich sicher, dass er in der Tasche war. Sie erinnerte sich daran, dass sie ihn hineingeworfen hatte, als sie am Vorabend nach Hause gekommen war. Ihre tastenden Finger konnten ihn nicht finden. Er war irgendwo unter den anderen Utensilien begraben. Sie sollte die Tasche wirklich einmal gründlich ausmisten. Sie schüttelte sie, aber es tauchte kein Schlüssel auf. Verdammter Mist! Der Tag wurde immer schlimmer. Sie ging auf die leere Straße und zu ihrem Kia, der hinter dem Wagen ihrer Mutter geparkt war. Ihr Haus war eines von mehreren Reihenhäusern gegenüber einer Baustelle, von denen viele noch unbewohnt waren. Sobald die nächste Phase der Wohnbebauung abgeschlossen war, würden dort die gleichen Häuser wie hier stehen. Doch bis dahin wäre Olivia längst weg. Es war gespenstisch still auf der Straße, aber in der Ferne brummte bereits der morgendliche Verkehr auf der Hauptstraße nach Stafford. Verdammt, wo war denn nur der Schlüssel?

Sie hockte sich neben ihr Auto, kippte den Inhalt der Tasche auf den Boden und ließ den Blick über Zigarettenschachtel, Lipgloss, Spiegel, Kaugummi, alte Quittungen, Bleistift und Notizbuch schweifen, bis sie ihn endlich entdeckte. Sie griff danach, doch in diesem Moment ließ ein Geräusch sie erstarren. Was war das? Ein Husten. Nein, das war kein Husten. Das war Vogelgezwitscher – eine Ente oder ein anderer Wildvogel auf dem Kanal am anderen Ende der Straße. Sie entspannte sich, räumte eilig ihre Habseligkeiten wieder in die Tasche und sprang auf die Füße. Solange sie unterwegs in keinen Stau geriet, konnte sie noch rechtzeitig zur Arbeit kommen.

Der Mann erschien aus dem Nichts. Der Schlag kam aus heiterem Himmel und löschte alle Gedanken aus, während sie zu Boden stürzte.

KAPITEL 17

Emma saß bereits im Büro vor ihrem Computer, als Kate pünktlich um sieben Uhr dreißig eintraf.

»Du bist schon hier?«, fragte Kate.

»Ja, ich konnte nicht schlafen. Also bin ich um fünf Uhr zum Training gegangen und dann zum Sparring mit Greg. Der Mistkerl hat mich auf Herz und Nieren geprüft.« Greg war Emmas ältester Bruder. Ihm gehörte die Sportschule, in der sie regelmäßig trainierte. »Hat Tilly dich angerufen?«

»Nein.«

»Sie kam mit Daniel vorbei. Übrigens, er ist hinreißend. Greg nahm ihn mit ins Büro, versorgte ihn mit Cola und spielte mit ihm Spiele auf seinem Laptop, während ich deiner Schwester ein paar grundlegende Selbstverteidigungstechniken beigebracht habe. Sie lernt schnell.«

Kate war froh, dass ihre Stiefschwester die Herausforderung so bereitwillig angenommen hatte. »Oh, das ist toll. Nochmals vielen Dank.«

»Ja. Es hat mich gefreut, sie kennenzulernen. Wir werden wieder trainieren. Es hat mir sogar Spaß gemacht, sie zu unterrichten. Sie ist lustig.«

Kate lächelte. »Ja, sie war immer für einen Witz gut.« Bis zu dem Überfall. Kate freute sich nicht nur darüber, dass Tilly

199

lernte, sich selbst zu verteidigen, sondern auch darüber, dass sie einen guten Eindruck auf Emma gemacht hatte. Vielleicht würde sie sich noch mehr für Taekwondo interessieren und Emma bei zukünftigen Trainingseinheiten begleiten, falls sie sich dauerhaft hier niederließ. Vor dem Überfall war Tilly sehr beliebt gewesen – ein Mädchen, das keine Angst kannte und die Jungs wie ein Magnet anzog. Die Kombination ihres zerbrechlichen Aussehens mit ihrer »Nach mir die Sintflut«-Attitüde war eine berauschende Kombination für Teenager gewesen und Tilly hatte es nie an Verehrern oder Freunden gemangelt. Sie würde wieder Liebe finden. Dessen war sich Kate sicher.

Emma räusperte sich. »Ach so, ich habe mich mit dem DS in Verbindung gesetzt, der für den Fall zuständig war, an dem Heather gearbeitet hat, und mit ihm über den Einheimischen und die Drohungen gesprochen, die sie danach erhalten hatte. Sie hatte damals Aufnahmen von Überwachungskameras entdeckt, die ihn belasteten, aber es stellte sich heraus, dass er einfach zur falschen Zeit am falschen Ort gewesen und unschuldig war. Ich habe auch seinen Namen – Ollie Rankin. Ich habe ihn überprüft und herausgefunden, dass seine Ex-Frau eine einstweilige Verfügung gegen ihn erwirkt hat. Ich dachte, ich sollte das weiterverfolgen. Könnte einen Versuch wert sein.«

»Ich nehme an, du hast nicht zufällig auch eine Verbindung zwischen diesem Mann und Laura Dean finden können, oder?«

»Nein, aber vielleicht rutscht ihm etwas heraus, wenn ich mit ihm rede.«

Die Tür flog auf und Jamie spazierte herein. »Morgen!«

Emma entgegnete: »Du bist aber gut drauf. Hattest du schon Kontakt mit koffeinhaltigen Getränken?«

»Sehr lustig, Frau Wachtmeisterin. Nein, meine bessere Hälfte hat letzte Nacht mit Zach bei ihrer Schwester übernachtet, also konnte ich ausschlafen. Chefin, darf ich fragen, ob wir heute Abend Überstunden machen werden?«

»Es geht um eine Mordermittlung. Da besteht durchaus die Möglichkeit, dass wir länger arbeiten müssen. Ist das ein Problem?«

»Nein, ich könnte das Geld wirklich gut gebrauchen. Vor allem, wo bald noch ein weiteres Maul zu stopfen ist. Es ist nur so, dass meine Frau mich gefragt hat, ob ich auf unseren Jungen aufpassen könnte. Ihr wurde eine Reinigungsstelle in einem Bürogebäude angeboten. Jeder Penny zählt und so.« Er behielt einen fröhlichen Tonfall bei. »Ich werde ihr sagen, dass ich komme, sobald es geht, und dass sie die Schwiegermutter bitten soll, auf Zach aufzupassen. Worum soll ich mich als Erstes kümmern?«

»Um Christians Alibi für Freitagabend.«

»Alles klar.« Innerhalb weniger Augenblicke saß er an seinem Schreibtisch, das Notizbuch aufgeschlagen.

Kate holte eine Akte von ihrem Schreibtisch. Morgan hatte Informationen über Richard Deans Partner Steve hinterlassen, der von Beruf Juwelier und Inhaber der Firma Lichfield Jewellers war. Morgan hatte außerdem eine Notiz hinzugefügt: »Christian Laurent wurde in Lichfield geboren und arbeitete dort bis 2019 für Bennett and Spillane Solicitors.«

»Weiß jemand, wo Morgan ist?«

Alle schüttelten nur den Kopf.

»Jamie, wo wohnte Heather noch mal?«

»In Longdon.«

Kate rief Google Maps auf. Lichfield war weniger als acht Kilometer von Heathers Haus entfernt. Aus ihrer Personalakte ging hervor, dass sie 2015 mit ihrem Ex-Mann nach Longdon gezogen und nach der Scheidung drei Jahre später, im Jahr 2018, in der gemeinsamen Wohnung geblieben war.

Jamie beendete einen Anruf und winkte mit seinem Handy. »Geoffrey Tomkins ist sich nicht sicher, was die genaue Zeit angeht, bestätigte aber, dass Christian gegen halb zehn im Red

Lion in Hopwas auftauchte und blieb, bis alle gegangen waren. Das war gegen 22.45 Uhr. Soll ich bei seinen anderen Kollegen nachfragen?«

»Ja. Ich glaube, Morgan hat die Videoüberwachung angefordert, um Christians Geschichte über die Arbeit im Büro am Freitag- und Samstagabend zu untermauern, aber überprüfe das noch einmal«, sagte Kate. »Vorerst sollten wir Christian im Blick behalten. Nach dem, was seine Schwester uns erzählte, können wir davon ausgehen, dass er Laura weit mehr mochte, als er zugab, und sein Alibi ist immer noch unbestätigt. Ich kann zwar keine eindeutige Verbindung zwischen Heather und ihm herstellen, aber wenn er bis 2019 in Lichfield arbeitete und Heather in Longdon lebte, was nicht weit voneinander entfernt ist, besteht die Möglichkeit, dass sie ihm begegnet ist. Aber wir müssen auch eine Verbindung zwischen Heather und Kevin herstellen.«

»Er wohnt in Heathers Nähe. Vielleicht gingen sie in den gleichen Pub. Es gibt mehrere in Longdon. Ich werde das überprüfen«, sagte Emma.

Kate tippte auf Morgans Notiz. »Und dann ist da noch Steve Rushmore, der Partner von Lauras Vater. Er arbeitet seit zwanzig Jahren in Lichfield. Wenn wir nach möglichen Verbindungen zwischen den Opfern suchen, könnte die Tatsache, dass sie beide in der Nähe von Lichfield lebten, von Bedeutung sein.«

»Mal sehen, was wir herausfinden können«, sagte Emma und tippte Details in die Suchmaschine ein, bevor sie die Informationen auf ihrem Bildschirm überflog. »Lichfield ist eine beliebte Stadt. Wenn man bedenkt, wo beide Frauen wohnten, ist es fast sicher, dass sie dort eingekauft haben. Sie liegt nur etwa zehn Autominuten von Heathers Haus entfernt und doppelt so weit von Lauras.« Sie klickte auf einen Link. »Laut dieser Seite gibt es dort nur zwei Juweliere. Lichfield Jewellers scheint der größere zu sein.«

Kate stand auf und schaute über Emmas Schulter auf die stilvolle Internetseite, die Designerschmuck und Luxusaccessoires anbot. Emma scrollte weiter nach unten und Steves Gesicht strahlte sie an. »Sein Geschäft bietet auch einen Reparaturservice an. Wer weiß, beide Frauen könnten seine Kundinnen gewesen sein.«

»Ihr habt also die Notiz über Steve gelesen?«, sagte Morgan, der in der Tür aufgetaucht war. »Ich dachte mir, dass euch das vielleicht interessieren würde.«

»Ich denke auch, dass es sich lohnt, dem nachzugehen.« Kate hielt inne, die Augenbrauen zusammengezogen. »Aber ich würde es vorziehen, weiter nach möglichen Verbindungen zwischen Kevin, Christian und unseren beiden Opfern zu suchen. Beide Verdächtige wohnten in der Nähe der zwei Frauen, und obwohl es nur ein Bauchgefühl ist, bin ich mir sicher, dass sie etwas vor uns verheimlichen. Dir ging es bei Christian doch genauso, als wir mit ihm gesprochen haben.«

»Ja, das stimmt, und ich bin an ihm dran. Aber ich habe noch nichts gefunden, was den Verdacht erhärten könnte. Ich denke aber nicht, dass wir das ignorieren sollten. Steve und Laura kamen nicht gut miteinander aus.«

»Aber was ist mit Heather?«

»Er brauchte vielleicht keinen Grund. Er könnte sie aus irgendeinem willkürlichen Grund ausgewählt haben. Möglicherweise hatte er einen Streit mit ihr oder … vielleicht erinnerte sie ihn an Laura. Schließlich sehen sie sich sehr ähnlich.«

Kate dachte über diese Möglichkeit nach. Morgan hatte nicht ganz unrecht.

»Ich werde Kevin überprüfen«, sagte Emma. »Für ihn gilt das Gleiche. Er könnte Heather angegriffen haben, weil sie ihn an Laura erinnerte. Und wenn ihr mich fragt, ich denke, dass

Morgan recht hat. Wir sollten Steve genauer unter die Lupe nehmen.«

Kate warf einen Blick auf Steves freundliches Gesicht. Die Menschen trugen oft Masken, um ihre wahren Gefühle zu verbergen. Vielleicht war Steve ein Experte darin. »Okay. Ich überlasse es Jamie und dir weiterzugraben. Morgan, wir werden Steve einen Besuch abstatten«, sagte sie.

»Der Laden wird noch nicht geöffnet sein.«

»Dann besuchen wir ihn zu Hause.«

* * *

Richard Dean saß in Pyjamahose und Sweatshirt zusammengesunken in einem Sessel. Er hatte sich geweigert, Steve mit Morgan und Kate allein zu lassen. »Das ist Unsinn. Steve hat nichts mit Lauras Tod zu tun.«

Steve befestigte einen Manschettenknopf und zog das Hemd über seinem Handgelenk in Position. »Ist schon okay, Richard. Beruhige dich. Ich bin sicher, die Beamten kommen nicht ohne Grund hierher. Nun, wie kann ich helfen?«

»Sie sind Inhaber von Lichfield Jewellers?«, fragte Morgan, der in der Mitte des Zimmers stand.

»In der Tat, das bin ich.«

»Haben Sie diese Frau schon einmal gesehen? Entweder in Ihrem Geschäft oder in Lichfield?« Morgan reichte ihm Heathers Foto.

Steve schenkte dem Foto seine volle Aufmerksamkeit, bevor er die Frage mit einem Kopfschütteln beantwortete. »Ihr Gesicht kommt mir zwar vage bekannt vor, aber ich könnte nicht mit Sicherheit sagen, ob sie im Laden war oder nicht. Sie könnten meine Mitarbeiter fragen. Sie haben sie vielleicht bedient. Ich arbeite eher im Büro hinten an Reparaturen und habe weniger mit den Kunden zu tun.«

»Sie erinnern sich nicht daran, sie bedient zu haben?«

»Nein.«

»Sagt Ihnen der Name Heather Gault etwas?«

»Ich fürchte, nein.«

»Sie haben keinen Auftrag für sie erledigt?«

»Nein. Es tut mir leid, dass ich Ihnen nicht weiterhelfen kann. Ich nehme an, das ist alles?« Sein rundes Gesicht wurde breiter, als er ein Lächeln versuchte.

»Tatsächlich ist es das nicht«, sagte Kate. »Wir möchten wissen, wo Sie sich am Freitag- und Samstagabend aufgehalten haben.«

»Das ist absurd!« Richard sprang auf, sein Gesicht war nur Zentimeter von Morgans entfernt.

Morgan rührte sich nicht. »Bitte setzen Sie sich, Mr Dean. Es ist völlig normal, dass wir nach dem Aufenthaltsort aller Personen fragen, die Ihre Tochter kannten. Als Krimiautor müssten Sie das wissen.«

Richard gehorchte nicht, sondern stieß stattdessen mit dem Finger gegen Morgans Brust. »Was ich weiß, ist, dass es Irrsinn ist zu fragen, ob mein Partner etwas mit dem Mord an meiner Tochter zu tun hat! Er war am Freitagabend und am Samstag hier bei mir. Notieren Sie sich das, DS Meredith, und dann finden Sie den, der sie getötet hat, anstatt hier Ihre Zeit zu verschwenden.«

»Ich verstehe, dass Sie wegen Ihrer Tochter sehr aufgebracht sind, aber bitte fassen Sie mich nicht an.«

Richard realisierte, was er getan hatte, ließ den Kopf sinken und murmelte eine Entschuldigung.

Kate drehte sich zu Steve um. Der weit aufgerissene Blick, den er kurz in Richards Richtung geworfen hatte, als er sich für seinen Aufenthaltsort verbürgte, war ihr nicht entgangen. »Stimmt das? Waren Sie den ganzen Abend über hier?«

»Ja.«

»Mr Rushmore, Ihnen ist bekannt, dass wir die Aufnahmen der Videoüberwachung oder sogar Ihr Navigationsgerät anfordern können, um die Bewegungen Ihres Fahrzeugs zu überprüfen? Außerdem gibt es da noch die Telefonaufzeichnungen …«

Mit gesenktem Kopf zupfte er an beiden Manschetten, bevor er sagte: »Ich war vielleicht eine Weile unterwegs.«

»Steve!«, zischte Richard.

»Ich habe nichts zu verbergen.« Steves Gesicht hatte etwas von seiner rötlichen Farbe verloren.

»Wo sind Sie hingegangen, Sir?«, fragte Morgan.

»Ich habe einer Kundin eine Perlenkette gebracht. Sie brauchte sie am nächsten Tag für die Hochzeit ihrer Tochter. Sie war zur Reparatur in der Werkstatt gewesen und schwieriger zu reparieren, als ich zuerst gedacht hatte. Sie war noch nicht fertig, als sie am späten Freitagnachmittag vorbeikam, um sie abzuholen. Da es sich um ein Familienerbstück handelte und die Braut sie unbedingt für die Hochzeit haben wollte, versprach ich, sie an diesem Abend persönlich bei ihr vorbeizubringen.«

»Können Sie mir Namen und Adresse der Person nennen, an die Sie geliefert haben?«

Wieder mischte sich Richard ein. »Das ist nicht nötig. Sie können sie anrufen. Steve hat die Telefonnummer.«

»Ja, ja. Ich kann Ihnen ihre Nummer geben. Sie wird bestätigen, was ich Ihnen gesagt habe. Wie gesagt, ich habe nichts zu verbergen.«

Diese Ausweichtaktik funktionierte bei Kate nicht. »Wo wohnt die Kundin, Mr Rushmore?«

Ein weiterer Blick ging zwischen den Männern hin und her, dann schloss Steve für einen kurzen Moment die Augen, bevor er antwortete. »In Uttoxeter.«

Kate stieß einen übertrieben lauten Seufzer aus. Es gab drei Hauptstrecken von Lichfield nach Uttoxeter; eine führte durch Abbots Bromley. »Und um wie viel Uhr haben Sie diese Halskette ausgeliefert?«

»Gegen halb acht.«

»Und Sie verließen Ihr Geschäft in Lichfield und fuhren direkt nach Uttoxeter?«

»Ja.«

»Welche Strecke haben Sie genommen?«

»Steve!«, zischte Richard erneut eindringlich, aber Steve fuhr sich mit dem Finger unter den Kragen und antwortete: »Die kürzeste, über Armitage und Abbots Bromley.«

»Und sind Sie auf demselben Weg zurückgekommen?«

Er nickte.

»Wann sind Sie auf dem Heimweg durch Abbots Bromley gefahren?«

»Gegen halb neun.«

»Ich verstehe.«

»Ich habe nichts zu verbergen«, wiederholte Steve. »Wenn ich schuldig wäre, hätte ich mir von Richard ein Alibi geben lassen. Aber mir ist es lieber, wenn Sie die Wahrheit kennen.«

»Ist Ihnen klar, dass Sie damit etwa zum Zeitpunkt des Überfalls am Tatort waren?«, fragte Kate.

»Ich habe Laura nicht überfallen und ich habe nichts Ungewöhnliches gesehen, als ich durch das Dorf fuhr. Ich hatte einen langen Tag hinter mir und wollte nur nach Hause.«

Morgan ergriff das Wort und lenkte Steves Aufmerksamkeit auf sich. »Es stimmt doch, dass Laura und Sie sich nicht gut verstanden haben, oder?«

»Wir haben keinen Hehl daraus gemacht, nicht wahr, Richard?«

»Nein, haben wir nicht. Viele Familien verstehen sich nicht gut. Nichts davon macht ihn zu einem Mörder.«

»Wann haben Sie Laura zuletzt gesehen, Mr Rushmore?«, fragte Morgan.

»Das ist lange her. Ich habe sie seit Monaten nicht mehr gesehen.«

»Und wie lange kennen Sie Mr Dean schon?«

Steve zuckte mit den Schultern. »Seit Jahren.«

»Wie viele Jahre genau?«

»Zwanzig oder so?«

»Dann kannten Sie Mr Dean schon, als er noch verheiratet gewesen war?«

»Ja.« Er strich sich über den Bart. »Wir kannten uns.«

»Darf ich fragen, ob Sie Ihre Beziehung aufnahmen, als Mr Deans Frau noch lebte?«

Richard schüttelte den Kopf. »Hören Sie sofort auf damit. Steve, antworte nicht! DS Meredith, unser Privatleben geht Sie nichts an und es hat auch keine Relevanz für Ihre Ermittlungen. Steve hat Ihnen gesagt, wo er war, und ich kann bestätigen, dass wir gestern Abend zu Hause waren. Prüfen Sie unsere Telefonaufzeichnungen oder was auch immer Sie tun müssen, aber wir waren beide hier. Wenn Sie uns jetzt belangen und diese Befragung auf dem Revier fortsetzen wollen, dann tun Sie das. Ansonsten würde ich Sie höflich bitten, uns in Ruhe zu lassen. Ich habe eine Menge zu erledigen und muss Vorbereitungen für die Beerdigung meiner Tochter treffen.«

Morgan bewahrte sein Pokergesicht. »Ich musste Sie das fragen, Sir, weil Laura ihren Freunden erzählt hat, dass sie glaubt, dass Steve und Sie vor dem Tod ihrer Mutter eine Beziehung hatten und dass Sie für den Tod ihrer Mutter verantwortlich sind.« Richards Kiefer klappte nach unten, aber Morgan fuhr unbeeindruckt fort. »Wenn Laura ihren Verdacht gegenüber ihren Freunden geäußert hatte, könnte sie auch mit Verwandten oder Ihren Freunden gesprochen haben und ich bin sicher, dass diese Anschuldigungen Auswirkungen auf Sie beide gehabt hätten.«

Die Augen des Schriftstellers verengten sich zu Schlitzen. »Sie war ein verwirrter Teenager und der Kummer verdrehte ihre Gedanken. Sie schlug um sich und suchte nach jemandem, den sie für den Tod ihrer Mutter verantwortlich machen konnte – einen Tod, der durch natürliche Ursachen und nicht durch die Handlungen anderer herbeigeführt wurde.«

Steve warf ihm einen flehenden Blick zu, der jedoch ignoriert wurde, und Kate erfasste schnell die Situation. »Dann hatten Sie bereits eine Beziehung, bevor Ihre Frau starb.«

Richard zuckte leicht mit den Schultern. Die Wahrheit war raus. »Ich kann Ihnen versichern, dass Megan nie etwas von uns wusste. Laura erfuhr erst ein paar Tage vor dem Tod ihrer Mutter von uns, und Steve und ich legten unsere Beziehung danach sofort auf Eis. Laura brauchte mich. Ich opferte meine Beziehung zu Steve, um meiner Tochter die Zeit zu geben, die sie brauchte, um zu trauern. Und erst als ich das Gefühl hatte, dass sie sich ausreichend erholt hatte, trafen wir uns heimlich wieder, bis ich entschied, dass sie mit dieser Tatsache fertigwerden konnte. Leider hatte sie die Nachricht nicht so gut aufgenommen, wie wir gehofft hatten. Aber egal wie schwierig oder unhöflich sie zu ihm war, Steve nahm alles gelassen hin und hat nie ein schlechtes Wort über sie verloren.« Er sah zu Steve hinüber und schenkte ihm ein halbes Lächeln. »Ich weiß nicht, wie er es mit ihr aushielt, aber er tat es. Er war geduldig und verständnisvoll. Er hätte ihr niemals etwas angetan.« Seine Schultern sackten nach unten und Steve sprang vor und legte einen Arm um seinen Partner. Er begegnete Kates Blick.

»Ich denke, es ist Zeit für Sie zu gehen. Wie Sie sehen, regt ihn das furchtbar auf. Er hat seine einzige Tochter verloren und Sie sprechen mit ihm, als wäre er ein Krimineller.«

»Das war nie unsere Absicht, Sir«, sagte Kate. »Aber wir sind verpflichtet, allen Ermittlungsansätzen nachzugehen.«

»Das weiß ich«, sagte Steve. »Es ist nur so, dass sie anfangs mit ihren wiederholten Anschuldigungen eine Menge Ärger verursacht hat. Es hat eine ganze Weile gedauert, bis die Gerüchteküche verstummt ist. Es war eine schreckliche Zeit für uns alle, vor allem für Richard, und dass Sie das alles wieder hochholen, vor allem in Anbetracht dessen, was der armen Laura passiert ist, nun … Sie verstehen doch, oder?«

»Ja, Sir. Ich fürchte, wir müssen noch DNA-Proben von Ihnen beiden nehmen, bevor wir gehen. Nur um Sie auszuschließen. Wir müssen jeden befragen, der mit ihr Kontakt gehabt haben könnte.«

»Was?«

Steve brachte Richard sanft zum Schweigen. »Ist schon okay. Wir müssen die Polizei ihre Arbeit machen lassen. Sie müssen herausfinden, wer Laura getötet hat.«

Richard nickte. Steve sah Morgan an. »Also tun Sie, was Sie tun müssen.«

KAPITEL 18

Der Parkplatz vor dem Hauptquartier war bereits ziemlich voll und sie hatten dicht neben einem Polizeiwagen und einem Van den letzten freien Platz gefunden.

»Wir werden sehen, ob uns die DNA-Ergebnisse weiterbringen«, meinte Kate, während sie sich aus dem Auto quetschte. Seit sie die beiden Männer verlassen hatten, hatten Morgan und sie über die Wahrscheinlichkeit diskutiert, dass Steve ihr Täter war. Obwohl ein Telefonat mit der Besitzerin der Perlenkette die Uhrzeiten bestätigt hatte, war Kate immer noch hin- und hergerissen, was den übermäßig hilfsbereiten Steve betraf.

»Er schien nicht sonderlich verärgert über Lauras Verhalten zu sein, obwohl sie versucht hatte, ihre Beziehung zu sabotieren.«

Steve wirkte auf sie nicht besonders dickhäutig und Lauras Verhalten hatte ihn sicherlich verletzt. Trotzdem war sie nicht so versessen darauf wie Morgan, Steve auf die Liste der Verdächtigen zu setzen, zumal sie nichts Konkretes hatten, was seinen Verdacht stützte. Auf dem Rückweg zum Revier hatten sie bei dem Juwelierladen angehalten, den Mitarbeitern Heathers Foto gezeigt und wieder kein Glück gehabt. Niemand konnte sich daran erinnern, sie im Laden gesehen zu haben. Morgan knallte die Autotür zu. Kate verstand seine Frustration und sagte: »Beschäftige dich weiter mit Heathers Hintergrund.

Finde heraus, ob du eine Verbindung zwischen Steve und ihr herstellen kannst.« Das reichte aus, um ihn zu besänftigen.

»Chefin!« Jamie kam auf sie zugelaufen. »Ich habe mit Christians Arbeitskollegen gesprochen, die alle bestätigen, dass er am Freitagabend im Red Lion war, obwohl keiner von ihnen genau sagen konnte, wann er ankam. Also bin ich auf dem Weg zum Technikteam, um die Videoüberwachung zu überprüfen.«

»Okay. Sollte ich sonst noch irgendetwas wissen?«

»Der Superintendent hat nach dir gesucht. Ich habe ihm gesagt, dass ihr einen möglichen Verdächtigen vernehmt. Er fragte, ob du in seinem Büro vorbeikommen könntest, sobald du zurück bist.«

»Okay.«

»Ich bin schon auf dem Weg.« Jamie machte auf dem Absatz kehrt und eilte davon.

Kate schritt mit hocherhobenem Kopf zum Eingang. Dickson würde zweifellos den Druck erhöhen. Sie ging zuerst in die Damentoilette, überprüfte ihr Äußeres, steckte die herausgerutschte Bluse wieder in den lockeren Bund ihres Rockes zurück und ging dann die Treppe hinauf.

»Herein.«

»Sie wollten mich sprechen, Sir?«

Er hob den Kopf, den er über einen Bericht gesenkt hatte, und blickte in ihre Richtung. »Ich wollte Sie darüber informieren, dass ITV den Überfall auf Heather nachstellen und heute Abend in ›Real Crime‹ ausstrahlen wird. Bevor Sie etwas sagen, der Befehl kommt von oben. Ich weiß, dass es für Sie alle zusätzliche Arbeit bedeutet, aber dabei könnte durchaus etwas Nützliches herauskommen. Außerdem möchte ich, dass Sie und Ihr Team bei den Dreharbeiten dabei sind.«

»Darf ich fragen warum? Das ist nicht üblich.«

»Ich möchte, dass die Leute, die die Dreharbeiten verfolgen, beobachtet werden, für den Fall, dass der Mörder unter ihnen ist.«

»Das ist unwahrscheinlich. Es sei denn, er weiß davon.«

»Die Programmmacher haben die Erlaubnis erhalten, diese Nachstellung öffentlich zu machen, und es in den sozialen Medien herausposaunt.«

»Und ich wurde nicht informiert? Sie wollen den Mörder ködern, ihn an den Tatort locken und aus einer Menge von – ich weiß nicht wie vielen – Leuten aufstöbern und ich wurde trotzdem nicht um Rat gefragt?«, zischte sie.

»Sie hatten zu der Zeit andere Prioritäten und ich informiere Sie jetzt. Ich weiß, es ist weit hergeholt, aber es ist einen Versuch wert. Er ist ein arroganter Mistkerl und diese Art von Übermut führt oft zu Fehlern. Manchmal kommen die Täter zum Tatort zurück und genießen es, sich zwischen anderen Schaulustigen zu verstecken, sobald die Rettungskräfte eintreffen. Genau das probieren wir aus, indem wir ihm die Möglichkeit geben, an einer Nachstellung teilzunehmen – den Nervenkitzel des Moments noch mal zu erleben. Und wir brauchen dort Leute, die alles im Blick haben, um festzustellen, ob sich jemand ungewöhnlich verhält. Wir wollen ihn nicht verschrecken, also soll Ihr Team dabei sein, keine Uniformierten.«

»Und was ist, wenn ziemlich viele Leute auftauchen und wir keine Einzelperson ausmachen können?«

»Wie gesagt, die Entscheidung kam von oben und ich erwarte, dass Sie die Anweisungen ausführen. Wenn viele Leute auftauchen, werden Sie damit klarkommen müssen.«

Sie öffnete den Mund, um etwas zu sagen, wurde aber mit einem steinernen Blick unterbrochen.

»Das wäre dann alles, Kate. Sorgen Sie dafür, dass Ihr Team und Sie um halb sechs dort sind, bevor die Dreharbeiten beginnen.«

»Ja, Sir.«

Zurück im Büro erzählte sie Morgan von dem neuen Plan. Er kratzte sich am Kopf und runzelte die Brauen. »Nur damit ich das richtig verstehe: Wir alle werden uns bei der Rekonstruktion eines Verbrechens unter die Schaulustigen mischen, in der Hoffnung, dass der Mörder bei den Dreharbeiten auftaucht?«

»So kann man es zusammenfassen«, antwortete Kate. »Also sorg dafür, dass alle um halb sechs in der Newbury Avenue sind. Und in der Zwischenzeit sollten wir versuchen, ihn aufzuspüren.«

»Wenn er einer der Typen ist, die wir bereits befragt haben, wird er uns sehen und abhauen«, sagte Morgan.

»Dann müssen wir die Augen offen halten und hoffen, dass wir ihn zuerst entdecken«, antwortete sie. Unabhängig davon, wie sie darüber dachte, mussten sie Befehlen gehorchen. »Okay, gehen wir an die Arbeit. Ich möchte mehr über das Armband herausfinden, das Heather trug. Also ruf ihren Ex-Mann an und höre dir an, was er dir darüber sagen kann. Ich fange bei ihren Freundinnen an, um zu erfahren, ob sie sich mit jemandem getroffen hat.«

Die Erste auf ihrer Liste, Zoe Farrington, hatte ihr Pferd im gleichen Stall in Blackfields wie Heather untergestellt. Sie konnte sehen, wie Morgans Kiefer arbeitete, während er sprach, aber sie konzentrierte sich auf ihren eigenen Anruf und die melodische Stimme am anderen Ende der Leitung. Sie stellte sich vor und kam auf Heather zu sprechen.

Zoes Stimme klang bedrückt. »Ja. Arme Heather. Alle im Stall stehen unter Schock. Ich kann es gar nicht begreifen.«

»Kannten Sie sie gut?«

»Ja, ziemlich gut. Wir sind schon seit Ewigkeiten befreundet.«

»Wir tun alles, was wir können, um herauszufinden, wer sie überfallen hat. Ich hatte gehofft, dass Sie mir ein wenig über ihr Privatleben erzählen können. Sie hat ihren Arbeitskollegen nicht viel verraten und wir kennen bisher nur wenige Details. Wir glauben, dass sie am Samstagabend mit jemandem verabredet war, und würden gern mit dieser Person sprechen. Haben Sie eine Idee, wer das gewesen sein könnte?«

»Es könnte Paul gewesen sein. Sie hat ihn auf Tinder kennengelernt und ist ein paar Mal mit ihm ausgegangen. Er arbeitet auf der Pferderennbahn in Uttoxeter.«

»Was genau macht er da?«

»Er kümmert sich um das Marketing.«

»Kennen Sie seinen Nachnamen?«

»Tut mir leid, nein.«

»Haben Sie ihn schon einmal getroffen?«

»Nein, aber Heather war ziemlich scharf auf ihn. Sie zeigte mir Fotos von ihm. Sie glauben doch nicht, dass er sie überfallen hat, oder?«

»Wir stehen noch ganz am Anfang unserer Ermittlungen. Wir werden versuchen herauszufinden, ob sie sich an diesem Abend mit ihm treffen wollte.«

»Falls das ihre Absicht war, hat sie es mir gegenüber nicht erwähnt, als wir am Morgen ausgeritten sind, bevor sie zur Arbeit ging.«

»Sind Sie oft zusammen ausgeritten?«

»Mindestens einmal in der Woche und fast an jedem Wochenende.«

»Und Sie haben sich dabei unterhalten?«

»Natürlich.«

»Hat Heather jemals über ihren Job gesprochen?«

Ein Schnüffeln war zu hören, gefolgt von einer Pause, als Zoe sich die Nase putzte. Schließlich meinte sie: »Nicht sehr oft.«

»Sie hat niemanden namens Ollie Rankin erwähnt?«

»Doch, ich erinnere mich an ihn. Er hat sie eine Zeit lang bedroht. Es ist nichts Schlimmes passiert, aber sie blieb ein paar Nächte bei mir, weil sie allein zu Hause Angst hatte. Aber dann hat sich alles aufgeklärt.«

»Hat sie etwas über einen Ladendiebstahl gesagt?«, fragte Kate. »Er fand im Februar letzten Jahres statt.«

»Ähm. Eigentlich schon, aber Heather hat den Fall an eine andere Person weitergegeben.«

»Hat sie Ihnen gesagt warum?«

»Das musste sie nicht. Ich wusste warum. Er hat schlechte Erinnerungen heraufbeschworen.«

»Welche Erinnerungen?«

Für einen Moment herrschte Stille, bevor Zoe antwortete. »Persönliche.« Es gab eine weitere Pause, dann sagte sie: »Nachdem Greg sie verlassen hatte, ging es ihr wirklich ziemlich schlecht. Sie konnte es nicht einmal ertragen, zu reiten oder in den Stall zu kommen. Also ging ich mit ihr shoppen – ein Mädelstag in Solihull, um sie aufzumuntern. Doch es hat nicht funktioniert. Sie war die ganze Zeit furchtbar niedergeschlagen. Auf dem Rückweg zum Auto hielten wir an einer Drogerie, damit ich mir eine Gesichtscreme kaufen konnte. Während ich in der Make-up-Abteilung stand, schaute ich zufällig auf und sah, wie sie ein Parfüm-Geschenkset in ihre Tasche steckte und wegging. Sie hatte offensichtlich nicht vor, es zu bezahlen. Ich ging geradewegs auf sie zu, packte sie am Arm und fragte sie, was zum Teufel sie da tat. Sie wurde plötzlich nervös und wirkte verwirrt. Sie behauptete, sie wisse nicht, warum sie das Set genommen habe; es war nicht einmal ein Parfüm, das sie benutzte oder mochte, und sie hatte genug Geld, um es zu bezahlen. Ich habe sie dazu gebracht, es zurückzustellen, bevor sie erwischt wurde. Sie hätte ihren Job verloren, wenn jemand anderes sie gesehen hätte. Jedenfalls erinnerte der Fall sie an diesen Tag. Heather sagte, dass die Frau die gleiche Hölle durchmachen musste wie sie nach der Trennung. Sie hatte das Gefühl, nicht unparteiisch genug zu sein, um den Fall zu bearbeiten.«

Kate schrieb Heathers und Lauras Namen auf ihren Notizblock und zog einen Kreis um beide. Nun hatte sie eine weitere Verbindung.

Morgan beendete sein Gespräch, kurz nachdem Kate den Hörer aufgelegt hatte. »Greg hat Heather ein Armband bei Lichfield Jewellers gekauft. So wie er es beschrieben hat, könnte es dasselbe silberne Band gewesen sein, das sie trug, als wir ihre Leiche fanden. Ich werde ihm ein Foto davon mailen.«

»War Heather mit ihm zusammen dort, als er es kaufte?«

»Ich glaube nicht, aber wenn es dasselbe Armband ist, hat sie es ein paarmal zurückgebracht, um den Verschluss reparieren zu lassen. Das heißt, Steve könnte uns die ganze Zeit angelogen haben und sie doch kennen.«

Sie nickte nachdenklich. »Es lohnt sich, dem nachzugehen, aber wann hat Greg das Armband gekauft?«

»Im Juni 2015. Es war ein Geburtstagsgeschenk.«

»Okay, rede noch einmal mit Steve, falls Greg bestätigt, dass es dasselbe Armband ist.«

»Wird gemacht.«

»Ich habe gerade mit einer von Heathers Freundinnen gesprochen und es scheint, dass sich unsere Opfer vielleicht doch gekannt haben. Heather wusste genug Details über Laura, um die Bearbeitung ihres Ladendiebstahls abzulehnen. Und wir haben vielleicht eine weitere Spur, aber ich brauche noch einen Nachnamen. Heather ist mit einem Typen namens Paul ausgegangen.«

»Und du glaubst, er könnte die Person gewesen sein, mit der sie sich nach der Arbeit getroffen hat?«

»Es lohnt sich, das zu prüfen. Ich fahre nach Uttoxeter und spreche mit ihm.«

Lautes Getrappel auf dem Flur kündigte Emmas Ankunft an. Sie warf ihre Tasche mit der geübten Sicherheit einer Basketballspielerin auf ihren Stuhl. »Ollie Rankin können wir vergessen. Er hat das Wochenende in Southend mit seiner Freundin und ihren Kindern verbracht und ist erst spät gestern Abend nach Hause gekommen. Um 20.23 Uhr hielt er an der ›Welcome Break‹-Tankstelle in Warwick North an, tankte und kaufte vier Mahlzeiten bei Burger King. Laut seiner Partnerin hat er nie die Hand gegen sie oder die Kinder erhoben.«

»Er hat aber zugegeben, Heather eingeschüchtert zu haben, oder?«, fragte Kate.

»Ja. Er behauptete, er habe sich furchtbar darüber aufgeregt, zu Unrecht beschuldigt worden zu sein, und hätte leere Drohungen ausgestoßen, wofür er sich später entschuldigte. Von Laura Dean hat er noch nie gehört.«

»Morgan und ich haben noch ein paar andere Möglichkeiten, denen wir nachgehen müssen.«

»Gut. Ich habe auch noch einige Sachen, die ich überprüfen möchte.«

»Mir wäre es lieber, wenn du zur Technik gehst, dich bei Felicity einschmeichelst und herausfindest, was sie auf Heathers Laptop entdeckt haben. Und ich meine *alles*. Geh dabei möglichst subtil vor.«

Emma grinste. »Charme-Offensive?«

»Wenn nötig, ja.«

»Sollte kein Problem sein. Felicity mag mich.«

»Oh, und du musst um halb sechs in der Newbury Avenue sein. Morgan wird dir alles erklären.«

Kate sammelte ihre Habseligkeiten ein und machte sich auf den Weg zur Tür, wohl wissend, dass die Uhr tickte und sie immer noch nicht genügend ermittelt hatten. Dickson wartete nur auf den richtigen Moment, um zuzuschlagen. Dieser Gedanke spornte sie an und mit schnellen Schritten eilte sie aus dem Gebäude zu ihrem Auto und fuhr davon. Sie sah nicht zu seinem Bürofenster hinauf, aber ein sechster Sinn versicherte ihr, dass er von dort aus zusah. »Ich habe es auch auf dich abgesehen«, zischte sie mit zusammengebissenen Zähnen.

* * *

Die Rennbahn von Uttoxeter war das ganze Jahr über Schauplatz nicht nur von Verfolgungs- und Hürdenrennen, sondern auch von anderen Veranstaltungen wie Konzerten, Familienausflügen, Ausstellungen und Privatfeiern. Das Schild am Eingang wies auf elf Veranstaltungen in diesem Monat hin, darunter ein Hundetag, ein Stoffmarkt und zwei Freilichtkinotage. Für heute stand jedoch nichts auf dem Programm und Platzarbeiter auf grünen Traktoren oder mit schweren Kantenschneidern pflegten den riesigen, ovalen Platz. Obwohl sie in der Nähe einer der führenden Rennbahnen Großbritanniens wohnte, hatte Kate noch nie einen Renntag besucht. Sie mischte sich nicht gern unter die Leute und war auch keine Partylöwin. Viele würden sie als langweilig bezeichnen, aber Chris hatte ihre Abneigung verstanden, sich bei großen Versammlungen unter das Volk zu mischen, wo sie sich oft auch in einer Menschenmenge isoliert fühlte. Sie fühlte sich entspannter bei kleinen Anlässen, Partys mit Freunden oder Abenden mit ein oder zwei anderen Paaren.

Sie hatte den Namen des Managers im Internet recherchiert und einer der Angestellten wies ihr den Weg zu Paul Averys Büro, wo sie ihn über einen Tisch voller Fotos gebeugt vorfand. Er stand auf, um sie zu begrüßen.

»Guten Morgen, was kann ich für Sie tun?« Seine Stimme war sanft, das Gesicht jugendlich und ernst, mit sandfarbenem Haar und kornblumenblauen Augen. Sein Outfit aus Jeans, Hemd und Jacke hatte die richtige Balance zwischen professionell und leger und Kate konnte nicht umhin, den Glanz seiner hellbraunen Lederstiefel zu bemerken.

Chris hatte ein Faible für gutes Schuhwerk gehabt und selbst bei Auslandseinsätzen hatte er ein Reiseset mit Bürsten und Politur dabeigehabt, um es auf Hochglanz zu bringen. Die plötzliche Erinnerung an ihren Mann brachte sie aus dem Konzept. Sie hatte schon eine Weile nicht mehr mit ihm gesprochen. Herzklopfen begleitete den Gedanken. Er entglitt ihr, Stück für Stück.

Der Mann vor ihr wartete auf eine Antwort. Sie riss sich von ihren Gedanken los, hielt ihren Ausweis hoch und stellte sich vor. Seine spärlichen Augenbrauen zogen sich zu einem leichten Stirnrunzeln zusammen.

»Ich bin wegen Heather Gault hier.«

»Heather? Warum?«

»Sie kennen sie also?«

»Ja, wir treffen uns seit ein paar Monaten.«

»Wann haben Sie sie das letzte Mal gesehen?«

»Freitagabend, nach der Arbeit. Sie kam zu mir nach Hause und wir teilten uns eine Flasche Wein und ein Essen zum Mitnehmen. Worum geht es denn?«

»Ich fürchte, ich habe schlechte Nachrichten. Es tut mir leid, Ihnen sagen zu müssen, dass sie tot ist.«

Er legte die Handflächen auf den Tisch, bedeckte die Bilder von Pferden, die auf die Ziellinie zurasten und von jubelnden Massen auf den Tribünen angefeuert wurden, und holte tief Luft, bevor er sagte: »Okay ... Okay. Wann ist das passiert?«

»Samstagabend. Sie wurde in der Newbury Avenue überfallen.«

»Überfallen und ermordet?«

»Ja, Sir. Es tut mir sehr leid. Fühlen Sie sich trotzdem in der Lage, mir ein paar Fragen zu beantworten?«

Er ließ sich auf den Stuhl fallen wie eine Marionette, deren Fäden durchgeschnitten worden waren. »Ich kann es versuchen.«

»Darf ich Sie zunächst fragen, wo Sie Samstagabend und -nacht waren?«

»Ich war hier. Es gab eine große private Veranstaltung und ich musste hier sein, um sicherzustellen, dass alles gut läuft.«

»Kann jemand bestätigen, dass Sie hier waren?«

»Viele Menschen. Es war eine Cocktailparty und ich war den ganzen Abend vor Ort.«

»Sie waren an diesem Abend nicht mit Heather verabredet?«

»Ich habe sie eingeladen mitzukommen, aber sie musste arbeiten und wusste nicht, wann sie fertig sein würde, also lehnte sie ab.« Er fuhr sich mit den Händen über die Wangen, als ob er ihnen das Leben wieder einreiben wollte. »O Gott, das kann nicht wahr sein.«

»Wie haben Heather und Sie Kontakt gehalten? Waren es hauptsächlich Telefonanrufe oder Nachrichten?«

»Immer nur über Whatsapp. Das war für uns beide bequemer.«

»Und war es normal, ein paar Tage nichts von ihr zu hören?«

»Auf jeden Fall. Wir sind beide unabhängige Menschen mit anspruchsvollen Jobs und einem Leben außerhalb der Arbeit.«

»Wie oft haben Sie sich gesehen?«

»Ein paarmal pro Woche. Vieles hing von den beruflichen Verpflichtungen ab.«

»Und Sie haben sich gut verstanden?«

»Ja, wir haben uns sehr gut verstanden.«

»Kennen Sie vielleicht diese Telefonnummer?« Kate zeigte ihm die Nummer des Prepaidhandys.

Paul sah sie an und schüttelte den Kopf. »Das ist nicht meine.«

»Hat sie jemals mit Ihnen über die Arbeit gesprochen?«

»Das hat keiner von uns getan. Wenn wir uns trafen, ging es nur darum, Spaß zu haben, die Arbeit zu vergessen und uns zu amüsieren.«

»Mr Avery, kennen Sie eine Frau namens Laura Dean?«

»Nein, der Name ist mir nicht bekannt.«

Emmas Name leuchtete auf ihrem Handy auf. »Würden Sie mich kurz entschuldigen? Ich muss das Gespräch annehmen.«

»Ja, natürlich.« Er starrte auf die Fotos auf dem Schreibtisch und stützte den Kopf in die Hände.

Kate ging aus dem Büro und nahm den Anruf entgegen.

»Kate, es gibt ein neues Opfer. Eine junge Frau wurde auf einer Baustelle in Weston gefunden.«

»Die gleiche Vorgehensweise wie bei den anderen?«

»Mit einem Unterschied. Sie lebt noch. Aber ihr Zustand ist kritisch. Sie haben sie ins County Hospital gebracht.«

»Ich bin auf dem Weg.« Kate steckte das Handy ein und entschuldigte sich bei Paul Avery, bevor sie zu ihrem Auto lief.

Kapitel 19

Kate blieb kerzengerade auf dem hochlehnigen Stuhl sitzen, so wie sie es seit einer Stunde getan hatte. Sie atmete die Mischung aus Chemikalien ein, von denen keine identifizierbar war, die aber zusammen ein Gefühl von Sauberkeit vermittelten, ein Geruch, den sie seltsam beruhigend fand. Das Privatzimmer, in dem man Menschen schlechte Nachrichten über ihre Angehörigen überbrachte, war bis auf vier blaue Holzstühle kahl. Sie rutschte auf dem von ihr gewählten Stuhl hin und her. Die Polsterung war inzwischen ziemlich durchgesessen und begann, unbequem zu werden. Sie konzentrierte sich auf das Fenster, das den Blick auf den belebten Korridor freigab, wo sie die inzwischen vertrauten Gesichter der Krankenschwestern beobachtete, die auf und ab eilten und jedes Mal innehielten, wenn sie an dem Desinfektionsspender vorbeikamen, um sich die Hände zu desinfizieren. Sie stand auf, ging drei Schritte durch den Raum und kehrte wieder zurück. Sie musste mit dem Opfer sprechen, das inzwischen als Olivia Sandman identifiziert worden war, aber der Oberarzt hatte ihr die Erlaubnis verweigert, das Mädchen zu besuchen.

Sie würde nicht gehen, bevor sie mit Mrs Sandman gesprochen hatte, die offenbar bei ihrer Tochter war, und bevor jemand aus ihrem eigenen Team gekommen war, um sie abzulösen.

Außerdem brauchte sie die Zusicherung, dass man sie benachrichtigen würde, sobald Olivia wieder bei Bewusstsein war. Sie lief noch einmal zur gegenüberliegenden Wand, drei lange Schritte, und zurück und war erleichtert, als ihr Handy surrte.

»Schieß los, Emma.«

»Okay. Zunächst einmal stimmt Christians Alibi. Es gibt Aufnahmen einer Überwachungskamera von der Straße, in der er geparkt hatte, auf denen zu sehen ist, dass sich sein Auto bis fünf vor neun nicht bewegt hat. Wir haben außerdem eindeutige Aufnahmen davon, wie er zu den relevanten Zeiten tatsächlich in das Auto ein- und aussteigt. Es stand auch am Samstagabend fast an der gleichen Stelle. Wir können zwar nicht mit hundertprozentiger Sicherheit sagen, dass er sein Büro an diesem Abend nicht verlassen hat, aber da er auf keiner der Kameras in der Umgebung zu sehen war, ist es sehr unwahrscheinlich, dass er nach Trentham House gegangen ist, um Heather zu überfallen.«

»Was ist mit Heathers Armband? Gibt es da irgendetwas Neues?«

»Morgan hat noch einmal mit Steve gesprochen. Er kann sich nicht erinnern, ob er das Armband repariert hat oder nicht. Offenbar sieht er Hunderte von Schmuckstücken, sodass er sich nicht sicher sein kann. Und er kann sich definitiv nicht daran erinnern, es ihrem Mann verkauft zu haben, und Greg hat Steve auf dem Foto, das wir ihm geschickt haben, nicht erkannt. Steve besteht darauf, dass er seit 2015 mehrere Verkäufer beschäftigt, also könnte jeder von ihnen mit Heather zu tun gehabt haben.«

»Noch keine Neuigkeiten über seine DNA-Probe?«

»Ich fürchte, nein. Es gibt einen Arbeitsrückstand im Labor und sowohl seine als auch Richards Probe wurden bisher noch nicht bearbeitet. Ich habe gefragt, ob sie sie für uns vorziehen können.«

»Danke. Du weißt nicht zufällig, wie lange Morgan noch braucht, oder?«

»Als ich vor ein paar Minuten mit ihm gesprochen habe, war er bereits auf dem Weg zum Krankenhaus. Er sollte also in einer Viertelstunde oder so auftauchen.«

Fünfzehn Minuten waren nicht zu lang, um zu warten, obwohl sie lieber wieder im Büro gewesen wäre.

Emma redete weiter. »Was mich zu Heathers Computer führt. Felicity war nicht besonders erpicht darauf, mir zu zeigen, was darauf war, aber ich konnte sie schließlich doch überzeugen. Am Ende ist sie ihn mit mir durchgegangen, aber sein Inhalt bezog sich hauptsächlich auf die Arbeit.«

»Warum zögerte sie dann, uns das zu sagen?«

»Sie wurde angewiesen, uns nur zu kontaktieren, wenn sie etwas findet, das für unsere Untersuchung relevant ist. Und der Computer war nur für ihre Augen bestimmt.«

Kate war verwirrt. Das war nicht die übliche Vorgehensweise, da das Ermittlungsteam stets Zugriff auf sämtliche Informationen aller Geräte hatte. »Jedenfalls erklärte ich ihr, dass Olivia im Krankenhaus sei und um ihr Leben kämpfe, und fragte, ob ich prüfen könne, ob es eine Verbindung zwischen Heather und ihr gebe, und sie hat schließlich nachgegeben.«

»Hast du überhaupt etwas gefunden?«

»Ich fürchte, nein. Felicity ließ ihren Namen durch alle Dokumente und E-Mails laufen, fand aber nichts.«

»Sie hat nicht an einem Fall gearbeitet, der die Seniorenresidenz Sunny Bank betraf, wo sie Olivia begegnet sein könnte?« Sie hatten inzwischen festgestellt, dass Olivia Pflegehelferin in diesem Heim in Stafford war.

»Nein, aber es gab eine Untersuchung, von der ich bisher noch nichts gehört habe: Operation Agouti. Sie hat letzten Monat stattgefunden.«

»Wer hat sie geleitet?«

»Superintendent Dickson.«

Dickson! »Irgendein Hinweis darauf, worum es bei der Untersuchung ging?«

»Nein. Die E-Mails betrafen nur die Termine der Besprechungen und enthielten keine Hinweise, worum es in dem Fall ging.«

Alle Polizeieinsätze wurden mit Namen versehen, die aus einer vorab genehmigten Liste mit Zufallsnamen ausgewählt wurden. Der Name Agouti war Kate unbekannt. Auch Dicksons Entscheidung, eine CIO auszuwählen anstatt einen der vielen Polizeibeamten, die seinem Befehl unterstanden, war seltsam. Der Superintendent hatte seine Zusammenarbeit mit Heather nicht erwähnt, was ihre Alarmglocken läuten ließ. Das erklärte auch, warum er den Computer direkt vom Technikteam untersuchen lassen wollte, anstatt ihrem Team Zugriff auf ihn zu gewähren. Er hatte nicht gewollt, dass Kate es herausfand.

»Gibt es schon ein Zeichen von Olivias Mutter?«, fragte Emma.

Kate konnte die zögerlichen Schritte einer zierlichen Frau ausmachen, die von einer Krankenschwester in ihre Richtung geführt wurde. »Ich glaube, sie kommt gerade. Ich rufe dich später wieder an.« Sie schob das Handy in ihre Tasche und trat einen Schritt zurück. Mrs Sandman kam als Erste hinein. Ihr roboterhaftes Schlurfen endete abrupt.

»Wenn Sie etwas brauchen, Rebecca, ich bin ganz in der Nähe«, meinte die Schwester mit sanfter Stimme.

Kate beugte sich leicht vor. »Mrs Sandman, danke, dass Sie mich empfangen. Ich weiß das sehr zu schätzen. Ich bin DI Kate Young und leite die Ermittlungen zum Überfall auf Ihre Tochter. Möchten Sie sich vielleicht setzen?«

Die Frau gehorchte. Die Krankenschwester zog sich zurück und schloss die Tür hinter sich. Kate zog ihren Stuhl nach vorne, um näher bei Olivias Mutter zu sein. »Das mit Ihrer Tochter tut mir sehr leid. Wie geht es ihr?«

Die rot geränderten Augen waren in ihrem hohlen Gesicht versunken. »Sie ist noch nicht zu sich gekommen. Man sagte mir, ich solle mit Ihnen reden, dabei sollte ich bei ihr sein.« Sie krallte sich an den Riemen einer abgenutzten Ledertasche, während sie sprach.

»Ich werde nicht viel von Ihrer Zeit in Anspruch nehmen.«

Sie schien Kate nicht zu hören. »Ich denke immer wieder, was, wenn sie um Hilfe geschrien hat? Ich habe sie nicht gehört. Was, wenn sie nach mir gerufen hat und …?« Die Worte verwandelten sich in ein Schniefen und sie kramte in der Tasche nach einem Taschentuch und blies geräuschvoll hinein.

»Keiner von uns weiß, was passiert ist. Sie dürfen nicht so hart zu sich sein.«

»Aber wenn ich früher aufgewacht wäre, gesehen hätte, dass ihr Auto noch dastand, und die Polizei angerufen hätte, wäre sie vielleicht gefunden worden, bevor ihr das passiert ist. Sie sieht …« Ihr Gesicht verzog sich und sie hielt sich die Hand vor die Nase. »Es tut mir leid. Es ist so schrecklich. Sie wurde auf der Baustelle gegenüber gefunden. So nah an ihrem Zuhause.«

»Nichts davon war Ihre Schuld. Sie haben getan, was Sie konnten. Sie lebt. Das ist das Wichtigste. Und sie braucht Sie jetzt.«

Olivias Mutter blinzelte die Tränen weg.

»Fühlen Sie sich trotzdem in der Lage, mir ein paar Fragen zu beantworten?«

Ein Scheppern auf dem Flur ließ die Frau in ihrem Sitz hochfahren. Sie drehte sich auf ihrem Stuhl herum, sah den Pförtner, der einen leeren Transportwagen schob, und wandte sich seufzend wieder zu Kate.

»Ich werde es versuchen«, sagte sie.

»Wenn es Ihnen zu viel wird, sagen Sie das einfach, und wir hören auf.«

»Okay.«

»Wann haben Sie bemerkt, dass Olivias Auto noch vor dem Haus stand?«

»Erst als ich aufgestanden bin, um zehn. Ich habe heute Spätschicht, also habe ich mich noch einmal kurz hingelegt. Ich dachte, vielleicht ist es nicht angesprungen und sie ist mit dem Taxi zur Arbeit gefahren oder hat eine Mitfahrgelegenheit gefunden und vergessen, mir zu sagen, dass jemand sie mitnimmt. Ihr Handy war ausgeschaltet, also rief ich in dem Heim an, in dem sie arbeitet. Aber man sagte mir, dass sie dort nicht aufgetaucht sei. Da begann ich, mir Sorgen zu machen. Ich wusste nicht, was ich als Nächstes tun sollte. Ich versuchte es bei ihren Freunden und bekam überall die gleiche Antwort – niemand wusste, wo sie war. Ich hatte ein ungutes Gefühl und rief schließlich die Polizei an. Sie sagten mir, ich solle mir keine Sorgen machen, und meinten sogar, sie würde vielleicht blaumachen und später wieder auftauchen. Ich wusste, dass das nicht der Fall war. Ich erklärte ihnen, wie sehr sie ihren Job liebte und dass sie sich vor allem um drei ältere Menschen kümmerte und sie diese niemals im Stich lassen würde. Ein Beamter kam schließlich zu mir, um nähere Angaben aufzunehmen, und etwa eine halbe Stunde nachdem er gegangen war, erhielt ich einen Anruf, dass eine junge Frau auf der Baustelle gegenüber unserem Haus gefunden und ins Krankenhaus gebracht worden war. Sie hatte keinen Ausweis dabei und sie wussten nicht, wer sie war, also bin ich, so schnell ich konnte, hergefahren. Ich habe gebetet, dass es nicht sie war. Ich habe so sehr gebetet.« Sie fuhr mit einem Finger unter ihrem Auge entlang und wischte rußige Schlieren weg. »Das macht mich zu einem schlechten Menschen, nicht wahr, weil ich wollte, dass eine andere Mutter diese Qualen erleidet und nicht ich?«

Kate schüttelte den Kopf. »Das ist eine ganz natürliche Reaktion.«

»Ich hätte mehr tun sollen.«

»Sie haben alles getan, was Sie tun konnten.«

Ihre Unterlippe zitterte. »Vielleicht. Vielleicht auch nicht.«

»Hat Olivia einen Freund?«

»Nein.«

»Aber sie hatte in der Vergangenheit Beziehungen?«

»Ja, aber nichts Ernstes. Die längste dauerte etwa drei Monate und sie ist seit über einem Jahr Single.«

»Sie hat also keine unerwünschte Aufmerksamkeit von irgendjemandem bekommen, keine SMS, keine Anrufe?«

»Nicht dass ich wüsste.«

»Darf ich fragen, ob Sie in einer Beziehung sind?«

»Ich?«, stotterte sie. »Ich habe mich mit niemandem verabredet, seit mein Ex-Mann und ich uns letztes Jahr getrennt haben.«

»Bekommen Sie öfter Besuch von männlichen Bekannten?«

»Nein, nur einmal von meinem Bruder, als wir eingezogen sind. Er lebt in Irland.«

»Ich verstehe.«

»Er hätte ihr niemals etwas angetan. Er vergöttert sie.«

»Ich bin mir sicher, dass er nichts damit zu tun hat. Er ist im Moment in Irland, nicht wahr?«

»Ja. Er ist Direktor an einer Schule in Limerick.« Sie wickelte den Riemen ihrer Tasche um ihre Hand. »Kann ich jetzt gehen?«

»Gleich, nur noch ein paar Minuten. Haben Sie vielleicht bemerkt, ob Olivia irgendwie beunruhigt war? War sie in letzter Zeit angespannt?«

»Überhaupt nicht.«

»Die Häuser in der Salt Lane gibt es noch nicht lange, oder?«

»Nein.«

»Wann sind Sie dorthin gezogen?«

»Vor zwei Monaten.«

»Und wo haben Sie vorher gewohnt?«

»In Stafford. Olivia war nicht glücklich über den Umzug, aber wir mussten das alte Haus verkaufen und dieses hier war brandneu – ein richtiger Neuanfang.«

»Gab es einen Grund, warum sie nicht gern dort wohnt?«

»Sie wollte lieber in der Stadt leben. Sie vermisste ihre Freunde und das Nachtleben.«

»Ist Ihnen in den letzten Tagen zufällig jemand aufgefallen, der sich in Ihrer Straße herumtrieb, oder hat Olivia irgendwelche Fremden in der Gegend erwähnt?«

Sie starrte Kate abwesend an. »Nein. Dort ist es ruhig. Es sind nur zwei Häuser bewohnt. Die anderen stehen noch zum Verkauf.«

»Sie haben nicht mitbekommen, dass sich Kaufinteressenten bei Ihnen umgesehen haben? Vielleicht parkende Autos, die man sonst nicht auf der Straße sieht?«

»Nein, nichts.«

»Was ist mit Leuten, die kommen und gehen? Lieferanten, Bauarbeiter?«

»Sie benutzen unsere Straße nicht. Die Grundstückseinfahrt liegt an einer anderen Straße, die parallel zu unserer verläuft.«

»Das ist hilfreich. Vielen Dank.« Kate schenkte ihr ein aufmunterndes Lächeln und fragte dann: »Hat Olivia irgendwelche Bedenken über ihre Arbeitskollegen geäußert?«

»Sie liebt ihren Job und versteht sich mit allen Mitarbeitern und Bewohnern. Da fällt mir überhaupt niemand ein.« Sie stand auf. »Ich weiß nichts. Und ich muss jetzt zu ihr. Was, wenn sie … Was, wenn sie stirbt, während ich hier bei Ihnen bin? Ich muss jetzt gehen.«

»Ich rufe eine Schwester, die Sie zu ihr zurückbegleitet. Wenn Ihnen noch etwas einfällt, rufen Sie mich bitte an, egal zu welcher Tages- oder Nachtzeit. Das hier ist meine persönliche Karte.« Sie reichte sie ihr. Rebecca nahm sie an sich, ohne sie anzuschauen. »Mrs Sandman, ich brauche Ihre Erlaubnis, mit Olivia zu sprechen, sobald sie zu sich kommt. Würden Sie dem behandelnden Arzt bitte sagen, dass ich mit ihr sprechen darf?«

»Ja, das mache ich.« Sie kaute für einen Moment auf ihrer Lippe herum. »Ich habe es ihrem Vater noch nicht gesagt. Ich bin direkt hierhergekommen.«

»Wenn Sie möchten, können wir jemanden beauftragen, ihn zu kontaktieren.«

»Ja, bitte. Ich muss jetzt gehen.«

Kate gab der Krankenschwester ein Zeichen, die auf der anderen Seite des Glasfensters wartete und sofort vortrat.

»Sie ist alles, was ich habe«, schluchzte Rebecca. »Ich weiß nicht, was ich tun soll, wenn ...«

Die Tür öffnete sich langsam. »Rebecca, sind Sie fertig?«

Sie sprang auf und huschte ohne Abschiedsgruß davon. Kate sah ihr mitfühlend nach. Selbst wenn Olivia sich erholen sollte, würde sie wie Tilly von der Erinnerung an das heimgesucht werden, was ihr widerfahren war. Sie sah zu, wie ein anderer Mitarbeiter Gel auf seine Hände pumpte, und fragte sich, wie lange sie noch warten musste. Olivia könnte für Stunden oder noch länger bewusstlos sein. Morgan würde sie bald ablösen und sicherstellen, dass ein Beamter vor Ort war, falls das Mädchen zu sich kommen sollte. Dadurch fehlte ihr ein Mann. Bis William zusätzliche Polizisten für diesen Dienst abkommandieren würde, müssten sie das kompensieren.

Olivias Angreifer hatte ihren Tagesablauf gekannt und darauf gewartet, dass sie zur Arbeit ging. Er musste sich irgendwo in der Nähe versteckt haben, um sie zu beobachten. Laura, Heather und Olivia. Er war mit dem Kommen und Gehen all dieser Frauen vertraut gewesen. Wer war dieser Mann, der nahe genug an seine Opfer herankam, um sich ein Bild von jeder ihrer Bewegungen zu machen, ohne den Verdacht auf sich zu ziehen?

Sie seufzte und suchte über die Kurzwahl die Nummer des Hauptquartiers, wo sie einen Beamten bat, Olivias Vater über die aktuelle Situation zu informieren. Dann ging sie wieder im Zimmer auf und ab. Ihre Gedanken kehrten zu dem Gespräch zurück, das sie mit Emma geführt hatte, bevor Rebecca Sandman aufgetaucht war. Es störte sie, dass Heathers Computer nicht erst zu ihrem Team, sondern direkt zu den Technikern geschickt worden war. Der Gedanke, dass ihr relevante Informationen vorenthalten wurden, ließ sie nicht mehr los. Dicksons unterkühlte Haltung ihr gegenüber nährte nur ihren Verdacht. Er musste hinter der Anweisung stehen, den Computer ins Labor zu schicken, doch die Sache weiterzuverfolgen würde alles nur noch schlimmer machen, vor allem wenn Dickson es herausfand.

Sie blieb am Fenster stehen, starrte eine Minute lang auf ihren Handybildschirm und beschloss dann, Felicity ins Vertrauen zu ziehen. Felicity stand nicht auf Bürointrigen und kam nur mit einer Handvoll Menschen aus. Kate war eine von ihnen. Ihr Anruf wurde sofort beantwortet.

»Hi, Kate, wie geht es dem jüngsten Opfer?«

»Noch hält sie durch, aber ich habe noch nicht mit ihr sprechen können. Nach allem, was man hört, steht es auf der Kippe.«

»Armes Mädchen. Emma war vorhin hier und hat mir davon erzählt.«

»Ja, darüber wollte ich mit dir reden.«

Sie senkte die Stimme. »Ich hätte ihr keinen Zugang zum Computer gewähren sollen. Ihr versteht hoffentlich, dass ich mich ziemlich weit aus dem Fenster gelehnt habe, nur weil ich euch beide mag.«

»Ja, und ich weiß das wirklich zu schätzen.«

»Wie ich Emma schon erklärt habe, war da wirklich nichts drauf, was euch etwas genutzt hätte. Heather

232

nutzte ihn hauptsächlich für die Arbeit und manchmal zum Onlineshopping. Es gab nichts Auffälliges.«

»Ich bin sicher, wenn etwas verschlüsselt oder gelöscht worden wäre, hättest du es gefunden.«

»Du kennst mich so gut«, meinte sie, fügte jedoch argwöhnisch hinzu: »Und ich kenne dich, also sag mir, warum du wirklich anrufst.«

»Dieses Gespräch bleibt unter uns?«

»Als hätte es nie stattgefunden. Du kannst mir vertrauen. Pfadfinderehrenwort und so.«

»Warst du bei den Pfadfindern?«

»Ich habe mehrere hart erarbeitete Abzeichen, die das beweisen.«

Kate spürte, wie sich ihre Lippen zu einem Lächeln verzogen. Es fiel ihr schwer, die selbstgenügsame, ungesellige Felicity mit einer solchen Organisation in Verbindung zu bringen.

»Also, raus damit«, sagte Felicity.

»Wer hat dich angewiesen, den Inhalt des Computers für dich zu behalten?«

Ein leises Einatmen war zu hören. »Das sollte ich dir wirklich nicht sagen.«

»Felicity, ich stehe hier vor einem riesigen Problem. Wir haben zwei tote Frauen und eine dritte, die in Lebensgefahr schwebt. Der Täter ist wie im Rausch, und wenn ich das hier nicht hinbekomme, werden weiß der Himmel wie viele Frauen noch sterben. Stell dir vor, Bev würde eines seiner Opfer werden!«

»Sag so etwas nicht.«

Sie hatte einen Nerv getroffen. Felicity himmelte ihre Partnerin an. »Wir können nicht zulassen, dass dieser Mann noch einmal zuschlägt. Aber ich befürchte, dass man mich im Dunkeln tappen lässt. Doch das werde ich nicht dulden. Dieser

Untersuchung sollte nichts im Wege stehen. Also sag mir, wer es war, und ich werde dich nicht mehr belästigen.«

Sie dachte schon, die Leitung sei tot, doch dann sprach Felicity endlich. »Es war Superintendent Dickson.«

»Hat er gesagt warum?«

»Auf dem Computer befanden sich einige sensible Informationen, die eine Operation betrafen, die er leitete. Ich wurde angewiesen, alle für den Fall relevanten Dateien herunterzuladen, sie per E-Mail an ihn zu schicken und sie dann vom Computer zu löschen.«

»Du hast nicht zufällig gesehen, worum es in dem Fall ging, oder?«

»Es ging nicht um deine Opfer, es sei denn, sie waren minderjährige Sexarbeiterinnen.«

Kate hielt für ein paar Sekunden die Luft an, während sie diese Nachricht verarbeitete. *Minderjährige Sexarbeiterinnen. Wie Rosa und Stanka, die Mädchen, von denen Farai mir erzählt hat, dass sie für die Gäste im Maddox Club gebucht wurden?* Sie wollte die Technikerin gerade weiter bedrängen, aber Felicity sprach zuerst.

»Ich möchte klarstellen, dass ich keine der Dateien durchgelesen habe. Ich brauchte nicht zu wissen, worum es ging. Und du auch nicht. Sieh mal, Kate, Operation Agouti war nicht relevant, also egal wie verärgert du darüber bist, dass du keinen primären Zugriff auf den Computer bekommen hast, es war kein absichtlicher Trick, um deine Ermittlungen zu behindern. Ich kann dir versichern, dass es nichts anderes gab.«

»Danke. Ich … bin allmählich nur frustriert. Ich hatte gehofft, der Computer würde einen wichtigen Hinweis enthalten.«

»Ich verstehe das. Du stehst vor einer großen Herausforderung und dieses Jahr meint es nicht gerade gut mit dir. Ich bin ehrlich zu dir, und obwohl es wahrscheinlich nicht die erhoffte Antwort ist, hast du jetzt trotzdem eine und ... wir haben dieses Gespräch nie geführt.«

»Nochmals vielen Dank.« Sie legte auf und tippte mit dem Handy gegen ihr Kinn. Felicity hatte die Operation beim Namen genannt und wusste wahrscheinlich mehr, als sie am Telefon zu sagen bereit war. Agouti beschäftigte sich also mit minderjährigen Sexarbeitern, Mädchen und Jungen, wie die, mit denen Dickson und seine Freunde geschlafen hatten. Sie konnte immer noch nicht begreifen, warum man eine Zivilbeamtin zur Unterstützung an Bord geholt hatte. Das war auf jeden Fall ein wichtiges Puzzleteil, aber sie war sich nicht sicher, wie es in ihr persönliches Dickson-Puzzle passte. »Chris, ich werde nicht aufgeben, die Wahrheit über dich herauszufinden. Du glaubst mir doch, oder?«

Es kam keine Antwort. Sie suchte nach der mentalen Verbindung, die sie brauchte, um mit seiner Stimme zu antworten, aber dieses Mal konnte sie es nicht. Ein Kloß stieg in ihrer Kehle auf. Chris entglitt ihr, und das lag daran, dass sie ihm nicht genug Zeit widmete. »Das werde ich. Ich werde die Zeit finden. Geh nicht weg, Chris.«

Eine Bewegung erregte ihre Aufmerksamkeit und sie erkannte die große Gestalt am Empfang. Morgan war gekommen, um sie abzulösen. Sie schulterte ihre Tasche und verließ den Warteraum.

Kapitel 20

»Um Himmels willen, was haben wir denn überhaupt?« Hitzig wie ein Wachhund lief Kate in dem kleinen Raum zwischen ihrem Schreibtisch und dem Whiteboard auf und ab. »Nun?«

Emma hob die Hände. »Wir haben es nicht leicht, Kate. Wir haben alle Arbeiter befragt, die auf der Baustelle gearbeitet haben, wo Olivia gefunden wurde. Ihre Alibis sind alle wasserdicht. Keiner der Nachbarn hat etwas Verdächtiges gehört oder gesehen. Niemand im Altenheim hat eine Ahnung, was passiert sein könnte, und alle sind am Boden zerstört. Wir stehen vor einer Sackgasse nach der anderen.«

Kate schlug mit der Faust auf das Whiteboard. »Nein! Nein, das ist es nicht. Es muss eine Verbindung geben. Der Mörder kannte seine Opfer. Woher? Woher zum Teufel kannte er diese Frauen? Schaut sie euch alle noch einmal an. Es gibt etwas, das sie miteinander verbindet. Wir müssen noch genauer hinschauen! Die Uhr tickt und wir wissen nicht, wann und wo er das nächste Mal zuschlagen wird.«

Jamie räusperte sich. »Chefin, wir haben mit allen gesprochen.«

»Das haben wir nicht. Es gibt noch viele andere Leute, mit denen wir reden könnten. Besorgt euch eine Liste aller Lieferanten, die an der Baustelle in Salt Lane gehalten haben, und überprüft sie. Was ist mit Kevin Shire? Wo war er heute Morgen?«

»Er sagte, er sei bis acht Uhr im Bett gewesen«, sagte Emma.

»Kann das jemand bestätigen?«

»Nein. Und Samstagabend war er angeblich zu Hause und hat ferngesehen. Wieder keine Zeugen. Wir können nicht beweisen, ob seine Angaben stimmen oder nicht. Ich habe eine Anfrage an den Mobilfunkanbieter gestellt, um zu sehen, ob sein Telefon entweder am Samstag in Stafford oder heute Morgen in Weston eingeloggt war. Oh, und er behauptet, noch nie von Heather oder Olivia gehört zu haben. Bei den Kneipen, in die er geht, bin ich auch nicht weitergekommen. Es scheint, dass weder Heather noch Laura Pubgänger waren. Es ist also ziemlich unwahrscheinlich, dass er sie dort getroffen hat. Aber mir kam noch ein anderer Gedanke. Kevin hat letztes Jahr als Teilzeitkraft bei einem lokalen Kurierdienst gearbeitet. Ich werde in der Firma anrufen und herausfinden, ob er jemals etwas an die Arbeitsplätze oder Privatadressen der Opfer geliefert hat.«

»Gut, tu das.« Kate wandte sich ab und tippte auf die Tafel. »Warum hat unser Täter diese Frauen als seine Opfer ausgewählt?«

»Wegen ihres Aussehens«, sagte Jamie.

»Ja, er fühlt sich definitiv zu einem bestimmten Typ hingezogen – klein, jugendlich, dunkelhaarig und braunäugig.« *Wie Tilly.* Sie versuchte, den Gedanken zu verscheuchen. »Ich glaube nicht, dass er seine Opfer zufällig entdeckt, sie aus einer Menschenmenge herausgepickt und ihnen dann nachgestellt hat, bis er genug über sie wusste, um seine abartige Fantasie auszuleben. Es hätte Zeit gekostet, Informationen über ihre Gewohnheiten zu sammeln, und er hätte auf jeden Fall Verdacht erregt.« Sie sprach mehr mit sich selbst als mit ihren Kollegen, während sie ihre Stirn frustriert in Falten legte. »Er kannte die genauen Zeiten, zu denen sie zur Arbeit gingen und von dort kamen, wo und wann sie trainierten, und er wusste, wo er ihnen auflauern konnte.« Sie hielt inne, um die Fotos zu studieren, und gab sich selbst die Gelegenheit, ihre verworrenen Gedanken zu ordnen.

»Er hat sie alle in der Nähe von Industriemülltonnen, Müllwagen oder großen Müllcontainern angegriffen und ich denke, dass ihm das wichtig ist. Aber warum?« Sie klopfte sich leicht auf die Schläfen und schnalzte dann mit der Zunge. »Er entsorgt seine Opfer wie Müll. Ich würde sogar so weit gehen zu sagen, dass er Frauen hasst, weshalb er ihre Leichen auf diese Art und Weise entsorgt.«

Jamie wollte sie unterbrechen, aber Kate war in Fahrt, und die Theorien strömten ihr nur so von den Lippen. »Er wählt Orte aus, die diesen Zweck erfüllen, sucht sie aus, stellt sicher, dass sie nicht videoüberwacht sind, und legt sich dann zum gegebenen Zeitpunkt auf die Lauer, um nicht gesehen zu werden. All diese Vorbereitungen brauchen Zeit: Wochen, sogar Monate. Und er folgt jedes Mal dem gleichen Muster. Ich denke, er hat diese Verbrechen schon lange geplant, und wenn er seine Opfer so gut kannte, kannten sie ihn zweifellos auch. Die Frage ist woher?«

Jamie zögerte und sagte dann: »Er ist ein Freund.«

»Wir haben sowohl ihre Onlinebekanntschaften als auch ihre tatsächlichen Freunde abgeglichen. Wir haben niemanden gefunden, den alle drei kannten.« Sie schloss die Augen. *Denk nach, Kate, denk nach.* Sie hatte nichts anderes als das Wissen, das sie hinter den Bildern auf der Tafel erkennen sollte: Laura in einer Industriemülltonne auf einem Parkplatz entsorgt; Heather in einem Müllcontainer auf einem Parkplatz zurückgelassen …

Emma seufzte niedergeschlagen. »Wir haben die Arbeitskollegen unter die Lupe genommen, und bis Olivia unser letztes Opfer wurde, hatten wir einige Verbindungen zwischen Heather und Laura hergestellt. Sollten wir nicht dorthin zurückkehren? Vielleicht gibt es sie auch bei Olivia.«

Olivia wurde auf einem Muldenkipper auf einer Baustelle zurückgelassen, lebend. Kate schloss die Augen. »Der dritte Überfall unterscheidet sich von den ersten beiden dadurch, dass er nicht in der Nacht stattfand und das Opfer überlebte. Er ist nicht so methodisch vorgegangen.«

»Zwei verschiedene Mörder?«, schlug Jamie vor.

»Das klingt plausibel, aber ich bin mir dennoch sicher, dass es derselbe Täter ist und dass er unvorsichtig wird. Er hat diese Frauen längere Zeit gestalkt, um sie kennenzulernen, was darauf hindeutet, dass er alles akribisch geplant hat, doch jetzt vergewaltigt und ermordet er sie, Tag für Tag. Die beiden Verhaltensweisen passen nicht zusammen.«

»Es sei denn, seine ursprüngliche Absicht war es, etwas über diese Frauen herauszufinden, eine Art Jagdspiel, aber irgendetwas hat ihn dazu gebracht, die Angriffe tatsächlich auszuführen«, sagte Emma.

Jamie schürzte die Lippen. »Glaubst du, er hat eine Liste von Frauen, die er in seinen Fantasien vergewaltigt und tötet, und jetzt geht er sie der Reihe nach durch?«

Kate wirbelte herum. »Das ist durchaus möglich. Ich würde sogar so weit gehen zu sagen, dass er durch das Hochgefühl motiviert ist, das ihm jeder Überfall beschert, was ihn wiederum dazu anspornt, erneut anzugreifen, um es zu nähren. Ja, das ergibt Sinn. Die Geschwindigkeit und Intensität, mit der er die Angriffe ausführt, machen ihn jedoch unvorsichtig. Olivia lebt noch.«

»Glaubst du, sie wird sich erholen?«

»Schwer zu sagen. Es geht ihr ziemlich schlecht. Meine Bitte, einen uniformierten Beamten vor ihrem Zimmer abzustellen, wurde genehmigt, sodass Morgan bald wieder hier sein wird. Also, nach wem suchen wir? Wer könnte Informationen über diese drei verschiedenen Frauen sammeln, ohne Verdacht zu erregen? Das ist alles, was wir herausfinden müssen. Wenn wir das getan haben, sind wir vielleicht auf der richtigen Spur, um den Mörder zu identifizieren.«

»Ich nehme also an, dass ihr Fortschritte macht?« DCI William Chase war ungehört eingetroffen und schenkte ihnen ein schwaches Lächeln.

»Nicht wirklich«, sagte Kate abweisend. »Wir tauschen Ideen aus.«

Das Lächeln verflog. »Ideen? Das reicht nicht. Wir brauchen Hinweise und einen Verdächtigen.«

»Und ich brauche ein größeres Team für diese Untersuchung, aber wir bekommen nicht immer, was wir wollen, richtig?«

Er brachte sie mit einer erhobenen Hand zum Schweigen. »Nicht hier, Kate.«

Sie folgte ihm in den Korridor und senkte die Stimme. »Hör zu, William, es ist nicht gut, uns unter Druck zu setzen. Wir reißen uns jetzt schon den Hintern auf. Ihr könnt keine sofortigen Ergebnisse erwarten, wenn ich nur drei Beamte habe, die alle aufgrund einer halb garen Idee, dass der Mörder auftauchen wird, an einer verdammten Nachstellung eines Verbrechens teilnehmen müssen.«

»Das reicht, Kate. Mach mir hier keine Szene. Wir werden das Gespräch in meinem Büro fortsetzen.« Er marschierte in Richtung Treppe und ließ sie perplex zurück. Sie hatte ihm keine Szene gemacht, sondern lediglich ihren Standpunkt vertreten, wie sie es schon oft bei William getan hatte. Er hatte sich eine fixe Idee in den Kopf gesetzt, und das nicht, weil sie für ihr Team und dessen mangelnden Fortschritt eingestanden war. Nichtsdestotrotz tat sie, wie ihr geheißen, und stieg die Treppe in den nächsten Stock hinauf, wo sie zu ihm ins Büro ging und die Tür hinter sich schloss. Sie hatten schon so manches freundliche Gespräch in diesem Raum geführt, aber heute war in seinen kalten Augen keine Kameradschaft zu erkennen.

»Was ist hier los, William? Du hast mich nicht nach oben geschleppt, um mir wegen meines Widerworts die Leviten zu lesen. Ich habe recht, und das weißt du auch.«

»Hast du Emma ins Labor geschickt, um herauszufinden, was auf Heathers Computer war?«

»Ja. Wir mussten wissen, was da drauf ist.«

»Dir wurde gesagt, dass der Computer beim Technikteam ist und dass man dich informieren wird, wenn man etwas findet, das für die Untersuchung relevant ist. Aber stattdessen schickst du eine Beamtin los, um aus erster Hand herauszufinden, was auf dem Computer war.«

»Entschuldigung, ich kann dir nicht ganz folgen. Warum ist das ein Problem?«

»Der Computer enthielt hochsensible Informationen über andere Ermittlungen, die nicht für deine Augen oder die deiner Beamten bestimmt waren.«

Sie traute ihren Ohren nicht. »Das ist verrückt. Ich übernehme die volle Verantwortung dafür, dass ich Emma damit beauftragt habe, aber sie hat nur Informationen angefordert, die für die Untersuchung relevant sind. Es wurde ein drittes Opfer ins Krankenhaus eingeliefert und wir mussten unbedingt prüfen, ob es eine Verbindung zwischen Heather und dieser Frau gibt.«

»Ich glaube nicht, dass das Durchlesen von Heathers E-Mails relevant war.«

»Nun, ich schon. Sie hätten Hinweise enthalten können. Sie könnte eine E-Mail-Freundschaft mit ihrem Mörder eingegangen sein.«

William entspannte sich ein wenig. »Und gab es irgendwelche Hinweise?«

Jetzt war der Moment gekommen, etwas über Dickson zu sagen, aber Chris hatte Williams Namen auf die Liste der potenziell korrupten Polizeibeamten gesetzt, und bis sie herausgefunden hatte, warum er dort stand, konnte sie ihrem Chef nicht trauen. »Keine, von denen wir wissen.«

Er seufzte. »Einerseits beschimpfst du mich also, weil ich dir nicht mehr Arbeitskräfte zur Verfügung stelle, andererseits verschwendest du die Zeit deiner Kollegin, um etwas zu überprüfen, das man auch telefonisch hätte erledigen können.«

Ihr fehlten die Worte. Sie hob geschlagen die Hände. »Okay, ich gebe zu, dass das vielleicht nicht die beste Nutzung von Emmas Zeit war. Aber als ich sie ins Labor schickte, konnte ich nicht wissen, dass es zu nichts führen würde, und wir haben nach Hinweisen gesucht, nach irgendwelchen Hinweisen.«

Sein Gesichtsausdruck änderte sich nicht, aber seine Stimme wurde weicher. »Nun, da wir uns jetzt verstanden haben, solltest du dich vielleicht wieder deiner Aufgabe widmen und versuchen, nicht mehr gegen mich zu schießen.«

»Verstanden.«

Sie verließ das Büro, genervt von Williams Verhalten. Sie arbeiteten seit vielen Jahren zusammen und er hatte sie noch nie zurechtgewiesen, wenn sie ihrem Instinkt gefolgt war und sich aus dem Fenster gelehnt hatte. Die einzige logische Erklärung war, dass Dickson von Emmas Besuch bei Felicity erfahren und William befohlen hatte, Kate abzumahnen. *Verdammt!* Offensichtlich hatte Felicity es doch nicht für sich behalten können.

Doch sie hatte keine Zeit, sich länger mit dieser Angelegenheit zu beschäftigen; es gab andere, dringendere Dinge. Sie stürmte ins Büro und schnappte sich ihre Autoschlüssel, wobei sie Emmas Blick auffing. »Ich habe etwas zu erledigen. Du kannst mich auf meinem Handy erreichen. Du weißt, was zu tun ist?«

»Ja, alles klar.«

Kate hielt kurz inne. »Ich bin noch nie auf ein solches Beschleunigungsmuster gestoßen und ich frage mich, ob der Mörder bereits wegen Stalking, Vergewaltigung oder schwerer Körperverletzung gegen Frauen verurteilt wurde. Geh alle ungeklärten Fälle durch, bei denen es Ähnlichkeiten zu diesen Überfällen gab, und auch alle ungelösten Vergewaltigungsfälle. Ich habe das Gefühl, dass unser Mann eine Vergangenheit mit Gewalt gegen Frauen hat.« Sie verließ das Büro, ihr Kiefer war angespannt. Sie wollte mit Deepa Singh sprechen – allein.

KAPITEL 21

Deepa rutschte in dem breiten Sessel hin und her und zog die nackten Füße auf den blauen passenden Hocker, bis sie bequemer saß. Sie starrte durch die Terrassentür auf die kleine Rasenfläche. Kate atmete den zarten Duft eines großen Straußes gelber Rosen ein, der in einer blauen Vase arrangiert war, während Deepa ihre Gedanken sammelte.

»Ich habe gern mit Heather gearbeitet. Das hat nicht jeder. Sie konnte ... anstrengend sein, aber ich verstand warum. Nach der Trennung von ihrem Mann wurde der Job noch wichtiger für sie und sie widmete sich ihm bis zu dem Punkt, an dem er alles verzehrte und fast ihr einziges Gesprächsthema war.«

»Sie haben sich ein Büro geteilt, nicht wahr?«

»Das ist richtig.«

»Waren Sie gute Freundinnen?«

Sie zögerte, dann schüttelte sie den Kopf. »Wir haben uns gut verstanden, aber Heather war ... ein verschlossenes Buch. Ich persönlich denke, dass es eine Fassade war, andere waren da vielleicht anderer Meinung.«

»Wurde sie so, nachdem Greg und sie sich getrennt haben?«

»Nein, sie war schon immer sehr reserviert gewesen und ließ nur selten durchblicken, was in ihrem Privatleben vor sich ging. Bei ihr stand der Job immer an erster Stelle, und wenn sie

Leute vor den Kopf gestoßen hat, zuckte sie mit den Schultern und sagte, sie sei nicht da, um sich Freunde zu machen.«

»Hat sie viele vor den Kopf gestoßen?«

»Ein paar. Sie war eine Macherin und ertrug keine Fehler. Und wenn eine Untersuchung ins Stocken geriet, äußerte sie ihre Meinung oder Bedenken.«

»Hat sie in den letzten Wochen jemanden besonders verärgert?«

Deepa stieß ein kleines, freudloses Lachen aus. »Wahrscheinlich jeden in Trentham House. Sie nannten sie Hot Sauce.«

»Hot Sauce?«

»Weil das, was man sah, nicht das war, was man bei Heather bekam. Sie konnte manchmal wirklich knallhart sein. Das war ihre Art, Ergebnisse zu erzielen. Nicht jeder mochte ihre Methode.«

»Fällt Ihnen jemand Bestimmtes ein, mit dem sie sich zerstritten hat?«

»Nein, tut mir leid.« Sie wechselte erneut die Position. »Sind Sie sicher, dass Sie keine Tasse Tee oder etwas anderes möchten?«

Kate schenkte ihr ein Lächeln. »Nein danke. Ich will ehrlich zu Ihnen sein. Wir bemühen uns herauszufinden, wer sie angegriffen haben könnte, und ich könnte Ihre Hilfe gebrauchen.«

»Ich habe Ihren Kollegen bereits alles gesagt, was ich weiß.«

»Ich weiß, dass Sie das getan haben und dass Sie sehr hilfreich waren. Aber vielleicht gab es etwas, worüber sie im Vertrauen gesprochen hat oder was Sie mitbekommen haben oder was sich im Büro abgespielt hat, das sich zu dem Zeitpunkt falsch angefühlt hat.«

»Da fällt mir nichts ein.«

»Gab es keine Situation, in der sie Bedenken geäußert hat oder über irgendetwas besorgt schien?«

Deepas dunkle Augen glitzerten. »In den letzten Tagen habe ich viel über sie nachgedacht und mein Gedächtnis nach Hinweisen durchforstet, um herauszufinden, warum ihr das passiert ist. Und alles, was ich feststellte, war, dass ich eigentlich so gut wie nichts über sie wusste außer nichtssagenden, unbedeutenden Details. Ja, wir plauderten über Fernsehsendungen, Klamotten, sogar über das Essen oder stöhnten über einen Fall, an dem wir gerade arbeiteten, und ich redete endlos über meine Familie. Sie hatte neben der Arbeit nur eine Leidenschaft – das Reiten. Sie besaß ein Pferd, Tobias den Dritten, und ging mit ihm in ihrer Freizeit auf Vielseitigkeitsturniere oder ritt einfach nur über Feldwege mit ihm aus oder verbrachte Stunden damit, ihn zu pflegen und seinen Stall auszumisten. Sie wirkte immer nur dann wirklich an etwas interessiert, wenn sie über ihr Pferd oder das Reiten sprach.« Sie lächelte traurig.

Kate machte sich eine mentale Notiz, mit den Leuten in Blackfields zu sprechen, wo Tobias der Dritte untergebracht war. Sie hatten vielleicht eine andere Seite von Heather kennengelernt. »Ihnen fällt also niemand ein, mit dem sie sich zerstritten hat?«

»Nein.« Sie kratzte sich am Kopf und sagte dann: »Abgesehen von Superintendent Dickson. Sie hat letzten Monat mit ihm an einem Fall gearbeitet – alles streng geheim – und ist zu einem Treffen mit ihm gegangen. Als sie zurückkam, konnte ich sofort erkennen, dass es nicht gut gelaufen war. Sie wollte mir nicht sagen, was passiert war, aber das Ergebnis war, dass sie aus der Operation entfernt wurde.«

Ein Kribbeln breitete sich auf Kates Kopfhaut aus, aber sie führte ihre Befragung betont lässig fort. »Sie hat nicht erwähnt, worum es in dem Fall ging?«

»Dafür war sie zu professionell.«

Kate bemerkte die plötzliche Röte auf Deepas Wangen.

»Wissen Sie, worum es bei der Untersuchung ging?«

Ihre Wangen röteten sich noch mehr. »Ich habe vielleicht das eine oder andere Gespräch mitgehört. Das war keine Absicht. Aber wir haben uns schließlich ein Büro geteilt.«

»Ich verstehe. Es könnte mir helfen, wenn Sie mir sagen, was Sie gehört haben.«

»Sie hat mit jemandem über eine illegale, minderjährige Prostituierte gesprochen. Könnte das für Ihre Untersuchung relevant sein?«

»Zu diesem Zeitpunkt kann ich nichts ausschließen. Sie haben nicht zufällig einen Namen mitbekommen?«

Sie schüttelte ganz langsam den Kopf. »Nein ... Ähm ... Vielleicht ... Jemand namens Fadhi, Fahad ...«

»Farai?«, fragte Kate.

Deepa hob die Augenbrauen. »Ja, richtig. Ich glaube, der Name war Farai. Kennen Sie ihn?«

»Der Name ist mir im Zusammenhang mit Drogengeschäften schon einmal begegnet.«

Deepa schob sich mit einem leisen Stöhnen hoch.

»Alles in Ordnung?«

»Jaja, alles gut. Das Baby hat mich getreten, das ist alles. Mein Mann ist überzeugt, dass es ein Junge und ein professioneller Boxer oder Kickboxer wird.«

Kate nutzte die Unterbrechung zu ihrem Vorteil und führte die Befragung weiter, indem sie von Farai und Dickson ablenkte. »Ich verstehe, dass es schwierig ist, an irgendetwas zu denken, das relevant sein könnte. Aber wenn Sie an die letzten paar Wochen oder sogar länger zurückdenken, können Sie sich an irgendwelche Fremden erinnern, die vor dem Gebäude herumlungerten oder vielleicht auf dem Parkplatz warteten?«

Sie zuckte mit den Schultern. »Ich habe niemanden bemerkt, der sich verdächtig verhalten hat.«

»Keine ungewöhnliche Aktivität … vielleicht ein Auto, das eine Zeit lang regelmäßig auftauchte und dann wieder verschwand?«

Deepa legte die Hände wieder auf den Bauch. »Nein, tut mir leid.«

»Wer immer das getan hat, wusste, dass Heather am Samstagabend in Trentham House arbeitete. Fällt Ihnen rückblickend irgendetwas ein, das relevant sein könnte – ein Auto, das Sie nicht kannten, ein Lieferant, ein Telefontechniker, der draußen arbeitete?«

»Wir haben den ganzen Tag im Büro verbracht und von unserem Fenster aus kann man die Straße nicht sehen. Wir haben nicht einmal eine Mittagspause gemacht.« Sie schüttelte traurig den Kopf.

Ein Rotkehlchen landete auf dem Gartenzaun, starrte die Frauen an und drehte den Kopf hin und her, als würde es sie abschätzen. Kate sah zu, wie es sich auf den Rasen fallen ließ und an einem Insekt pickte, bevor es wieder wegflog. Sie hatte das, weswegen sie wirklich gekommen war – Informationen über Dickson. Es war Zeit aufzubrechen, also bedankte sie sich, stand auf und kehrte zu ihrem Auto zurück.

Heather hatte an einem Fall gearbeitet, in den illegale Prostituierte und Farai verwickelt waren. Die Teile fügten sich zusammen: Dickson, Farai und minderjährige Prostituierte. Wenn sie nur Dicksons Gründe für Heathers Abzug von der Operation Agouti aufdecken könnte, wäre sie vielleicht sogar in der Lage, ihn mit ihrem Tod in Verbindung zu bringen. Nein, sie verhielt sich nicht wie eine richtige Polizistin, sondern ließ zu, dass ihre Fantasie klares logisches Denken und Fakten ersetzte. Dickson würde nicht so dreist sein, eine CIO zu töten und ihren Tod wie das Werk des Vergewaltigers aussehen zu lassen. *Doch, das würde er. Sieh dir nur an, was mit Chris passiert ist.*

Eine glitzernde, geisterhafte Vision von Chris beobachtete sie vom Garten aus: ein seltsam beruhigender Anblick. Er hatte sie noch nicht im Stich gelassen. Sie würde tiefer bohren, denn Dickson führte nichts Gutes im Schilde – ein schmutziger Bulle, der sich hinter seinem Dienstgradabzeichen versteckte.

Der Alarm auf ihrem Handy summte, um sie an die Uhrzeit zu erinnern. Die Familien der drei Frauen zählten auf sie, und sosehr sie diese neue Spur in den Ermittlungen gegen Dickson verfolgen wollte, sie musste bei der Rekonstruktion des Tathergangs in Trentham House dabei sein. Chris verschwand und hinterließ eine Leere in ihrer Brust. Sie seufzte traurig und rief Morgan an, um sich zu vergewissern, dass das Team ebenfalls auf dem Weg war. Wenn der Mörder sein Gesicht zeigen würde, müssten sie bereit sein zuzuschlagen.

* * *

Sie parkte fünfzig Meter von dem Parkplatz entfernt, auf dem Heathers Leiche gefunden worden war, und ging, halb verdeckt von den Wagen der Fernsehteams, zügig auf eine Gruppe dunkel gekleideter Personen zu, wobei sie erleichtert feststellte, dass sich nur etwa dreißig interessierte Bürger auf dem gegenüberliegenden Bürgersteig versammelt hatten, die von einem Mann mit einem Megafon in Schach gehalten wurden. Eine junge Frau in einer Bluse, einem Rock und einer Jacke, die denen von Heather ähnlich waren, unterhielt sich mit einem kleinen Mann mit Brille. Gesprächsfetzen hingen in der Luft und Kate fing den einen oder anderen Kommentar auf: »Wir fangen dort an«, »Trentham House«, »im vereinbarten Tempo gehen«, »eine Aufnahme«. Als sie William in Zivil entdeckte, die Ellbogen auf das Dach seines Autos gestützt, verlangsamte sie ihren Schritt und gesellte sich zu ihm.

»Sind nicht viele gekommen«, sagte sie und nahm neben ihm Position ein. Von hier aus hatte sie einen freien Blick auf die Schaulustigen.

»Es bleibt noch genügend Zeit, damit noch mehr kommen.« Er drehte sich zu der Menge um. »Von hier aus kannst du alles überblicken und wir werden weniger Verdacht erregen, wenn es so aussieht, als würden wir uns unterhalten.«

Sie scannte die Gesichter. Morgan stand hinter ihnen, mit dem Rücken an eine Wand gelehnt, ein gelangweilter Blick auf seinem attraktiven Gesicht. Emma stand weiter oben auf der Straße, das Telefon ans Ohr gepresst, als würde sie mit jemandem telefonieren. Zuerst konnte sie Jamie nicht entdecken, dann sah sie, wie er sich mit einer Frau mittleren Alters in einer blauen Steppjacke unterhielt und sich perfekt in die Menge einfügte.

»Wir hatten keine andere Wahl, als diesen Ansatz zu verfolgen, Kate.«

»Ich weiß.«

»Das wirft kein schlechtes Licht auf dich oder dein Team, aber wir müssen alles tun, was wir können.« Er machte eine Pause, bevor er weitersprach. »Lauras Vater wird heute Abend an die Menschen appellieren.«

»Ist das klug? Wird die Öffentlichkeit dann nicht nervös werden?«

»Er hat darauf bestanden.«

»Ich dachte, die Pressestelle sollte die Journalisten mit Informationen versorgen. Jetzt haben wir Rekonstruktionen von Tathergängen und Appelle, und das wird nur zu einem führen – zu Panik.«

»Die Dinge haben sich geändert.«

»Ein Appell und eine Rekonstruktion am gleichen Abend! Sobald die Medien anfangen, über einen Serienvergewaltiger und -mörder zu berichten …«

»Hör zu, das war nicht meine Entscheidung.«

»Wessen dann? Die des Superintendenten?«

»Sie kam von noch weiter oben. Wir haben erst vor einer Stunde davon erfahren. Richard Dean hat die Presse kontaktiert, nicht uns. Das sind zwei voneinander unabhängige Ereignisse und ich bin darüber genauso unglücklich wie du. Aber wir wussten, dass wir das nicht ewig unter Verschluss halten können.«

Sie ließ die Stille zwischen ihnen anschwellen, die mehr Gewicht besaß als Worte. Heathers Double und der Mann trennten sich. Ihr Bubikopf umrahmte ihre schmalen Gesichtszüge und sie schritt mit der Anmut einer versierten Schauspielerin oder Tänzerin davon. Kate wurde wieder an die Ähnlichkeit der Opfer erinnert. Obwohl sie unterschiedlich alt gewesen waren, hatten sie eine Jugendlichkeit ausgestrahlt, die durch die schlanken Hüften, die schmale Taille und das schulterlange, glänzende Haar noch verstärkt worden war. Vielleicht hatte ihr Angreifer sie ausgewählt, weil sie leichte Ziele zu sein schienen, und nicht wegen ihrer zerbrechlichen Schönheit. Es gab ein Muster, einen Grund für seine Wahl, und das machte Kate Angst. Denn irgendwo wurde wahrscheinlich in diesem Moment eine andere Frau, die ähnlich aussah, gestalkt und könnte heute Abend überfallen werden. Während sie hier herumstand, verschwendete sie wertvolle Zeit, die sie brauchte, um diesen Bastard aufzuspüren.

Ein weiteres Paar gesellte sich zu den anderen Schaulustigen. Das Kamerateam war in Position, hatte die Kameras auf die Schultern gehievt und eine dröhnende Stimme wies alle an, während der Dreharbeiten ruhig zu sein. Das Megafon wurde gesenkt und Handys wurden zum Filmen gehoben, als ob man Prominente beobachten würde. Kate konnte das nicht verstehen. Was reizte die Menschen an so etwas Morbidem?

Auf der Suche nach jemandem, dessen Gesicht oder Körperhaltung ihn verriet, ließ sie den Blick über die eifrigen

Zuschauer auf der gegenüberliegenden Straßenseite gleiten. Heathers Double ging zielstrebig den Bürgersteig entlang, den Kopf gesenkt, die Handtasche über der Schulter. Kate suchte die Gesichter ab: zwei Frauen Mitte zwanzig, die sich nicht von der Stelle bewegten; ein Mann neben ihnen, der mit gesenktem Kopf eine SMS schrieb; zwei Männer Anfang zwanzig, von denen einer eine Nikon-Kamera mit großem Objektiv auf Trentham House richtete, während der andere schweigend beobachtete – vermutlich Reporter für das Lokalblatt, überlegte Kate. Sie fing Emmas Blick auf und ließ nicht verlauten, dass sie sie kannte. Emma huschte neben ein Trio junger Frauen, die die Arme miteinander verschränkt hatten. Kate studierte das Paar Ende vierzig, das einzige Paar, das die Vorgänge nicht auf Video aufzeichnete, und murmelte: »Keiner dieser Leute sieht wie ein potenzieller Mörder aus.«

William grunzte.

Sie entdeckte zwei dunkel gekleidete Männer in Kapuzenpullis, die mit den Händen in den Taschen an der Wand lehnten. Morgan hatte sie ebenfalls entdeckt und behielt sie im Auge. Jamie unterhielt sich immer noch mit der Frau in der blauen Jacke; sein Blick wanderte jedoch über ihre Schulter zu den Leuten hinter ihr. Einige Nachzügler schoben sich über den Bürgersteig. Kate hielt die Augen auf die Gruppe gerichtet, die ihr gegenüberstand. William konzentrierte sich weiter auf die Frau und sagte: »Sie hat fast die Stelle erreicht, an der Heather angegriffen wurde.«

Niemand zeigte irgendwelche Anzeichen von Aufregung oder Vorfreude. Kate erblickte einen Nachzügler, einen Mann mittleren Alters in einem Dufflecoat, der eine Plastiktüte in der Hand trug. Wirkte er hier fehl am Platz? Sie konzentrierte sich auf sein unrasiertes Gesicht. Der Mörder würde die Stelle erkennen, an der er Heather niedergeschlagen und in den Garten gezerrt hatte. Vielleicht gab es ein Weiten der Augen, ein Lecken der Lippen oder eine Intensität im Blick, aber sie konnte keines dieser Anzeichen entdecken. Der Mann sah mit dem Interesse von jemandem zu, der sich ein langweiliges Fernsehdrama ansah. Die Tat wurde nachgespielt, die Frau mit einem Schlag niedergestreckt und aus dem Blickfeld geschleift.

»Nichts«, sagte sie. »Ich kann niemanden sehen, der mir seltsam vorkommt.«

William wechselte die Position und sah in die gleiche Richtung wie sie. »Der Typ mit der roten Mütze?«

Sie schaute zu dem jungen Mann, der den Kopf über sein Handy gesenkt hielt. »Nein, er hat sich mehr auf die SMS als auf das Geschehen konzentriert. Der Mörder würde jede Bewegung beobachten wollen.«

»Die beiden vermummten Jungs?«

»Ihre Haltung ist völlig falsch. Das sind Witzbolde, die Aufmerksamkeit suchen. Sie sind nicht wirklich daran interessiert, was passiert. Wahrscheinlich würden sie am liebsten vor die Kamera treten und Grimassen schneiden.«

»Was ist mit dem Mann mit der Plastiktüte?«

»Das ist eine Tüte aus dem Supermarkt um die Ecke. Ich glaube, dass er gerade auf dem Heimweg von dort ist und zufällig hier vorbeikam.« Sie sah zu, wie ein paar einzelne Personen weitergingen. Das Kamerateam bewegte sich die Straße hinunter in Richtung des Parkplatzes, weiter weg von der schwindenden Menge.

William seufzte.

»Wann richtet Richard seinen Appell an die Öffentlichkeit?«

»Es wird der Aufmacher in den Lokalnachrichten sein.«

Der Sender strahlte die Nachrichten um sieben Uhr aus und die Rekonstruktion des Tathergangs würde um acht Uhr gezeigt werden.

»Action!« Sie hob den Kopf. Die Frau ging wieder die Straße hinunter, der leichte Schwung in ihrem Schritt erinnerte

Kate für einen kurzen Moment an Tilly. Sie fragte sich, wie es ihrer Stiefschwester ging, und hoffte, dass Daniel und sie etwas Interessantes und Lustiges unternahmen, das sie ermutigen würde, sich für immer hier niederzulassen. Sie würde sie anrufen, sobald sie konnte. Immer mehr Menschen brachen auf. Die vermummten Jugendlichen schlurften an Morgan vorbei. Jamie hatte die Frau in Blau stehen gelassen und sich zu Emma gesellt, die den Kopf schüttelte.

»William, es ist hoffnungslos. Der Mörder ist nicht hier. Ich rufe das Team zurück.«

William nickte ihr zu und sie gab Morgan ein Zeichen, sich an ihrem Auto zu treffen. Einer nach dem anderen gesellte sich zu ihr. Das Filmteam stand herum und wartete auf die Bestätigung, dass es genug Material hatte, und ignorierte die wenigen Nachzügler, die noch auf weitere Aufnahmen warteten. Kate warf einen letzten Blick auf die Leute, die geblieben waren. Nichts deutete darauf hin, dass es sich um etwas anderes als neugierige Schaulustige handelte.

»Mann, das war so was von sinnlos«, brummte Morgan. »Wir haben jede Menge abzuarbeiten, und das war reine Zeitverschwendung.«

Kate stimmte ihm zu. Ganz gleich, was die Polizeiserien im Fernsehen den Leuten vorgaukeln mochten oder wie sehr ihre Vorgesetzten Ergebnisse wollten, die Tatsache blieb: Polizeiarbeit brauchte Zeit.

»Wir haben Befehle ausgeführt. Es hat nicht geklappt, aber wir waren alle schon mal in dieser Situation. Vielleicht finden wir durch die Rekonstruktion ja einen Zeugen.«

»Und einen Haufen Leute, die unsere Zeit verschwenden«, sagte Morgan.

»Entspann dich«, sagte Emma. »Du wirst sonst noch richtig griesgrämig.«

»Ich hasse es, Zeit zu verschwenden, und …«

»Keiner von uns verschwendet gern Zeit«, unterbrach Kate ihn. »Und was ich euch jetzt sage, wird euch nicht gefallen – Richard Dean hat beschlossen, einen Fernsehaufruf in den Abendnachrichten zu starten.«

»Oh, verdammt noch mal!« Dieses Mal war es Emma, die ihrem Unmut Luft machte.

Kate ließ es unkommentiert. »Wenn ihr also noch etwas essen oder eine Pause machen wollt, solltet ihr das jetzt tun, denn in etwa einer Stunde werden die Telefone nicht mehr stillstehen.«

Jamie fuhr sich mit einer Hand über das stoppelige Kinn und räusperte sich.

»Gibt es ein Problem?«, fragte Kate.

Er holte sein Handy aus der Tasche. »Nur dass ich besser meine Frau warnen sollte. Sie hat für heute Abend einen Mädelsabend geplant und ich habe versprochen, auf Zach aufzupassen. Sie wird nicht begeistert sein.«

»Im Ernst?«, sagte Morgan spöttisch. »Sie hat dich ganz schön unter ihrer Fuchtel.«

»Nein, hat sie nicht.«

»Hört sich für mich aber so an. Sieh dich an, wie du losrennst, um dich zu entschuldigen.«

»So ist das nicht.«

»Warum bist du dann so aufgeregt?«

»Ich bin nicht …«

»Los, du Trottel. Geh und kriech zu deiner Frau.« Er winkte Jamie mit beiden Händen weg.

»Ach, du kannst mich mal, Wachtmeister.«

Kate sah die plötzliche Wolke der Wut, die sich über Jamies Züge legte, bevor er losstapfte, das Telefon ans Ohr gepresst, und außer Sichtweite verschwand. Das war eine Seite an ihm, die sie bisher noch nicht gesehen hatte. Jamie wirkte sonst immer so unbekümmert. Die Strapazen des Falles forderten allmählich ihren Tribut von ihnen allen.

»Bist du jetzt zufrieden?«, fragte Emma Morgan. »Du kannst manchmal so ein Mistkerl sein.«

»Er ist ein Arschkriecher. Sieh dir doch an, wie er wegläuft, um zu telefonieren, damit wir nicht hören können, wie er vor ihr zu Kreuze kriecht.«

»Er sorgt sich um seine Familie, das ist alles. Komm schon, die Straße runter ist ein McDonald's. Wir sollten uns etwas zu essen besorgen.«

»Der Idiot kann sich selbst was kaufen.« Morgan lief los.

Emma zuckte mit den Schultern. »Er wird darüber hinwegkommen. Ich glaube, er hält Jamie manchmal für eine Zumutung. In der einen Minute ist er verzweifelt auf Überstunden aus und in der nächsten ärgert er sich, dass er nicht genug Zeit für seine Familie hat. Morgan versteht das nicht, weil er nicht die gleiche Art von Verantwortung hat.«

»Hältst du ihn auch für eine Zumutung?«

»Nein. Er ist freundlich und fleißig und ich bin viel entspannter als Morgan«, antwortete sie mit einem Augenzwinkern. »Sehen wir dich auf dem Revier wieder?«

»Ja. Ist Jamie mit euch zusammen hergekommen?«

»Nein, er war irgendwo unterwegs, um eine Zeugenaussage zu überprüfen, und ist mit seinem eigenen Wagen gekommen. Wahrscheinlich war das angesichts von Morgans Laune auch gut so. Ach so, ich habe mit der Kurierfirma gesprochen, für die Kevin gearbeitet hat. Sie haben keine Aufzeichnungen über Lieferungen an eines der Opfer oder an ihre Arbeitsorte. Auf dem Weg hierher habe ich von seinem Mobilfunkanbieter gehört. Laut dessen Angaben hat er am Samstagabend mehrere SMS von seinem Handy gesendet und empfangen, alle von seinem Haus aus. Ich glaube, wir müssen ihn von der Liste der Verdächtigen streichen.«

»Ein weiterer Verdächtiger ist von der Bildfläche verschwunden und niemand sonst füllt die Lücke«, sagte Kate. »Mist!«

»Ich weiß. Wir müssen hoffen, dass sich hieraus etwas ergibt. Dann bis später.« Sie eilte hinter Morgan her.

Kate blickte zurück auf den nun fast leeren Bürgersteig. Warum hatte man sie und ihr Team zu einer solch sinnlosen Unternehmung geschickt? Sicherlich hatte niemand wirklich geglaubt, dass man einen Mörder an den Ort seines Verbrechens zurücklocken könnte, damit er sich eine Rekonstruktion des Tathergangs ansah. William saß inzwischen in seinem Auto. Worauf wartete er? Sie konnte nicht sehen, ob er einen Anruf entgegennahm, konnte sich jedoch nicht vorstellen, warum er sonst noch hier sein sollte.

Chris' Stimme war schwach und sie musste sich anstrengen, um ihn zu verstehen. »Hast du es immer noch nicht begriffen? Er hat ein Auge auf dich. Das ist eine Masche, um dich ineffizient aussehen zu lassen. Es ist Teil von Dicksons Plan, dich aus seinem Revier und seinem Leben zu entfernen. Obwohl, wenn du die Agouti-Sache nicht weiterverfolgst, braucht er das gar nicht. Jede Minute, die du durch diesen Fall abgelenkt bist, gibt ihm mehr Zeit, seine Spuren zu verwischen. Bei diesem Tempo wird er davonkommen. Du wirst keine Spuren mehr finden, denen du folgen könntest, und die Untersuchung meines Todes wird zu einem ungeklärten Kriminalfall werden. Ist es das, was du willst? Dass sie verschwinden? Dass ich gehe?«

»Nein!« Hitze durchflutete ihre Adern. Sie könnte es nicht ertragen, ohne Chris zu sein, auch wenn sie nun mehr Zeit mit Tilly und Daniel verbringen würde. Sie hob ihr glühendes Gesicht, um die kühle Brise einzufangen, und beobachtete die Wolken, die ein wellenförmiges, kräuselndes Muster wie Fischschuppen aufwiesen – ein aufgewühlter Himmel, der einen Wetterwechsel ankündigte.

»Dann musst du Dickson stürzen, bevor er dich vernichtet.« Die letzten Worte verhallten in der Ferne, wie vom Wind getragen.

»Ich weiß.« Sie ließ den Kopf sinken und schloss ihren Wagen auf. Als sie losfuhr, warf sie einen letzten Blick zurück auf Williams Auto. Es hatte sich nicht bewegt.

* * *

Er versucht, angesichts der Banalität der Situation nicht zu grinsen. Dachten sie wirklich, er würde in eine so offensichtliche Falle tappen? Seit wann gab man in dieser Krimishow bekannt, dass man ein Verbrechen nachstellte und wo man drehte? Es war erniedrigend, seine Intelligenz auf diese Weise zu beleidigen. Das Positive daran ist, dass er seine Jäger eindeutig verunsichert hat, wenn sie zu solch niederen Taktiken greifen müssen.

Er macht das Spielchen natürlich mit. Nicht weil er hofft, dass es ihm hilft, die köstlichen Momente, in denen er Heather angegriffen hat, wieder zu erleben, sondern weil dies ein Spiel ist, das er gewinnen kann, und zwar mit links.

Doch er ist verwirrt. Heather war definitiv noch am Leben, als er sie in den Müllwagen geworfen hatte. Sie hatte sich bei einem Fluchtversuch die Nase gebrochen und ziemlich geblutet, aber er hatte sich damals unter Kontrolle gehabt. Er hatte nicht die Konzentration verloren und sie zu Tode gewürgt, wie er es bei Laura getan hatte. Er hatte sie untersucht und einen Puls gefühlt. So verwirrt er auch ist, er wird nicht in Panik verfallen, schließlich wird man ihn nicht erwischen.

DI Kate Young steht ihm auf der Straße gegenüber und versucht, lässig auszusehen, scannt dabei aber die Menge. Apropos offensichtlich! Sie könnte genauso gut »Ich bin Polizistin« über ihrem Kopf aufleuchten lassen. Ihre dürre Gestalt und ihr hohläugiger Blick verraten viele schlaflose Nächte. Er hofft, dass die jüngsten auf seine Handlungen zurückzuführen sind. Wenn sie eine Ahnung hätte, wie viel er über sie und ihre Schwester weiß, wäre sie noch beunruhigter. Er hält den Kopf gesenkt, wohl wissend, dass sie alle anschaut, in der Hoffnung, einen Gesichtsausdruck oder eine abschätzige Geste zu entdecken, und hier steht er, direkt vor ihrer Nase, und sie ist kein bisschen klüger. Das entschädigt ihn fast für den Mord an Heather. Es gibt ihm nicht das gleiche Hochgefühl wie der Angriff auf seine Doubles, aber es stärkt sein Ego. Wenn sie sein Typ wäre, würde er sie zu seinem nächsten Opfer machen. Seine Jägerin wird zur Beute. Obwohl ihn der Gedanke erregt, weiß er, dass es ihm unmöglich wäre, von ihr erregt zu werden, selbst mit seinen Händen um ihre Kehle.

Der Trick ist, desinteressiert an den Dreharbeiten oder nur leicht neugierig auf die Rekonstruktion zu wirken. Und obwohl das Double Heather ähnelt, erlaubt er sich keine Ausflüge in die Fantasie. Außerdem hat er bereits ein weiteres Opfer im Visier: eine Vorspeise vor dem Hauptgericht. Er kommt seinem eigentlichen Ziel immer näher. Er hat seiner ersten Liebe eine Nachricht geschickt und sie ist bereit, ihn wieder in ihr Leben einzuladen. Ihm wird schwindelig bei dieser Aussicht und seine Erregung erreicht neue Höhen. Niemand wird ihn daran hindern, an sie heranzukommen, vor allem nicht DI Kate Young.

KAPITEL 22

Der Duft frisch gepflückter Zitronen erfüllte die Küche. Kate tauchte den Wischmopp in heißes Wasser, klatschte ihn auf die Küchenfliesen und wischte stöhnend hin und her. Die ganze Zeit über konnte sie Chris' Stimme hören und unterhielt sich mit ihm, als ob er direkt neben ihr stünde. Sie hatte ihn seit Tagen nicht mehr so deutlich gehört. Seine Stimme war laut, fast schon herrisch, und beunruhigte sie ein wenig. War sie inzwischen zu besessen?

»Du musst es noch einmal mit Farai versuchen. Bring ihn zum Reden, finde heraus, was Dickson im Schilde führt, und überzeuge ihn, dich mit der Sexarbeiterin reden zu lassen, die mit dem Superintendenten geschlafen hat. Ich glaube nicht, dass du das tun kannst, ohne Verdacht zu erregen. Also brauchst du jemanden, mit dem du zusammenarbeiten kannst, ob es dir nun gefällt oder nicht. Und ich glaube, ich weiß, wer der Richtige für diesen Job ist – Dan Corrance. Wir haben zusammen gegen einen Pädophilenring ermittelt und er hat mir geholfen, die Liste in meinem Tagebuch zusammenzustellen.«

Dan hatte das Tagebuch unter einer Schublade in Chris' altem Schreibtisch gefunden und es ihr in der Hoffnung gegeben, dass sie gegen einige der darin genannten Personen und Institutionen Anklage erheben könnte. Auch der Maddox Club hatte auf der Liste gestanden und mithilfe der Informationen im Tagebuch hatte sie den damaligen Fall lösen können. Ansonsten hatte sie jedoch nichts weiter mit den Aufzeichnungen gemacht, als sie gut zu verstecken. Sie behielt den Schwung bei und ihre Arme bewegten sich unermüdlich, während sie antwortete. »Du sagst mir also, dass ich einem Journalisten vertrauen soll, den ich überhaupt nicht kenne. Tolle Idee, Chris.«

»Du weißt, dass du ihm vertrauen kannst, denn anstatt mein Tagebuch für sich zu behalten, hat er es dir gegeben. Er wird ein guter Verbündeter sein.«

»Er wollte, dass ich mich in meiner Eigenschaft als Detective darum kümmere und die in diesem Buch genannten Personen für ihre Verbrechen verurteilt werden. Aber ich habe nichts getan, außer darauf zu sitzen und mich zu fragen, wie ich die Informationen nutzen kann, um Dickson zu Fall zu bringen. Ich hätte schon früher etwas gegen sie unternehmen sollen. Das wird er nicht gutheißen.«

»Du irrst dich. Er hat dir die Informationen nicht gegeben, weil du Polizistin bist. Er hat dir das Tagebuch gegeben, weil du meine Frau bist! Hör mir zu, Dan ist deine beste Option. An Dickson kommst du nicht heran, aber wenn du Dan darin einweihst, was du tust, kann er ein paar Leute aufschrecken und zumindest etwas veröffentlichen.«

»Verdammt noch mal, er wird wahrscheinlich wegen Verleumdung verklagt oder, noch schlimmer, ermordet, so wie du!« Die Worte sprudelten nur so aus ihr heraus, und sie trat gegen den Plastikeimer, um ihn über den glänzenden Fliesenboden zu schieben. Das Wasser schwappte über die Ränder und hinterließ große tränenförmige Pfützen.

Sie ließ den Mopp über das Wasser gleiten, saugte es auf und trug dann den Eimer zur Spüle, um ihn auszukippen. Das fast saubere Wasser gluckerte geräuschvoll in den Abfluss. Es war drei Uhr nachts und sie war noch hellwach. Richard Dean hatte in den Lokalnachrichten an die Bevölkerung appelliert und jeden, der am Freitagabend in Abbots Bromley gewesen war, gebeten sich zu melden. Das Team hatte sich vor einem Computerbildschirm im Büro versammelt, als er ohne vorbereitete Notizen sprach. Seine Stimme hatte versagt und er war in Tränen ausgebrochen, als er das Foto seiner Tochter hochgehalten und den Zuschauern erzählt hatte, dass sie ein wunderschöner, freundlicher Mensch gewesen war, der jeglichen Lebens und seines zukünftigen Glückes beraubt worden war. Von Steve hatte jede Spur gefehlt. Noch vor dem Ende der Sendung hatten die Telefone zu klingeln begonnen. Jedes Detail und jede Behauptung wurde von ihren Beamten notiert. Sie waren noch mit der Bearbeitung der Anrufe zu Lauras Tod beschäftigt, als nach der Übertragung der Rekonstruktion der Tat vor Trentham House die zweite Welle einsetzte. Um Mitternacht hatte sie dem Ganzen schließlich ein Ende gesetzt. Am nächsten Tag würden sie dort weitermachen, wo sie aufgehört hatten – und wahrscheinlich in noch mehr verdammten Sackgassen enden. Sie waren so sehr damit beschäftigt, alle möglichen Sichtungen von Individuen in der Gegend zu verfolgen, dass sie keine Zeit hatten, die Dinge noch einmal durchzugehen, die sie bereits ermittelt hatten.

»Gib Dan eine Chance. Gib ihm das Tagebuch und lass ihn tun, was er für richtig hält. Und gib ihm die Extramunition, die wir gegen Dickson haben. Er wird sie benutzen können.«

»Du hörst mir nicht zu, oder? Es ist zu gefährlich für ihn sich einzumischen. Ich kann sein Leben nicht riskieren. Das ist mein Problem und ich werde es lösen.«

»Aber wie?«

Sie ignorierte die Frage, öffnete eine Schublade und holte ein sauberes Tuch heraus. Dann begann sie, mit einem antibakteriellen Spray einen weiteren Zitrusduft in die Luft zu pusten, diesmal Clementine. Sie wischte die Oberflächen ab, hob Gläser an und putzte darunter, immer und immer wieder. *Wie?* Sie könnte einen Schritt weitergehen und Dickson anzeigen, weil er mit minderjährigen Prostituierten geschlafen hatte, aber was sie wirklich wollte, war der Beweis, dass er in Chris' oder Coopers Tod verwickelt war. Das würde eine schwerere Strafe nach sich ziehen und in Kombination mit den anderen Vergehen dafür sorgen, dass man ihn für lange Zeit einsperren würde. Sie begann, die Schranktüren abzureiben: intensive, hektische Bewegungen, die sie nicht zu ermüden schienen. Erst als sie alles geputzt hatte, auch den Kühlschrank und den Wasserkocher, hielt sie inne, den Lappen noch in der Hand.

»Ich werde erst einmal abwarten, was Bradley sich einfallen lässt«, sagte sie. »Sein Bruder könnte Informationen darüber haben, was wirklich mit Cooper passiert ist.«

»Und wenn er das nicht hat?«

»Dann werde ich in Erwägung ziehen, Dan ins Boot zu holen.« Sie schnappte sich das Spray und machte sich auf den Weg ins Bad. Oben gab es noch genug zu putzen, um sie so lange zu beschäftigen, bis sie müde wurde.

* * *

Um sechs Uhr hatte sie immer noch nicht geschlafen. Die letzte Stunde hatte sie in Chris' Arbeitszimmer verbracht und war das Tagebuch durchgegangen, das die Namen und Daten von Männern enthielt, die er der Pädophilie verdächtigte. So wie sie es sah, hatte sie zwei Möglichkeiten: das Buch an die zuständige Abteilung der Metropolitan Police, der Paedophile Investigation Unit, zu übergeben, damit sie die Namen untersuchen konnten, oder, wie Chris es vorgeschlagen hatte, es Dan Corrance zu geben. Wenn sie es an die Polizei weitergab, würde Dickson davon erfahren und sich aus der Sache herauswinden. Außerdem würde er dann noch vorsichtiger werden und sie könnte ihn noch schwerer mit dem Amoklauf in dem Zug, bei dem ihr Mann ermordet wurde, und mit Coopers scheinbarem Selbstmord in Verbindung bringen. Mit einem schweren Seufzer willigte sie ein. Chris' Argumentation ergab Sinn, und so ungern sie sich auch von dem Tagebuch ihres Mannes trennen wollte, sie würde es tun. Er hatte ihr die Datei mit den mutmaßlich korrupten Beamten auf seinem Computer hinterlassen, und das war das, was sie am meisten beschäftigte.

Sie stand auf und streckte sich. Es wäre bald an der Zeit, zu den laufenden Ermittlungen zurückzukehren und diese Angelegenheit für den Moment ruhen zu lassen. Sie nahm das Buch in die Hand, streichelte das Leder und suchte nach irgendwelchen Rückständen ihres Mannes, irgendwelchen Energieresten, die sich auf das Buch übertragen haben könnten.

»Da ist nichts, Kate. Es ist nur ein Arbeitstagebuch.«

»Nicht irgendein Tagebuch. Es war deins.«

»Du hast andere Dinge, die dich an mich erinnern. Du brauchst nicht noch eins.«

Die Entscheidung war gefallen. »Okay.«

Sie ging in die Küche, wo ihr Handy aufleuchtete. Tilly hatte eine Nachricht geschickt, um ihr mitzuteilen, dass sie früh aufgestanden war und gleich mit Emma trainieren wollte. Sie rief sie zurück.

»Morgen, Frühaufsteher.« Tilly klang ziemlich munter.

»Das musst du gerade sagen.«

»Daniel war um fünf Uhr wach, also dachte ich, ich nehme ihn mit, damit er mit Greg Computerspiele spielt und ich kurz trainiere.«

»Hi, Daniel!«

Sie konnte ein fröhliches, aber gedämpftes »Hallo« ausmachen.

»Wir wollen später zum Sea Life Centre in Birmingham und werden wohl mit dem Zug dorthin fahren.«

»Klingt nach jeder Menge Spaß. Ich wünschte, ich könnte mitkommen.«

»Nun, vielleicht schaffst du es ja das nächste Mal. Ich hatte überlegt, Ryan einzuladen, um ihm ein wenig Gesellschaft zu leisten, aber dann beschlossen, dass es ohne ihn besser wäre. Das ist Daniels Vergnügen.«

»Ryan?«

»Ja, anscheinend ist ›Happy Feet‹ einer seiner Lieblingsfilme.« Sie kicherte. »Ich dachte, er möchte vielleicht die Pinguine sehen. Wie auch immer, ich habe meine Meinung geändert und werde mit Ryan etwas anderes unternehmen.«

Kate versuchte, optimistisch zu klingen, um nicht als Spielverderberin dazustehen. »Wenn du meinst. Wie auch immer, viel Spaß beim Training, und ich versuche, später bei euch vorbeizuschauen.«

»Wir bringen dir etwas aus dem Souvenirladen im Sea Life Centre mit.«

»Dann pass auf, dass es kein Hai ist.« Sie hörte Daniel fröhlich lachen, bevor Tilly auflegte.

* * *

Vor Jeanettes Imbisswagen stand keine Warteschlange und an den bunt bemalten Tischen, die auf dem Platz daneben verstreut aufgestellt waren, saß auch niemand. Jeanette bereitete hinter der Durchreiche Sandwiches vor. Der Wagen war ein vertrauter Anblick für jeden, der nach Stoke kam – zusammen mit der langen Schlange von Kunden, die begierig darauf warteten, eine der berühmten hausgemachten herzhaften Backwaren und ein heißes Getränk zu kaufen. Chris war ganz verrückt nach einer ihrer Spezialitäten gewesen, Würstchen im Schlafrock mit Kräutern und Zwiebelrelish. Der Gedanke an sie hatte ihn an so manchem langen Arbeitstag am Leben gehalten, wenn er vom Büro aus den Imbisswagen gesehen hatte. Bei schönem Wetter hatte er oft Besprechungen an einem der Tische abgehalten und Kate fiel es leicht, ihn sich dort vorzustellen, wie er an einem schäumenden Cappuccino nippte. Die Mitarbeiter der »Gazette« arbeiteten im vierten Stock, aber sie musste auf der Suche nach Dan nicht nach oben gehen. Wie die meisten, die bei der Zeitung arbeiteten, würde er zuerst bei Jeanette anhalten. Es war ein Ritual, dem alle Journalisten zu folgen schienen.

»Hi, ist Dan Corrance heute schon vorbeigekommen?«, fragte sie Jeanette.

Die Frau drehte sich mit einem strahlenden Lächeln zu ihr um. »Noch nicht, meine Liebe.« Als Chris von ihr gesprochen hatte, hatte sie nicht das Bild dieser hübschen Frau mittleren Alters im Kopf gehabt. »Wollen Sie auf ihn warten? Er taucht normalerweise um diese Zeit auf. Frühaufsteher und so.«

»Danke. Ich nehme auch einen Kaffee, bitte. Weiß. Kein Zucker.«

Jeanette beschäftigte sich mit der Maschine, die zischend zum Leben erwachte und heißes Wasser in einen Pappbecher spritzte. »Wollen Sie auch etwas zu essen dazu?«

»Nein danke.« Sie bezahlte und wählte einen Sitzplatz, der ihr einen Blick auf die Vordertür des Blockes bot, für den Fall, dass Dan beschloss, heute nicht bei Jeanette vorbeizuschauen. Innerhalb von Sekunden, nachdem sie sich hingesetzt hatte, klingelte ihr Handy. Es war Bradley, der sich jedoch nicht vorstellte, als sie das Gespräch annahm.

»Ich habe heute Morgen einen Termin.«

Sie verstand seine kryptische Botschaft sofort. »Das ist gut. Lassen Sie mich das Ergebnis wissen.«

»Ganz bestimmt.«

Das bedeutete, dass Bradley einen Besuch im Gefängnis von Thamesbury arrangiert hatte, um mit seinem Bruder Jack zu sprechen. Sie drückte auf »Anruf beenden« und entdeckte den Journalisten, den sie zuletzt im Mai vor ihrer Haustür gesehen hatte. Er bemerkte sie erst, als er den Imbisswagen fast erreicht hatte. Sie winkte ihm zu. Er sagte etwas zu Jeanette und kam zu ihr herübergeschlendert.

»Hey, wie geht es dir?«

»Besser. Danke.«

»Gut.«

»Als wir uns das letzte Mal trafen, hast du mir etwas gegeben.«

»Richtig.«

»Nun, ich denke, ich sollte es dir zurückgeben. Chris hätte gewollt, dass du die Sache weiterverfolgst.«

»Ich dachte, du wolltest die Leute festnageln, die darin genannt werden. Deshalb habe ich es dir schließlich gegeben«, sagte er und schaute sich um. »Diese Bastarde sollten für das bezahlen, was sie getan haben.«

»Die Wahrheit ist, dass es nicht in meinen Zuständigkeitsbereich fällt. Ich darf die Sache nicht weiterverfolgen, sondern nur an die zuständige Stelle weiterleiten. Wenn du fest entschlossen bist, diesen Weg zu gehen, dann geh selbst zu ihnen und erzähle ihnen, was Chris und du herausgefunden habt.« Sie kramte in ihrer Tasche nach dem Tagebuch und schob es ihm über den Tisch zu. »Ich denke, ihr beide habt viel Zeit damit verbracht, diese Informationen zusammenzutragen, und ich bin mir sicher, dass sie dir sehr nützlich sein könnten.«

Eine kleine Falte erschien zwischen seinen Brauen. »Wirklich?«

»Wirklich.«

»Du bist damit einverstanden, dass ich der Sache weiter nachgehe und sogar darüber schreibe, falls mein Redakteur damit einverstanden ist?«

»Ja, allerdings nur unter einer Bedingung.«

»Welcher?«

»Dass du vorsichtig bist, wie viel und was du preisgibst. Einige der im Tagebuch genannten Personen haben großen Einfluss.«

Er winkte leichtfertig ab. »Als ob mich das interessieren würde.«

»Das sollte es. Sieh dir nur an, was mit Chris passiert ist.«

Der begierige, hungrige Blick auf seinem Gesicht verschwand schlagartig. »Verdammt! Sorry. Ich meinte damit nicht ...«

Sie unterbrach seine Entschuldigung mit einem Kopfschütteln. »Schon okay. Du musst vorsichtig sein. Mächtige Menschen können extrem gefährlich sein, wenn sie in die Enge getrieben werden.«

»Ich sorge dafür, dass ich mir den Rücken freihalte.« Er steckte das Tagebuch in eine Segeltuchtasche.

In dem Moment rief Jeanette: »Dan, dein Schinkensandwich ist fertig.«

Er rief ihr ein Danke zu und stand auf. »Soll ich dich wegen irgendetwas in diesem Zusammenhang kontaktieren?«

»Nein, mach damit, was du für richtig hältst. Tu das, was Chris getan hätte. Ich muss jetzt auch gehen. Viel Glück, Dan.«

»Das wünsche ich dir auch.« Er lief los, um sein Frühstück zu holen, und Kate ließ ihn im Gespräch mit Jeanette zurück.

* * *

Jamie saß an seinem Schreibtisch und arbeitete, ein in Frischhaltefolie eingeschlagenes Sandwich und eine offene Dose Cola neben sich. »Morgen, Chefin.«

»Morgen.«

Er verlagerte seine Position, um sie anzusehen. »Wegen gestern Abend und der Sache mit Morgan ... Ich war ein bisschen gestresst wegen ein paar Geldproblemen und dem neuen Baby, das in ein paar Monaten kommt, und Zach ...«

»Bei mir musst du dich nicht entschuldigen.«

»Ich stand ein bisschen neben mir. Kommt nicht wieder vor.«

Sie wischte seine Entschuldigung mit einer Handbewegung weg.

»Chloe fällt der Umzug nach Stoke schwerer als erwartet und in letzter Zeit macht Zach ihr immer wieder Schwierigkeiten.«

Sie wartete ab, ob er sich noch mehr von der Seele reden wollte, aber in dem Moment ertönten Schritte im Korridor und Jamie drehte sich wieder um. Innerhalb von Sekunden stürmte Morgan durch die Tür.

»Morgen, Kate. Alles klar, Jamie? Dann lass dich mal ansehen.« Als Jamie ihn anblickte, nahm Morgan ihn übertrieben genau in Augenschein und kicherte dann. »Kein blaues Auge. Du bist also mit einem Anschiss davongekommen, was?«

»Das ist eigentlich nicht lustig«, sagte Jamie.

»Ich wollte nur die Stimmung auflockern, Kumpel«, antwortete Morgan.

Kate zuckte zusammen. Er hatte das Gegenteil getan. Jegliche Entschuldigung, die Jamie vielleicht angeboten hätte, würde jetzt nicht mehr zustande kommen. Sie wollte gerade eingreifen und aufkommende Feindseligkeiten zerstreuen, als Emma eintraf.

»Hi, ich habe uns etwas Leckeres mitgebracht. Gregs Freundin hat Kuchen gebacken, sie ist eine begnadete Bäckerin. Das sind zart schmelzende, zum Sterben leckere Brownies. Sie hat genug für eine ganze Armee gebacken, also bitte schön, Morgan. Aber versuche, ein paar für uns übrig zu lassen.« Sie reichte ihm grinsend die Plastikdose.

Die Stimmung entspannte sich und Kate nutzte den Moment, um alle wieder auf Kurs zu bringen. »Danke, Emma.

Also, wir haben noch jede Menge Anrufe nach den Sendungen von gestern Abend aufzuarbeiten.«

Morgan klappte den Deckel der Dose auf. »Die sehen köstlich aus. Hier, Brummbär.« Er reichte die Dose an Jamie weiter, der kommentarlos einen Brownie nahm. »Ich dachte, wir hätten alle Anrufe von Richard Deans Appell bearbeitet.« Er griff nach einem Stück Kuchen und biss hinein.

»Es gibt immer noch ein paar Aussagen von Leuten, denen wir nachgehen müssen. Ein Zuschauer hat am Freitagabend ein Motorrad durch das Dorf fahren sehen«, sagte Emma. Sie durchsuchte ihre Notizen und tippte auf einen Namen. »Mr Procter. Er kommt heute Morgen als Erstes vorbei.«

»Müssen wir noch viele Anrufe von der Nachstellung des Überfalls überprüfen?«, fragte Kate.

»Mindestens ein Dutzend«, sagte Jamie.

Morgan schluckte den Kuchen hinunter. »Ich verstehe immer noch nicht, warum wir daran teilnehmen mussten. Ich habe niemanden in der Menge entdeckt.«

Kate hatte nicht vor, das Ganze noch einmal durchzugehen. »Wir werden die Namen auf der Liste unter uns aufteilen, um sie schneller abzuarbeiten.« Sie ging zu Jamies Schreibtisch hinüber, um die Informationen zu sammeln, die jeweils auf einem separaten Zettel standen. »Ich bleibe dabei, dass unser Täter kein Anfänger ist. Das sind keine hektischen Überfälle. Die Opfer werden mit Bedacht ausgewählt, ihre Tagesabläufe beobachtet. Wie sonst sollte der Mörder wissen, wo und wann er ihnen auflauern kann? Ich bin mir sicher, dass derjenige, der diese Verbrechen begangen hat, schon vor letztem Freitag Frauen überfallen oder vergewaltigt hat. Er könnte sogar vorbestraft sein.«

»Ich schließe mich dieser Theorie an. Serienmörder fangen oft klein an und steigern sich dann. Sie verstümmeln Tiere oder sind schon in ihrer Jugend handgreiflich geworden. Das

Gleiche gilt für Vergewaltiger. Sie sind wahrscheinlich Stalker oder Exhibitionisten, bevor sie anfangen, Frauen zu vergewaltigen«, sagte Morgan.

Emma nickte zustimmend.

Kates Augen ruhten auf dem Whiteboard mit den Fotos der Opfer. Es war reine Spekulation, aber welche anderen Optionen hatte sie im Moment noch? »Morgan, kannst du die alten Fälle in Staffordshire durchgehen, bei denen es um Vergewaltigung oder Übergriffe auf Frauen ging, insbesondere solche, bei denen das Opfer einen Schlag auf den Hals bekam oder mit einer Waffe bedroht oder angegriffen wurde? Achte auf alles, was der Vorgehensweise dieses Täters ähnelt.«

Jamie legte seinen ungegessenen Brownie auf einen Notizblock. »Chefin, ich verstehe zwar die Logik deiner Argumente, aber was ist, wenn dieser Täter noch nie erwischt wurde? Viele Vergewaltigungen werden nicht angezeigt und Laura könnte sein erstes tatsächliches Mordopfer sein. Er könnte auch nicht aus dieser Gegend oder sogar aus diesem Land stammen, was es unmöglich macht herauszufinden, wer er ist.«

»Wenn du einen besseren Vorschlag hast, wir sind ganz Ohr«, fuhr Morgan ihn an.

»Nein, habe ich nicht. Ich habe nur meine Meinung geäußert. Ich dachte, das wäre in diesem Team so üblich. Oder wird von jedem, der nicht wenigstens den Rang eines DS hat, erwartet, dass er die Klappe hält?«

Morgan blähte sich auf wie ein Alphamännchen, das seine Stärke zur Schau stellte, riss sich dann aber zusammen, bevor er Jamie antwortete. »Ich gebe zu, dass das ein guter Einwand ist.«

»Jamie, genau diese Gedanken habe ich ebenfalls in Erwägung gezogen, aber solange wir keine heiße Spur haben, stochern wir im Nebel, und ich muss jeder Idee nachgehen, die mir einfällt. Wir müssen unbedingt einen Ansatzpunkt für diese Ermittlung finden. Wenn wir also etwas herausfinden können, indem wir alte Fälle durchsehen, ist es das wert«, sagte Kate. »Emma, gibt es viele Kampfsportvereine und Fitnessstudios in der Gegend? Der Typ muss doch irgendwo trainieren.«

»Unmengen. Ich bin noch dabei, sie genauer unter die Lupe zu nehmen.«

Kate rümpfte die Nase. Sie hatte gehofft, dass es nur ein paar geben würde. Es wäre eine große Hilfe, wenn sie eine Beschreibung des Täters bekommen könnten. »Okay. Bleib da dran und verfolge vorerst die Anrufe weiter. Sonst noch Fragen oder Bedenken?«

»Ich bin mit allem einverstanden«, sagte Morgan. »Jamie?«

»Nee, alles gut.«

»Also an die Arbeit«, sagte Kate. Sie warf einen Blick auf den ersten Namen auf ihrer Liste und wählte die Nummer. Der Mann am anderen Ende des Telefons blieb vage und war sich nicht sicher, was er gesehen hatte. Wie so oft meinten die Leute es gut, waren aber nicht sehr aufmerksam. Seine Beschreibung der beiden jungen Männer klang wie die der Jugendlichen, die sie bereits befragt hatten. Sie dankte ihm für seine Zeit. Der zweite Anruf war zeitaufwendig und ergebnislos. Als sie ihn beendet hatte, fühlte sie sich bereits geschlagen angesichts einer so fruchtlosen Aufgabe, bis sie bemerkte, dass Jamie sich zu ihr herumgedreht hatte, und sie das frische Funkeln in seinen Augen entdeckte.

»Ich habe einen Anruf von einer Frau erhalten, die sich sicher ist, am Samstag gegen fünf Uhr einen Motorradfahrer auf dem Parkplatz der Newbury Avenue rauchen gesehen zu haben.«

»Irgendeine Beschreibung?«

»Schwarzer Helm, schwarzes Motorrad.«

»Aber wenn er rauchte, hatte er doch sicher seinen Helm abgenommen, oder nicht?«

»Das Visier war hochgeklappt und sie konnte sein Gesicht nicht sehen, weil er sich von ihr abwandte, als sie vorbeifuhr.«

»Wie groß?«

»Mittelgroß.«

»Das war alles?«

»Ja.«

»Wenn er geraucht hat, liegt vielleicht ein Zigarettenstummel herum. Ich frage mal bei Ervin nach. Emma, um wie viel Uhr kommt dein Zeuge vorbei?«

»Mr Procter? Er sagte, es wäre das Erste, was er heute macht, also irgendwann in der nächsten Zeit.«

»Nun, das sind zwei verschiedene Sichtungen eines Motorrads. Sag mir Bescheid, wenn Mr Procter eintrifft, und wir werden sehen, ob er uns eine genauere Beschreibung geben kann.« Sie rief den nächsten Namen auf der Liste an, einen Jogger, der glaubte, spät am Samstagabend eine Frau, auf die Heathers Beschreibung passte, mit einem Mann in einem Pub gesehen zu haben. Das musste noch überprüft werden, obwohl Kate sich sicher war, dass Heather zu dem Zeitpunkt, an dem dieser Zeuge das Paar gesehen hatte, bereits tot gewesen war.

»Kate, er ist jetzt da«, sagte Emma. Kate übergab die Überprüfung des Pubs an Jamie und begleitete Emma zur Befragung von Mr Procter.

KAPITEL 23

Brian Procter war ein Mann mit klaren indigoblauen Augen, kantigem Kiefer und kurz geschnittenem silbernem Haar. Er sprach geradeheraus und verlieh seinen Worten Intensität, indem er am Ende jedes bedeutungsvollen Satzes innehielt und den Kopf schief legte. Der Lehrer für Naturwissenschaften war sich sicher, was er gesehen hatte, und Kate hielt ihn für einen vertrauenswürdigen Zeugen.

»Würden Sie bitte wiederholen, was Sie DS Donaldson am Telefon gesagt haben?«

Er richtete sich auf, die Hände entspannt im Schoß. »Ich verließ mein Haus in Doveridge am Freitagabend um sieben Uhr, um meine Eltern zu besuchen, die in Blithbury leben. Der kürzeste und schnellste Weg führt durch Abbots Bromley und der Verkehr war in beiden Richtungen gering. Ich hörte gerade ein Hörbuch, vielleicht etwas zu intensiv, und war überrascht, als ein Motorradfahrer aus dem Nichts auftauchte und mich mit hoher Geschwindigkeit überholte. Ich habe mir damals nichts dabei gedacht und auch nicht, als ich das Motorrad in Abbots Bromley wiedersah. Der Fahrer hatte am Straßenrand, neben dem Parkplatz des Restaurants, angehalten. Ich fragte mich, ob das Motorrad eine Panne hatte, aber der Fahrer stieg nicht ab und ich musste auf die Straße ausweichen, um an ihm vorbeizukommen. Ich schaute zu dem Biker hinüber, aber er oder sie schaute weg, als ich das Motorrad überholte. Ich habe es dann nicht mehr gesehen.«

»Wo hat das Motorrad Sie überholt?«

»Kurz hinter der Willslock-Kreuzung.«

»Kam es aus derselben Richtung wie Sie, also aus Uttoxeter?«

»Da bin ich mir nicht sicher. Es könnte auch auf die Kreuzung eingebogen sein.«

Die Kreuzung, auf die er sich bezog, lag nur fünf Autominuten von Uttoxeter entfernt, aber wenn er recht hatte, hätte das Motorrad aus fast jeder Richtung über Feldwege zu der fraglichen Straße gelangen können.

»Können Sie uns eine Beschreibung der Person oder ihres Motorrads geben?«

»Ich weiß nichts über Motorräder. Es war schwarz und glänzte.«

»Und die Person, die es fuhr?«

»Schwer zu sagen, weil sie saß. Ziemlich groß, da die Füße flach auf dem Boden standen und das Motorrad groß war. Ich würde schätzen, ungefähr so groß wie ich – also 1,83 Meter. Die Person trug eine schwarze Lederjacke, graue Jeans, schwarze Stiefel und einen Vollhelm, sodass ich das Gesicht nicht sehen konnte. Ich kann nicht sagen, ob es ein Mann oder eine Frau war.«

»Wie war die Person gebaut?«

»Normal, obwohl das schwer zu sagen ist, weil die Jacke ziemlich unförmig war.«

»Was ist mit dem Kennzeichen des Motorrads? Haben Sie es bemerkt oder irgendwelche Aufkleber, die bei der Identifizierung helfen könnten?«

»Da war nichts.«

»Das Motorrad hatte kein Nummernschild?«

»Nein, deshalb habe ich Sie ja angerufen. Mein erster Gedanke war, dass es abgefallen sein könnte. Aber nach der Sendung gestern Abend habe ich mich gefragt, ob es vielleicht absichtlich entfernt worden war.«

»Gab es noch etwas, das Ihnen seltsam vorkam?«

»Nein, da fällt mir nichts mehr ein.«

»Und Sie sind sicher, dass das Motorrad, das Sie überholt hat, dasselbe war, an dem Sie in Abbots Bromley vorbeigefahren sind?«

»Es sei denn, es waren zwei identische schwarze Motorräder, beide ohne Nummernschilder. Ich bin hierhergekommen, weil ich dachte, wenn Sie ein paar Bilder von Motorrädern haben, kann ich vielleicht das eine heraussuchen, das ich gesehen habe.«

»Das könnten wir sicherlich versuchen.«

»Ich habe ein fotografisches Gedächtnis.« Er lächelte schwach. »Das kann manchmal ganz nützlich sein.«

Emma erklärte sich bereit, mit Brian Bilder von Motorrädern durchzugehen, also überließ Kate die beiden sich selbst. Er hatte ihnen eine mögliche Spur geliefert. Wenn sie eine Vorstellung von der Marke und dem Modell des Motorrads bekommen und die Aufnahmen der Überwachungskameras überprüfen könnten, wäre dies vielleicht ein vielversprechender Ansatz. Kate war schon fast wieder im Büro, als ihr Handy klingelte und sie die Nachricht erhielt, auf die sie gewartet hatte. Sie schob sofort alle Gedanken an das schwarze Motorrad beiseite und steckte den Kopf zur Tür herein. »Jamie, du musst Emma im Befragungsraum A ablösen. Sie wird dich über alles Weitere informieren. Sag ihr bitte, dass ich auf dem Parkplatz auf sie warte. Olivia Sandman hat das Bewusstsein wiedererlangt und wir haben die Erlaubnis erhalten, mit ihr zu sprechen.«

* * *

Das Schild an der Tür war in großen, dicken Buchstaben geschrieben. Niemand durfte die Station betreten, ohne vorher einen sauberen Kittel, Mund-Nasen-Schutz, Handschuhe und Kopfhaube anzulegen, die auf einem Wagen vor dem Eingang bereitlagen. Kate bat den Polizeibeamten, der Olivia bewachte, eine kurze Pause einzulegen. Nachdem sie die Schutzkleidung angezogen hatten, traten Emma und sie ein und warteten vor dem Schwesternzimmer. Niemand saß hinter der Glasscheibe und es dauerte einige Minuten, bis eine Krankenschwester vorbeikam. Kate erklärte den Grund ihres Besuchs und wurde mit ausdrucksvollen smaragdgrünen Augen und einem sanften irischen Tonfall empfangen.

»Wir haben Sie bereits erwartet. Obwohl Olivia immer wieder kurz das Bewusstsein verliert, dürfen Sie mit ihr sprechen. Ich muss aber bei Ihnen bleiben, um zu gewährleisten, dass es ihr gut geht.«

»Hat sie schon etwas gesagt?«, fragte Kate.

»Nur verwirrtes Gemurmel. Sie ist immer noch in einem sehr schlechten Zustand.« Ihr Kittel raschelte, als sie sie zu einem Einzelzimmer führte.

Kate blieb an der Tür stehen. Das monotone Piepen des Herzmonitors weckte Erinnerungen an die letzten Tage ihres Vaters. Dieser Ton schien auf den meisten Krankenstationen eine dauerhafte Geräuschkulisse zu sein. Kate hatte festgestellt, dass nicht jeder Alarm auf ein ernstes Problem hinwies, wie es hier der Fall zu sein schien. Der Infusionsbeutel war fast leer und die Schwester machte sich daran, ihn zu ersetzen. Kate schaute auf das dunkelhaarige Mädchen, das unter den weißen Laken verloren aussah. Ihr Haar war von ihrer blassen Stirn zurückgekämmt, der einzige Teil ihres Gesichts, der nicht von einer Myriade dunkler Farben bedeckt war. Kate konnte ihre Lippen nicht sehen, da sie von der Sauerstoffmaske verdeckt wurden, aber sie waren zweifellos geschwollen von dem brutalen Überfall. Ein neuer Beutel wurde angelegt und die Schwester winkte Kate und Emma näher heran, bevor sie sagte: »Olivia, Sie haben Besuch. Können Sie mich hören, Olivia?«

Ihre Augenlider flatterten.

»Olivia, die Polizei ist hier. Sie wollen Ihnen ein paar Fragen stellen.« Sie blieb an der einen Seite des Bettes stehen.

Kate trat einen Schritt näher. »Olivia, ich bin Kate und das ist Emma. Wir sind Polizistinnen.«

Die Lider öffneten und schlossen sich wieder. Für einen kurzen Moment hatte Kate blutunterlaufene Augen gesehen. Sie versuchte es erneut. »Olivia, Sie sind im Krankenhaus. Sie wurden überfallen. Wir wollen herausfinden, wer Ihnen das angetan hat.«

Die junge Frau schaffte es, die Augen noch einmal zu öffnen, dieses Mal etwas länger. Kate trat näher an ihr Bett heran. »Hi, ich bin DI Kate Young.«

Dieses Mal blinzelte das Mädchen und ihr Kopf bewegte sich leicht von einer Seite zur anderen. Sie stöhnte leise.

»Alles gut. Sie sind jetzt in Sicherheit. Sie sind im Krankenhaus.«

Der Monitor zeigte einen Anstieg der Herzfrequenz an. »Können Sie uns etwas über den Mann sagen, der Sie verletzt hat?«, fragte Kate.

Olivia stöhnte erneut und das elektronische Geräusch verstärkte sich in Verbindung mit ihrer ansteigenden Herzfrequenz. Die Krankenschwester trat vor. »Es tut mir leid, aber ich muss Sie bitten zu gehen. Das ist zu belastend für sie.«

Olivia murmelte etwas.

»Eine Sekunde, bitte«, flehte Kate und beugte sich vor, um die junge Frau verstehen zu können. »Sagen Sie das noch mal, Olivia.«

»Du bist … mein … für immer.«

Der Alarm nahm an Lautstärke zu und die Krankenschwester gab ihnen ein schnelles Handzeichen, dass sie gehen sollten. Kate trat von der jungen Frau zurück, deren Augen wieder fest geschlossen waren. Emma war bereits an der Tür und sie ließen die Krankenschwester am Bett stehen und sahen zu, wie die Zahlen auf dem Bildschirm auf ein akzeptables Niveau sanken.

»Was hat sie gesagt?«, fragte Emma.

»›Du bist mein, für immer.‹ Aber ich glaube, sie hat nur wiederholt, was er gesagt hat. Ich glaube, das waren die Worte, die er benutzt hat. Das würde auch das Wort erklären, dass in ihren Rücken geritzt wurde.«

»*MEIN*. Das klingt so, als ob er all diese Frauen besitzen wollte.«

»Ja, ich glaube, er ist auf eine seltsame Art in seine Opfer verliebt. Er hat sie gebrandmarkt.«

Tiefe Falten gruben sich in Emmas Stirn, als sie weitersprach. »Verstümmelt ist treffender. Was er tut, ist abscheulich, entwürdigend und geradezu grausam. Glaubst du, dass sie wieder völlig gesund wird?«

Kate zuckte mit den Schultern. »Ich hoffe es. Vieles wird vom Ausmaß der inneren Verletzungen abhängen. Wir wissen noch nicht, welche anderen Schäden er ihr zugefügt hat.«

»Was für ein abartiger Mistkerl. Sie sieht so schrecklich aus.«

Die Blutergüsse auf Olivias Gesicht zeugten von der Heftigkeit des Überfalls.

»Er hegt eine Menge Wut. Wir müssen ihn aufspüren, bevor er wieder zuschlägt. Ich bezweifle, dass sein nächstes Opfer das Glück haben wird zu überleben.«

KAPITEL 24

Jamie klebte das Foto einer Honda CB 125 F – das Motorradmodell, das Brian Procter identifiziert hatte – an das Whiteboard.

»Ist er sich sicher, dass es dieses Modell war?«, fragte Morgan.

»So sicher, wie er sein kann. Wir haben es auf ein Naked Bike eingegrenzt.«

Morgan schaute finster drein. »Was zum Teufel ist ein *Naked Bike*?«

»Ein Standardmotorrad oder eine Straßenmaschine, die in der Regel an ihrer aufrechten Sitzposition zu erkennen sind. Sie befindet sich auf halbem Weg zwischen der zurückgelehnten Fahrerhaltung eines Cruisers und der nach vorne gelehnten Position einer Rennmaschine.«

»Wow, ich verstehe nur noch Bahnhof. Cruiser?«

Jamie hielt ein weiteres Bild hoch, dieses Mal eines von einer Harley Davidson. »Das ist ein Cruiser.«

»Ah, okay. Du kennst dich mit Motorrädern aus?«

»Bevor wir Zach bekamen, besaß ich ein paar Triumphs und eine Ducati. Mr Procter könnte recht haben. Das sind sehr beliebte Citybikes.«

»Aber er kann sich nicht sicher sein. Er hat es nur flüchtig gesehen«, warf Morgan ein.

»Er hat ein fotografisches Gedächtnis. Und er kam extra auf das Revier, um das Motorrad zu identifizieren.«

Das Gezänk zwischen Morgan und Jamie ging Kate auf die Nerven und nach Emmas Gesichtsausdruck zu urteilen ging es ihr genauso. Also unterbrach sie diese Meinungsverschiedenheit. »Könnt ihr beide bitte damit aufhören? Das ist jetzt Sache des Technikteams.« Auf ihre Anweisung hin ging die Technikabteilung gerade das Videomaterial nach schwarzen Motorrädern durch, das Überwachungskameras entlang der Straße von Uttoxeter nach Abbots Bromley aufgenommen hatten. »Wir werden bald die Bestätigung bekommen, ob es sich um eine Honda-was-auch-immer handelt oder nicht, ob nackt oder angezogen. Sie untersuchen auch das Filmmaterial rund um die Newbury Avenue vom Samstagabend, etwa zur Zeit des Überfalls auf Heather, und das auf der Hauptstraße nach Weston am Montagmorgen. Wenn das Motorrad von Bedeutung ist, könnte es auf einer Kamera zu sehen sein.«

»Motorräder sind laut. Sicherlich hätte sich der Mörder ein diskreteres Transportmittel ausgesucht, oder? Ein Motor, der von einem Tatort wegbraust, würde Aufmerksamkeit erregen«, meinte Morgan.

Kate stöhnte. Er war wie ein Hund mit einem Knochen, aber Jamie drehte sich zu ihm um. »Nein, Kumpel. Das hängt von der Größe des Schalldämpfers ab. Alle Motorräder können leise sein, besonders größere Modelle, und je größer der Motor, desto tiefer der Ton. Du würdest nicht mehr als ein leises Rumpeln hören. Außerdem sind sie leichter zu verstecken als ein Auto.«

Morgan grunzte und kehrte zu seiner Arbeit zurück.

Die beiden unabhängigen Sichtungen eines schwarzen Motorrads waren durchaus vielversprechend. Wenn der Biker geraucht hatte, wie ein Zeuge behauptet hatte, bestand die Möglichkeit, dass er einen Zigarettenstummel zurückgelassen hatte. Kate hatte die Forensik angerufen, bekam aber nur gesagt, dass Ervin nicht da war. Anstatt eine Nachricht zu hinterlassen, schrieb sie ihm gerade eine E-Mail.

»Bist du beschäftigt?«, fragte Emma.

»Jetzt nicht mehr«, sagte Kate und drückte auf »Senden«.

Emma legte einen Ausdruck auf Kates Schreibtisch.

»Was ist das?«

»Das ist eine Liste mit achtunddreißig Kampfsportstudios, Sportschulen, Klubs und Trainingszentren in Staffordshire.«

»Wie hast du die Zeit gefunden, die zusammenzustellen?«

»Habe ich nicht. Mein Bruder hat mir geholfen und die Liste rübergeschickt. Er kennt jeden Schuppen in der Gegend und außerdem ist er mit vielen Besitzern befreundet.« Das ergab Sinn. Greg wollte über jeden lokalen Wettbewerber Bescheid wissen.

»Großartig.« Sie sah auf die Namen.

»Die mit einem Kreuz daneben habe ich schon überprüft. Es bleiben immer noch sechsundzwanzig.«

»Okay. Tu, was du kannst. Vielleicht kann Olivia uns eine Beschreibung ihres Angreifers geben.«

»Das würde mir sicherlich helfen. Ich werde weitermachen. Übrigens, Tilly macht sich wirklich gut. Ich denke, sie könnte sich in einer schwierigen Situation behaupten. Dachte, das würde dich interessieren.«

Kate lächelte. »Ja, das erleichtert mich sehr.«

* * *

Die Zeit verging wie im Flug, doch um fünf Uhr hatte das Team keine weiteren Fortschritte gemacht. Morgan stand auf und schlug gegen die flackernde Neonröhre.

»Wann repariert endlich mal jemand dieses Mistding?«

»Wenn die Hölle zufriert«, sagte Emma.

»Ich werde eine Beschwerde beim Hausmeister einreichen«, antwortete er.

Emma verschränkte die Hände hinter dem Kopf und gähnte geräuschvoll. »Das ist doch total hoffnungslos. Ich habe keine Ahnung, wie viele alte Fälle ich bis jetzt durchforstet habe.«

Kate überlegte, dass sie sich vielleicht geschlagen geben musste, doch die Möglichkeit, dass heute ein weiteres Opfer angegriffen und getötet werden würde, spornte sie an. Wie aussichtslos die Aufgabe auch erscheinen mochte, sie bot eine Chance, der Identifizierung des Täters näher zu kommen.

»Auch auf die Gefahr hin, dass ich mich wiederhole: Wir müssen alle Möglichkeiten ausschöpfen.« Das klang langsam wie ein müder Refrain, sogar für Kates eigene Ohren. »Können wir denn nicht das Prepaidhandy orten, mit dem Heather in Verbindung stand?«

»Das ist nicht mehr in Betrieb«, antwortete Morgan.

»Ich habe es bei einem meiner Techniker-Kontakte in Manchester versucht«, sagte Emma. »Unsere sind zu beschäftigt, um weitere Anfragen zu bearbeiten. Er versucht, zurückliegende Aktivitäten auf der Nummer zu verfolgen, die uns zum Besitzer führen könnten.«

Kate klebte eine große Karte des Bezirks an die Tafel, den sie untersucht hatte. »Ich bin sicher, der Täter wohnt irgendwo in unserem Gebiet, nicht außerhalb. Er müsste nahe genug wohnen, um die Bewegungen seiner Opfer zu überwachen. Ich habe jedes ihrer Häuser eingekreist und Verbindungslinien zwischen ihnen gezogen.« Das Ergebnis war ein ungleichschenkliges Dreieck, das sie mit einem roten Stift leicht schraffierte. »Ich frage mich, ob er in dieser Gegend lebt und arbeitet.«

»Wenn nicht innerhalb des Dreiecks, dann in der Nähe«, sagte Jamie.

»Gab es in den letzten Jahren irgendwelche Vergewaltigungsfälle in dieser Gegend?«, fragte sie Emma.

»Ich werde das überprüfen.«

Kate rollte ihre Schultern, um die Anspannung zu lösen, die durch das Wissen verursacht wurde, dass sie sich an einen Strohhalm klammerte. Gleichzeitig rasten ihre Gedanken. »Wer hat mit dem Personal des Altenheims gesprochen?«

»Ich«, sagte Jamie.

»Seit wann arbeitet Olivia dort?«

»Erst seit neun Monaten.«

»Okay.« Eine Idee brodelte in ihrem Gehirn, wollte aber nicht an die Oberfläche kommen.

Inzwischen meldete sich Emma mit einer Antwort zurück. »Aus diesem Dreieck wurden keine Fälle gemeldet.«

»Was ist mit Stalkern? Wurden irgendwelche Vorfälle von Stalking gemeldet?«

»Wie weit soll ich zurückgehen? Zehn Jahre?«

»Ja. Und falls du nichts findest, geh noch weiter zurück.« Kate kehrte an ihren Schreibtisch zurück, wo sie auf eine identische Regionalkarte starrte, und begann, nach bestimmten Orten zu suchen: Klubs, Pubs, Tankstellen, Orte, an denen der Mörder seine Opfer zuerst gesehen haben könnte. Die Liste war bald sehr lang und ihr Nacken schmerzte.

Sie lehnte sich zurück und klickte immer wieder auf ihren Kugelschreiber. Sie hörte erst auf, als ihr eine Textnachricht ins Auge fiel. Bradley wollte, dass sie ihn sofort anrief. Sie schnappte sich ihr Telefon und verließ fluchtartig das Gebäude in Richtung ihres Autos. Die digitale Anzeige im Armaturenbrett leuchtete auf und erinnerte sie daran, dass es bald Abend werden würde. Es bestand die Möglichkeit, dass der Mörder wieder zuschlug und eine weitere Frau überfiel. Der Gedanke war unerträglich und die Angst nagte an ihr, während sie mit sich selbst haderte.

Wenn sie sich nicht bald zusammenriss, würde es einen weiteren Todesfall geben. Und das wäre ihre Schuld.

Sie sollte ihre Arbeit nicht unterbrechen, um sich mit einer persönlichen Angelegenheit und einer illegalen Ermittlung zu beschäftigen. Gleichzeitig konnte sie Bradleys Nachricht nicht ignorieren. Denn das könnte bedeuten, dass sie Chris komplett verlor. Seine Stimme würde nur stark bleiben, wenn sie diese Spur weiterverfolgte. Bradley hätte sie nicht gebeten, ihn anzurufen, wenn er nicht wichtige Informationen über Coopers Tod hätte. Sie warf einen Blick auf Dicksons Bürofenster. Es war niemand zu sehen, also tätigte sie den Anruf.

Eine schroffe Stimme antwortete fast sofort. »Wir müssen uns treffen.«

»Können Sie es mir nicht jetzt sagen, am Telefon?«

»Nein.«

Sie stieß einen langen Seufzer aus. Sie sollte nicht hinfahren, nicht solange ein Mörder frei herumlief. Aber wenn sie sich beeilte und ihr Handy eingeschaltet ließ, würde es nicht länger dauern, als wenn sie sich etwas zu essen holte. »Der gleiche Ort wie beim letzten Mal?«

»Ja.«

»Wann?«

»Heute Abend. Um sieben Uhr.«

»Ich werde da sein.«

Er hatte aufgelegt, bevor sie noch etwas sagen konnte.

»Chris?«

Es kam keine Antwort und sie ließ den Kopf in die Hände fallen. Wie lange konnte sie die Ermittlungen gegen Dickson noch geheim halten? Wenn es ihm gelungen war, Cooper töten zu lassen, dann hatte er vielleicht auch sie ins Visier genommen. Sie bewegte sich auf unsicherem Terrain. Die Durchführung einer illegalen Untersuchung gegen ihren Vorgesetzten würde im besten Fall zu einer Suspendierung führen und im schlimmsten

Fall – wenn sie recht hatte, was Dickson betraf – zum Tod. Sie stöhnte auf. Ihr blieb keine Wahl, als ihren Eine-Frau-Kreuzzug fortzusetzen. Ihn jetzt einzustellen würde bedeuten, Chris zu verlieren. Sie straffte die Schultern und setzte sich auf. Sie hatte ein Team zu führen.

Die Dinge hatten in der kurzen Zeit, in der sie draußen gewesen war, Fahrt aufgenommen. In ihrem Büro wurde über ein neues Bild auf dem Whiteboard spekuliert, das einen dicklichen Mann Mitte dreißig mit rasiertem Kopf und Nackentattoos zeigte.

»Wen haben wir denn da?«, fragte sie.

Morgan antwortete. »Alan Smallwood. 2017 wurde er zu sechs Monaten und einer Geldstrafe verurteilt, weil er eine seiner Arbeitskolleginnen gestalkt hatte. Er soll seine Hände um ihre Kehle gelegt und gedroht haben, sie zu erwürgen. Er ist Pannentechniker bei White Knight Road Recovery, einem Verein, der wie der ADAC arbeitet, aber nur auf lokaler Ebene. Er deckt die Regionen Staffordshire und Derbyshire ab. Wir konnten bisher nicht herausfinden, ob eines unserer Opfer Mitglied in dem Verein ist, also fahren Jamie und ich nach Brocton, um ihn zu befragen. Emma ist wieder losgezogen, um Fitnessstudios und Klubs zu überprüfen.«

Auch wenn es zu nichts führen würde, war sie bereit, die Sache weiterverfolgen zu lassen. »Haltet mich auf dem Laufenden.«

Als sie das Büro für sich allein hatte, verschränkte Kate die Hände hinter dem Kopf und flehte das Universum an, ihnen einen glücklichen Zufall zu schicken. Ihr Blick fiel auf die Wanduhr. Sie konnte die nörgelnde Stimme in ihrem Kopf nicht ignorieren, die sie daran erinnerte, dass ein weiteres Opfer überfallen werden würde, und setzte sich mit plötzlicher Dringlichkeit aufrecht hin, um die Liste der mutmaßlichen Stalking-Delikte durchzulesen. Ihr Bauchgefühl sagte ihr, dass ihr Mörder schon einmal straffällig geworden war. Sie beugte sich näher an den Bildschirm heran und begann mit der mühsamen Überprüfung der Details, wobei sie sich der vorrückenden Uhrzeiger bewusst war, die sie daran erinnerten, dass die Zeit ablief.

* * *

Auf ihrer Fahrt zu Bradley unterhielt Kate sich nicht mit Chris. Sie war mit der Sorge darüber beschäftigt, dass keine neuen Spuren entdeckt worden waren. Der Mann, der des Stalkings für schuldig befunden worden war, hatte in beiden Mordnächten gearbeitet und trotz ihrer Bemühungen hatte Kate keine anderen möglichen Verdächtigen gefunden.

Die Stimme ihres Mannes war vorübergehend verstummt, unfähig, irgendwelche Anregungen oder Ratschläge zu geben, das hieß, bis sie den Abstieg zum Stausee begann und von seiner schimmernden Oberfläche angezogen wurde. Ein Schwanenpaar glitt nebeneinanderher, die Köpfe einträchtig gesenkt.

»Sie haben nur einen Partner und sind sich ein Leben lang verbunden, wusstest du das?«, fragte er. »Wenn einer von ihnen stirbt, kann der andere an einem gebrochenen Herzen sterben.« Sie zuckte leicht zusammen, als sie seine Stimme hörte. Als sie das letzte Mal versucht hatte, mit ihm zu sprechen, hatte er nicht geantwortet. Ein Kloß im Hals machte es ihr unmöglich zu antworten. An manchen Tagen hatte sie das Gefühl, dass sie ohne Chris nicht weiterleben konnte. Diese Scheingespräche erleichterten ihr das Leben, denn eine Zeit lang konnte sie sich einreden, dass er immer noch an ihrer Seite war, obwohl sie genau wusste, dass sie mit dem Feuer spielte. Jedes Gespräch, das sie mit ihm führte, bestärkte sie in dem Glauben, dass er irgendwie noch lebte, und entgegen aller Vernunft konnte sie diese Gewohnheit nicht ablegen.

Seit Tilly gekommen war, wurden die Gespräche weniger. Sie verstand sehr gut, warum das der Fall war – Tilly füllte die Lücke. Das war zwar positiv, machte ihr aber auch Angst. Wenn Tilly zurückziehen würde, wie sie es vorhatte, würde das wahrscheinlich bedeuten, dass Chris für immer verschwand. Bald würde sie diese Realität akzeptieren müssen und sie war sich nicht sicher, ob sie das konnte.

Sie bog auf den Schotterparkplatz ein und folgte dem Feldweg entlang des Stausees zu einer abgelegenen Stelle, wo ihr Auto von der Straße aus nicht zu sehen war. Es waren keine anderen Fahrzeuge in Sicht und sie wartete, die Augen auf die Felder auf der anderen Seite des Wassers gerichtet, anstatt die Schwäne zu suchen. Dieser Ort verschaffte ihr ein Gefühl der Ruhe und die Möglichkeit, ihre Gedanken zu ordnen. Bradley musste Neuigkeiten für sie haben, die ihre nächsten Handlungen diktieren würden.

»Was ist wichtiger, die Untersuchung oder Dickson zu fangen?«, fragte Chris.

»Sie sind beide gleich wichtig.«

»Nope, du weißt, dass das nicht der Fall ist.«

Sie brach das Gespräch ab. Es diente nur dazu, Selbstzweifel zu erzeugen. Sie würde beides erledigen. Ein Range Rover tauchte auf, fuhr langsam an ihrem Auto vorbei und kam noch weiter unten auf dem Feldweg zum Stehen. Sie stieg aus, um den Fahrer zu treffen. Er trug eine Kamera um den Hals und ging direkt zum Wasser.

»Ich hätte Sie nicht für einen Vogelbeobachter gehalten«, sagte sie.

»Die Kunst der Ablenkung. Ein Mann mit einer Kamera in einem eintönigen Outfit zieht keine Aufmerksamkeit auf sich. Hier. Schauen Sie dort drüben hin.«

Er reichte ihr ein Fernglas und sie richtete es auf eine Gruppe gut genährter Holstein-Kühe, die sich friedlich den

Hang in der Nähe von Blithfield Hall hinunterschlängelten. »Was haben Sie für mich?«

»Jack sagt, dass sie fünf Minuten, nachdem sie rausgelassen wurden, in ihre Zellen zurückkehren mussten. Offiziell hieß es, die Mitarbeiter gingen plötzlichen Informationen über versteckte Drogen nach und wollten Zellenkontrollen durchführen, aber er meint, dass das Blödsinn war. Es gab keine Drogen.«

»Das ist aber nur Hörensagen, oder? Nicht genug für mich, um es zu benutzen.«

»Ah, nun, da liegen Sie falsch, denn Jack hatte einen Namen für mich – Warren Gates, einer der Küchenhilfen, der früher aus seiner Zelle entlassen worden war, um das Frühstück vorzubereiten. Er sah Cooper in Richtung Dusche gehen, gefolgt von einem Wachmann, Tom Champion.«

»Könnte Jack Warren dazu bringen, mit mir zu reden?«

Er biss die Zähne zusammen. »Ich weiß nicht. Warren ist erst neunzehn und zu verängstigt, um etwas zu sagen. Er soll in vier Monaten entlassen werden und will bis dahin den Kopf einziehen. Außerdem hat Champion den Ruf, ein ziemlicher Mistkerl zu sein. Wenn er Wind davon bekommt, dass Warren geredet hat, dann weiß der Himmel, was er dem Jungen antun würde.«

»Was hat Cooper benutzt, um sich die Kehle aufzuschlitzen?«, fragte sie.

»Eine Rasierklinge.«

»Die werden doch weggesperrt, oder?«

»Gerüchten zufolge hat er sie entweder gestohlen oder von einem Mitgefangenen gekauft. Laut Jack ist das noch mehr Blödsinn. Keiner gibt zu, ihm eine Klinge verkauft zu haben.« Bradley sah zu einem Auto hinüber, das den Damm überquerte. »Und wenn Cooper entschlossen gewesen wäre, Selbstmord zu begehen, hätte er es in seiner Zelle getan, während sein

Zellengenosse schlief. Er wäre nicht das Risiko eingegangen, auf frischer Tat ertappt zu werden. Das passt alles nicht zusammen.«

»Ich nehme an, die Behörden haben keine interne Untersuchung darüber durchgeführt, wie das passiert ist?«

»Nein, haben sie nicht. Der Direktor hält an der Selbstmordgeschichte fest. Soweit es ihn betrifft, ist das ein klarer Fall.«

»Konnten Sie eine zweite Obduktion bekommen?«

Sein Gesicht sah aus, als hätte er in eine Zitrone gebissen. »Sie halten uns hin. Nichtsdestotrotz drängen wir auf eine zweite Untersuchung und ich werde nicht lockerlassen. Ich unterstütze Sierra in dieser Sache. Was werden Sie als Nächstes tun?«

»Ehrlich gesagt, ich weiß es nicht. Ich werde nicht in der Lage sein, ein Geständnis von Tom Champion zu bekommen oder Warren Gates zu befragen, nicht ohne Verdacht zu erregen.«

»Sie können Champion vielleicht nicht zum Reden bringen, ich schon.«

Obwohl er Anfang sechzig war, war Bradley muskulös und fit. Sein regelmäßiges Training hatte ihn geschmeidig gehalten und Dunkelheit glitzerte in seinen Augen.

»Ihre Methoden wären sicher illegal, oder?«

»Illegal, aber effektiv. Haben Sie ein Problem damit?«

Die Schwäne waren inzwischen über das Wasser geglitten und befanden sich nun fast direkt vor Kate. Ihr makelloses weißes Gefieder leuchtete im Abendlicht. Der eine senkte seinen Kopf und der andere kopierte seine Bewegungen. Ihre Schnäbel berührten sich für eine Sekunde, als würden sie sich küssen. Für immer verbunden.

»Tun Sie es«, sagte sie.

* * *

Kate suchte im Kühlschrank nach etwas Essbarem, entschied sich für ein Stück Cheddar und eine überreife Tomate und setzte sich mit einem Glas Wein in der Hand an den Tisch. »Soldier's Poem« von Muse erklang laut aus der Musikanlage und schwermütige Töne schwebten durch die Küche. Der Text, in dem es darum ging, dass es keine Gerechtigkeit auf der Welt gab, hallte in ihrem Kopf wider, und als das Lied zu Ende war, richtete sie die Fernbedienung auf den Lautsprecher und drückte erneut auf die Wiedergabetaste. Sie hob das Glas an die Lippen, ließ die Flüssigkeit ihre Kehle wärmen und wartete dann darauf, dass die Erinnerungen an ihren Tag zu verschwimmen begannen. Es gab wenig Gerechtigkeit für Chris und, so wie die Dinge standen, keine für Cooper. Wie viele Menschen hatte sie noch im Laufe ihres Berufslebens im Stich gelassen und gleichzeitig geglaubt, Gutes zu tun, während Polizisten wie Dickson nach anderen Regeln spielten?

Der Gedanke ließ den Wein sauer schmecken und sie schob das Glas beiseite. Er machte ihre Berufung, die das Einzige war, an das sie geglaubt hatte, zu einer Farce. Die Musik wurde durch »Exogenesis: Symphony Part 1 (Overture)« ersetzt. Das Tempo stieg an und bebte wie ihr schlagendes Herz, das in der Brust gefangen war. Was für eine Farce. Sie war kaum mehr als eine Marionette, deren Fäden von Dickson und anderen wie ihm gezogen wurden. Chris' Datei hatte sie aufgeschreckt. Sie enthielt Gesichter, die sie seit Jahren kannte, Gesichter von Menschen, denen sie vertraut hatte.

Sie knabberte appetitlos an dem Käse und stand wieder auf. Sie sollte Tilly anrufen. Sie hatte nicht vorgehabt, sie den ganzen Tag zu vernachlässigen, aber eines hatte zum anderen geführt und es war wenig Zeit geblieben, um mit ihrer Stiefschwester zu plaudern. Das Vogelhäuschen war leer gefressen und schwang im Wind hin und her. Sie ging zum Schrank hinüber, schnappte sich die Tüte mit Vogelfutter und ging nach draußen. Es musste unbedingt gefüllt bleiben.

Als sie zurückkam, bemerkte sie einen verpassten Anruf auf ihrem Handy. Sie rief Tillys Nummer zurück. Ihre Stiefschwester klang fröhlich.

»Hey, ich hoffe, ich habe dich nicht zu einem schlechten Zeitpunkt erwischt«, sagte sie.

»Nein, eigentlich wollte ich dich gerade anrufen.«

»Dann hast du Zeit für einen kurzen Plausch?«

»Natürlich.«

»Ich hatte heute Abend ein Date.« Ein kurzes Kichern folgte, das Kate an die jugendliche Tilly erinnerte.

»Mit Ryan?«

»Nein! Ich würde mich nie mit Ryan verabreden. Wenn wir zusammen ausgehen sollten, dann nur als Freunde. Das haben wir beide ganz klar besprochen. Er wollte sich zwar heute Abend mit mir treffen, aber ich hatte mich bereits mit Henry verabredet. Henry ist der Typ, der meinen Fernseher repariert hat.«

»Und, hattest du einen netten Abend?«

»O ja, wir waren bei einem Italiener. Sehr schick.«

»Wirst du ihn wiedersehen?«

»Nein. Er steht nicht auf Kinder. Er wusste nicht, dass ich einen kleinen Jungen habe.«

»Wie konnte er Daniel übersehen?«

»Ich schätze, er war zu sehr von mir geblendet.« Sie kicherte wieder. »Daniel spielte gerade mit dem Jungen von nebenan, als er kam, um den Fernseher zu reparieren, also habe ich es ihm erst nach dem Essen gesagt. Ich nehme an, das war ein bisschen gemein von mir.«

Kate schüttelte in gespielter Bestürzung den Kopf. Das war die alte Tilly, das Mädchen, das aus einer Laune heraus mit Jungs ausging und sie dann fallen ließ.

»Ich will nichts Ernstes – nur ab und zu mal ausgehen. Mich unbeschwert unterhalten. Das verstehst du doch, oder? Ich habe das Gefühl, dass ich das verdient habe.«

»Ja, ich versteh das. Aber pass trotzdem auf dich auf, Tilly.«

»Ich bin keine vierzehn mehr, Kate.«

»Du weißt, was ich meine. Du bist verletzlich. Du bist immer noch dabei, das zu verarbeiten, was mit Jordan passiert ist, und du bist in einem Land, mit dem du nicht allzu vertraut bist. Die Dinge haben sich verändert, seit du weggegangen bist, und es gibt ziemlich böse Menschen da draußen.«

Tillys Stimme war jetzt leiser. »Ja, du hast recht. Aber ich habe mir etwas Zeit für mich und Spaß verdient.«

»Ich weiß.«

»Morgen in der Mittagspause treffe ich mich mit einem Typen aus dem Fitnessstudio auf einen Drink. Emma kennt ihn.«

»Was ist mit Daniel? Hast du einen Babysitter für ihn oder soll ich auf ihn aufpassen?«

»Alles erledigt. Er geht wieder zu den Nachbarn. Er versteht sich sehr gut mit ihrem kleinen Jungen. So zufrieden habe ich ihn schon lange nicht mehr gesehen.«

»Okay, wenn du das alles schon geklärt hast …«

»Das habe ich, und keine Sorge. Ich pass schon auf, dass ich die Beine gekreuzt halte.« Kate lachte über den altmodischen Ausspruch von Tillys Großmutter, mit dem sie die beiden Mädchen gewarnt hatte, keusch zu bleiben, wenn sie mit Jungs verabredet waren.

Dann wurde Tillys Stimme ernst. »Ich war lange Zeit sehr einsam, Kate. Ich will mich nur ein bisschen amüsieren.«

»Natürlich. Lass mich wissen, wie es dir morgen mit … Wie heißt er noch mal?«

»Chevy. Es ist ein französischer Name, der Reiter oder Ritter bedeutet, also könnte er mein Ritter in glänzender Rüstung sein.« Ein Lachen ertönte in der Leitung.

Kate lächelte. »Amüsiert euch gut.«

»Das werden wir. Und Kate …«

»Ja.«

»Ich liebe dich.«

Sie legte den Hörer auf, bevor Kate antworten konnte.

KAPITEL 25

Kate hatte einen Großteil der Nacht damit verbracht, sich zu fragen, ob sie in Bezug auf Tilly übertrieben vorsichtig war. Sie gab dem Fall die Schuld für ihre Reaktion und gelobte, beim nächsten Mal eine positivere Einstellung zu zeigen, wenn sie miteinander sprachen. Es würde ihrer Stiefschwester nicht schaden, neue Männer kennenzulernen, und wenn es bedeutete, dass sie an Selbstvertrauen gewann, war das ein zusätzlicher Bonus. Das hielt Kate jedoch nicht davon ab, sich Tillys Verabredungen anzusehen. Obwohl sie Emma wegen Chevy fragen musste, bestätigte ein kurzer Blick in die Polizeidatenbank, dass Ryan Holder keine Vorstrafen hatte. Es gab nicht einmal einen Strafzettel auf seinen Namen. Als sie die Internetseite ihrer alten Schule durchging, entdeckte sie ein Foto von einem jugendlich frisch aussehenden Ryan, dem Kapitän des Footballteams. Sie konnte sich vage erinnern, wie sie einem schlaksigen jungen Mann während einer Schulversammlung applaudiert hatte, als er eine Trophäe vom Schulleiter entgegengenommen hatte, aber mehr fiel ihr nicht ein.

Kate sah ein, dass sie sich übertrieben einmischte, und vertiefte sich in die Akten, die mit den Ermittlungen in Verbindung standen.

Jamie tauchte wieder einmal als Erster ihres Teams auf. Er trug einen Kinderrucksack über einer Schulter, räusperte sich und sah sich um, bevor er fragte: »Ähm, Chefin, wäre es in Ordnung, wenn ich gegen halb drei meinen Jungen vom Kindergarten abhole und ihn zu seiner Oma bringe? Ich komme sofort zurück, wenn ich das erledigt habe. Chloe hat einen Termin im Krankenhaus.«

»Natürlich.« Ihr fiel seine abgekämpfte Erscheinung auf. Er sah aus, als hätte er die ganze Nacht nicht geschlafen. »Alles in Ordnung?«

»Ja klar.«

Sie beobachtete ihn mit einem Auge, während er die Tasche unter seinem Sitz verstaute und dann den Computer anschaltete. Zufrieden, dass er die Angelegenheit nicht weiter mit ihr diskutieren wollte, nahm sie ihre eigenen Überlegungen wieder auf. Die Tatsache, dass der Mörder seine Opfer mit einem Vagusschlag außer Gefecht gesetzt, aber nicht getötet hatte, und dass er sie dann lieber erwürgte, als ihnen einen zweiten, tödlichen Schlag zu versetzen, beunruhigte sie immer noch. Ersteres wäre ein schnellerer Weg gewesen, seine Opfer zu erledigen, und hätte das Risiko verringert, erwischt zu werden. Sie konnte nur zu dem Schluss kommen, dass der Mörder wollte, dass sie während der Vergewaltigung und des grausamen Einritzens des Wortes *MEIN* in ihre Schultern bei Bewusstsein und sich des vom ihm für sie vorgesehenen Schicksals im Klaren waren. Sie fragte sich, ob es sich lohnen würde, einen Profiler zu fragen, der ihnen ein klareres Bild davon geben könnte, nach wem sie suchten.

Ihre Grübeleien wurden von Emma und Morgan unterbrochen, die gemeinsam eintrafen, beide in weitaus muntererer Stimmung als Jamie.

»Ich habe nachgedacht«, sagte Morgan und hielt inne, um gegen die Neonröhre zu schlagen. »Wir haben Steves

Aufenthaltsort für Montagmorgen nicht überprüft. Das sollten wir unbedingt nachholen.«

»Haben wir seine DNA-Ergebnisse noch nicht zurück?«

»Nein, wir haben noch überhaupt keine DNA-Ergebnisse zurückbekommen.«

»Das ist verrückt. Wissen die denn nicht, womit wir es hier zu tun haben? Mach ihnen mal Dampf. Das würde uns eine Menge Zuarbeit ersparen.«

Sie klickte auf ihre E-Mails. Die Stimmen um sie herum verblassten in einem Wirrwarr von Geräuschen und verschmolzen mit dem Surren des Oberlichts. Ervin hatte auf ihre Nachricht bezüglich des Zigarettenstummels des Motorradfahrers geantwortet. Er hatte mehrere von ihnen zu untersuchen und würde sich bei ihr melden. Außerdem hatte er die Waffe, mit der die Frauen geschnitten wurden, immer noch nicht identifiziert.

Sie fuhr mit beiden Händen unter ihr langes Haar und ließ die kühlen Finger im Nacken ruhen, während sie auf den Bildschirm starrte. Dann griff sie nach ihren Autoschlüsseln und sagte: »Ich bin bei Ervin, falls jemand nach mir fragt. Und wir haben auch Heathers Obduktionsbericht noch nicht erhalten. Emma, sprichst du mit Harvey und fragst nach, wie weit er damit ist?«

»Kein Problem.«

Mit einem letzten Blick auf ihr Team eilte sie davon.

* * *

Ervin trug eine gelbe Krawatte mit grünen Tupfen, deren oberes Ende über seinen Laborkittel ragte. Kate konnte sich nicht einmal ansatzweise vorstellen, womit er sie kombiniert hatte, obwohl es sicherlich extravagant sein würde. Ervin trug nie etwas Gewöhnliches.

»Ich weiß, ich weiß. Eure Ermittlungen stocken und die Forensik ist keine große Hilfe«, sagte er, kaum dass sie sein Büro betreten hatte. »Was soll ich sagen? Wir haben einfach keine Beweise gefunden, die euch weiterbringen könnten.«

»Ich bin gekommen, um den Kopf frei zu kriegen, nicht um dich zu schikanieren oder um mich zu beschweren.«

»Gut, denn von beidem habe ich schon genug gehabt«, antwortete er.

»Es tut mir leid, das zu hören«, sagte Kate und meinte es auch so, da Ervin immer über die Erwartungen hinausging.

»Dieser verdammte Dickson«, sagte er in einem verschwörerischen Flüsterton. »Ich habe eins aufs Dach bekommen, weil ich nicht genug arbeite! Als ob! Es ist mir egal, wie frustrierend es für leitende Beamte bei Mordermittlungen ist, wir können nicht mehr als arbeiten, und das tun wir schon ständig mit Volldampf.«

»Auf mir hat er auch herumgehackt. Er will Antworten und dass jemand angeklagt wird.«

Ervin schürzte die Lippen. »Wollen wir das nicht alle?«

Vom Büro aus konnte man das Hauptlabor überblicken und Kate beobachtete das Trio von Wissenschaftlern, die an verschiedenen Arbeitsplätzen beschäftigt waren: der eine mit einer Reihe von optischen Instrumenten, der zweite an den Edelstahlöfen und der dritte ließ gerade Flüssigkeit aus einer elektronischen Pipette in einen Behälter tropfen. Sie wusste wenig über forensische Wissenschaft und bewunderte ihre Kollegen in dieser Abteilung, besonders Ervin, der nahezu alles über dieses Thema wusste. Ervin war jedoch nicht in der Stimmung, über die fehlenden Befunde zu diskutieren oder Vermutungen anzustellen, wie es seine Gewohnheit war. Er war auf Dickson fixiert.

»Es ist ja nicht so, dass man uns in diesem Fall Druck machen müsste. Wir haben jedes Stückchen Beweismaterial untersucht, das in Abbots Bromley sichergestellt wurde, und glaub mir, dort gab es eine Menge Material, das nichts mit der Tat zu tun hatte. Es ist zehnmal schwieriger, relevante Beweise zu sichten, wenn ein Verbrechen draußen in einem öffentlichen Bereich begangen wird.« Er ließ sich auf die Schreibtischkante fallen und warf ihr einen ernsten Blick zu. »Ich sage dir hier und jetzt, ich glaube nicht, dass wir etwas finden werden, das mit dem Überfall auf Heather zu tun hat.«

»Nichts anderes als DNA und Fingerabdrücke?«

»Auf keiner der Leichen gibt es Fingerabdrücke. Ich vermute stark, dass der Täter Handschuhe getragen hat. Da wir keine Handys, Handtaschen oder andere persönliche Gegenstände finden konnten, die er möglicherweise angefasst hat, konnten wir auch keine Fingerabdrücke nehmen, obwohl wir viele aus den Industriemüllcontainern bekommen haben – zu viele!«

»Ich verstehe. Es spielt keine Rolle, wie schnell wir die Dinge vorantreiben wollen, Tatsache ist, dass all das Zeit braucht.«

»Genau! Deshalb ärgert mich auch das Verhalten des Superintendenten. Trotzdem, genug davon.«

»Was ist mit dem Bonbonpapier, das ihr in Abbots Bromley gefunden habt? Hat euch das irgendwie weitergebracht?«

Er schüttelte den Kopf. »Es lag schon mehrere Tage dort.«

»Gibt es neue Erkenntnisse über die Waffe, mit der die Frauen geschnitten wurden?«

»Ich fürchte, nein. Wie du weißt, kann die Ermittlung der Maße einer Waffe aufgrund der Wirkung von Elastizität und Hautschrumpfung beim Zurückziehen der Waffe ungenau sein. Bisher haben wir nur festgestellt, dass die Spitze einer Klinge verwendet wurde und dass die Schrift des Täters jedes Mal ähnlich in Größe und Position war. Immer unterhalb der rechten Schulter.«

»Da er seine Opfer kurz darauf erdrosselt hat, nehme ich an, dass er nicht wollte, dass sie dieses Wort sehen. Es scheint, als ob er nur wollte, dass sie wissen, dass er es in sie hineingeritzt hat, und möglicherweise, dass sie den Schmerz spüren, während er es tat. Warum sollte er das tun, wenn er nicht wollte, dass sie damit weiterleben und ständig daran erinnert werden, was mit ihnen passiert ist?« Sie beantwortete ihre eigene Frage. »Es ist seine Signatur, sein Name.«

»Er brandmarkt sie wie Cowboys ihre Rinder oder Zuhälter ihre Sexarbeiterinnen.«

Sie schaute wieder hinaus, um Ervins Worte zu verdauen. Die Ofentüren standen nun offen und der Wissenschaftler, der gepolsterte Handschuhe trug, hob einen Behälter heraus. Dieser Gedanke war ihr bereits zu Beginn der Ermittlungen gekommen. Vielleicht war Brandmarken die Antwort.

Ervin sprach inzwischen über die Kleidung. »Wir haben verschiedene Fäden und Fasern gesammelt, die wiederum mit denen vom zweiten Tatort abgeglichen werden müssen. Bisher gibt es allerdings noch nichts von der Salt Lane. Dieser Tatort ist relativ sauber.«

»Was ist mit DNA an den Opfern?«

»Der Mörder benutzte ein Kondom, daher wurden keine Körperflüssigkeiten zurückgelassen. Aber wir haben genug DNA von Kleidungsstücken entnommen, um einen Treffer zu erzielen, falls ihr einen Verdächtigen findet.« Er fuchtelte mit den Händen vor seinem Gesicht herum. »Sorry, das war unhöflich von mir. Ich weiß, dass ihr denjenigen finden werdet, der dafür verantwortlich ist. Vergiss, was ich gesagt habe. Ich bin heute mit dem falschen Fuß aufgestanden. Obwohl, ich bin gar nicht ins Bett gegangen, also bin ich technisch gesehen auch nicht aufgestanden. Du weißt, was ich meine.«

»Du hast doch nicht etwa die ganze Nacht hier verbracht, oder?«

Er ließ sich auf einen Stuhl fallen, wobei sich die Hosenbeine hochzogen und den Blick auf gelbe Socken und Stiefel freigaben.

»Den Großteil schon. Dann habe ich mir mit Terry spätnachts noch etwas zu essen besorgt und wir landeten bei ihm zu Hause und tranken, bis die Welt wieder halbwegs in Ordnung war. Es wäre wenig sinnvoll gewesen, mich danach noch für eine Stunde schlafen zu legen, also ging ich nach Hause, um zu duschen und mich umzuziehen, und kam dann wieder her. Ich bin schon bei meiner fünften Tasse Kaffee und dankbar, dass es keinen weiteren Tatort gibt, an dem ich auftauchen muss. Wir sind unterbesetzt und ich bin nicht gut drauf.«

»Wo sind denn alle?«

»Die meisten sind immer noch in Weston und prüfen die Baustelle, auf der Olivia entsorgt wurde.«

»Ich habe den Eindruck, dass dieser Killer sehr geplant vorgeht. Er weiß genau, wann und wo er zuschlagen muss.«

»Er ist definitiv kontrolliert«, sagte Ervin. »Ich nehme an, er ist diszipliniert. Menschen, die Kampfsport betreiben, sind das in der Regel.«

Ein anderer Gedanke kam ihr in den Sinn. Kampfsportvereine. Dieser Spur waren sie immer noch nicht gänzlich nachgegangen.

Ervin murmelte: »So ein Mistkerl.«

»Der Mörder?«

»Der auch. Aber ich meinte den Superintendenten.« Ervin war heute wirklich schräg drauf, dank Dickson. Es war höchst untypisch für ihn, über irgendjemanden zu lästern, und sie wurde mehr als nur ein wenig neugierig, als er sagte: »Und ich bin nicht die einzige Person, die er in letzter Zeit auf die Palme gebracht hat.«

Sie geriet für einen Moment ins Wanken. Meinte er sie damit? Sie hatte ihre Gefühle für diesen Mann bewusst für sich behalten, aber vielleicht hatte sie sich unbeabsichtigt etwas anmerken lassen. »Wen hat er denn noch verärgert?«

»Heather, zum Beispiel. Letzten Monat hat er sie von einem Fall abgezogen.«

»Woher weißt du das?«

»Erinnerst du dich, dass ich dir gesagt habe, dass sie mir als Dankeschön ein Geschenk geschickt hat?«

»Eine Flasche Brandy.«

»Das ist korrekt. Eine Flasche Hennessy X.O Cognac, um genau zu sein. Ein dunkler, komplexer Cognac, der im Einzelhandel rund einhundertfünfundzwanzig Pfund pro Flasche kostet.« Er studierte sie mit leuchtenden Augen und wartete darauf, dass sie die richtige Schlussfolgerung zog.

»Was immer du getan hast, muss für sie sehr wertvoll gewesen sein.«

»Genau. Es erschien mir übertrieben, da ich nur eine Flasche Flüssigkeit für sie getestet habe.«

»Und was war das für eine Flüssigkeit?«

»Es stellte sich heraus, dass es Ketamin war.«

Ketamin war eine dissoziative Droge, die dem Konsumenten das Gefühl gab, von der Realität losgelöst zu sein. Mit Spitznamen wie Special K, Vitamin K und Katzenvalium wurde es von Ärzten und Tierärzten als Anästhetikum verwendet, war aber in bestimmten Kreisen als Date-Rape-Droge beliebt. »Hat sie dir etwas darüber erzählt?«

»O ja. Sie bestand darauf, dass es geheim bleiben musste, bis ich den Inhalt der Flasche identifiziert hatte.«

»Ervin, ich kenne dich seit Jahren, und wann immer ich ähnliche Bitten geäußert habe, wolltest du den Grund dafür wissen.«

Der Anflug eines Lächelns umspielte seine Lippen.

»Du bist ein Profi durch und durch und du würdest nicht an etwas arbeiten, wenn du dir nicht sicher wärst, woher etwas kommt und warum du um Hilfe gebeten wirst. Du musst es aus ihr herausgekitzelt haben.«

»Du kennst mich zu gut.« Endlich tauchte das freundliche Lächeln auf. »Um ehrlich zu sein, hatte ich nicht die Absicht, ihr zu helfen, und sagte ihr, sie solle den offiziellen Weg einhalten. Dann hat sie mich überredet. Sie war sich sicher, dass jemand anderes, der mit der gleichen Untersuchung betraut war, absichtlich Beweise unterschlug, und sie wollte nicht, dass dieses Fläschchen verloren ging oder zerstört wurde.«

»Hat sie dir gesagt, wen sie verdächtigte?«

»Nein. Und ihr Grund, es mir nicht zu sagen, war, dass sie meinen Job nicht gefährden wollte. Ich dachte, sie sei überfordert, bis sie anrief, um mir zu sagen, dass sie von dem Fall abgezogen wurde und dass ich auf jeden Fall über das Ketamin schweigen sollte, wenn mir mein Job wichtig wäre. Natürlich habe ich ihren Rat befolgt. Schließlich gab es keinen Grund, Staub aufzuwirbeln, und ich habe eine saftige Hypothek abzuzahlen. Ich habe bis Sonntagmorgen nicht weiter darüber nachgedacht. Aber seitdem geht es mir nicht mehr aus dem Kopf und ich habe die verrückte Vorstellung, dass sie wegen dieses Fläschchens ermordet wurde. Verrückt, nicht wahr? Das Produkt eines überaktiven und überarbeiteten Verstandes. Schließlich ist die Vorgehensweise bei allen drei Frauen die gleiche.« Er redete mit hoher Geschwindigkeit weiter.

In Kates Ohren setzte ein Summen ein ... Beweis ... Operation Agouti ... Dickson. Fast hätte sie Ervins nächsten Kommentar verpasst.

»Es kam mir ein wenig mysteriös vor, aber Heather war niemand, der zu Hirngespinsten neigte, nicht wahr? Natürlich wollte ich den Brandy zurückgeben, aber sie wollte nichts davon wissen.«

»Hat sie dir gesagt, was sie mit dem Ketamin gemacht hat?«

»Ich nahm an, dass sie es zusammen mit ihren Verdächtigungen dem Superintendenten vorgelegt hat.«

»Und hat sie dir gesagt, warum sie von den Ermittlungen abgezogen wurde?«

»Nein. Es könnte eine Reihe von Gründen geben, einschließlich der Nichteinhaltung des üblichen Verfahrens. Und nach meiner Rüge von heute Morgen habe ich mich gefragt, ob der Superintendent meine Beteiligung ahnt. Da war etwas in seinem Ton, als er heute mit mir sprach ... Feindseligkeit. Entweder das oder ich habe einfach wegen großer Ermüdung überreagiert.« Er zuckte leicht mit den Schultern.

Die Müdigkeit hatte seine Scharfsinnigkeit nicht beeinträchtigt. Sie waren beide daran gewöhnt, viele Stunden zu arbeiten, und Ervin besaß die Fähigkeit, präzise und konzentriert zu bleiben, unabhängig davon, wie wenig Schlaf er bekam. Er vertraute sich ihr nicht nur als Freund an, sondern auch, weil er glaubte, dass etwas Wahres an der Sache dran war, und weil er Zweifel an ihrem Vorgesetzten hegte.

»Hat sie dir irgendeinen Hinweis gegeben, worum es bei der Untersuchung ging oder mit wem sie zusammenarbeitete?«

»Nicht mehr, als ich dir bereits erzählt habe.«

»Und sie hat nicht verraten, woher die Flüssigkeit kam?«

Er schüttelte den Kopf. »Ich nehme nicht an, dass es für deine Ermittlungen relevant ist.«

»Das ist unwahrscheinlich, aber du hast mir geholfen, mir ein besseres Bild davon zu machen, wer sie war. Sie schien eine sehr engagierte Person gewesen zu sein.«

»Das könnte auch erklären, warum Dickson so wild darauf ist, jemanden zu finden, den er für ihren Tod verantwortlich machen kann. Er fühlt sich schuldig, weil er sie fallen gelassen hat.«

Jetzt war es an Kate, mit den Schultern zu zucken. »Ich glaube, er bekommt mächtig Druck von oben.«

Ervin gab eine unverbindliche Antwort und stand auf. Die gelben Socken verschwanden unter dunkelgrauen nadelgestreiften Hosenbeinen, die aussahen, als kämen sie direkt aus einer Bügelpresse. »Apropos, ich sollte besser meinen Pflichten wieder nachgehen. Ich hätte dich nicht anschnauzen sollen. Du hast schon genug um die Ohren, ohne dir mein jämmerliches Geschwafel anzuhören. Ich kann ein furchtbarer Griesgram sein, besonders wenn ich unter Schlafentzug leide.«

Nichts konnte weiter von der Wahrheit entfernt sein. Ervin war ein ausgeglichener Mensch und trotz der Schwierigkeiten des Jobs selten niedergeschlagen. Er musste sehr verärgert gewesen sein, um so über Dickson zu reden. »In diesem Job werden wir alle griesgrämig. Das geht Hand in Hand mit der großen Verantwortung, die wir mit uns herumtragen.«

Er legte ihr eine Hand auf die Schulter und drückte sie leicht – ein unausgesprochenes Dankeschön.

»Gib mir Bescheid, wenn du etwas von den Zigarettenstummeln erfährst. Ich suche verzweifelt nach einem Durchbruch«, sagte sie.

»Ich werde dich persönlich anrufen.«

* * *

Zurück in ihrem Auto rekapitulierte sie, was sie erfahren hatte. Die Tatsache, dass Heather jemandem im Team auf der Spur war, war von Bedeutung, wahrscheinlich nicht für die eigentlichen Mordermittlungen, aber sicherlich für Kates persönliche Untersuchung. Sie musste unbedingt mit jemandem darüber sprechen, doch es gab niemanden, dem sie sich anzuvertrauen wagte. Also tat sie, was sie immer tat, wenn sie aus seiner Kraft und schöpfen und von ihm beraten werden wollte: Sie unterhielt sich laut mit ihrem Mann.

»Könnte Dickson hinter deinem, Coopers und Heathers Tod stecken? Ihr alle hattet Informationen, die mit ihm in Verbindung stehen.«

»Betrachten wir das Ganze mal logisch.« Chris ging immer mit journalistischer Gründlichkeit an alles heran. »Erstens hast du immer noch keinen Beweis dafür, dass er an meinem Tod beteiligt war. Zweitens weißt du eigentlich gar nicht, warum Cooper dich sehen wollte. Und drittens, falls Heather Dickson verdächtigt hätte, Beweise zu entsorgen, hätte sie ihn wahrscheinlich nicht damit konfrontiert. Sie hätte sich an jemand Höheren in der Befehlskette gewandt.«

»Du hast recht. Wie immer.« Sie klopfte sich mit den Händen auf die Wangen und blies geräuschvoll Luft durch die Lippen aus. Sie wollte Dickson so sehr etwas anhängen, dass sie nicht klar denken konnte. »Wäre ich dumm, die Möglichkeit in Betracht zu ziehen, dass er jemanden angeheuert haben könnte, um sie zu töten und es so aussehen zu lassen, als wäre es das Werk von Lauras Mörder?«

Zwei Mitarbeiter des Labors traten aus dem Gebäude und überquerten den Parkplatz in Richtung eines Pick-ups. Chris' Antwort kam, ein paar Minuten nachdem sie weggefahren waren.

»Was ist mit dem Motorradfahrer, der auf dem Parkplatz in der Newbury Avenue gesehen wurde? Die gleiche Person wie vor dem Restaurant in Abbots Bromley. Wie passt sie in das Ganze hinein? Sofern du nicht glaubst, dass Dickson diese Person angeheuert hat, um beide Frauen zu töten, kannst du ihm Heathers Tod nicht anhängen.«

KAPITEL 26

Als Kate zurückkam, war nur Emma im Büro, die ihr eiligst ihre neuesten Erkenntnisse mitteilte. »Ich habe mit Harvey gesprochen und er schickte mir Heathers Obduktionsbericht. Wie bei Laura gab es signifikante Schäden an Hals- und Nackenstrukturen, ein gebrochenes Zungenbein und einen eindeutigen Schlag auf den Vagusnerv mit Schäden am umliegenden Gewebe. Außerdem gab es Blutergüsse an den Innenseiten der Oberschenkel, wie sie typisch sind für diese Art von Angriff.«

Kate hatte ähnliche Spuren schon einmal gesehen, große Hämatome, die durch den Widerstand der Opfer gegen die Forderungen ihres Angreifers entstanden waren. Emma reichte ihr die Fotos von den fleckigen Abschürfungen an Heathers Beinen, wo sie verzweifelt versucht hatte, sie zusammenzupressen und sich gegen ihren Angreifer zu wehren. Kate sah sich jedes Bild an und bemerkte das Muster der dunklen Markierungen auf der Alabasterhaut.

»Und natürlich haben wir diese unheilvolle Botschaft, die in ihren Rücken geritzt wurde.«

»Ich bin mehr denn je davon überzeugt, dass er seine Opfer brandmarkt.« Kate erklärte ihre Gedanken und erhielt ein zustimmendes Nicken.

»Todesursache war Erstickung, genau wie bei Laura. Er hat sie beide erwürgt.«

Kate ging immer noch die Fotos durch und betrachtete Heathers aufgeschürften Hände. »Nichts unter ihren Fingernägeln?«

»Erde, Gras und ein schwarzer Baumwollfaden.«

»Keine Hautpartikel?«

»Nein. Harvey glaubt, dass der Angreifer ihre Handgelenke fest im Griff hatte und der Faden von einem Handschuh oder einer Gesichtsabdeckung stammen könnte. Er wurde zur Untersuchung ins Labor geschickt.«

Kate schob die Fotos zu einem Stapel zusammen und gab sie Emma zurück, bevor sie den Obduktionsbericht las, für den unwahrscheinlichen Fall, dass sie einen Hinweis übersehen hatten. Sie blickte auf das Whiteboard und die Fotos der drei Opfer. Bald könnten es vier Frauen sein und ein Gefühl der Hilflosigkeit überflutete sie. Das Böse war da draußen, lauerte und wartete darauf, wieder zuzuschlagen, und sie hatte immer noch keine neuen Spuren, denen sie folgen, oder Verdächtige, die sie befragen konnte. »Wo sind Morgan und Jamie genau?«

»Sie vernehmen gerade jemanden, der wegen Vergewaltigung verurteilt und vor zwei Monaten aus der Haft entlassen wurde.«

»Besitzt er eine schwarze Honda?«

Emma rümpfte die Nase, als ob ein schlechter Geruch in sie eingedrungen wäre. »Ähm, nicht ganz. Er hat eine rot-schwarze Kawasaki.« Bevor Kate sie unterbrechen konnte, fuhr sie fort: »Wir hielten es für möglich, dass er sich eine Honda von einem Kumpel geliehen hat. Er ist Mitglied in einem Motorradklub in Stafford. Wir haben beschlossen, dass es sich lohnt, das zu prüfen. Der Kerl hat seinen Opfern immer die Hand um die Kehle gelegt und gedroht, sie zu töten, falls sie einen Laut von sich geben.«

Kate ersparte sich jeden Kommentar. Es gab genügend Gründe, ihn zu befragen. Wäre sie im Büro gewesen, als sein Name auftauchte, hätte sie auch jemanden losgeschickt, um ihn zu überprüfen. Sie konnten es sich nicht leisten, dass jemand unter dem Radar hindurchrutschte.

»Immer noch keine Überwachungsaufnahmen von diesem Motorrad?«

»Bis jetzt nicht.«

»Ich werde nachsehen, wie weit sie sind.« Sie tippte auf Felicitys Namen auf dem Bildschirm und ihr Anruf wurde sofort entgegengenommen.

»Dir muss es in den Ohren geklingelt haben«, meinte Felicity. »Ich habe mit Rachid gesprochen und er hat das Motorrad eures Verdächtigen auf der Straße von Stafford nach Weston gesehen, Montagmorgen um halb sechs. Wir überprüfen die Aufnahmen noch einmal, um sicherzugehen, aber es scheint kein Kennzeichen am Fahrzeug zu sein und der Fahrer ist so gekleidet, wie euer Zeuge es beschrieben hat. Ich schicke dir gleich ein paar Aufnahmen per E-Mail.«

»Was ist mit den Kameras in Stafford oder auf der Straße nach Abbots Bromley?«

»Wir haben uns auf die Stafford Road konzentriert, deshalb sind wir noch nicht dazu gekommen. Rachid wird dir alles per E-Mail schicken, sobald er durch ist.«

Kate konnte sich den ruhigen, glatt rasierten jungen Mann vorstellen, der zusammen mit zwei anderen Kollegen alle technischen Daten bearbeitete. Er war Ende zwanzig und galt als einer der besten Techniker der Abteilung. »Das würde ich zu schätzen wissen.« Sie hielt sich an dem Handy fest. Ein Mann auf einem Motorrad. Das war alles, was sie hatten.

Es dauerte nur so lange, wie sie brauchte, um die Gesichter auf dem Whiteboard zu betrachten und zu überlegen, warum der Angreifer den drei Frauen so viel Gewalt angetan hatte, bis der Benachrichtigungston ihres Posteingangs ertönte. Das Bild war körnig und leicht verzerrt, aber sie konnte den Rücken eines Fahrers in einer schwarzen Lederjacke, dunklen Hose und Stiefeln auf einem scheinbar schwarzen Motorrad erkennen. Es gab kein Nummernschild. Sie klebte das Foto an die Tafel und schrieb *Stafford Road, Weston, 5.30 Uhr morgens* darunter. Emma schaute auf.

»Unser Mörder?«

»Sieht so aus.«

»Ein schlaues Kerlchen, nicht wahr? Niemand würde ihm einen zweiten Blick schenken. Einfarbiges Motorrad, schwarze Kleidung und kein Nummernschild. Anonym.«

»Er wird unvorsichtig. Olivia lebt noch.«

Sie stützte die Hände auf den Schreibtisch. Serienmörder waren nicht die umherstreifenden, mordenden Einzelkämpfer, die in Horrorfilmen dargestellt wurden, und es war weitaus wahrscheinlicher, dass sie in ihrer vertrauten Umgebung töteten. Wie Jack the Ripper, der 1888 im Londoner Stadtteil Whitechapel sein Unwesen trieb, hatten die Mörder von heute eine Komfortzone, ein Gebiet, in dem sie agierten, in dem sie durch etwas verankert waren – ihr Zuhause oder ihren Arbeitsplatz. Verbrechensstatistiken belegten, dass Serienmörder ihren ersten Mord am ehesten in der Nähe ihres Wohnorts begingen.

Ihr Täter war ein Einheimischer. Es musste einen Weg geben, ihn aufzuscheuchen.

»Dieses Prepaidhandy«, sagte Emma. »Wir hatten kein Glück damit, also habe ich einen Freund, der früher für den Geheimdienst gearbeitet hat, um Hilfe gebeten, und er hat ein paar Informationen geliefert.«

Kates Kopf fuhr hoch. »Und?«

»Heather war die einzige Person, die sowohl Anrufe an diese Nummer tätigte als auch Anrufe von dieser Nummer erhielt. Andere eingehende Anrufe kamen von anderen Prepaidhandys.« Kate spürte, wie ihre Augenlider flatterten. Wegwerftelefone. Drogendealer benutzten ausnahmslos Wegwerftelefone, die sie nach einmaligem Gebrauch entsorgten, damit sie nicht zurückverfolgt werden konnten. Worin war Heather bloß verwickelt gewesen?

»Sie rief die Nummer insgesamt fünfzehnmal an, führte vier Gespräche, die jeweils weniger als eine Minute dauerten, und erhielt nur zwei Anrufe von ihr. Einer kam am zweiten August um zehn Uhr abends und dauerte fünf Minuten. Der andere erfolgte um fünf nach neun am Freitagmorgen und dauerte nur ein paar Sekunden.« Emma presste die Lippen zusammen und sah Kate an, die langsam den Kopf hin und her schüttelte. Das ergab wenig Sinn.

»Sie hat diese Nummer angerufen, unmittelbar bevor sie Trentham House verließ. Wie lange hat das Gespräch gedauert?«

»Es ging niemand ran. Mein Kontakt meint, dass das Telefon zu diesem Zeitpunkt nicht mehr in Betrieb war.«

»Könnte es mit einem Fall zusammenhängen, an dem sie gearbeitet hat?«, fragte Kate.

Emma hob die Augenbrauen. »Ich denke, das könnte es, ja.«

Kate kratzte sich, als ihr Nacken plötzlich zu jucken begann. *Operation Agouti?*

Emma fuhr fort: »Wie auch immer, mein Freund hat ein wenig gegraben, die IMEI-Nummer des Handys ermittelt und herausgefunden, dass es ein Nokia-105-2G-Mobiltelefon ist, das am 30. Juli zum ersten Mal aktiviert wurde. Es ist eines der günstigsten Prepaidhandys überhaupt, hat keinen Webbrowser, keine Kamera und unterstützt keine sozialen Netzwerke, was es zu einem idealen Wegwerftelefon macht.«

Der Juckreiz machte Kate zu schaffen, also kratzte sie weiter. Sie konnte nicht verstehen, warum Heather mit dem Besitzer des Wegwerfhandys in Kontakt stehen sollte. Verschiedene Möglichkeiten schossen ihr durch den Kopf.

»Er denkt, er weiß, woher das Telefon kommt.«

Kate hielt den Atem an.

»Manchester Mobiles in Cheetham. Es war eines von vierzig Mobiltelefonen, die am 24. Juli gestohlen wurden. Ich habe den leitenden Beamten in diesem Fall kontaktiert und er glaubt, dass die Telefone ihren Weg in die Hände von lokalen Drogendealern und Gangs gefunden haben.«

»Also wieder eine Sackgasse«, sagte Kate.

»Ähm, nun, das wäre es gewesen, wenn mein Freund nicht ein erfahrener Hacker wäre.« Ein Lächeln zuckte um ihre Mundwinkel. »Er vermutet, dass der erste Anruf auf Heathers Telefon aus Strangeways kam, einem der Rotlichtviertel in Manchester, und der letzte am Bahnhof von Stoke-on-Trent getätigt wurde. Ich habe mit dem Technikteam gesprochen und sie haben bestätigt, dass der Tracker an Heathers Auto zeigt, dass sie zur Stoke Station gefahren ist, kurz nachdem sie den Anruf erhalten hatte.«

Rotlichtviertel, Manchester, minderjährige Sexarbeiter und Dickson. Die Teile eines komplexen Puzzles verschoben sich und griffen ineinander, um eine atemberaubende Möglichkeit zu präsentieren. Dickson hatte eine kleine Einheit gebildet, um minderjährige Prostituierte aufzuspüren, genauer gesagt Farais Mädchen, Rosa und Stanka. Warum? Er wollte sichergehen, dass sie nicht ausplauderten, dass er mit einem von ihnen im Maddox Club geschlafen hatte. Doch er hatte nicht mit Heathers Gründlichkeit gerechnet. Selbst nachdem sie von dem Fall abgezogen worden war, hatte sie weitergesucht, die Mädchen gefunden und sie kontaktiert, wobei sie fest entschlossen gewesen war, die Informationen vor dem Team zurückzuhalten, das sie für nicht vertrauenswürdig hielt. Warum sonst hätte er Felicity gebeten, Informationen, die den Fall betreffen, von Heathers Laptop zu löschen, nachdem sie ihm zuerst eine Kopie geschickt hatte? Er wollte, dass die Operation Agouti geheim bleibt. Damit blieb eine Frage unbeantwortet. Wer im Team hatte Beweise manipuliert? Es könnte einer der Beamten gewesen sein oder sogar Dickson selbst. Chris würde sagen, dass sie sich das so zurechtlegte, wie sie es glauben wollte, und dass sie Fakten brauchte. Ihr Bauchgefühl sagte ihr, dass dies kein Hirngespinst war. Sie spürte, dass es stimmte.

»Es gibt eine Überwachungskamera am Bahnhof von Stoke. Ich schlage vor, wir gehen ihre Aufnahmen durch, um zu sehen, ob wir Heather und denjenigen, mit dem sie sich getroffen hat, finden können.«

Emmas Worte wurden dumpfer und klangen weit entfernt. Wenn Farai die Wahrheit gesagt hatte, waren Rosa und Stanka in Gefahr. Sie konnte nicht zulassen, dass die Mädchen auf dem Revier befragt wurden oder dass Dickson Wind davon bekam, was das Team entdeckt hatte. Sie musste die Mädchen auf der Straße konfrontieren und sie von Dickson fernhalten. Der Juckreiz wurde schlimmer denn je und sie kratzte sich wütend. »Überlass das mir«, sagte sie. Sie konnte den Blick, den Emma ihr zuwarf, eher spüren als sehen. »Solange wir nicht beweisen können, dass dieses Treffen nichts mit einer von Heathers Ermittlungen zu tun hat, müssen wir das für uns behalten. Ich bin bereits gewarnt worden, nicht auf fremdes Terrain vorzudringen, also würde ich es begrüßen, wenn das vorerst unter uns bleibt.«

Emma nahm ihr die Geschichte ab. »Natürlich. Ich verstehe.«

»Übrigens, gute Arbeit.«

Es gefiel ihr nicht, jemanden aus ihrem Team täuschen zu müssen, aber sie konnte nicht riskieren, dass Emma oder überhaupt jemand herausfand, wen Heather am Bahnhof in Stoke getroffen hatte. Ihre Ermittlungen gegen Dickson mussten geheim bleiben. Sie hatte keine Ahnung, wie weit die Korruption die Karriereleiter hinaufreichte.

KAPITEL 27

Kate atmete tief ein und versuchte, ihren wilden Herzschlag zu beruhigen. Sie hätte nie persönlich herkommen dürfen. Dazu war sie noch nicht bereit. Es war nicht der kühle Wind, der das unkontrollierbare Zittern in ihren Händen verursachte, die sie in ihre Manteltaschen zwang, sondern das kunstvolle jakobinische Gebäude mit Giebeln, Zinnen und Schornsteinen und einem Portikus mit acht Bögen, der jetzt mit Bogenfenstern und Eingängen, Mauerwerk und Ziegeln in der Farbe von getrocknetem Blut gefüllt war. Sie könnte sich umdrehen, weggehen und sich das Videomaterial per E-Mail zuschicken lassen, doch die Türen zum Buchungsbüro schoben sich auf und ihre Füße trieben sie vorwärts, als hätten sie einen eigenen Willen, vorbei an den Fahrkartenautomaten und um die Reisenden herum, die sich im Foyer zum Bahnsteig schlängelten.

Auf dem Bahnsteig für die Züge in Richtung Süden standen nur eine Handvoll Reisende, und als eine Durchsage ertönte, dass sich der Halb-vier-Zug von Euston näherte, starrte sie auf das klassische Dach, das die Bahnsteige überspannte, und erwartete fast, dass eine schnaufende Dampflokomotive einfahren würde, aus deren Schornstein wie aus den Nüstern eines wütenden Drachen schwarzer Rauch aufstieg. Sie lenkte sich absichtlich ab. Dieser Ort weckte schlechte Erinnerungen, denn genau an diesem Bahnhof, von diesem Bahnsteig aus, war sie an jenem schicksalhaften Tag im Januar in den abfahrenden Zug nach Euston gestiegen, nur um ein Gemetzel und unter den Toten ihren Mann vorzufinden.

Irgendein innerer Kompass hatte sie hierhergeschickt, als würde ihre Rückkehr die Zeit zurückdrehen, Chris aus dem einfahrenden Zug aussteigen und mit einem »Hast du mich vermisst?« die Arme um sie schlingen. Sie ließ den Blick sinken und erspähte die Spitze des Zuges, der sich in den Bahnhof schlängelte. Ihre Handflächen wurden feucht, als er am Bahnsteig entlangglitt, der Fahrer mit einem knappen Blick in ihre Richtung an ihr vorbeifuhr und der Erste-Klasse-Wagen mit ihr gleichzog. Es gab keine Blutspritzer auf den Fenstern, keine Gesichter mit leeren Augen, die gegen das Glas lehnten, nur Fahrgäste, die Kopfhörer trugen, die Augen geschlossen hatten oder nach dem Gepäck in den Gepäckfächern griffen. Ein hoher Alarmton kündigte an, dass sich die Türen öffneten, und angewurzelt wie ein riesiger Felsbrocken in einem schnell fließenden Fluss wartete sie, während die Reisenden an ihr vorbeiströmten. Chris stieg nicht aus und sie spürte, wie ein Tsunami des Verlusts über sie hinwegfegte, als die letzten Passagiere davoneilten. Ein Pfiff ertönte und der Zug fuhr wieder los. Es war eine ganz normale Fahrt mit dem Zug aus Euston.

Er fuhr um die Kurve und verschwand aus dem Blickfeld. Das Zittern in ihren Gliedern hörte so schnell auf, wie es begonnen hatte. Dr. Franklin würde zweifellos eine Erklärung dafür haben, aber sie brauchte keinen Seelenklempner, der ihr sagte, was sie bereits wusste. Sie spürte, wie Chris' Lippen ihren Nacken streiften, und hörte ein geflüstertes »Du hast die Erfahrung überlebt. Das ist mein Mädchen«. Sie schüttelte den Tagtraum ab und richtete ihre Aufmerksamkeit auf den gegenüberliegenden Bahnsteig, auf dem nur zwei Männer warteten und den man entweder mit einem Aufzug oder durch eine Unterführung erreichen konnte. Der eine kauerte auf dem Boden, eine Dose Lagerbier in der Hand, der andere trug seine Tasche über der Brust und hielt den Blick auf sein Handy gerichtet. Jeder, der aus Manchester kam oder dorthin fuhr, stieg an diesem Bahnsteig aus, wo es keine Cafés, Kioske oder eine Lounge für die erste Klasse gab, sondern nur einen Warteraum, Toiletten und ein paar Bänke. Ein Onlinefahrplan hatte ihr die nötigen Informationen geliefert. Es dauerte achtunddreißig Minuten, um von Manchester nach Stoke zu fahren, und ein Zug war am Freitagmorgen um genau fünf nach neun angekommen.

Sie hielt nach Überwachungskameras Ausschau, und nachdem sie festgestellt hatte, dass die Kameras genau dort waren, wo sie es gehofft hatte, ging sie weiter den Bahnsteig entlang zu den Büros der Bahnpolizei, wo ihre Ankunft bereits erwartet wurde.

Das Filmmaterial war körnig, aber gut genug, um die junge Frau in einem blassrosa Kleid zu erkennen, die mit dem Telefon am Ohr aus dem Zug stieg. Die anderen Fahrgäste stürmten mit Taschen, Aktenkoffern und Fahrrädern in die U-Bahn und drängten zum Ausgang, sie jedoch nicht. Sie blieb vielmehr am anderen Ende des Bahnsteigs regungslos stehen, den Blick auf das Parkhaus gerichtet, als sei sie das Warten gewohnt.

Sie war zierlich und hatte langes dunkles Haar, das mit einem rosa Band zu einem Pferdeschwanz zusammengebunden war. Aus der Ferne, in dem unförmigen Etuikleid und den flachen Pumps, sah sie für Kate wie ein typischer Teenager aus, ein Mädchen, das den Tag über unterwegs war und hoffte, sich mit Freunden zu treffen. Wie war sie in einem so zarten Alter in dieses Milieu geraten? Ihr blieb nicht viel Zeit, darüber nachzudenken, denn sie wies den Beamten an, das Filmmaterial vorzuspulen, bis Heather eine halbe Stunde später auftauchte. Die beiden gingen aufeinander zu, wählten eine der Bänke, setzten

317

sich und unterhielten sich. Sie hielten die Köpfe gesenkt und Kate konnte nicht ausmachen, was gesagt wurde, aber als sie sich um zehn nach zehn trennten, umarmte Heather das Mädchen.

»Können Sie mir ein paar Aufnahmen vom Gesicht des Mädchens machen?«, fragte sie. »Und schicken Sie mir das gesamte Filmmaterial.«

Nur eine Person konnte das Mädchen identifizieren und bestätigen, dass sie in jener Nacht im Januar in den Maddox Club geschickt worden war. Aber diese Person würde nur ungern noch einmal mit Kate sprechen. Nichtsdestotrotz musste sie Farai aufstöbern, auch wenn es die ganze Nacht dauern würde.

* * *

Es war bereits nach sechs Uhr, als Kate einen auffälligen Jugendlichen ausfindig machen konnte, der auf den Namen Benji hörte und zusammen mit einem Mann mittleren Alters in einer schmuddeligen Straße in Stoke aus der Lounge Bar herauskam. Sie stiegen in einen Kombi, der auf der anderen Straßenseite geparkt war, und nachdem das Innenlicht erloschen war, näherte sich Kate der Beifahrerseite des Fahrzeugs und klopfte an das Fenster. Benjis Kopf fuhr vom Schoß des Mannes hoch.

Kate drückte ihren Dienstausweis gegen die Scheibe. Benji wurde weggeschoben und der Reißverschluss der Hose hochgezogen. Dann wurde die Fahrertür geöffnet.

»Hören Sie, Officer, ich war nicht ...«

»Es ist offensichtlich, was da vor sich ging, aber Sie könnten Glück haben. Ich möchte nur kurz mit Ihrem Freund sprechen. Das ist alles. Raus mit dir, Benji.«

Sie öffnete die Beifahrertür und hielt sich daran fest, während sich der Junge schmollend und mit trotzig verschränkten Armen aus dem Wagen schälte.

»Ich muss Farai finden«, sagte Kate.

»Der ist weg.«

»Ich weiß, dass er in Manchester ist. Ich muss wissen, wo er heute Abend sein könnte. Es ist wichtig.«

»Keine Ahnung.«

»Okay. Du weißt nicht, wo er ist, was schade ist, denn das bedeutet, dass ich, anstatt ihn zu suchen, jetzt Zeit habe, dich auf die Wache zu bringen und wegen öffentlichen Sichanbietens zu verhaften. Und Sie auch, Sir.«

»Warten Sie einen Moment. Ich habe nichts Unrechtes getan. Wir haben uns nur unterhalten.« Der Kerl rückte seine Brille zurecht und versuchte, einen beleidigten Tonfall anzuschlagen.

»Es wurde eindeutig nicht geredet.« Kate starrte demonstrativ auf seinen Ringfinger. »Sie sind verheiratet, Sir?«

»Ja.«

»Vielleicht möchten Sie Ihre Frau anrufen, um ihr zu erklären, dass Sie für eine Weile auf dem Revier festgehalten werden.«

Er rief zu Benji hinüber. »Sag ihr, wo diese Person ist!«

»Ich würde auf deinen Kunden hören, wenn ich du wäre. Du willst doch nicht die ganze Nacht auf dem Revier verbringen«, sagte Kate. »Und das musst du auch nicht, wenn du mir sagst, wo ich Farai finden kann.«

Benjis bernsteinfarbene Augen schienen zu leuchten, als er sich Kate zuwandte. »Das Hangout Café in der Nähe von Strangeways. Er ist fast jeden Abend da.«

»Das war doch gar nicht so schwer, oder?«, sagte Kate. Benjis Gesicht blieb ausdruckslos. Sie hob die Stimme ein wenig an, sodass sie zu dem Mann hinüberdriftete, der nun von einem Fuß auf den anderen trat. »Ich schlage vor, Sie kehren nach Hause zurück, Sir.«

»Warten Sie einen Moment. Ich habe ihn bezahlt.«

»Ich zahle nichts zurück«, sagte Benji.

»Das ist Diebstahl«, schimpfte der Mann.

Kate sah Benji an und hob eine Augenbraue. »Er hat recht. Schließlich ist es nicht seine Schuld, dass ich euch unterbrochen habe. Der Herr hat für Leistungen bezahlt, die er nicht erhalten hat. Also rück es raus.«

»Er hat einen halben Job bekommen, also kann er auch die Hälfte bezahlen.« Benji zog einen zerknüllten Zehn-Pfund-Schein heraus und warf ihn durch die offene Tür auf den Beifahrersitz.

»Fahren Sie nach Hause, Sir«, sagte Kate und schloss die Beifahrertür mit einem entschlossenen Knall.

Der Mann stieg wieder in sein Auto, sah die beiden finster an und fuhr davon.

»Sie haben mich um gutes Geld gebracht«, brummte Benji.

»Aber du darfst deine Freiheit behalten und hast zehn Pfund für wenig Arbeit verdient. Und jetzt verschwinde, bevor ich dich verhafte.«

Er schlich sich davon, zurück zur Bar, zweifellos, um den nächsten Freier aufzusammeln.

* * *

Sie brauchte eine knappe Stunde, um das Hangout Café zu erreichen, eines von fünf heruntergekommenen Lokalen in einer Gegend, in der viel gebaut worden war. Jahrzehntelange Abgase und Verkehr hatten die einst weißen Fassaden in schmutzige, rußverschmierte Straßenfronten verwandelt und in den letzten Jahren hatte man kaum versucht, das Dekor aufzupeppen, abgesehen von den obligatorischen Graffiti, die in jeder Stadt an getäfelten Fenstern und Türen aufzutauchen schienen: Namen und Worte, die Kate nichts sagten. Das Café war eingezwängt zwischen dem mit Graffiti beschmierten Gebäude und einem Barbier. Seine Fassade sah aus, als würde sich die Haut von einem Körper ablösen, aber in der schwach beleuchteten Straße erschien es halbwegs präsentabel. Als sie auf der gegenüberliegenden Straßenseite anhielt, konnte Kate drei Gestalten ausmachen, die um einen runden Tisch am Fenster kauerten, eine davon mit einem langen, eingefallenen, totenkopfähnlichen Gesicht. Sie hatte einen Glückstreffer gelandet.

Die Männer unterhielten sich angeregt und mit großen Gesten. Einer von ihnen, glatzköpfig und schmalschultrig, sprang auf und klopfte auf den Tisch, bevor er ging, das Telefon ans Ohr geklemmt. Der Dritte im Bunde ging hinter den Tresen und ließ Farai allein am Tisch zurück. Kate schnallte sich ab und schlüpfte mit klopfendem Herzen aus dem Auto.

In der Ferne bellte ein Hund ein tiefes, wütendes Bellen, das in einem lang gezogenen Heulen endete. In einer der Wohnungen über den Geschäften brannte Licht und ein kleines Fenster war nur angelehnt. Laute, rasende Musik drang heraus, ein Trommelschlag, der in ihrer Brust widerhallte, schneller als ihr eigener wilder Herzschlag. Mit fünf Schritten überquerte sie die Straße und betrat den Bürgersteig vor dem Café. Niemand hatte ihr Kommen bemerkt. Nun fiel ihr Blick auf einen weiteren Tisch im Inneren, an dem zwei Männer saßen. Sie fasste sich ein Herz und stieß die Tür leise auf.

Alle Augen wandten sich in ihre Richtung. Der Mann hinter dem Tresen, gedrungen, breitschultrig, mit dunklen Augen und einem dichten Dreitagebart, schnaubte laut.

»Ist das eines deiner *Mädchen*?«, fragte er Farai.

Die Männer in der Ecke lachten und lehnten sich träge zurück, um die Show zu beobachten. Der Raum war schwer vom Geruch kürzlich konsumierten Kokains.

»Sehr witzig«, meinte Kate, hielt ihren Ausweis hoch und schaute über den Tresen auf den schmutzigen Kühlschrank und das Waschbecken. Hinter einer Plexiglasscheibe mit Essensresten brummte eine Schmeißfliege wütend vor sich hin, bevor sie sich auf einen offenen Behälter mit etwas Unappetitlichem in der Farbe von Kuhmist setzte. »Ich glaube, die Jungs vom Gesundheitsamt würden Sie gern besuchen und sich Ihre Witze anhören. Vielleicht könnten wir sogar ein paar von der Sitte einladen und einen richtigen Stand-up-Comedy-Abend daraus machen.«

Seine Lippen kräuselten sich. »Was wollen Sie?«

»Nur kurz mit ihm reden«, antwortete sie und deutete auf Farai. »Allein.«

Sie gab den Männern am anderen Tisch ein Zeichen, sich zu entfernen. Doch sie rührten sich nicht und starrten weiterhin auf sie herab.

»Sieht so aus, als müssten Sie Ihr Gespräch in der Öffentlichkeit führen«, sagte der Mann hinter dem Tresen. Er hob eine kleine, espressogroße Tasse an seine Lippen und schlürfte geräuschvoll.

»In Ordnung. Dann werde ich Farai zur Wache bringen und dort mit ihm reden.« Sie drehte sich in Richtung des Zuhälters, der die Hände erhob, die unverhältnismäßig groß waren.

»Das ist nicht nötig, Officer. Außerdem habe ich hier noch etwas zu erledigen.«

»Ich möchte das, was ich zu sagen habe, nicht vor anderen besprechen«, beharrte Kate.

Farais eingefallene Wangen schienen weiter zu implodieren. »Ich dachte, ich hätte Ihnen gesagt, dass Sie mich nicht mehr belästigen sollen.«

»Das wollte ich auch nicht, aber es geht um eine Mordermittlung, und wenn wir jetzt nicht unter vier Augen reden können, müssen Sie mich nach Stoke begleiten.«

Er lehnte sich in seinem Sitz zurück, schlug ein Bein über das andere und wippte lässig mit dem Fuß. »Ich kann Ihnen nicht helfen.«

»Dann lassen Sie mir keine Wahl.«

Ein Lächeln verzog seine Lippen zu einer dünnen Linie. »Eine Hand wäscht die andere.«

»Was soll das heißen?«

»Ich werde über unser letztes Treffen schweigen, wenn Sie hier mit mir reden. Oder ich komme mit Ihnen nach Stoke, wo ich vielleicht etwas darüber verrate, dass Sie mir eine beträchtliche Geldsumme gegeben haben. Jemand könnte sehr daran interessiert sein, warum Sie das getan haben.«

Sie ballte die Faust und trat auf ihn zu. Er dachte, er hätte sie in der Hand, aber da irrte er sich. Sie senkte die Stimme. »Wenn Sie auch nur ein Wort verraten, kann ich nicht für Ihre Sicherheit garantieren. Ich werde Sie weder vor der Person schützen können, die Sie ins Gefängnis bringen wird, noch vor denen, die dafür sorgen, dass Sie dort nicht wieder herauskommen.«

Er hörte auf, mit dem Fuß zu wippen, und lachte dann schallend. »Harte Worte sind immer von Vorteil. Okay, meine Herren, ihr habt die Dame gehört. Am besten, ihr lasst uns allein. Nando, warum gehst du nicht für fünf Minuten nach oben und schaust dir etwas von dem Mist an, den du so gern im Fernsehen siehst?« Farais tiefe Stimme hatte Gewicht und die Männer erhoben sich. Mit feindseligen Blicken in ihre Richtung gingen sie hinaus.

Der Besitzer des Cafés, Nando, zögerte einen Moment, und erst als die Tür geschlossen war, sprach er. »Fünf Minuten. Nicht länger.«

Kate zog einen Plastikstuhl unter Farais Tisch hervor und ließ sich auf ihn fallen. Es war an der Zeit, mit harten Bandagen zu kämpfen. »Ich komme gleich zur Sache. Ich muss wissen, wer das ist.« Sie schob ihm die Bilder der Überwachungskamera am Bahnhof von Stoke zu. Farais Gesicht wurde ernst.

»Woher haben Sie dieses Foto?«

»Man kann eine Frage nicht mit einer Frage beantworten.«

»Warum?«

»Wer von den beiden ist es? Rosa oder Stanka?«

Er starrte sie an.

»Sie stand in Kontakt mit einem CIO namens Heather Gault.«

»Noch nie von ihr gehört.«

»Doch, ich glaube, das haben Sie. Heather stand in Verbindung mit einer Telefonnummer, die zu einem Prepaidhandy gehört. Es war eines aus einer Serie, die bei Manchester Mobiles gestohlen wurde, und gehörte diesem Mädchen.«

Seine Hände verkrampften sich, aber er antwortete nicht.

»Eigentlich wollte ich das nicht so machen, aber wir haben keine Zeit zu vergeuden. Sie sind der Sache nicht gewachsen, Farai. Das sind wir beide nicht, falls wir nicht offen zueinander sind. Also werde ich Ihnen im Austausch für eine ehrliche Antwort etwas Wichtiges sagen, um Ihr Vertrauen zu gewinnen, okay?«

»Ich höre.«

»Heather gehörte zu einem Team, das in einem Fall ermittelte, der mit Ihnen zu tun hat. Sie wurde von ihm abgezogen, aber es gelang ihr, das Mädchen aufzuspüren und vergangenen Freitagmorgen mit ihm zu sprechen. In der folgenden Nacht wurde Heather ermordet.«

»Ich habe ein Alibi für Samstagabend. Ich war im Hinterzimmer des Wild Cat, eines Nachtklubs. Ich kann Ihnen mehrere Zeugen nennen, die das bestätigen werden, und es gibt bestimmt auch eine Videoüberwachung.«

Er lehnte sich zurück und drapierte seinen Arm über die Lehne seines Stuhles. Das Funkeln in seinen Augen strafte seine lässige Haltung Lügen.

Kate fuhr fort: »Ich weiß nicht viel über diese Ermittlungen, nur dass es um minderjährige Sexarbeiterinnen ging. Aber ich weiß, wer sie geleitet hat, und es sieht nicht gut für Sie aus.«

»Ich habe keine Frau namens Heather getötet.«

»Wer ist dieses Mädchen?« Sie würde nicht gehen, bis sie es herausgefunden hatte. »Ist es eines der Mädchen, die Sie im Januar in den Maddox Club geschickt haben?«

Ein kleiner Ring in seiner linken Augenbraue glitzerte, als draußen Autoscheinwerfer aufleuchteten. Das Fahrzeug kam zum Stillstand und eine Tür knallte zu. Ein Schatten fiel auf die Tür. Ihr blieb nicht mehr viel Zeit, bevor weitere Gäste hereinkamen und Farai sich weigerte, mit ihr zu sprechen.

»Farai, sie könnte in Gefahr sein.«

Von oben war ein Schlurfen zu hören. Nando war auf dem Weg. Ihr lief die Zeit davon. Sie würde Farai auf die Wache bringen und es aus ihm herausholen, doch dann sagte er: »Rosa. Das ist Rosa.«

»Wo ist sie jetzt?«

»Ich weiß es nicht. Seit Freitagmorgen hat sie niemand mehr gesehen. Sie geht auch nicht an ihr Handy.«

Die Tür öffnete sich und vier Männer traten ein. Farai schüttelte den Kopf, eine Geste, die Kate so interpretierte, dass das Gespräch beendet war. Rosas Verschwinden war ein weiterer schwerer Schlag.

* * *

Sie starrte bestürzt auf das Armaturenbrett. Es war Viertel vor acht und sie hatte nichts nach ihrem Abenteuer vorzuweisen. Die Uhr tickte. Ihr Mörder könnte ein weiteres Opfer im Visier haben oder sogar wieder zuschlagen und sie hatte trotzdem Zeit damit verschwendet, dem Videomaterial hinterherzujagen, obwohl das Prepaidtelefon nichts mit ihren Ermittlungen zu tun hatte. Und Rosa auch nicht. Sie war so versessen darauf, Dickson zu beschuldigen und ihn sogar mit Heathers Mord in Verbindung zu bringen, dass sie die Tatsachen aus den Augen verloren hatte. Als sie sich endlich wieder auf die Ermittlungen konzentrierte, musste Kate einräumen, dass Heather von derselben Person getötet worden war, die Laura ermordet und Olivia angegriffen hatte, und dass sie wertvolle Stunden damit verschwendet hatte, einem nicht damit zusammenhängenden Vorfall nachzugehen. Schlimmer noch, ein weiterer Tag war vergangen und der Mörder war immer noch auf freiem Fuß und sie hatten ihre Verdächtigen nicht wirklich eingegrenzt.

Ihr Telefon klingelte und Tillys fröhliche Stimme aus der Freisprechanlage lockerte Kates Anspannung.

»Hi, wie läuft's?«

»So lala. Ich bin auf der M6 auf dem Weg nach Hause.«

»Hast du vielleicht Lust vorbeizukommen? Daniel hat einen Spielkameraden zu Besuch und sie sind beide überdreht und stürmen durch die Wohnung. Ich könnte etwas erwachsene Gesellschaft gebrauchen.«

Sie könnte um halb neun bei ihrer Stiefschwester sein. »Okay, ich bin in einer halben Stunde da.«

»Danke. Das ist einer dieser Momente, in denen ich es wirklich zu schätzen weiß, eine Schwester zu haben.«

Kapitel 28

Tilly öffnete die Tür und schlang die Arme um Kate, bevor sie sie ins Wohnzimmer zerrte und ihr ein Glas Wein in die Hand drückte.

»Daniel!«, rief sie.

Der Junge kam ins Zimmer gestürmt, das Gesicht vor Begeisterung gerötet. »Hi, Kate. Ich habe einen neuen Freund. Er heißt Toby.«

»Und was macht ihr beide?«, fragte Tilly.

»Dinosaurier spielen.« Er gab ein realistisches Brüllen von sich und fletschte die Zähne.

Tilly verdrehte die Augen. »Siehst du, was ich meine? Sie jagen sich schon seit einer Stunde gegenseitig durchs Haus und werden kein bisschen müde.«

»Willst du mitkommen und dir unseren Dinosaurierpark ansehen?«, fragte er.

»Die arme Tante Kate musste den ganzen Tag arbeiten und wird zuerst etwas mit Mummy trinken. Hast du nicht etwas, das du ihr schenken wolltest?«

Er rannte zu einem weiß gestrichenen Eichenschrank hinüber, holte eine Tüte aus dem Inneren und kehrte mit ausgestrecktem Arm zu Kate zurück. »Ich habe es ausgesucht.«

Die Tüte trug das Logo des Sea Life Centre.

Sie stellte ihr Glas auf einen kleinen Tisch und beugte sich vor, um seinem Blick zu begegnen, und nahm ihm dann die Tüte ab. »Vielen Dank. Was habt ihr denn im Sea Life Centre gesehen?«

Er musste nicht lange überlegen. »Haie. Jede Menge Haie und Stachelrochen und Clownfische und Pinguine.«

»Wow! Und was waren deine Lieblingstiere?«

»Die großen Haie. Du kannst unter einem Tunnel hindurchgehen und sehen, wie sie über dir schwimmen.« Er hüpfte von einem bestrumpften Fuß auf den anderen. Oben rief eine weitere Kinderstimme seinen Namen.

Er wartete, während sie die Tüte öffnete und hineinschaute, bevor sie einen weichen roten Spielzeugseestern herauszog. Er hatte ein genauso breites Lächeln wie Daniel. »Oh, ist der schön!«

»Das ist ein Seestern«, sagte er.

»Und eines der schönsten Meerestiere«, sagte Tilly. »Und was haben wir über Seesterne gelernt, Daniel?«

»Wenn sie einen Arm verlieren, kann ihnen ein anderer wachsen«, sagte er und seine Augen weiteten sich bei dem Gedanken.

»Und was noch?«

»Sie bringen Glück.«

Toby rief wieder und Tilly sagte: »Sieh lieber nach, was er will.«

»Danke, Daniel. Das ist das beste Geschenk, das ich je bekommen habe.« Kate drückte ihn, genoss die warme Umarmung, solange sie dauerte, und lächelte dann, als er davonhuschte.

Tilly sah ihm liebevoll nach. »Woher nehmen sie nur ihre Energie? Sie sind seit sechs Uhr so aufgedreht. Aber es ist schön, ihn so glücklich zu sehen.«

»Du hast mit ihm darüber gesprochen, was vor sich geht, nicht wahr?«

»Er ist zu jung, um das zu verstehen, und genießt das große Abenteuer. Und er scheint Jordan nicht zu vermissen. Er hat sowieso nie viel von ihm gesehen.« Jordan war Fernfahrer und verbrachte die meiste Zeit auf der Straße. »Wir könnten überall auf der Welt leben und Daniel wäre glücklich, solange er mich hat und Jordan ab und zu sehen kann.« Sie nahm einen schnellen Schluck von ihrem Wein. »Daniel ist das Beste, was aus unserer Ehe entstanden ist. Ich liebe ihn mehr als ... alles andere.«

Der Stolz war da, in ihrer Stimme, in der Art, wie sie ihren Kopf hielt, und in dem Licht, das in ihre Augen kroch, wenn sie an ihn dachte.

»Und, wie ist es mit Chevy gelaufen?«

»Er war okay. Allerdings ist er etwas zu sehr in sein Fitnessprogramm vertieft und nimmt das alles zu ernst. Er hat keinen Alkohol getrunken und alle Kohlenhydrate gemieden, was so ziemlich das genaue Gegenteil von mir ist. Er hatte allerdings ein super Sixpack.« Sie zwinkerte.

»Du wirst ihn nicht wiedersehen?«

»Nope. Außerdem habe ich Ryan vorhin eine Nachricht geschickt. Ich werde wahrscheinlich etwas mit ihm ausmachen.«

»Ich erinnere mich kaum an ihn aus der Schule«, sagte Kate. »Du hast mir nie erzählt, dass du mit ihm ausgegangen bist.«

»Ich schätze, es war mir ein wenig peinlich, es zu erwähnen. Immerhin entsprach er nicht ganz meinem Typ. Wir haben rumgeflachst und festgestellt, dass wir so ziemlich die gleichen Dinge mögen – Filme, Musik, Bands. Wir haben ein paarmal auf dem Grün geknutscht, aber ich stand nicht wirklich auf ihn.« Das Grün war der Spitzname für einen Bereich auf dem Schulhof, der von Paaren oder Rauchern aufgesucht wurde.

»Das Ganze ging nur ein paar Wochen. Dann habe ich mit ihm Schluss gemacht und angefangen, mich mit einem seiner Freunde, Ashar, zu treffen. Und Ashar hat mich kurz darauf abserviert. Rückblickend denke ich, dass ich immer auf der Suche nach Liebe war oder zumindest nach einer Art von Zuneigung.«

Eine Erinnerung drängte sich in den Vordergrund und brachte die neidischen Gefühle mit sich, die Kate damals gehabt hatte. Für den Bruchteil einer Sekunde sah sie sich selbst an den Schulspinden im Korridor vorbeigehen, wo Tilly stand, umgeben von gut aussehenden Jungs, die um ihre Aufmerksamkeit buhlten. Während Kate ignoriert wurde, erfreute sich Tilly beim anderen Geschlecht großer Beliebtheit, was es für sie umso schwieriger machte, Tilly in ihrem Leben zu akzeptieren. Sie blinzelte die Erinnerung weg und richtete ihre volle Aufmerksamkeit auf das Gespräch.

»Das war, bevor ich überfallen wurde.« Als sie ihr Glas hob, um einen weiteren Schluck zu nehmen, begann ihre Hand zu zittern. Das Zittern verstärkte sich, der Wein schwappte über und sie fluchte. Sie stellte das Glas fest ab, klemmte die Hände zwischen ihre Schenkel und kaute auf ihrer Unterlippe.

»Hey, ist schon okay. Das liegt in der Vergangenheit.« Die plötzliche Erkenntnis, dass Tilly immer noch tief verletzt von dem war, was ihr zugestoßen war, frustrierte Kate. Dass ihre Stiefschwester nach all den Jahren immer noch litt, war falsch. Hätte Tilly unmittelbar danach mehr Unterstützung und Beratung erhalten, würde sie nicht so empfinden. Ihre Verärgerung richtete sich gegen ihren Vater und Ellen, die mehr hätten tun müssen.

Tillys trauriger Ton riss sie aus ihren Überlegungen. »Das ist in der Vergangenheit passiert, aber ich habe es nicht dort belassen. Es verfolgt mich mein ganzes Leben lang. Nicht nur die Erinnerung an das, was passiert ist, sondern auch das schreckliche, niederschmetternde Gefühl, dass ich es verdient habe, dass es die Vergeltung dafür war, wie ich mich damals benommen und wie ich Jungs behandelt habe. Dass ich mit ihnen geflirtet, sie geneckt und ermutigt habe, weil ich wusste, dass ich begehrt wurde.« Ihre Augen füllten sich mit Tränen. »Weißt du, dass es Tage, sogar Wochen gab, an denen ich Jordan nicht in meine Nähe lassen wollte? Ich stieß ihn weg oder schrie ihn an, ließ mich nicht einmal von ihm in den Arm nehmen, alles nur weil ich mich so vor mir selbst ekelte, niemals vor ihm ... vor mir. Er sagte, dass er das verstehe, aber mit der Zeit verstand er immer weniger. Er behandelte es wie eine Krankheit und glaubte, ich würde irgendwann geheilt werden. Aber er hat sich geirrt. Mir kann es lange gut gehen, dann löst etwas eine Erinnerung aus und mein Körper wird von Angst und Abscheu überflutet und ich ziehe mich in mich selbst zurück. Ich kann das nicht kontrollieren. Es ist kein Wunder, dass er sich eine andere Frau gesucht hat.«

»Oh, Tilly! Ich hatte keine Ahnung, dass das schon so lange so geht.«

»Wie konntest du? Wie auch immer, anscheinend ist es normal, eine psychologische Reaktion zu haben, die durch die Rückkehr an den Ort des Überfalls hervorgerufen wird. Daher die zitternden Hände. Ich habe mit meiner Therapeutin darüber gesprochen und sie hat mich gewarnt, dass ich wahrscheinlich von Zeit zu Zeit überwältigt werden würde, während ich hier bin.«

»Du hast eine Therapeutin?«

Tilly bürstete ein unsichtbares Staubkorn von ihrem blauen Oberteil. »Ja, ich gehe seit Jahren immer wieder zu ihr. Ich bin ziemlich durcheinander, Kate. Und das nicht nur wegen der Geschehnisse im Bramshall Park. Ich hatte einen Haufen Schuldgefühle, weil ich dir Jordan weggenommen hatte. Ich hatte alle Arten von ... Problemen, die ich nur mit Mühe lösen konnte. In letzter Zeit gab es dann die Schwierigkeiten mit Jordan ... bla, bla. Es war ihre Idee, dass ich all die alten Orte aufsuche, die Dämonen austreibe und lerne, mir zu verzeihen. Ich muss diesen Prozess durchlaufen, wenn ich hierbleiben will, und das tue ich, Kate. Australien war ein Ort, an den ich geflüchtet bin, aber Weglaufen war keine langfristige Lösung. Mein wahres Zuhause ist hier in Großbritannien, wo ich neu anfangen kann. Ich möchte, dass Daniel auch hier aufwächst und dich kennenlernt.«

Sie verlagerte ihr geringes Gewicht und setzte sich im Schneidersitz hin. Lackierte Zehnägel, wie schimmernde Muscheln, fingen das Licht der Stehlampe hinter dem Sofa ein.

»Du könntest dich überall im Land niederlassen. Du musst nicht unbedingt hierher zurückkehren.«

Tilly starrte über die Schulter ihrer Stiefschwester auf die zugezogenen Vorhänge, die mit goldenen und silbernen Kreisen bedeckt waren. »Doch, das muss ich. Mich dem zu stellen ist der einzige Weg, wie ich gesund werden kann, und außerdem möchte ich in deiner Nähe sein.«

»Warum hast du mir gegenüber nichts davon erwähnt?«

»Du musstest den Verlust von Chris verkraften. Da konnte ich dir nicht auch noch zur Last fallen. Du hast mich schon einmal gerettet. Ich dachte, du würdest dir Sorgen machen, dass ich an diesen dunklen Ort zurückkehre, wenn ich diese Erinnerungen hervorhole.«

»Nein, Tilly, ich hätte dir bei jedem Schritt den Rücken gestärkt. Du hättest es mir nur sagen müssen.«

Tilly ließ den Kopf hängen. »Das ist etwas, das ich selbst in die Hand nehmen muss.«

»Das musst du nicht. Ich kann mit dir in den Park kommen, die Dinge durchsprechen, dir helfen zu erkennen, dass es nicht deine Schuld war.«

»Danke, aber nein. Ich stehe das schon durch – allein.«

Tilly hob wieder das Weinglas und schüttelte den Kopf, bevor sie trank. Kates Blick klebte an ihrem blassen Gesicht, den leuchtenden Augen. Ihre Stiefschwester sah so zerbrechlich und puppenhaft aus, die kleinen Hände umklammerten das Glas und der Drang, sie zu halten und zu beschützen, brannte in Kates Brust.

»Du schaffst das, Tilly. Ich glaube, du bist stark genug, um das zu überstehen. Und ich bin für dich da.«

»Du hast keine Ahnung, wie glücklich mich das macht.« Ihr Gesicht wurde wieder ernst. »Und, nur fürs Protokoll, obwohl ich mit ein paar Typen aus war, habe ich nicht die Absicht, mit einem von ihnen etwas Ernstes anzufangen. Das ist nur ein Stimmungsbooster. Als Teil meiner Therapie, wenn du so willst. Ich habe beiden gesagt, dass ich verheiratet bin. Es war sinnlos, sie zu vertrösten. Es war einfach nur schön, etwas männliche Aufmerksamkeit zu haben und keinen Druck zu spüren.«

»Ich mache mir keine Sorgen, dass du dich mit jemandem einlässt. Der Fall, den wir gerade untersuchen, hat uns allen vor Augen geführt, dass wir wachsam sein müssen. Zwei Frauen wurden überfallen und ermordet, eine dritte liegt im Krankenhaus. Ich wollte dich nur daran erinnern, vorsichtig zu sein, wenn du draußen unterwegs bist. Nicht nur wenn du dich mit jemandem triffst, den du nicht wirklich kennst, sondern auch wenn du deinem Alltag nachgehst, Einkäufe erledigst oder öffentliche Verkehrsmittel benutzt. Versuche, nicht allein zu sein, und halte dich an Menschenmengen. Ich will dich nicht erschrecken, aber ich möchte, dass du besonders vorsichtig bist.«

»Nun, dank Emma könnte ich mich gut wehren und es wahrscheinlich schaffen, einen Angreifer mit einem Dropkick zu erledigen.« Das Lächeln betonte winzige Fältchen um ihre Augen, aber das Funkeln war in sie zurückgekehrt. Kate wollte sie nicht weiter belehren. Sie hatte klar ausgedrückt, worauf sie hinauswollte.

Plötzlich hielten sie dumpfe Schritte über ihnen, begleitet von lautem Kichern, vom Reden ab. Tilly legte den Kopf schief. »Ich sehe besser nach, was die beiden vorhaben. Er hat den Spielzeug-Seestern wirklich allein ausgesucht. Er dachte, das Lächeln auf seinem Gesicht würde dich an Tagen, an denen du traurig bist, aufheitern, während du Verbrecher jagst.«

Kate hob ihn hoch und strahlte das lächelnde Gesicht an. Tilly hielt an der Tür inne.

»Und wir beide halten dich für einen Stern. Für einen einzigartigen, wunderbaren Stern.«

KAPITEL 29

Der Motor vibriert zwischen seinen Schenkeln und gibt ein letztes befriedigendes, leises Brummen von sich, als er ihn ausschaltet. Er sollte nicht lange warten müssen. Daisy arbeitet an drei Abenden in der Woche im beliebten White Horse Pub und wird immer an derselben Stelle von einer Kollegin abgesetzt. Dann geht sie durch den Park, bevor sie in der Nähe des Gebäudes auftaucht, in dem sie lebt.

Er stellt das Motorrad auf seinem Ständer ab. Die Einfahrt, die er benutzt, ist leer. Das Haus ist seit über einem Monat unbewohnt und steht auf einem Nachbargrundstück, sodass wohl niemand dem dunklen Motorrad, das vor der Garage parkt, Beachtung schenkt. Um sicherzugehen, dass es von keiner Kamera erfasst wird, hat er wie üblich die Nummernschilder entfernt. Er wird sie wieder anschrauben, wenn er nach Hause kommt.

Er zieht die Handschuhe aus, Finger für Finger, damit er seinen Helm abnehmen kann, den er in die Box legt. Das Letzte, was er will, ist, dass ihn jemand stiehlt. Es gibt nur wenige Häuser entlang dieser Einbahnstraße mit Blick auf Festival Gardens, einen der kleineren Parks in Lichfield, durch den Fußgänger von einer Seite der Westumgehung auf die andere gelangen können, ohne die stark befahrene Hauptstraße überqueren zu müssen.

Er streift sich die Sturmhaube über das Gesicht, zieht die Handschuhe wieder an und macht sich auf den Weg in den Park. Daisy steigt immer am Uhrenturm aus dem Auto aus und nimmt einen der Fußwege in Richtung des silbrigen Baches, bevor sie nach links in Richtung Unterführung abbiegt, um durch den kurzen Tunnel zu den gepflegten Gärten zu gelangen. Dort nimmt sie den steilen Weg den Hang hinauf und überquert die Straße in Richtung Friary Gardens, wo sie wohnt. Heute Abend wird sie allerdings nicht weiter als bis zur Unterführung kommen. Der Tunnel enthält kein Graffiti, stinkt nicht und ist nicht von Jugendlichen oder Drogensüchtigen besetzt. Lichfield ist eine stolze Stadt und der Park ist eine von vielen Grünflächen, die von der Stadtverwaltung gepflegt werden.

Er mag die Anonymität dieser Stadt, die eigentlich nur ein größeres Dorf mit einer Kathedrale ist. Es sind genügend Besucher da, sodass er sich leicht unter die Leute mischen kann und keine Aufmerksamkeit auf sich zieht, und ist nicht allzu weit von seinem Wohnort entfernt. Obwohl die Wege gut beleuchtet sind, bietet das Gestrüpp viele Möglichkeiten, sich zu verstecken.

Also sucht er sich ein geeignetes dunkles Plätzchen, von dem aus er den alten Uhrenturm und den Weg, dem Daisy folgen wird, im Blick hat, und wartet in der kühlen Nässe.

Ein grünes Auto fährt auf den Bürgersteig. Die Tür öffnet sich und Daisy steigt aus. Sie trägt einen Mantel mit Gürtel und Stiefeln, darunter die Uniform, die sie hinter der Bar anhat, ein weißes T-Shirt und einen schwarzen Rock.

»Gute Nacht, Michelle.«

Er kann die gedämpfte Antwort nicht verstehen, aber er hört deutlich, wie die Tür zugeschlagen wird, und sieht, wie Daisy in seine Richtung geht. Sie steckt die Ohrstöpsel ein und hält den Kopf über das Handy gesenkt, um nach einem passenden Titel zu suchen. Sie bemerkt ihn erst, als er vor ihr steht, und bevor sie den Kopf ganz hebt, landet seine Hand an ihrem Hals.

* * *

Kate hatte die Handflächen auf die gepolsterten Lederarmlehnen von Chris' Bürostuhl gelegt. Sanftes Licht kam von der Schreibtischlampe und beleuchtete die wenigen persönlichen Gegenstände, die er dort aufbewahrt hatte: ein Foto von ihnen beiden, aufgenommen an der malerischen Robin Hood's Bay in North Yorkshire, ein bronzener rotierender, kinetischer Kreisel und ein Mont-Blanc-Füller, mit dem er sich selbst belohnt hat für seinen ersten Job als Journalist – sein Glücksbringer.

Das Haus war still, abgesehen von dem seltsamen vertrauten Knarren, als wenn es sich um sie herum reckte und streckte. Sie hatte sich hier nie allein oder ängstlich gefühlt, musste nie einen Fernseher einschalten oder Musik spielen, die ihr Gesellschaft vorgaukelte. Sie bevorzugte die angenehme Stille, die sich um sie herum einstellte, die Vertrautheit ihres Zuhauses. Es war ein friedliches Haus, und wenn sie nachts die Augen schloss, flüsterte es glückliche Echos der Vergangenheit. Von allen Räumen, die lebhafte Erinnerungen an Chris weckten, war das Arbeitszimmer der Ort, an dem sie seine Gegenwart am stärksten spürte. Manchmal sprühte sie sein Lieblingsaftershave in den Raum und ließ die winzigen Tröpfchen auf den Stuhl und das Kissen sinken, auf dem er immer gesessen hatte.

Sie hatte den Abend mit Tilly genossen, aber während sie nun hier saß, überkam sie ein Gefühl des Verlusts. Normalerweise würde sie sich mit Chris unterhalten, als ob er anwesend wäre, doch sosehr sie sich auch bemühte, ihn heraufzubeschwören, sie konnte es nicht. Ihr Kopf war zu voll von Tillys Lachen, als sie Daniel und seinem Freund Toby hinterhergejagt waren und alle so taten, als wären sie Dinosaurier. Es war, als ob so viel Leben Chris' Geist ausgelöscht hätte, eine Vorstellung, die sie frösteln ließ.

337

Sie schaltete das Licht aus und fand den Weg aus dem Zimmer in den Flur, der nur vom Mondlicht erhellt wurde, das durch die kleine Glasscheibe in der Eingangstür hereinfiel.

»Hast du das Vogelfutter aufgefüllt?«, rief Chris.

Als sie seine Stimme hörte, überrollte sie eine Welle der Erleichterung. »Ja, natürlich habe ich das. Wo bist du gewesen? Ich wollte mit dir reden.«

»Du hast es nicht genug gewollt, Kate.«

Der Raum versank erneut in Stille.

KAPITEL 30

Die Neonröhre vibrierte geräuschvoll, doch Kate, die seit sieben Uhr allein im Büro arbeitete, registrierte das Geräusch nicht mehr. Ihr Coffee to go war kalt geworden und ein halb gegessener Becher Joghurt stand verwaist auf ihrem Schreibtisch. Sie war vergangene Vergewaltigungsfälle durchgegangen und hatte weit über eine Stunde gearbeitet, als Emma hereinkam.

»Morgen. Warst du die ganze Nacht hier?«

»So fühlt es sich zumindest an. Ist es schon halb neun?«

»Auf die Sekunde genau.«

»Tilly hat sich dir heute Morgen wohl nicht angeschlossen, oder? Sie hatte alle Hände voll zu tun mit Daniel und seinem neuen Freund, als ich sie das letzte Mal sah.«

»Nein, du irrst dich. Sie nimmt ihr Training ernst. Sie hat die beiden Jungs bei der Nachbarin abgesetzt und für eine halbe Stunde hereingeschaut.«

»Hey!« Morgans Begrüßung fiel gedämpft aus und seine Augen waren trüb. »Gibt es etwas Neues?«

»Noch nicht.«

»Wenigstens scheint es keine neuen Opfer zu geben«, sagte Emma.

»Hoffen wir, dass das auch so bleibt«, antwortete Morgan. »Drei sind drei zu viel.«

Die Computer wurden eingeschaltet und die Köpfe gesenkt. Minuten vergingen in Stille, bevor Kate fragte: »Irgendeine Idee, wo Jamie ist?«

»Er war draußen und sprach mit dem Superintendenten, als ich reinkam. Entweder schleimt er herum oder er bettelt um mehr Überstunden.«

»Sei nicht so gemein«, meinte Emma.

Morgan grunzte. »Er geht mir auf die Nerven.«

»Weil er eifrig und enthusiastisch ist?«, fragte Emma.

»Nein, weil er sich zwanzig Pfund von mir geliehen und immer noch nicht zurückgezahlt hat.«

Kate war mit den Gedanken woanders. Sie hoffte auf Neuigkeiten über Olivia. Je eher sie hören konnten, was sie zu sagen hatte, desto besser. Sie rief das Krankenhaus an und wartete darauf, zu Olivias Station durchgestellt zu werden. Während sie am Telefon war, tauchte Jamie auf und sie bemerkte, dass Morgan seine Begrüßung geflissentlich ignorierte.

Die Informationen aus dem Krankenhaus waren nicht das, was sie sich erhofft hatte. Trotzdem gab sie sie an die anderen weiter. »Olivia hatte eine schlechte Nacht und ihre Genesung hat einen Rückschlag erlitten. Die Ärzte sind aber zuversichtlich, dass es ihr bald besser gehen wird, also müssen wir weiterhin geduldig sein. Sie könnte uns wichtige Hinweise liefern.«

Morgan stöhnte. »Was nun? Wir kommen nicht weiter.«

»Doch, wir machen Fortschritte, wenn auch langsamer, als wir es uns wünschen. Aber ich habe volles Vertrauen in dieses Team. Zum einen sind wir uns sicher, dass der Mörder eine schwarze Honda ohne Nummernschilder benutzt hat. Ich habe darum gebeten, diese Informationen an die Presse weiterzugeben und sie zu verbreiten. Jemand könnte das Motorrad gesehen haben, vielleicht haben wir ja Glück. Wir sollten dieser Sache auf jeden Fall nachgehen.« Sie suchte nach fragenden Blicken, sah das Aufflackern von Hoffnung in den Augen ihrer Kollegen und kehrte nach diesen aufmunternden Worten an ihren Schreibtisch zurück.

Ihr Bildschirm erwachte wieder zum Leben und sie machte dort weiter, wo sie aufgehört hatte, und sah sich einen alten Vergewaltigungsfall an. Der ungelöste Überfall hatte sich im Jahr zuvor in Rocester ereignet, nur zehn Autominuten nördlich von Uttoxeter. Als Kate noch Mitglied einer Laufgruppe gewesen war, hatten sie oft auf dem Gelände der JCB-Fabrik trainiert, die sich auf der anderen Seite des Dorfes befand.

Sie klickte auf das Foto des Opfers und betrachtete die leuchtenden kaffeebraunen Augen, die sie vertrauensvoll anzuschauen schienen, und das elfenhafte Gesicht, das von dunklem, mit helleren Strähnen durchsetztem Haar umrahmt wurde, das zu einem langen Bob geschnitten war. Diese junge Frau hatte große Ähnlichkeit mit den anderen Opfern und Kates Puls beschleunigte sich, als sie die Informationen durchging. Bianca Moore war eine einundzwanzigjährige Verkäuferin, die mit ihren Eltern in dem Dorf lebte. An einem Samstagabend im vergangenen Oktober war sie auf dem Heimweg überfallen und in das Gebüsch hinter einem Autohaus gezerrt worden, das in der Nähe ihrer Arbeitsstelle lag. Ihr Herzschlag beschleunigte sich, als sie die Aussage des Mädchens las. Sie war nicht von ihrem Angreifer bewusstlos geschlagen worden. Er hatte sie von hinten angegriffen, ihr eine Hand auf den Mund gepresst und sie unter Drohungen an den Ort gezwungen, wo er sie dann vergewaltigte. Er hatte eine Sturmhaube getragen und war während der gesamten Vergewaltigung ausfallend gewesen, hatte geflucht und sie sowohl verbal als auch körperlich beschmutzt.

Der Juckreiz war wieder da und sie kratzte sich die Kopfhaut, während ihr Blick am Bildschirm klebte. Der Mann hatte seine Hände um ihre Kehle geschlungen und gedroht, sie zu töten, sie dann aber mit einem bösen Lachen und den Worten »Du bist mein« freigelassen.

Kate las die letzte Zeile noch einmal und wischte sich die feuchten Handflächen am Rock ab. Es gab kaum Zweifel daran, dass sie nach diesem Täter suchten. Sein Modus Operandi hatte sich weiterentwickelt; er hatte den Vagusschlag eingeführt, um seine Opfer hilflos zu machen, und inzwischen erwürgte er sie, nachdem er sie vergewaltigt hatte.

»Unsere vorrangige Arbeit ist nun, Bianca Moore zu befragen«, sagte sie, nachdem sie ihre Entdeckung zusammengefasst hatte. Die Gesichter leuchteten wieder und Emma hatte schon die Autoschlüssel in der Hand, in der Erwartung, sich Kate anzuschließen. »Ich weiß, dass Emma sich bereits darum kümmert, aber wir müssen jetzt nachlegen und verstärkt Erkundigungen bei den örtlichen Kampfsportschulen und -zentren einholen, um herauszufinden, ob irgendjemand im letzten Jahr intensiv geübt hat oder ob jemand Interesse an der Durchführung oder Übung von Vagusschlägen bekundet hat. Er brauchte mit Sicherheit Nachhilfe in Sachen Schlaggenauigkeit, nicht wahr, Emma?«

»Auf jeden Fall. Das ist nichts, was man sich auf YouTube abschauen kann, nicht wenn man die Taktik perfekt ausführen will.«

»Geht diesem Punkt weiter nach, während Emma und ich Bianca befragen.«

Es gab ein leises Klopfen und ein leises Husten. Ein Mann in blauer Latzhose, der einen Werkzeugkasten in der Hand hielt, meldete sich in der offenen Tür zu Wort. »Wartung. Ich wurde geschickt, um die Lichtleiste zu reparieren.«

»Das wurde aber auch Zeit«, sagte Morgan. »Davon bekommt man ja Kopfschmerzen.«

Kate stand auf. Sie hatte das unaufhörliche Brummen seit einer Weile nicht mehr registriert und könnte das Büro sogar als zu ruhig empfinden, wenn es erst einmal zum Schweigen gebracht worden war. Aber wenigstens würde die Reparatur helfen, ihr Team zu besänftigen.

* * *

Bianca arbeitete nicht mehr in dem Geschäft im Zentrum von Rocester und war aus dem Dorf nach Ashbourne gezogen, einer Marktstadt in den Ausläufern von Derbyshire. Kate ging die Tatsachen durch, während Emma am Steuer saß. Dua Lipa sang, als sie an der beeindruckenden Firmenzentrale von JCB vorbeifuhren, deren verspiegelte Fassade das silberne Schimmern eines der drei Seen reflektierte, dessen Fontänen Gischt in den Himmel schossen.

»Das Ding macht mir immer Angst«, sagte Emma und meinte damit das spinnenartige Metallgebilde, das aus mechanischen Baggern bestand und an eine in die Erde eindringende Kreatur aus einem Science-Fiction-Film der Fünfzigerjahre erinnerte.

»Der Fossor?«, fragte Kate geistesabwesend. »Wird er nicht so genannt?«

»Was ist ein Fossor?«

»Das ist lateinisch für Gräber«, sagte Kate.

»Du kannst Latein?«

Eine Erinnerung flackerte auf: ihr Vater, der begeistert auf einen Artikel in der Zeitung hinwies und ihr einen Tagesausflug versprach, um das Parkgelände und die Seen zu erkunden und die von einem berühmten polnischen Künstler geschaffene

Skulptur zu bewundern. Der Ausflug hatte nie stattgefunden. Zu diesem Zeitpunkt hatte ihn seine Krankheit bereits eingeholt und er hatte das Versprechen einfach vergessen. »Nein, mein Vater hat es mir gesagt. Er interessierte sich sehr für lokale Geschichte.« Das reichte. Sie presste die Lippen zusammen. Sie sprach nur selten über ihren Vater.

Ein silberblauer Helikopter schwebte über dem Hubschrauberlandeplatz und hob in dieselbe Richtung ab, in der sie unterwegs waren. Das Vibrieren der Rotorblätter hallte durch Kates Körper wider, während er über das Auto flog und dann aufstieg und davonflog. Die Seen verschwanden und die Landschaft veränderte sich, ein nicht enden wollender Flickenteppich aus grünen und beigen Feldern, dunklen Hecken und uralten Bäumen mit ausladenden Ästen, die in einem Farbenrausch an ihr vorbeizogen.

Bald bogen sie in Richtung Ashbourne ab, einer Stadt an den Ausläufern des Peak District National Park mit Hängen, gepflasterten Straßen und architektonisch ansprechenden Gebäuden, die hauptsächlich auf den Tourismus ausgelegt war. Gesäumt von Teestuben und urigen Geschäften führte eine Einbahnstraße um das Stadtzentrum herum. Der Bürgersteig vor dem Blumenladen, der am Fuße einer gepflasterten Straße lag, war übersät mit bunten Dahlien, Astern, Rittersporn und Chrysanthemen. Wanderer in festen Stiefeln und praktischen Jacken marschierten hintereinander die schmale Straße entlang. Der Verkehr hatte sich verlangsamt und staute sich hinter einem Lastwagen, der die steile, schmale Straße in Richtung Peaks hinaufkroch.

»Einer meiner Freunde hat hier seine erste Fahrprüfung gemacht«, meinte Emma.

»Hier?« Die Straße besaß einige der größten Steigungen, die Kate je gesehen hatte.

»Ja, ein großer Fehler. Er ist am Anfahren am Berg gescheitert. Ich kann verstehen warum«, sagte sie, legte den ersten Gang ein und wartete darauf, dass der Lkw genug Geschwindigkeit aufnahm, damit der restliche Verkehr weiterfahren konnte.

»Es ist nicht mehr weit. Wir können parken und zu ihrer Wohnung laufen.«

Nach wenigen Minuten standen sie auf dem großen dreieckigen Marktplatz. Emma steckte den Schlüssel in ihre Gesäßtasche und meinte: »Wusstest du, dass sie hier im Mittelalter Schweine verkauft haben, am unteren Ende des Platzes Pferde und weiter unten in der King Street, die damals noch Mutton Lane hieß, Schafe?«

»Ich hatte keine Ahnung«, antwortete Kate.

»Die hatte ich auch nicht, bis wir herausfanden, dass Bianca hier wohnt und ich den Ort gegoogelt habe«, sagte Emma grinsend.

Kates Wadenmuskeln spannten sich an und drohten zu reißen, während sie den steilen Berg hinaufschritten, wo Bianca inzwischen wohnte. Ein Fahrzeug nach dem anderen stieß in einer nicht enden wollenden Prozession Abgase aus und es war eine gewisse Erleichterung, als sie von der Hauptstraße in eine Seitenstraße abbogen, die noch steiler war als jene, die sie bereits erklommen hatten, und zu einem schwarz-weißen Häuschen gingen, an dessen Tür sie klingelten. Bianca sah älter aus als auf dem Foto in den Akten. Der Glanz war aus ihrem Haar verschwunden, das nun zu einem Pixie-Schnitt gestylt war, der zwar zu ihrem Gesicht passte, es aber kantiger aussehen ließ. Emma stellte sie vor und bald fanden sie sich in einer Wohnküche wieder. Sie lehnten das Angebot, etwas zu trinken, ab und kamen stattdessen gleich zur Sache.

»Wir würden gern darüber reden, was Ihnen letzten Oktober passiert ist.«

Bianca stand stocksteif da, den Wasserkocher in der Hand. »Okay. Aber warum fragen Sie mich nach all der Zeit danach? Rollen Sie den Fall wieder auf?«

Emma nickte, »In gewisser Weise. Wir ermitteln in einem anderen Fall und haben festgestellt, dass es Ähnlichkeiten zwischen dem gibt, was Ihnen und einem anderen Opfer passiert ist.«

»Und Sie denken, es könnte derselbe Mann sein?«

»Das ist eine Möglichkeit, die wir überprüfen.«

»Geht es ihr gut? Dieser anderen Frau?«

»Sie ist stabil, aber im Moment bewusstlos. Deshalb brauchen wir wirklich Ihre Hilfe«, sagte Emma.

Mit einem Klappern öffnete sich eine Katzenklappe und ein kleines pantherartiges Tier sprang herein, ging auf Bianca zu und strich ihr mit dem Schwanz über die Beine. Bianca stellte den Wasserkocher wieder ab und kniete sich neben den Schrank unter der Spüle. »Was wollen Sie wissen? Alles, was ich der Polizei gesagt habe, sollte in einem Bericht stehen.« Sie stand wieder auf, eine Dose in der Hand, und wühlte in einer Schublade, bis sie einen Öffner fand.

»Wir haben Ihre Aussage gelesen, würden es aber begrüßen, wenn Sie mit uns noch einmal durchgehen könnten, was an diesem Abend passiert ist, damit wir herausfinden können, ob es weitere Übereinstimmungen gibt.«

Kate hatte wieder einmal die Rolle der Beobachterin eingenommen und sah das Zittern ihrer Hände, als Bianca die Dose öffnete, und ihre Augen, die durch den Raum huschten, als sie an die Ereignisse des Abends zurückdachte. Die junge Frau erinnerte sich sehr klar daran.

»Ich beendete die Arbeit zur üblichen Zeit, um halb sieben, und ging nach Hause. Das Haus meiner Eltern war nur fünf Gehminuten vom Geschäft entfernt und ich kannte die Gegend sehr gut. Ich hatte mein ganzes Leben dort verbracht. Rocester war ein verschlafenes Dorf und ich hätte nie gedacht, dass das passieren könnte, nicht dort, nicht in der Nähe meines Zuhauses. Ich hatte schon fast den Vorplatz des Autohauses hinter mir gelassen, der sich neben dem Laden befand, als ich nach hinten gerissen wurde und mir eine Hand Mund und Nase zuhielt. Ich konnte nicht atmen, also kämpfte ich und mein Angreifer sagte: ›Je mehr du gegen mich kämpfst, desto schlimmer wird es für dich.‹ Ich wusste, dass ich ihm nicht entkommen konnte. Er hatte mich so fest gepackt, dass ich mich nie hätte befreien können, und ich hatte Angst, ich würde ersticken … Also hörte ich auf, mich zu bewegen, und … dann ging alles sehr schnell … Er zwang mich zur anderen Seite des Gebäudes, auf die Wiese dahinter. Es war stockdunkel, aber ich konnte mein Haus von dort aus sehen und das Licht im Obergeschoss war an, hinter den Vorhängen im Schlafzimmer meiner Eltern. Und ich wusste, dass sie keine Ahnung haben würden, was mit mir geschah. Ich war … zu Tode erschrocken.«

»Das muss furchtbar gewesen sein«, sagte Emma leise.

Die Katze ignorierte alle und leckte genüsslich an dem Futter herum, das Bianca für sie hingestellt hatte.

Sie hielt die leere Dose fest. »Er bat mich zu nicken, wenn ich verspreche, nicht zu schreien, und das tat ich. Ich wollte leben. Er nahm die Hand weg und ich schnappte nach Luft und dann … stieß er mich mit beiden Händen so fest, dass ich auf die Knie fiel. Und … dann hat er mir Gewalt angetan. Ich habe nicht geschrien. Ich habe keinen Ton von mir gegeben. Ich schaute immer wieder auf das Schlafzimmerfenster und dachte, dass ich bald zu Hause sein würde. Ich muss Ihnen nicht genau sagen, was er getan hat, oder?«

»Nicht, wenn Sie das nicht wollen. Wir haben Ihre Aussage und den Bericht durchgelesen, also gibt es dazu keinen Grund.

Es gibt nur eine Sache, die wir mit Ihnen klären wollen. Er hat danach mit Ihnen gesprochen?«

»Ja. Er sagte mir, ich solle den Kopf nach unten halten und bis hundert zählen, bevor ich gehe.«

»Hat er sonst noch etwas zu Ihnen gesagt, Bianca?«

Sie stellte die leere Dose endlich ab und klemmte die Hände unter die Arme. »Da war noch etwas anderes. Er sagte: ›Du bist mein.‹«

»Genau diese Worte? Sonst nichts?«

»Sonst nichts.«

»Hat er Sie verletzt oder mit einem Messer bedroht?«

»Nein.«

»Haben Sie eine Ahnung, wie groß er war?«, fragte Emma.

»Er war größer als ich und er hatte riesige Hände. Sie bedeckten meine ganze Nase und meinen Mund.«

»Waren sie rau oder glatt?«

»Eher glatt.«

»Ist Ihnen zufällig aufgefallen, ob seine Handrücken behaart waren?«

»Nein, ich konnte sie nicht sehen.«

»Erinnern Sie sich an einen bestimmten Geruch, vielleicht an ein Aftershave oder ein Deodorant? Jedes noch so kleine Detail könnte uns helfen.«

»Tut mir leid, nein. Ich hatte Mühe zu atmen. Ich erinnere mich nicht an einen Geruch.«

Kate meldete sich endlich zu Wort. »Haben Sie irgendwelche Automotoren oder Geräusche gehört, kurz nachdem er weg war?«

»Im Hintergrund waren Autos zu hören, aber der Lärm kam wahrscheinlich von der Hauptstraße.«

»Haben Sie in der Nähe einen Motor starten hören?«

Sie rieb die Lippen aneinander und starrte in die Ferne. Es gab kein anderes Geräusch als das leise Ticken einer pfirsichfarbenen Uhr an der Wand. Der Sekundenzeiger ruckte um dreißig Grad weiter, bevor Bianca endlich antwortete. »Ich kann mich nicht mehr genau erinnern, aber ich glaube, ich habe etwas gehört, das wie ein startendes Motorrad klang.«

* * *

Als sie auf dem Rückweg waren, rief Tilly an und klang sehr aufgeregt. »Ich habe mein Portemonnaie mit meinen Kreditkarten und meinem Geld bei Greg im Schließfach vergessen. Der Laden ist geschlossen und ich kann ihn nicht auf seinem Handy erreichen. Also habe ich versucht, Emma anzurufen. Ich glaube, sie hat einen Schlüssel für den Laden.«

»Emma ist hier bei mir. Sie kann dich hören.«

»Hi, Tilly. Greg ist bei einer Kampfsportveranstaltung in London. Er wird sein Handy ausgeschaltet haben.«

»Oh, verdammt. Kann mich sonst jemand reinlassen?«

»Nur ich. Er ist mit Chevy unterwegs, der einzigen anderen Person mit einem Schlüssel.«

»Ich weiß, dass es total nervig ist, aber könnten wir uns vielleicht dort treffen? Ich habe kein Bargeld bei mir und musste gerade einen ganzen Einkaufswagen im Supermarkt stehen lassen.«

»Natürlich, ich habe den Schlüssel bei mir. Wir können auf dem Rückweg zum Revier dort vorbeifahren.« Sie schaute Kate an, während sie sprach, und erhielt ein zustimmendes Nicken. »Wir treffen dich dort in etwa einer halben Stunde. Ist das okay?«

»Ihr seid meine Rettung, vielen Dank. Ich werde sehen, ob ich den Supermarkt dazu bringen kann, die Sachen für mich aufzubewahren, bis ich zurückkomme und sie bezahlen kann. Bis gleich.«

Das Gespräch wurde beendet und Emma fragte: »Habt ihr euch schon immer so gut verstanden?«

»Anfangs nicht. Wir mussten uns erst aneinander gewöhnen, aber dann haben wir uns wirklich gut verstanden, ja.« Kate wollte nicht zu viel über ihr früheres Leben preisgeben.

»Ich hätte gern eine Schwester gehabt. Das Leben mit sieben Brüdern war ziemlich anstrengend. Sie haben mich entweder ignoriert oder gequält. Vermutlich war das ein gutes Training, um auf eigenen Füßen zu stehen. Am Ende konnte ich es nicht mehr aushalten und bin zu meiner Oma gezogen. Mit Greg verstehe ich mich am besten. Er war immer am nettesten zu mir.«

»Siehst du die anderen oft?«

Sie schüttelte den Kopf. »Wir gehen alle ziemlich getrennte Wege. Ab und zu treffen wir uns, um irgendein Ereignis zu feiern, aber im Allgemeinen gehen wir uns aus dem Weg. Ich frage mich oft, wie es wohl gewesen wäre, eine Schwester zu haben.«

»Sie klauen dein Make-up und deine Kleidung und versuchen, sich vor der Hausarbeit zu drücken, wenn sie an der Reihe sind.«

»Ein bisschen also wie meine Brüder«, meinte Emma lachend.

* * *

Die Kampfsportschule war ein unscheinbares Gebäude am Rande eines Gewerbegebiets. Eine blaue Tafel, auf der der Name *Greg's* stand, verriet nicht, was sich in seinem Inneren befinden könnte. Tilly war nirgends zu sehen, also schloss Emma die Tür auf und winkte Kate hinein, wobei sie das Hauptlicht anknipste, um den Raum zu erhellen, der viel größer war, als Kate ihn sich von außen vorgestellt hatte. Ventilatoren surrten und wirbelten den Duft von Kieferndesinfektionsmittel in die Luft.

»Du warst noch nie hier, oder?«, fragte Emma. »Ich führe dich kurz herum. Wie du sehen kannst, kämpfen oder trainieren wir hier«, sagte sie, als sie am Boxring vorbeikamen.

»Was ist mit der Trainingsausrüstung? Wo bewahrt ihr sie auf?«, fragte Kate.

Emma deutete auf die Reihe von Spiegeln, die sich über die gesamte Länge des Raumes erstreckte. »Die Spiegel lassen sich aufschieben und die gesamte Ausrüstung ist in den Schränken dahinter untergebracht. So liegt nichts herum, was zu Unfällen führen könnte: Jemand stolpert über ein Springseil, rutscht auf einer Unterlage aus oder solche Sachen.«

Sie gingen durch einen Türbogen in einen anderen Raum, der viel heller war als der erste, da Licht durch ein halbes Dutzend Oberlichter hereinfiel. »Hier trainiere ich meistens.« Der Boden war frei und die Fußmatten lagen aufgerollt und gestapelt in einer großen offenen Kiste. Sechs Boxsäcke hingen an Haken von der Decke und in der Ecke standen drei Dummys.

»Hier trainiere ich mit Tilly, obwohl sie auch die Kraftstationen im Nebenraum benutzt. Außerdem gibt es einen Raum für den Unterricht, Umkleideräume und Gregs Büro.«

Es war eine professionelle Einrichtung und Kate war beeindruckt, wie weit das Gebäude nach hinten reichte, was die unscheinbare Fassade Lügen strafte. »Sind das die Dummys, an denen ihr eure Schläge übt?«

»Das ist richtig.« Sie blinzelte ein paarmal. »Mir kommt da plötzlich ein Gedanke. Ich frage mich, ob unser Killer einen eigenen Dummy hat, an dem er üben kann. Vielleicht trainiert er gar nicht in einem Fitnessstudio.«

»Hoffentlich nicht. Ich hoffe darauf, dass er in ein Fitnessstudio geht.«

»Ich auch. Er muss es von einem Profi gelernt haben, und wenn wir davon ausgehen, dass er diese Technik erst in den letzten Monaten bei seinen Opfern angewandt hat, können wir ihn vielleicht trotzdem noch aufspüren.«

Kate atmete schwer aus. »Du hast keine Ahnung, wie sehr ich ihn finden möchte. Ich mache mir große Sorgen, dass er wieder eine Frau überfällt. Jede Stunde, die vergeht, frage ich mich, ob er nicht bereits sein nächstes Opfer stalkt oder vergewaltigt.«

»Wenigstens wissen wir, dass wir nach demselben Mann suchen, der Bianca angegriffen hat. Wie er sie festgehalten und vergewaltigt hat, war fast die gleiche Vorgehensweise. Und es kann kein Zufall sein, dass er genau die gleichen Worte benutzte: ›Du bist mein.‹«

Ein leises Keuchen ertönte hinter ihnen. Tilly presste die Hand vor den Mund.

»Tilly?« Kate trat auf ihre Stiefschwester zu. Jede Farbe war aus ihrem Gesicht gewichen. »Tilly, was hast du gehört?«

Tilly schüttelte den Kopf. »Nicht viel. Ihr habt von einem Vergewaltiger gesprochen.«

Emma schaute betreten drein. »Ich habe dich nicht reinkommen hören.«

»Ist schon okay. Ich hätte husten sollen oder so«, sagte Tilly und gewann ihre Fassung zurück. »Danke, dass ihr hierhergekommen seid. Ich habe es geschafft, den Supermarkt zu überzeugen, auf meinen Einkaufswagen aufzupassen. Ich hatte keine Lust, noch einmal durch den Laden zu gehen und alles auszuwählen.«

»Ich hole dir deine Handtasche«, sagte Emma.

»Oh, danke.« Tilly sah zu, wie Emma verschwand, dann wandte sie sich an Kate, ihre Stimme war nur ein dringendes Flüstern. »Ich habe alles über den Mann gehört, der Frauen vergewaltigt und tötet, Kate. ›Du bist mein.‹ Kate, der Mann, der mich vergewaltigt hat, hat genau die gleichen Worte gesagt.«

Irgendetwas explodierte in Kates Kopf. »Was?«, flüsterte sie.

»Das hat er gesagt, als er mit mir fertig war. ›Du bist mein.‹«

Zwei Jahrzehnte waren vergangen, seit Tilly vergewaltigt worden war. Wie groß war die Wahrscheinlichkeit, dass es sich bei dem Angreifer um dieselbe Person handelte?

»Ich ... Verdammt, Tilly! Was soll ich tun?«

»Du darfst es niemandem sagen. Nicht Emma, niemandem. Bitte. Ich will nicht wieder da hineingezogen werden.«

»Aber das muss ich. Das ist eine äußerst wichtige Information.«

Tilly griff nach ihren Händen und hielt sie in ihren kühlen. »Nein, ich flehe dich an. Nein.« Als sie Schritte hörte, ließ sie Kates Hände los und täuschte eine lässige Haltung vor.

»Hier, bitte«, sagte Emma und hielt ihr die Geldbörse hin.

»Du bist ein Engel. Vielen Dank. Ich muss mich beeilen. Daniel wartet im Auto.«

»Wir sehen uns morgen?«

»Das hoffe ich. Das hier werde ich aber nicht mitbringen. Für den Fall, dass ich es wieder vergesse.« Sie wedelte mit der Börse in der Luft herum. »Tschüss. Bis bald, Kate.«

Sie joggte halb zurück durch den Türbogen.

»Ich hoffe, ich habe sie nicht erschreckt, als ich über die Ermittlungen sprach«, sagte Emma.

»Nein. Ich habe mit ihr gesprochen, während du in der Umkleidekabine warst. Ihr geht es gut. Sie war einfach nur überrascht.« Obwohl sie genau wusste, dass sie Emma alles erzählen sollte, hatte sich der entsetzte, flehende Ausdruck auf Tillys Gesicht in ihre Gedanken eingebrannt. Sie konnte nicht zulassen, dass Tilly Teil der Ermittlungen wurde. Sie tat gerade ihr Bestes, um die Vergangenheit hinter sich zu lassen. Dies war eine Spur, der sie allein nachgehen musste.

* * *   .

Obwohl das Badewasser kalt geworden ist, bewegt er sich nicht. Er hat die Füße an den Wasserhähnen aufgestützt, seine vergilbten Zehnägel sind zu sehen. Die leere Flasche mit Bade- und Duschgel steht neben ihm, ihr Deckel schwimmt im Wasser und der Duft von Ingwer und Zitrone liegt auf seiner Haut. Wasser tropft aus dem Hahn, aber er liegt immer noch da. Irgendetwas ist schiefgelaufen. Die Aufregung, das Adrenalin, die Euphorie, alles ist verschwunden.

Daisy war ein idealer Ersatz. Genau wie seine erste Liebe. Und trotzdem blieb die Erregung aus, nachdem er sie ausgeknockt und in ein nahe gelegenes Gebüsch geschleppt hatte, um sie zu vergewaltigen. Er ließ ihren schlaffen Körper im Unterholz zurück und raste davon, bevor sie das Bewusstsein wiedererlangte. Das Verlangen war verschwunden.

Er starrt auf die cremefarbene Decke und die Lampe, an der sich eine Spinne dreht und wendet und an ihrem hauchdünnen Faden baumelt, bevor sie wieder hinaufklettert und fleißig ein neues Netz baut. Er hat kein Problem mit Spinnen. Sie jagen nur ihre Beute, so wie er. Er wendet die gleichen Techniken an: Er fängt seine Beute, lähmt sie und erledigt sie anschließend. Enttäuschung füllt seine Brust, schwillt an wie ein immer größer werdender Ballon, bis er glaubt, er werde explodieren.

Die Spinne hat sich inzwischen zur Lüftung hinübergeschwungen und klettert schnell an einem frischen unsichtbaren Faden hinunter wie ein Soldat, der sich aus schwindelerregender Höhe abseilt. Über seinem Kopf kommt sie zum Stehen und beginnt, geduldig hin und her zu schwingen. Er sieht zu, wie sie an Schwung gewinnt, die hypnotische Bewegung bringt Klarheit in seine Gedanken. Dass er es nicht durchgezogen hat, liegt an einer einzigen Person – an ihr. Sie hat sich wieder in seine Fantasien eingeschlichen und es ist ihr Gesicht, das er jedes Mal sieht, anstatt das seines Opfers.

Er hat Tilly vorhin eine Nachricht geschickt und sie haben sich fest verabredet. Jetzt liegt es an ihr. Er kann nicht mehr lange warten. Seine Opfer erregen ihn nicht mehr. Er will nur die, die er niemals hätte entkommen lassen dürfen. Er hat Tilly schon einmal besessen und er wird sie wieder haben.

Und dieses Mal wird er sie nicht entkommen lassen. Er wird die Sache ein für alle Mal beenden.

KAPITEL 31

Kates Entscheidung, Tilly nicht in die Ermittlungen hineinzuziehen, ging ihr nicht mehr aus dem Kopf. Sie hatte eine weitere Grenze überschritten, indem sie diese persönliche Verwicklung geheim hielt, und die einzige Möglichkeit, ihr Handeln zu rechtfertigen, bestand darin, dass sie das, was sie über ihre Stiefschwester wusste, zu ihrem Vorteil nutzen und den Mörder finden würde.

Tilly war in Uttoxeter überfallen worden. Wenn Kate also diesen Ort und Rocester zur Karte hinzufügte, auf der sie bereits im Büro drei Punkte miteinander verbunden hatten, deutete das darauf hin, dass der Mörder irgendwo in einem Radius von knapp vierzig Quadratkilometern lebte. Wen hatte Tilly damals gekannt, der heute noch in der Gegend lebte? Mit der Frage ging ihr ein Licht auf – Ryan Holder, der Mann, mit dem sie schrieb und den sie treffen wollte. Sie wählte sofort Tillys Nummer.

»Tilly, ich denke die ganze Zeit darüber nach, wer dich überfallen haben könnte. Du sagtest, er kennt dich. Könnte es Ryan gewesen sein?«

Es gab eine Pause, gefolgt von einem leisen Glucksen. »Nein, Kate. Ryan war einer der schüchternsten und höflichsten Jungs, mit denen ich damals ausging – ein richtiger kleiner Gentleman! Er fragte sogar, ob er mich küssen dürfe, als wir das erste Mal knutschten, und entschuldigte sich danach, falls er nicht gut gewesen sei. Ich war zu mehr bereit, er jedoch nicht, wenn du verstehst, was ich meine. Also verbrachten wir die meiste Zeit damit, einfach nur Händchen zu halten und zu reden. Ashar, sein Freund, war reifer, erwachsener und erfahrener, auch wenn sie gleich alt waren. Ich schätze, deshalb verstehen Ryan und ich uns jetzt so gut. Wir haben damals nichts kaputtgemacht.«

»Was ist mit Ashar?«

»Nein. Er ist inzwischen mit einer hinreißenden Frau verheiratet, hat drei Kinder und lebt in Hertfordshire. Ich habe ihm auch auf Facebook eine Freundschaftsanfrage und eine Nachricht geschickt, aber seine Antwort fiel ziemlich zurückhaltend aus. Ich glaube, er konnte sich nicht einmal an mich erinnern. Ich habe seitdem nichts mehr von ihm gehört.«

»Stehst du sonst mit jemandem aus der Schule über die sozialen Medien in Kontakt?«

»Mit mehreren Mädels, aber nur mit diesen beiden Jungs, na ja, inzwischen sind es Männer.«

»Fällt dir sonst noch jemand ein, Tilly? Ein Freund unserer Eltern, der etwas Anzügliches zu dir gesagt haben könnte, oder ein Nachbar?«

»Nein. Obwohl ich in Uttoxeter zufällig jemanden getroffen habe, den Metzger. Erinnerst du dich an Wayne Grimshaw?«

Wayne hatte die Schule im Jahr nach Tillys Eintritt verlassen. Eine Zeit lang hatte er großes Interesse an ihrer Stiefschwester gezeigt, sie von der Schule nach Hause begleitet und viel mit ihr herumgehangen. Er war ein raubeinig aussehender Junge, mit kahl geschorenem Kopf und einem Ohrring, den herauszunehmen er sich weigerte. Er hatte die Schule gehasst und den Lehrern freche Antworten gegeben, weshalb er häufig vor dem Büro des Schulleiters gesehen wurde. Tilly hatte sich zu dem rebellischen Wayne hingezogen gefühlt, der zu ihrer eigenen nonkonformistischen Einstellung gepasst hatte. Sie hatten Zigaretten, Alkohol und wahrscheinlich auch Drogen geteilt, obwohl Kate sich bei Drogen nicht sicher war. Als Wayne von der Schule verwiesen wurde, weil er einen Lehrer geschlagen hatte, verloren Tilly und er sich aus den Augen.

»Ich erinnere mich an ihn. Warum erwähnst du seinen Namen?«

Am anderen Ende der Leitung wurde es still.

»Tilly?«

»Ich ging gerade mit Daniel die High Street in Uttoxeter entlang, als er aus dem Nichts auftauchte und meinen Namen rief. Als er uns eingeholt hatte, nahm er mich in den Arm. Es war … peinlich. Ich konnte es nicht erwarten, von ihm wegzukommen.«

»Oh.«

»Ja. Er zählte eine Menge Dinge auf, die wir unternommen hatten, an die ich mich nicht erinnern konnte, unter anderem, dass wir die Schule geschwänzt hätten, um in die Stadt zu gehen. Schließlich zog er seine Brieftasche hervor und zeigte mir ein Foto von uns beiden, das in einem Fotoautomaten im Postamt aufgenommen worden war. Am Tag des Überfalls. Er erinnerte sich an fast alles, was wir zusammen gemacht hatten. Die ganze Sache war so surreal. Irgendwie freaky. Ich hatte ihn völlig vergessen. Er wollte partout die Arbeit schwänzen und mit Daniel und mir zum Bowling gehen, bis ich ihm sagte, dass ich meinen Mann beim CineBowl treffen würde. Zum Glück hat Daniel nichts gesagt.«

»Und wie hat Wayne auf diese Nachricht reagiert?«

»Das beste Wort dafür wäre wohl ›niedergeschlagen‹, nehme ich an. Er tätschelte Daniels Kopf und schlich davon. Damals habe ich mir nicht viel dabei gedacht. Ich war zu erpicht darauf, ihn loszuwerden.«

Sicherlich hätte Tilly seine Stimme erkannt, wenn es Wayne gewesen wäre, der sie angegriffen hatte, obwohl sie gesagt hatte, dass seine Stimme von einer Sturmhaube gedämpft worden war und der Mann mit einem tiefen Knurren gesprochen hatte. Es war trotzdem immer noch möglich, dass er ihr Vergewaltiger war.

»Ich werde ihm einen Besuch abstatten.«

»Du hast doch niemandem auf dem Revier erzählt, was mir passiert ist, oder?«

»Nein, aber du weißt, dass ich es tun sollte. Ich gehe ein großes Risiko ein, wenn ich das für mich behalte.«

»Aber wenn du es ihnen sagst, wirst du von dem Fall abgezogen, nicht wahr? Läuft das nicht so? Wenn es einen Interessenkonflikt gibt und du nicht objektiv sein kannst, musst du ihn an jemand anderen übergeben.«

»Das ist nicht der Grund, warum ich deinen Namen da raushalte. Ich würde ihn nur zu gern abgeben, wenn das bedeutet, dass dieser Täter gefunden wird. Ich mache das, weil du mich darum gebeten hast, und ich möchte nicht, dass du einen Rückschritt machst. Schließlich versuchst du gerade, die ganze Sache hinter dir zu lassen.«

Tilly seufzte leise und meinte dann erleichtert: »Danke. Du verstehst mich, und das bedeutet mir so viel.«

Tat sie das wirklich nur Tilly zuliebe oder versuchte ein Teil von ihr verzweifelt, Dickson nicht die Möglichkeit zu geben, sie von den Ermittlungen abzuziehen?

»Warte mal kurz, Daniel ruft nach mir. Er übernachtet heute bei den Nachbarn. Man könnte meinen, er würde bei ihnen einziehen. Oh, und ich habe Ryan eine Nachricht geschickt, dass wir uns heute Abend treffen könnten.«

»An einem belebten Ort?«

»Natürlich. Im Queen Anne Pub. Ich schreibe dir eine Nachricht oder rufe dich an, wenn es irgendwelche Probleme gibt. Ich werde zur Toilette gehen und dir von dort eine SMS schicken, damit du weißt, wie es läuft, und beruhigt bist.«

»So weit musst du nicht gehen. Aber du könntest mich darüber aufklären, wie sehr er sich verändert hat.« Sie konnte ihre Schwester nicht in Watte packen.

»Er sieht sicherlich besser aus als früher, scheint aber immer noch sehr gutmütig zu sein. Ich freue mich darauf, ihn zu sehen. Oh, Daniel ruft schon wieder nach mir. Wahrscheinlich will er alle seine Dinosaurier einpacken.«

»Dann los. Wenn dir noch jemand einfällt, mit dem ich sprechen sollte, schick mir eine Nachricht.«

»Ich liebe dich, Kate. Danke, dass du für mich da bist.«

»Immer doch.«

* * *

Wie auf vielen Hauptstraßen hatte sich die Art der Geschäfte im Laufe der Zeit verändert, doch das einzig Neue an der Metzgerei war der Name. *Grimshaw Metzgerei* stand in dreißig Zentimeter großen Buchstaben quer über die Frontscheibe geschrieben. Das rosafarbene Fleisch, das fachmännisch in der Vitrine präsentiert wurde, ließ Kates Magen rebellieren: Schweinekoteletts, feinsäuberlich aufgereiht und garniert mit Petersilientupfern, damit sie ansprechender wirkten, neben Tabletts mit Fleischwürfeln. Der Anblick von so viel rohem Fleisch verursachte ihr leichte Übelkeit und sie tastete nach einem Pfefferminzbonbon, während sie den breitschultrigen Mann hinter dem Tresen beobachtete. Sein Hackbeil hob und senkte sich mit Präzision, während er einen Teil des Rindfleischs portionierte, dann warf er die Steaks auf ein Stück Pergamentpapier, das auf der Waage lag. Sie öffnete die Tür und ein klägliches Klingeln kündigte ihr Eintreten an.

»Dauert nur eine Sekunde«, sagte Wayne. Der Kunde hatte seine Bestellung abgeschlossen, also faltete Wayne das Papier zu einem ordentlichen Päckchen und reichte es ihm über den Tresen.

Kate nutzte die Gelegenheit, um seine Gesichtszüge zu studieren. Die tief liegenden Augen und der rasierte Kopf waren gleich, aber über die Jahre hatte er Muskeln aufgebaut und seine hochgekrempelten Overallärmel spannten sich über dicke, mit Tattoos bedeckte Unterarme. Der Mann bezahlte und verließ den Laden. Wayne wischte sich die Hände an einem Handtuch ab.

»Also, womit kann ich dienen? Wir haben heute Rinderbrust im Angebot.«

Sie legte ihren Dienstausweis auf den Tresen. »Ich bin dienstlich hier. Könnten wir uns kurz unterhalten?«

»Worüber?« Während er sprach, öffnete sich die Tür und ein weiterer Kunde trat ein. »Okay, kommen Sie mit nach hinten. Wir können draußen reden. Gavin, kannst du hier übernehmen, Kumpel?« Er gab ihr ein Zeichen, ihm zu folgen.

In dem eingezäunten Hof wuchs Unkraut zwischen den Pflastersteinen und zwei Holztore waren zur Straße hin geschlossen. Dem dunklen Ölfleck nach zu urteilen, der sich in seiner Mitte ausbreitete, wurde hier der Lieferwagen abgestellt. Wayne zündete sich eine Zigarette an, zog daran und hob das Gesicht zum Himmel, wobei er den Rauch zwischen den geschürzten Lippen entweichen ließ. »Worüber wollten Sie mit mir sprechen?«

»Erstens möchte ich Sie fragen, wo Sie am Freitagabend zwischen acht und neun Uhr waren.«

»Echt jetzt? Was habe ich denn angeblich getan?«

»Wenn Sie einfach die Frage beantworten könnten, wäre das sehr hilfreich.«

»Zu Hause.«

»Wo ist zu Hause?«

»Über dem Laden.«

»Kann das jemand bestätigen?«

»Ich war allein.«

»Was ist mit Samstagabend?«

Er zeigte wieder nach oben zur Wohnung.

»Sind Sie ausgegangen?«

»Hatte keine Lust dazu.«

»Was ist mit Montagmorgen, so gegen fünf Uhr?«

»Da war ich im Bett. Habe geschlafen. Allein.« Er zog an der Zigarette und legte den Kopf schief. »Hilft Ihnen das weiter?«

»Ich schätze, Sie besitzen einen Lieferwagen?«

»Ja, er ist im Moment unterwegs.«

»Wird er gerade repariert?«

»Nein. Wie kommen Sie darauf? Oh, die Ölflecken. Sie stammen nicht vom Van. Sie stammen von einem Motorrad. Das verdammte Ding hat eine richtige Sauerei gemacht.«

»Ihr Motorrad?«

»Nein. Es gehört einem der Typen, die hier arbeiten – Henry Oldham.«

»Ist er da?«

»Er ist im Urlaub. Ist am Montag mit ein paar Kumpels nach Teneriffa geflogen. Er wird in einer Woche zurück sein.«

»Wissen Sie zufällig, welche Marke sein Motorrad ist?«

Er zuckte mit den Schultern. »Honda, Suzuki, keine Ahnung. Ich stehe nicht auf Motorräder. Da müssen Sie Henry fragen.«

»Wo wohnt er?«

»In Doveridge.«

Dieser Ort lag etwa zwei Kilometer entfernt, östlich von Uttoxeter, fast an der Grenze zwischen Staffordshire und Derbyshire.

»Irgendeine Ahnung, wo in Doveridge?«

»Ich fürchte, nein.«

Er hielt die Zigarette zwischen Daumen und Zeigefinger und nahm einen weiteren Zug. »Wars das dann?«

»Nicht ganz. Sie sehen aus, als würden Sie trainieren.«

Er lachte. »Flirten Sie etwa mit mir? Wollen Sie meine Muskeln spüren?«

»Ich verzichte, danke. Ich habe mich nur gefragt, ob Sie irgendwo hier vor Ort trainieren.«

»Zufälligerweise ja. Im Freizeitzentrum. Da gibt es tolle Kurse und ein anständiges Fitnessstudio. Ich gehe fast jede Woche dorthin.«

»Haben Sie schon einmal Kampfsport gemacht?«

»Ein bisschen Kickboxen, ja.« Er ließ den Zigarettenstummel fallen, aus dem weiterhin Rauch aufstieg. »Ich habe Kunden zu bedienen und es ist bald Feierabend, also möchte ich den Laden aufräumen. Brauchen wir noch lange?«

»Ich habe nur noch eine Frage. Tilly Nugent. Haben Sie sie in letzter Zeit gesehen?«

Tillys Mädchenname hatte den gewünschten Effekt. Sein Hals wurde scharlachrot. »Ich habe sie vielleicht vor ein paar Tagen gesehen.«

»Haben Sie oder haben Sie nicht?«

»Ja, habe ich«, sagte er. Er fuhr sich mit den breiten Fingern über den Kopf. »Warum fragen Sie mich nach Tilly?«

»Sie beide waren mal ein Paar, nicht wahr?«

Dieses Mal flammten seine Wangen auf. »Irgendwie schon.«

»Worüber haben Sie geredet?«

»Nicht viel, um ehrlich zu sein. Ich sah sie am Laden vorbeigehen und ging nach draußen, um mich mit ihr zu unterhalten. Sie hatte aber nicht viel Zeit. Sie war mit ihrem Mann verabredet.«

»Sie haben sie sofort erkannt?«

»Ähm, ja. Sie hat sich nicht sehr verändert.«

Kate glaubte ihm nicht. Zwanzig Jahre waren vergangen, seit er Tilly das letzte Mal gesehen hatte, und obwohl sie sich tatsächlich kaum verändert hatte, war es unwahrscheinlich, dass er einen Blick auf sie auf der Straße erhascht und sofort gewusst hatte, wer sie war. Immerhin erkannte er Kate offensichtlich nicht. Auf seiner Stirn hatte sich ein Schweißtropfen gebildet.

»Okay. Nun, ich danke Ihnen für Ihre Zeit.«

»Das wars?«

»Für den Moment, ja.« Solange sie keinen guten Grund hatte, einen Durchsuchungsbefehl für seine Wohnung zu beantragen, hatte es wenig Sinn, ihn weiter zu bedrängen.

Er marschierte hinüber zu den Toren, entriegelte eines und hielt es auf. »Es wäre besser, wenn Sie nicht durch den Laden zurückgehen würden. Ich möchte nicht, dass die Kunden denken, dass ich in irgendwelchen Ärger verwickelt bin. Klatsch und Tratsch verbreiten sich schnell und ich habe einen Ruf zu wahren.«

* * *

Kate kehrte zu der Stelle zurück, an der sie ihr Auto geparkt hatte. Die Straßen und Gebäude in diesem Teil der Stadt hatten sich nicht großartig verändert, vielleicht gab es andersfarbige Haustüren oder neue Fensterrahmen, aber sie waren alle mit der Geschichte verschweißt: das stuckverzierte White Hart Hotel mit seinen rustikalen Quadern, der vorspringenden Veranda und den großen Säulen, die Kate an einen griechischen Tempel erinnerten; das Lathropps Almshouse aus rotem Backstein mit steingerahmten Fenstern und einem vierzackigen Bogenportal, über dem sich eine Inschriftentafel befand; die Fachwerkhäuschen und renovierten Wohnhäuser, die noch immer Buntglas trugen, auf dem der ursprüngliche Name des Pubs, George & Dragon, eingraviert war. Das Gefühl der

Vertrautheit war so stark, dass sie sich in die Vergangenheit zurückversetzt fühlte und plötzlich verstand, warum Tillys Besuch eine ähnliche Wirkung auf sie gehabt hatte. Kate trat zur Seite, um eine Frau mit einem Doppelkinderwagen passieren zu lassen, und wählte Tillys Nummer. Ein lauter Bus trudelte vorbei und sie rümpfte bei den beißenden Abgasen die Nase, während sie das Handy ans Ohr drückte, um besser zu hören.

»Hi, Kate. Hast du mit Wayne gesprochen?«

»Ja.«

»Hat er sich bei dir auch so seltsam verhalten?«

»Er hat mich nicht erkannt und ich habe ihm nicht gesagt, dass ich deine Stiefschwester bin. Ich muss weitere Nachforschungen anstellen und sollte die Details der Ermittlungen natürlich nicht mit dir besprechen.«

»Das ist verständlich. Ich habe nachgedacht, aber mir fällt niemand ein, mit dem du sonst noch reden solltest.«

»Okay. Ich werde sehen, ob ich deine alte Fallakte in die Hände bekomme, obwohl ich keinen Verdacht erregen möchte. Überlass die Sache mir.«

»Oh, ich habe eine Antwort von Ryan bekommen. Das Treffen findet statt. Ich überlege gerade, was ich anziehen soll.«

»Tilly, kannst du nicht ein paar Tage warten?«

»Warum?«

»Die Untersuchung …«

»Ach, komm schon! Das ist Ryan. Ich kenne ihn.«

»Du kennst ihn nur von Facebook. Es gibt gefährliche Menschen da draußen, die vorgeben, jemand zu sein, der sie nicht sind.«

Tilly lachte. »Das ist Ryan, ganz sicher. Ein Fremder könnte unmöglich die Dinge wissen, über die wir gesprochen haben. Aber ich werde vorsichtig sein. Ich habe nicht vor, durch verlassene Straßen zu gehen oder mich an abgelegenen Plätzen zu treffen. Ich meide solche Orte. Außerdem treffen wir uns in einem beliebten Pub, es werden also viele Leute da sein.«

»Wir sind auf der Jagd nach einem Mann, der seine Opfer vergewaltigt und ermordet. Mir wäre es lieber, du würdest dich zurückhalten, bis wir mehr Informationen haben.«

»Das kann Monate dauern.«

Kate seufzte. Sie stand kurz davor, diese Diskussion zu verlieren, und musste sich fragen, ob sie zur Vorsicht mahnen würde, wenn der Freund, den Tilly treffen wollte, eine Frau wäre. Sie kam zu dem Schluss, dass sie es nicht tun würde.

»Okay. Ich gebe auf. Aber versprich mir, dass du besonders vorsichtig bist.«

»Versprochen.«

»Und übrigens, du wirst in allem toll aussehen.«

An den Gleisen, die entlang der gesamten Länge des Gehwegs verliefen, blieb sie erneut stehen. Ein junger Radfahrer näherte sich und sie winkte ihn vorbei. Der Teenager nickte dankend.

»Sorry, Kate. Es klingelt an der Tür. Das werden Toby und seine Mum sein, die Daniel abholen wollen. Ich muss mich beeilen.«

»Um wie viel Uhr triffst du dich mit Ryan?«

»Um halb sieben. Ich muss mich sputen, wenn ich pünktlich sein will.«

»Hab Spaß.«

»Das habe ich vor.«

»Und Tilly … Bitte sei vorsichtig.«

»Das bin ich immer.«

Sie beendeten das Gespräch und Kate erreichte ihr Auto. Eine schrille Sirene heulte laut auf, das Signal, dass sich die Schranken hinter ihr bald schließen würden. Sie wollte in die entgegengesetzte Richtung, also stieg sie ein und fuhr los. Wayne bot Grund zur Sorge. Er hatte keine festen Alibis für die

Tatzeiten und möglicherweise Zugang zu einem Motorrad. Zu allem Überfluss kannte er Tilly und hegte immer noch Gefühle für sie.

* * *

Das Büro war warm und roch nach Kaffee. Emma war allein, die Füße auf dem Schreibtisch. »Morgan und Jamie sind noch nicht zurück, aber die Neonröhre wurde repariert. Hast du eine Minute Zeit?«

»Gib mir einen Moment. Ich brauche erst ein paar Informationen über ein Motorrad.«

Felicity antwortete nach dem ersten Klingeln. »Ich hoffe, dass das, worum du mich bitten wirst, nicht die ganze Nacht beanspruchen wird. Ich habe gerade Bev angerufen, um ihr zu sagen, dass ich auf dem Heimweg bin.«

Kate erklärte, dass sie herausfinden müsse, was für ein Motorrad Henry Oldham besaß.

»Doveridge, sagst du? Okay, überlass das mir. Ich setze Rachid darauf an.«

»Danke, Felicity. Ich schulde dir was – mal wieder.«

»Keine Sorge, ich führe eine Strichliste«, antwortete Felicity mit einem tiefen Lachen.

Kate drehte sich zu Emma um. »Okay, was ist das Problem?«

»Es ist kein Problem, eher eine Frage. Das kam vorhin rein. Eine junge Frau, Daisy Weatherford, berichtete, dass sie gestern Abend auf dem Heimweg überfallen wurde. Sie sagte, ein Mann habe ihr gegen den Hals geschlagen. Sie verlor das Bewusstsein und kam einige Meter entfernt von der Stelle, an der sie angegriffen wurde, im Unterholz wieder zu sich. Abgesehen davon, dass sie niedergeschlagen wurde, scheint sie nicht verletzt oder belästigt worden zu sein. Und es wurde auch nichts gestohlen.«

»Das ist merkwürdig. War es ein Schlag auf den Vagusnerv?«

»Deshalb spreche ich die Sache ja an. Ich denke, dass es einer gewesen sein könnte.«

Kate drückte gedankenverloren die Fingerspitzen gegen die Schläfen. »Es lohnt sich wahrscheinlich, mit ihr zu reden. Es könnte derselbe Täter sein«, sagte sie und griff nach ihrem klingelnden Handy. »DI Young. Ist sie das? Okay, wir sind auf dem Weg.«

»Nicht noch ein Opfer?«, fragte Emma.

»Nein. Olivia. Der Arzt meinte, sie kann mit uns reden.«

* * *

Im Krankenhaus war es ruhiger als bei Kates letztem Besuch. Es gab keine Tragen, keine Pfleger, die Patienten in Rollstühle verfrachteten, keine Warteschlangen an der Anmeldung, nur vereinzelt Besucher und Mitarbeiter, die in die entgegengesetzte Richtung gingen. Eine Polizistin saß auf einem Plastikstuhl vor Olivias Station und sprang auf, als sie Kate und Emma auf sich zukommen sah.

»Ma'am. Ich wurde angewiesen, auf Sie zu warten und zu gehen, sobald ich mich bei Ihnen gemeldet habe. Olivia ist noch bei Bewusstsein und in der Lage, sich mit Ihnen zu unterhalten.«

»Ja, in Ordnung«, sagte Kate. »Sie können jetzt gehen.« Sie glaubte nicht, dass Olivia durch ihren Angreifer Gefahr drohte, da dieser sie theoretisch für tot halten sollte. Die Pressestelle hatte die Nachricht von diesem Überfall absichtlich aus der Presse herausgehalten, sodass er keine Möglichkeit hatte zu erfahren, dass sie überlebt hatte. Die Sicherheitsvorkehrungen waren streng genug und der Zutritt war nicht erlaubt, es sei denn, er wurde von einem Mitglied des medizinischen Personals genehmigt. Sie schlüpfte in die Schutzkleidung und spritzte sich, nachdem sie den Eingangssummer gedrückt hatte, frisch

368

riechendes Desinfektionsmittel auf die Haut und verrieb es zwischen den Fingern und um die Nägel herum. Auf der Station war das Licht gedimmt worden und aus dem Schwesternzimmer zu ihrer Linken drang Stimmengemurmel. Die lebenserhaltenden Maschinen piepsten unisono.

Olivias Zimmer war ebenfalls sanft beleuchtet. Sie war immer noch an ein Überwachungsgerät angeschlossen, hatte aber die Augen geöffnet. Ihre Mutter saß neben dem Bett und hatte die Hand auf die ihrer Tochter gelegt.

»Mrs Sandman«, sagte Kate.

»Nennen Sie mich Rebecca«, antwortete sie.

»Rebecca, das ist DS Emma Donaldson. Danke, dass Sie dem Gespräch mit Olivia zugestimmt haben.«

»Wenn es hilft, denjenigen zu finden, der ihr das angetan hat ...« Sie zögerte.

»Danke«, wiederholte Kate und trat an die gegenüberliegende Seite des Bettes.

»Hi, Olivia. Sie sehen viel besser aus als beim letzten Mal, als wir miteinander sprachen«, sagte sie. »Wie fühlen Sie sich?«

»Ganz gut. Sie haben mir Schmerzmittel gegeben.«

»Fühlen Sie sich trotzdem in der Lage, ein paar Fragen zu beantworten?«

»Die Ärzte haben gesagt, dass sie sich nicht aufregen soll«, warf Rebecca ein.

»Das werden wir nicht zulassen. Wir hören auf, wann immer Sie es wünschen«, antwortete Kate. »Olivia, können Sie sich an irgendetwas von dem Mann erinnern, der Sie überfallen hat?«

»Alles ist ziemlich verschwommen. Ich erinnere mich an manches, aber nicht an alles.«

Der Schock könnte ihren Verstand gezwungen haben, das Geschehene zu verdrängen. »Das ist völlig normal. Sagen Sie uns einfach, woran Sie sich erinnern können.«

»Er war stark«, begann sie. »Er hatte große Hände. Das ist alles.«

Es war enttäuschend wenig, um die Ermittlungen voranzubringen. Kate fuhr fort: »Haben Sie sein Gesicht gesehen?«

»Nein.«

»Trug er eine Maske?«

»Ich … Ich weiß nicht. Ich erinnere mich nicht an sein Gesicht. Er war hinter mir. Er legte seine Hand auf mein Gesicht.«

»Olivia, lassen Sie sich Zeit. Alles, was Sie uns sagen können, könnte uns helfen. Alles.«

Sie schloss die Augen. Eine winzige Träne rann ihr über die Wange. »Seine Hände.«

»Was ist mit seinen Händen?«

»Ein Tattoo.«

»Können Sie es beschreiben?«

»Ein schwarzes Herz, aus dem ein roter Blutstropfen fällt.«

»Welche Hand, Olivia?«

Es gab eine Pause und sie öffnete ihre Augen wieder. »Rechts. Die rechte Hand.« Ihre Lippen zitterten.

»Können Sie mir zeigen, wo auf der Hand?«

Sie legte einen Finger zwischen Daumen und Zeigefinger und zeichnete eine Kontur an ihrem Handgelenk nach. Ein Schluchzen entwich ihren Lippen.

»Das machen Sie wirklich gut«, sagte Kate. »Wirklich gut. Letztes Mal haben Sie mir etwas Wichtiges gesagt. Sie sagten: ›Du bist mein, für immer.‹ Warum sagten Sie mir das?«

»Ich hörte, wie er es zu mir sagte. Er sagte mir, ich solle still liegen, während er mir eine Nachricht hinterließ, die ich nie vergessen würde. Zuerst dachte ich, er würde auf mich schreiben oder mich kratzen, dann stach es und ich spürte, dass es blutete, und mir wurde klar, dass er mich mit einer Klinge schnitt. Ich flehte ihn an aufzuhören und er warnte mich, wenn ich noch einmal den Mund aufmachte oder mich bewegte, würde er mir ins Herz stechen. Als er fertig war, sagte er: ›Du bist mein. Für immer.‹ Ich habe gesehen, was er mir angetan hat …« Ihre Stimme brach und ihre Augen wurden trüb.

»Ruhig, mein Schatz. Die Ärzte werden das in Ordnung bringen.« Das Gesicht ihrer Mutter war vom Schmerz gezeichnet. Kate hatte einen ähnlichen Ausdruck auf Ellens Gesicht gesehen, als Tilly ihr von dem Überfall auf sie erzählt hatte.

»Olivia, hat er sonst noch etwas zu Ihnen gesagt?«

Zwei schimmernde Tränen rannen über ihre Wangen. »Ich … kann mich nicht erinnern.«

»Ist schon okay. Wir hören jetzt auf. Sie haben uns sehr weitergeholfen. Vielen Dank. Wir sprechen uns wieder, wenn Sie sich dazu bereit fühlen.«

Rebecca stand auf und streichelte die ganze Zeit über das Haar ihrer Tochter, wobei sie weitere beruhigende Laute von sich gab. Kate und Emma schoben sich aus dem Zimmer auf den Korridor. Sie hatten einen neuen Hinweis.

»Ein schwarzes Herz-Tattoo«, sagte Emma, während sie sich die Schutzkappe vom Kopf riss und mit der Hand über die Haare fuhr, die in ihre gewohnt funktionale und aufgeräumte Position fielen.

Kate hörte ihr nur mit halbem Ohr zu. Ihre Gedanken waren sofort bei Wayne Grimshaw, dem Fleischer mit den tätowierten Armen. Sie würde ihm noch einmal einen persönlichen Besuch abstatten. Sie zog die Schuhüberzüge aus und legte sie zu den Kleidungsstücken in den Papierkorb, bevor sie mit schnellen Schritten den weißen Korridor hinunterlief, wobei ihre Schritte sanft im Takt mit Emmas klopften.

Rachid von der technischen Abteilung rief an, bevor sie das Gebäude verlassen hatten. »Hi, Kate. Ich habe eine Marke und ein Modell von Henry Oldhams Motorrad. Es ist eine Honda

CB 125 F.« Das gleiche Modell, das identifiziert worden war. »Ich hoffe, das sind gute Nachrichten.«

»Das könnte sein, Rachid. Danke, dass du das so schnell herausgefunden hast.«

»Jederzeit.«

Sie beschleunigte ihr Tempo. Sie musste sofort mit Wayne sprechen und ihre Theorie überprüfen, dass er Henrys Motorrad als Transportmittel zu den Tatorten und von ihnen weg benutzt hatte, obwohl es jetzt eine bessere Möglichkeit gab, ihn als den Mörder zu identifizieren – ein Tattoo. Sie konnte Emma nicht sagen, was sie vorhatte. Damit würde sie Tilly in die Ermittlungen hineinziehen. Als hätte sie gespürt, dass Kate an sie dachte, piepste ihr Handy und sie las Tillys Nachricht.

Alles läuft gut. Ryan ist wirklich süß.

Ich werde keine Dummheiten machen.

☺

Die Türen rauschten auf und sie stürzten hinaus in die Nacht. Kate atmete ein, um den Geruch des Krankenhauses loszuwerden. Wenigstens musste sie sich keine Sorgen um Tilly machen.

KAPITEL 32

Die Kirchenuhr schlug zur halben Stunde. In den Pubs war gerade Zapfenstreich und ein paar Leute schlenderten nach Hause. Drei junge Männer standen vor dem Dönerladen und aßen aus Pappkartons. Der dumpfe Bass einer Musikanlage wurde lauter, als ein umgebauter Audi A4 in Sicht kam. In der Nähe der Gruppe ließ der Fahrer den Motor aufheulen und hupte kurz.

»Verpiss dich, Dizzy!«, rief einer aus der Gruppe und warf ein paar Pommes auf das Fahrzeug. Die anderen johlten fröhlich und der Fahrer machte ein paar obszöne Gesten, bevor das Auto davonbrauste. Gelächter folgte dem sich entfernenden Fahrzeug und die Männer gingen langsam davon.

Es war eine freundliche Stadt mit einer starken Bauerngemeinde, viele der Einwohner kannten sich schon ihr ganzes Leben lang. Die Freundschaften, die an den Schulen im Ort geschlossen wurden, hielten bis ins Erwachsenenalter, obwohl Außenseiter wie Kate auf Distanz gehalten wurden, nicht ignoriert, aber nie auf die gleiche Weise akzeptiert. Tilly war eine Ausnahme gewesen, als sie von fast allen willkommen geheißen wurde.

Kate erreichte das Ende der Straße und ging in Richtung der Metzgerei, wobei sie den Hals reckte, um zu sehen, ob in der Wohnung darüber das Licht brannte. Das würde darauf hindeuten, dass Wayne noch wach und auf den Beinen war. Doch ihr Vorhaben wurde durch die Jalousien an den Fenstern vereitelt. Sie läutete am Seiteneingang und wartete.

Der Audi kam zurück und kreiste mit lauter Musik durch die Gegend. Als sein *Bumm, bumm, bumm* verklungen war, stand Wayne schon vor der Tür. Sein grinsendes Gesicht schob sich durch den Spalt.

»Ich muss Ihnen noch ein paar Fragen zu Henry Oldhams Motorrad stellen.«

»Was ist damit?«

»Können Sie bestätigen, dass es eine Honda CB 125 F ist?«

»Ich habe wirklich keine Ahnung, was es ist. Für mich ist es einfach ein schwarzes Motorrad.«

»Nie eins besessen?«

»Ich? Auf keinen Fall!« Er hob eine Zigarette an den Mund und zog daran.

»Das ist eine interessante Tätowierung«, sagte sie und trat einen Schritt vor.

Rauch kräuselte sich aus seinen Nasenlöchern, während er sprach. »Welche?«

»Die auf Ihrer Hand.«

Er streckte seine rechte Hand aus und untersuchte den Skorpion mit dem erhobenen Schwanz. »Ja, die ist ganz okay. Aber ich habe bessere auf Rücken und Brust.«

»Haben Sie auch irgendwelche Herzen?«

Er zog mit der anderen Hand ein mikroskopisch kleines Stück Tabak zwischen seinen Lippen hervor und lachte. Sie konzentrierte sich auf die Bewegung. Die Tätowierung auf der linken Hand war eine Spinne. »Herzen? Sie machen Witze, oder? Ich stehe auf Totenköpfe, Löwen, Waffen, Machokram eben.«

Sie hatte erfahren, was sie wissen musste. So enttäuschend es auch schien, Wayne war nicht der Täter. »Hat Henry irgendwelche Tätowierungen?«

»Tattoos? Henry? Das ist überhaupt nicht sein Ding. Außerdem würde seine Freundin wahrscheinlich dafür sorgen, dass er sie wieder wegmachen würde.«

»Okay. Falls es sein muss, spreche ich persönlich mit ihm, wenn er aus dem Urlaub zurückkommt«, sagte sie.

Wayne runzelte die Brauen. »Das war alles?«

»Das war alles. Vielen Dank.«

Er schloss die Tür mit einem verärgerten Schnauben.

Es hatte leicht zu regnen begonnen und sie rannte zurück zu ihrem Auto. Wenn Wayne nicht für die Überfälle verantwortlich war, stand sie wieder am Anfang. Sie stützte den Kopf kurz auf das Lenkrad und stöhnte. Sie drehten sich ständig im Kreis.

Chris hörte sich an, als säße er auf dem Rücksitz, seine Worte waren leise. »Reiß dich zusammen, Kate. Es ist nicht mehr als ein Rückschlag.«

»Ich habe nicht die Kraft oder die Energie für all das: die Untersuchung dieser Überfälle, Dickson, Tilly, du, einfach alles.«

Die Sache geriet außer Kontrolle. All diese Selbstgespräche. Sie schloss für einen Moment die trüben Augen. Sie wollte all das zu sehr, sodass sie den Überblick über die Ermittlung verlor, obwohl diese ihre Priorität war, besonders jetzt, wo es um Tilly ging. Wenn sie nicht vorsichtig war, würde sie das zerstören. Sie sollte nach Hause gehen, sich ausruhen und vorerst auf das Wesentliche konzentrieren – denjenigen zu finden, der für diese abscheulichen Taten verantwortlich war. Sosehr es sie auch schmerzte, Chris würde warten müssen.

KAPITEL 33

Trotz ihrer Absichten, sich ausschließlich auf die Ermittlungen zu konzentrieren, drängte der Anruf um fünf Uhr morgens sie dazu, ihre Meinung zu ändern. Bradley Chapman wollte sie am Stausee treffen. Sie rieb sich die verklebten Augenlider. Eine zusätzliche Stunde Schlaf wäre willkommen gewesen; trotzdem duschte sie, zog sich an und zwang sich sogar, Müsli zu essen und Milchtee zu trinken, bevor sie wieder in ihr Auto sprang.

Die Sonne ging gerade über dem Stausee auf und warf ein rosafarbenes Licht auf die schimmernde Wasserfläche. Eine Herde pastellrosa anmutender Schafe hatte sich am Hang zum Ufer hin versammelt und vor ihnen fraßen die Schwäne, die paarweise ihre anmutigen Hälse ins Wasser tauchten.

Die Blätter an den Bäumen im Wald hinter dem See verfärbten sich bereits, aber im Morgenlicht bekamen diese Farben eine neue Intensität. Wäre Kate Künstlerin oder Fotografin gewesen, hätte sie sofort angehalten, um die Farbtöne einzufangen, bevor der Verkehr die Szene verdarb.

Bradley hatte seinen Range Rover an der gleichen Stelle wie beim letzten Mal geparkt, weit genug von der Straße entfernt, um für alle Passanten, die zu dieser frühen Stunde unterwegs sein könnten, außer Sichtweite zu sein. Sie tat es ihm gleich. Kaum hatte sie den Motor abgestellt, tauchte er an der Beifahrertür auf. Sie ließ ihn einsteigen und er brachte einen maskulinen, holzigen Duft mit einem Hauch von Gewürzen mit. Er füllte den Sitz aus, die Beine angewinkelt, die Knie gegen das Armaturenbrett gedrückt, doch er schien sich nicht daran zu stören, wie unbequem es war, und hielt sein Handy hoch.

Der Mann auf dem Video schrie.

»Was zum Teufel?«, fragte sie.

»Schauen Sie einfach zu.«

Der Mann mit den verbundenen Augen, dem blassen Gesicht und den klatschnassen strohgelben Haaren bettelte darum, freigelassen zu werden. Er krümmte sich unter seinen Fesseln, bis eine Person in Militärkleidung auf dem Bildschirm erschien, deren Oberkörper in der Kameraeinstellung nicht zu sehen war, und ihm Wasser über das Gesicht goss. Er stotterte und hustete und öffnete und schloss den Mund wie ein Fisch, während er nach Atem rang. Er schluckte einen Lungenzug Luft.

»Sagen Sie es uns«, forderte eine verstellte, roboterhafte Stimme.

»Nein … Ich kann nicht … Nein.«

Die gleiche Person bewegte sich wieder, diesmal schneller. Wasser wurde über die Augen des Mannes gegossen, dann über die Nase und schließlich über den Mund. Er würgte und spuckte.

»Wir können stundenlang so weitermachen. Sie nicht«, sagte die Roboterstimme.

»Okay, okay. Ich gebe es zu. Ich habe Cooper Monroe getötet und es wie Selbstmord aussehen lassen.«

»Erzählen Sie uns genau, was am Donnerstag passiert ist.«

»Er war unter der Dusche. Er hat mich nicht gehört. Ich schlich mich von hinten an, überraschte ihn und schlitzte ihm mit einer Rasierklinge die Kehle auf, bevor er reagieren konnte.«

»Und dann?«

»Ich habe mich gewaschen, eine Ersatzuniform angezogen, die ich bereits in der Umkleidekabine deponiert hatte, und um Hilfe gerufen.«

»Warum haben Sie ihn getötet?«

Er schüttelte den Kopf. »Bitte zwingen Sie mich nicht, es Ihnen zu sagen. Ich werde meinen Job verlieren, alles.«

»Wenn Sie es uns nicht sagen, werden Sie sterben. Was ist Ihnen lieber?«

Der Mann antwortete nicht und wurde ein weiteres Mal mit dem Waterboarding gefoltert. Er schnappte nach Luft und gab schreckliche Würgegeräusche von sich, so schlimm, dass Kate einen Moment lang dachte, seine Atmung würde gänzlich aussetzen. »Ich wurde dafür bezahlt, es wie Selbstmord aussehen zu lassen. Ich brauchte das Geld. Mein Vater hat Demenz im fortgeschrittenen Stadium und braucht medizinische Betreuung ...«

»Wie viel?«

»Dreißig Riesen.«

»Verdammte dreißig Riesen für ein Menschenleben?«

»Er war ein Verbrecher!«

Seine Beine und sein Unterkörper krümmten sich unter den Lederfesseln, als mehr Wasser in seinen Mund gegossen wurde. Er spuckte, keuchte und spuckte wieder. Dann versiegte das Wasser.

»Wer hat Sie bezahlt?«

»Ein Beamter.«

»Ein Polizeibeamter oder ein Gefängnisbeamter?«

»Polizei.«

»Wer war dieser Polizeibeamte?«

»Nein, das kann ich Ihnen nicht sagen.« Er wurde wieder gefoltert und dieses Mal flehte er um sein Leben.

»Sagen Sie uns den Namen des Beamten, der Sie bezahlt hat.«

Der Mann gab es schließlich auf. »Superintendent John Dickson.«

Bradley hielt das Video an. »Ich schicke Ihnen eine verschlüsselte Kopie per E-Mail.«

Kate konnte kaum atmen. Das war ein klarer Beweis, der genau das belegte, was sie die ganze Zeit vermutet hatten: dass Cooper ermordet wurde und Dickson genauso korrupt war, wie sie geglaubt hatte. Ihr Herz schlug laut in ihren Ohren. Das war eine wichtige Information und ein Beweis für Dicksons Schuld, doch wie konnte sie sie nutzen, um ihn zu Fall zu bringen? Sie zwang sich, ruhig zu bleiben. »War das die Wache, über die wir bei unserem letzten Treffen gesprochen haben?«

»Ja. Tom Champion. Es dauerte eine Weile, ihm das Geständnis zu entlocken. Er ist ein harter Kerl.«

»Wo ist er jetzt?«

»Er ist mit seiner Familie in den Urlaub gefahren. Ich habe jemanden, der ein Auge auf ihn hat. Wir haben ihn gewarnt, dass wir zurückkommen und den Job beenden werden, falls er versucht, Dickson zu kontaktieren. Er hat zu viel Angst, um etwas Dummes zu tun.«

Obwohl sie keinen Grund hatte, an Bradley zu zweifeln, würde ein Gericht das anders sehen und annehmen, dass Tom gezwungen worden war, den Mord zu gestehen und Dickson zu belasten. Davon abgesehen war es auch völlig unprofessionell und unmoralisch, dieses Video anzunehmen. Sie war keine Gesetzesbrecherin, obwohl sie bereits Regeln gebrochen hatte, indem sie gegen Dickson ermittelte und Tilly aus einer enorm wichtigen Untersuchung heraushielt, aber das … das ging einen Schritt zu weit. Es ging gegen alles, wofür sie bisher gestanden hatte. Sie hatte ihr ganzes Leben mit hocherhobenem Kopf verbracht, sich an die Regeln gehalten und die Vorschriften befolgt. Sie war nicht ein einziges Mal vom richtigen Weg abgekommen, und doch hatte sie sich innerhalb weniger Monate immer weiter davon entfernt. »Ich glaube nicht, dass ich das gutheißen kann, Bradley. Außerdem lässt kein Gericht diese Beweise gelten. Sie haben einen Mann gefoltert, um das Geständnis zu bekommen. Kein Richter würde dieses Video zulassen.«

»Das ist mir bewusst, aber wie hätten Sie sonst die Wahrheit herausfinden können? Sie haben mich um Hilfe gebeten, schon vergessen?«

»Aber ich habe Sie nicht gebeten, einen Mann zu foltern, bis er gesteht, was auch immer Sie ihm vorwerfen.«

»Wenn ich mich recht erinnere, hatten Sie nichts dagegen, dass ich ungesetzliche Methoden anwende, als wir neulich darüber sprachen. Sie können nicht beides haben, DI Young. Entweder wollen Sie die Wahrheit erfahren und die bösen Kerle erwischen oder Sie wollen Ihr Abzeichen polieren und genau das tun, was man Ihnen sagt.« Seine Stimme triefte vor Hohn. »Ich hatte Sie für eine Einzelkämpferin gehalten, für jemanden mit Mumm, der bereit ist, die Grenze zu überschreiten, wenn es sein muss, doch wenn es darauf ankommt, sind Sie nichts weiter als eine Jasagerin.«

»Ich bin weder eine Einzelkämpferin noch eine Jasagerin. Ich will Dickson zu Fall bringen.«

»Dann müssen Sie mutiger sein. Sie müssen bereit sein, Risiken einzugehen, denn wenn Sie das nicht tun, wird dieser

Bastard damit durchkommen, mit dem Tod Ihres Mannes und weiß der Himmel was noch. Und er wird zu einem noch größeren Monster heranwachsen, als er ohnehin schon ist.«

»Er hat recht.« Chris' Stimme war schwach und sie musste sich anstrengen, um ihn zu verstehen. »Ich werde darauf drängen, dass Coopers Leiche für eine zweite Obduktion nach Stoke geschickt wird. Das könnte den Stein für eine ordentliche Untersuchung seines Todes ins Rollen und Champion ins Gefängnis bringen. Dickson ist jedoch eine andere Sache. Ich werde Ihnen die gesamte Aufzeichnung per E-Mail zusenden, ob Sie es wollen oder nicht, und dann müssen Sie entscheiden, wie Sie am besten vorgehen. Ich hoffe, dass ich mich nicht in Ihnen getäuscht habe, DI Young, und dass Sie stark genug sind, um damit umzugehen.«

Sie antwortete mit einem Nicken. Sie war es Chris schuldig, diese Informationen zu nutzen.

»Ich habe Sierra einen Topanwalt engagiert, der für sie kämpft, wir erwarten also jeden Tag grünes Licht.« Bradleys Miene war ernst. »Champion könnte für den Mord an Cooper untergehen, und wenn er das tut, setze ich darauf, dass er über Dickson schweigt. Also liegt es an Ihnen, diesen Mistkerl festzunageln. Wenn Sie das nicht können, dann bin ich gezwungen, etwas gegen ihn zu unternehmen. Ich habe keine Angst, die Grenzen zu überschreiten, wenn ich muss.«

Sie räusperte sich. »Okay, ich verstehe. Lassen Sie mich wissen, wenn Coopers Leiche zur erneuten Untersuchung freigegeben wird. Und stellen Sie sicher, dass sie an Harvey Fuller geschickt wird.«

»Ja. Wohin soll ich diese Aufnahme schicken?«

Sie gab ihm Chris' E-Mail-Adresse. Er schlüpfte aus dem Auto und ließ Kate betäubt zurück. Sie hatte keine Optionen mehr. Bradley hatte sie zur Einsicht gebracht. Ein schmutziger

Bulle musste mit schmutzigen Methoden gefangen werden. Sie hatte ihre Entscheidung getroffen und würde die Regeln brechen und tun, was immer nötig war, um Dickson zu bestrafen, auch wenn das bedeutete, dass sie den Ehrenkodex aufgeben würde, dem sie ihre ganze Karriere lang gefolgt war. Das Seltsame war, dass es einem Teil von ihr egal war. Wenn es Ergebnisse brachte, dann war es die einzige Option, die ihr blieb.

* * *

Als Kate im Büro eintraf, diskutierten Morgan, Emma und Jamie gerade über die Fitnessstudios und Kampfsportzentren, die sie aufgesucht hatten.

»Was habt ihr für mich?«, fragte sie.

Emma hielt einen Zettel hoch, einen von mehreren auf dem Schreibtisch. »Eine extrem lange Liste von Menschen, die Kampfsportarten betreiben, bei denen Schlagtechniken geübt werden. Wir versuchen gerade herauszufinden, ob einer der Typen auf diesen Listen eine schwarze Honda besitzt.«

»Und das Licht wurde repariert«, sagte Morgan.

»Das habe ich schon gehört.«

»Ja, Graham hat es im Handumdrehen geschafft. Hat mehr Zeit mit Plaudern als mit Arbeiten verbracht.«

»Kennst du ihn?«

»Jetzt ja. Er hat mir eine kurze Zusammenfassung seines Lebens und seiner Familie gegeben.« Er verdrehte die Augen. »Seine Tochter studiert an der Universität in Oxford. Er hat mir sogar Fotos von ihr gezeigt. Irgendwann dachte ich, dass er uns verkuppeln wollte. Ich habe ihm schließlich gesagt, dass ich gehen müsste.«

Eine weitere dicke Blase stieg in Kates Kopf auf und dieses Mal platzte sie nicht oder verschwand. Wer könnte besser als ein Handwerker einen Arbeitsplatz betreten, Menschen beobachten und sogar kennenlernen? Ein freundlicher Arbeiter könnte genug Informationen über seine Opfer herausfinden, wenn er sie stalken wollte. Sie hatte Graham, dem Hausmeister, keinen zweiten Blick geschenkt. Wie viele andere würden das ebenfalls nicht tun? Das vertraute Rauschen des Blutes, das in ihren Ohren pulsierte, zeigte ihr, dass sie auf der richtigen Spur war. Als Kate dem Team ihre Theorie erklärte, fuhr Jamie hoch und winkte ihr begeistert mit seinem Stift zu.

»Ich glaube, du bist da etwas auf der Spur, Chefin.«

»Gut, lasst uns herausfinden, ob Handwerker, Mitarbeiter einer Telefongesellschaft, Reinigungskräfte oder andere Personen, die euch einfallen, in den letzten Monaten Trentham House, das Sunny Bank Residential Care Home und die Anwaltskanzlei in Stafford aufgesucht haben.«

»Laura verließ Tomkins Solicitors im Februar und zog dann um. Der Mörder konnte nicht wissen, dass sie nach Abbots Bromley gezogen war. Selbst ihre Kollegen wussten nicht, wohin sie gegangen war«, warf Morgan ein.

Kate verzog das Gesicht angesichts der offensichtlichen Lücke in ihrer Argumentation und sagte nach kurzer Überlegung: »Versuch es im Gemeindehaus von Abbots Bromley. Vielleicht wusste er von den Yogakursen. Erkundige dich beim Hausmeister, den ihr befragt habt.«

»Peter Grantham«, sagte Emma.

»Ja genau.«

»Was ist mit diesen Listen?«, fragte Morgan.

»Jamie, an denen bleibst du dran.«

»Alles klar.«

»Morgan, du versuchst es im Seniorenheim. Ich übernehme Trentham House.«

Die nächste Stunde verging wie im Flug: Stifte machten Notizen, Telefongespräche wurden geführt und die Atmosphäre war elektrisierend, als einer nach dem anderen mit Ergebnissen aufwarten konnte. Es gab einen gemeinsamen Nenner — alle drei hatten sich an Unternehmen für grüne Energie gewandt, um ein Angebot zu erhalten, wie man die Einrichtungen energieeffizienter machen könnte.

»Wir haben drei verschiedene Firmen, die Verkäufer und Techniker geschickt haben«, sagte Kate. »Jetzt müssen wir in Erfahrung bringen, wen sie geschickt haben, und diese Leute befragen. Führt außerdem auch Gegenproben durch, um herauszufinden, ob einer von ihnen auf der Liste der Kampfsportler steht und ein Motorrad besitzt.«

»Kate?« DCI Chase kam herein.

»Wir haben eine Spur«, sagte sie und erklärte, was sie gerade taten.

Williams Gesicht hellte sich auf. »Gute Arbeit. Dann lasse ich euch in Ruhe weiterarbeiten.«

Das Team griff zu den Telefonen und kontaktierte die Energieversorgungsunternehmen, um nachzufragen, wer zu allen Orten geschickt worden sein könnte. Kate ging zu Jamies Schreibtisch. »Darf ich mir das mal ansehen?«, sagte sie und griff nach der Liste, an der er gerade arbeitete.

»Nur zu«, murmelte er.

Doch in dem Moment klingelte ihr Telefon und sie eilte zurück, um den Anruf entgegenzunehmen. Es war Tilly, die sehr gedrückt klang. Sie ging hinaus auf den Korridor.

»Hey, ist alles okay?«

»Nein. Kate, ich bin eine komplette Versagerin.«

»Nein, das bist du nicht. Was ist passiert?«

»Ich habe die ganze Nacht wach gelegen und etwas Wichtiges erkannt. All das Weglaufen und die Hoffnung, wieder eine Zukunft in Großbritannien zu haben ... Ich habe mir etwas vorgemacht. Ich konnte nicht sehen, was direkt vor meiner Nase war. Ich war davon überzeugt, dass ich eine Sache wollte, aber was ich wirklich wollte, war etwas ganz anderes – dass Jordan mich wieder wahrnimmt und dass wir eine richtige Beziehung führen, so wie früher. Erst als ich mit Ryan ausgegangen bin, habe ich endlich begriffen, was ich schon immer hätte wissen sollen. Also habe ich Jordan vorhin angerufen. Er vermisst uns wahnsinnig und nach einem langen Gespräch haben wir beschlossen, dass wir es noch einmal versuchen werden. Er wird den Job wechseln, damit er nicht so oft weg ist.«

Ein bleierner Klumpen bildete sich in Kates Magen. Sie hatte sich gerade erst an den Gedanken gewöhnt, Tilly und Daniel in ihrem Leben zu haben, und nun würden sie wieder daraus verschwinden.

»Uns bleiben also nur noch drei Wochen?«, fragte sie.

»Es tut mir so unendlich leid, Kate. Ich will dir nicht wehtun. Jordan ist seit meinem Abflug am Boden zerstört, und nachdem ich einige Zeit hier verbracht habe, glaube ich, dass wir unsere Beziehung retten und den Schaden reparieren können, den ich zum Teil mitverursacht habe.«

Kate schluckte die Enttäuschung hinunter. Tillys Glück stand an oberster Stelle. »Es ist viel wichtiger, dass ihr beide euch zusammenrauft. Daniel braucht Jordan und dich, trotz allem, was du vielleicht glaubst. Wir wurden beide von einem Elternteil großgezogen und kennen den Herzschmerz, der damit verbunden ist, den anderen nie zu sehen oder kennenzulernen.«

»Ich fühle mich absolut schrecklich, weil ich dich im Stich lasse.«

Obwohl der stechende Schmerz in ihrer Brust etwas anderes sagte, antwortete sie: »Mich? Du lässt mich doch nicht im Stich. Wie auch immer, wir haben noch Zeit, bevor du zurückgehst. Wie kam es zu dem Telefonat mit Jordan? Gestern Abend schienst du dich gut mit Ryan zu verstehen.«

Die Stille ließ ihr Herz springen. »Tilly?«

»Er war ein totaler Scheißkerl.«

»Was ist passiert? Die Dinge liefen doch großartig, als ich von dir hörte.«

»Das hat sich ziemlich schnell geändert. Er veränderte sich von charmant zu gruselig. Als er mir sagte, dass er ein Leben lang auf mich gewartet habe, und fragte, ob ich jemals an diese besonderen Tage zurückgedacht hätte, wusste ich nicht, was ich sagen sollte. Offensichtlich war das die falsche Reaktion und er tickte plötzlich aus. Er beschuldigte mich, ihn in der Schule an der Nase herumgeführt zu haben, und sagte, ich würde das Gleiche jetzt wieder tun. Ich erinnerte ihn daran, dass er mir auf Facebook eine Freundschaftsanfrage geschickt hatte, nicht umgekehrt. Ich war in unseren Nachrichten völlig offen gewesen, hatte ihm gesagt, dass ich verheiratet bin und einen Sohn habe und dass wir nur Freunde sind, die sich unterhalten. Er schob seinen Drink weg, schrie, ich würde Männer erst anmachen und dann abblitzen lassen, und stürmte davon. Ich wartete zehn Minuten, bevor ich ebenfalls ging, aber der Mistkerl wartete draußen auf mich. Er packte mich am Handgelenk und brüllte, dass ich in der Schule eine Schlampe gewesen war und dass ich immer noch eine Schlampe sei und dass ich es verdient habe, dass man mir eine Lektion erteilt.«

»Verdammt, Tilly! Warum hast du mich nicht angerufen, als er den Pub verlassen hat, oder dafür gesorgt, dass dich jemand zu deinem Auto begleitet?«

»Das musste ich nicht. Nachdem du mich davor gewarnt hast, allein auf die Straße zu gehen, und bei allem, was passiert ist, wollte ich nicht ohne Vorsichtsmaßnahmen rausgehen. Ich hatte bereits ein selbst gemachtes Pfefferspray in der Hand, für den unwahrscheinlichen Fall, dass der Täter von damals noch in der Nähe war. Als er mich überraschte, war ich vorbereitet. Zuerst habe ich ihm das Spray ordentlich in die Augen gespritzt und dann habe ich ihm richtig fest in die Eier getreten. Emmas Training hat sich ausgezahlt. Er klappte zusammen und ich rannte zu meinem Auto und fuhr los, bevor er überhaupt die Chance hatte, sich zu erholen.«

»Weiß er, wo du wohnst?«

»Nein. Er ist mir definitiv nicht gefolgt und ich habe ihm nicht gesagt, wo ich wohne, nur dass ich eine Wohnung in Stafford gemietet habe.«

Kate hob den Kopf zur Decke und blies die Luft aus. Tilly hatte Glück im Unglück gehabt. Sie hielt die Liste immer noch in der Hand, und während sie Tillys Ausführungen darüber zuhörte, wie deutlich ihr dieses Ereignis klar gemacht hatte, dass sie Jordan brauchte, las sie die vier Namen auf Jamies Liste. Ihr Blick ruhte auf einem ganz bestimmten.

»Und er hat ein Tattoo eines blutenden schwarzen Herzens. Er rieb immer wieder darüber, während er sprach. Das war eines der unheimlichsten Dinge an ihm.«

»Verriegele deine Tür und mach niemandem auf, bis ich vorbeikomme. Ich erkläre dir später alles.«

»Aber …«

»Tu es einfach, Tilly.«

Das Papier in ihrer Hand flatterte, als sie ins Büro eilte. »Ryan Holder. Er steht auf Jamies Liste. Taucht sein Name irgendwo auf?«

Emma sah mit großen Augen von ihrem Telefon auf. »Der Manager von Green-Go Energy ist in der Leitung. Er hat Ryan an alle drei Orte geschickt.«

»Alles, was ihr über ihn habt, und eine Adresse, sofort!« Kate war schon wieder draußen und stürmte die Treppe zu Williams Büro hinauf. Endlich hatten sie ihn.

KAPITEL 34

Er schleudert den Handtrainer gegen die Wand. Verdammte Schlampe! Sie hat schließlich seine Freundschaftsanfrage auf Facebook angenommen und er hat sie mit seinen aufrichtigen und überraschten Nachrichten darüber, dass sie wieder im Land ist, umgarnt. Er schlug vor, sich auf einen Drink zu treffen, wenn sie etwas Zeit hat, und war nett zu ihr. Er war geduldig und hat sich zurückgehalten und irgendwann hat sie endlich angebissen. Es gab kaum eine Möglichkeit, eine Überraschung zu planen, und obwohl er mit der kurzfristigen Entscheidung, sich zu treffen, nicht ganz einverstanden war, musste er improvisieren. Doch dann hat Tilly alles durcheinandergebracht und ihn verunsichert. Er hat die Kontrolle verloren, anstatt wie seit Jahren seinen Appetit zu stillen. Ihr ist es zu verdanken, dass sich ein Gefühl der Dringlichkeit und Wut in seine fleischlichen Handlungen eingeschlichen hat. Der jüngste Entschluss, mit einem seiner dünnsten Schraubenzieher das Wort MEIN *in die Schultern seiner Opfer zu ritzen, kam aus heiterem Himmel, und obwohl es den Nervenkitzel des Überfalls verstärkt hat, war ihm bewusst, dass er sich selbst in Gefahr bringt, wenn er vom gewählten Plan abweicht. Wäre sie nur nicht zurückgekommen und mit ihr diese überwältigenden Gefühle der Unzulänglichkeit und des Verlangens. Er will sie immer noch so sehr, wie er es mit siebzehn getan hat. Der neue*

Plan war zuzuschlagen, nachdem sie ihn zu sich nach Hause einge-
laden hat. Das ist eindeutig das, was sie geplant hat – ein oder zwei
Drinks zur Auflockerung, dann zurück in ihre Wohnung. Sie ist
immer noch die gleiche alte Tilly, weit weg von ihrem Mann, und
eindeutig auf der Suche nach männlicher Gesellschaft.

Obwohl der Abend vielversprechend begonnen hat, änderte sich
nach dem ersten Drink etwas, und als er denselben Blick sah, den
sie ihm an jenem Tag in der Schulkantine zugeworfen hatte, braute
sich eine Wut in ihm zusammen, die zu kochen begann und ihn zu
destabilisieren drohte. Es kam zu einem kurzen Wortwechsel, bei
dem er ihr vorwarf, Männer erst anzumachen und dann fallen zu
lassen. Dann ist er gegangen. Idiot! Er hätte seine Emotionen im
Zaum halten und seine Fassade bewahren müssen und dann ihrem
Auto nach Hause folgen und sie dort angreifen sollen. Was zum
Teufel ist nur in ihn gefahren? Stattdessen hat er, überwältigt von
einer Wut, die alle rationalen Gedanken vernebelte, draußen auf
sie gewartet, und statt sie hinterrücks zu überfallen, ist er auf sie
zugegangen und hat sie am Handgelenk gepackt.

Die Schlampe war vorbereitet, hat ihm etwas in die Augen
gesprüht, was ihn vorübergehend blind machte, und ihn dann mit
einem kräftigen Tritt in die Eier wehrlos gemacht, der ihm jeden
Verstand raubte und ihn vor Schmerzen aufschreien ließ. Er hat
es königlich vermasselt und jetzt, wo er wieder klar denken kann,
wird er herausfinden, wo zum Teufel sie wohnt, und seine Initialen
in ihr verdammtes Herz ritzen.

* * *

Die beiden unmarkierten Streifenwagen rasten direkt hintereinander durch Uttoxeter. Green-Go Energy hatte bestätigt, dass
Ryan sich krankgemeldet hatte. Sein Telefon war ausgeschaltet,

sein letzter Aufenthaltsort war am Vorabend um halb zwölf sein Haus gewesen.

Kate saß mit Morgan im ersten Wagen. Sie kannte die Straße jenseits der Rennbahn nicht, die nach Draycott in the Clay führte. Wie sie vermutet hatte, hatte Ryan es auf Frauen in seinem Revier abgesehen – nicht in der Nähe seines Wohnorts, sondern in dem Gebiet, das er in seinem Job als Techniker für die Firma abdeckte und das sich über den Großteil von Staffordshire und einige Teile von Derbyshire erstreckte.

Kate steckte sich den Empfänger ins Ohr und prüfte, ob die Verbindung zu Emma funktionierte. »Emma, kannst du mich hören?«

»Laut und deutlich.«

Der Plan war, dass Kate und Morgan durch die Vordertür eintraten, während Jamie und Emma die Rückseite abdeckten. Die Häuser begannen sich zu lichten und innerhalb von Sekunden bogen sie in die verfallene Einfahrt ein und hielten hinter einem Lieferwagen, der das Garagentor blockierte. Jamie und Emma parkten am Straßenrand und machten sich direkt auf den Weg in den Garten hinter dem Haus, wobei sie sich Zugang verschafften, indem sie über ein Tor kletterten. Kate lief zur Veranda und läutete an der Tür. Im Haus blieb es still. Morgan spähte durch das Erkerfenster. »Leer«, sagte er.

»Wir sind in Position.« Emmas Stimme klang gedämpft. »Keine Spur des Verdächtigen.«

Kate läutete erneut. Als niemand erschien, nickte sie Morgan zu, ein Signal, den kleinen Rammbock zu benutzen, den er in der Hand hielt und der ihnen Zugang zum Haus verschaffen würde. Die Tür brach auf und sie übernahm die Führung, trat über die Schwelle und in den düsteren Flur.

»Ryan Holder. Hier ist die Polizei. Zeigen Sie sich.«

Ein muffiger Geruch drang ihr in die Nase. Ein Paar Arbeitsstiefel stand neben der Tür, am Treppengeländer hing eine Steppjacke mit dem Green-Go-Logo. Morgan bewegte sich links von ihr ins Wohnzimmer und zog sich fast sofort mit einem Kopfschütteln zurück. Nach ihren Berechnungen führte die Tür auf der rechten Seite in die Garage. Sie betätigte den Griff und stieß fast gegen einen schlammbespritzten Green-Go-Van. Es waren nur ein paar Zentimeter Platz zwischen Autodach und Decke, doch als sie um das Fahrzeug herumging, entdeckte sie eine Ecke mit einem frei stehenden Punchball, einer Trainingsbank und einem Stapel Hanteln. Außer diversen Heimwerkerwerkzeugen war nichts in der Garage. Sie trat zurück in den Flur und stieß dabei fast mit Morgan zusammen.

»Wohnzimmer und Küche sind beide leer«, sagte er.

»Da steht kein Motorrad drin und Nummernschilder sind auch keine vorhanden. Ich vermute, er könnte damit unterwegs sein.«

Sie sprach mit Emma. »Das Haus scheint leer zu sein. Wir sehen oben nach.«

»Verdammt, sollen wir hierbleiben?«

»Für den Moment, ja.«

Obwohl die Treppe unter dem fadenscheinigen Teppich knarrte und ihren Standort verriet, kam niemand angelaufen, um sich ihnen in den Weg zu stellen. Morgan stieß die Tür zu einem Badezimmer auf und spähte hinein. Kate erhaschte einen Blick auf einen blickdichten Plastikduschvorhang.

»Sauber.«

Kate nahm sich das nächste Zimmer vor und stand vor einem ungemachten Bett mit zerwühlten Laken und einer weißen Bettdecke, die zu einem Haufen geknüllt war wie ein geschmolzener Schneemann. Schuhe, Socken und Jeans stapelten sich auf einem Teppich und ein schwarzes Polohemd hing über der Lehne eines Stuhles an seinem Schreibtisch. Auf dem Nachttisch lagen eine aktuelle Ausgabe der Zeitschrift »Motorsport« und ein Handtrainer. Falls er sich aus dem Staub gemacht hatte, hatte er weder die blaue Sporttasche auf dem Boden des Kleiderschranks noch den Koffer mitgenommen, der auf dem obersten Regal stand. Sie öffnete die Schreibtischschublade, durchwühlte die Rechnungen und den Papierkram und fand seinen Reisepass.

»Kate.« Morgans Stimme klang misstrauisch.

Sie eilte zu ihm in das Schlafzimmer am anderen Ende des Flures. Nur die Einbauschränke erinnerten an seine eigentliche Funktion. Morgan stand hinter einem großen Holztisch, aber die Stifte, Packungen mit Haftnotizen, Klebestifte, Papierbögen oder Scheren waren nicht der Grund, warum er sie in den Raum gerufen hatte. Jede Wand war mit Fotografien von Frauen bedeckt, wobei die Bilder nach den einzelnen Frauen angeordnet waren: Nahaufnahmen ihrer Gesichter, Bilder von ihnen in ihren Häusern, an ihren Fenstern, beim Joggen, Spazierengehen, in Cafés sitzend. Neben jeder Sammlung befanden sich farbige Haftnotizen, auf denen Wohnorte, Arbeitsplätze und Tagesabläufe der Frauen verzeichnet waren, sowie ausgedruckte Karten mit den von ihnen regelmäßig benutzten Routen. Es waren mindestens dreißig Frauen, alle von schlanker Statur, mit braunen Augen und dunklem Haar. Morgan zeigte auf eine besondere Collage – Laura Dean vor dem Gemeindehaus von Abbots Bromley. Andere zeigten sie, wie sie im Dorf unterwegs war, ihr Haus verließ oder Einkäufe aus ihrem Auto lud.

»Stalker-Bilder«, sagte Morgan. »Die wurden zweifellos mit dem da ausgedruckt.« Der Drucker stand in der Ecke des Raumes und war noch an die Steckdose angeschlossen.

Kate sprach mit Emma. »Er ist nicht hier. Schau dich kurz draußen um. Jamie soll auf seine Rückkehr warten, während du hereinkommst. Das musst du dir ansehen.«

»Da ist Heather.« Morgan zeigte auf die CIO, die Reitkleidung trug. »Der Bastard ist ihnen überallhin gefolgt. Ich bin überrascht, dass er nie dabei entdeckt wurde.«

»Er könnte eine Kamera mit langem Objektiv verwendet haben. Die Bilder sind körnig, als ob sie vergrößert worden wären.« Sie suchte jedes Gesicht ab, auf der Suche nach ihrer Stiefschwester unter den vielen Frauen hier, doch sie konnte sie nicht finden.

Morgan öffnete die Schranktür und zog einen Karton heraus. »Hier ist keine Kamera. Aber diese Tasche.« Er hielt eine Leinentasche hoch, auf der *I heart YOGA* stand.

»Lauras Tasche?«, fragte Kate.

»Möglich. Keine Spur von ihrem Telefon oder Hausschlüssel darin.« Er legte sie ab und wandte sich wieder dem Kleiderschrank zu, aus dem er einen pastellfarbenen karierten Pullover herauszog, eine Mischung aus Rot-, Blau- und Rosatönen, jeder Abschnitt hatte ein Blumenmuster: Rosen, Gänseblümchen oder kleine blaue Blumen. »Was ist das?«

Eine eiskalte Hand griff nach Kates Herz und drückte zu. Obwohl sie den Pullover seit Jahren nicht mehr gesehen hatte, erkannte sie ihn sofort. Er hatte Tilly gehört. Sie hatte ihn von ihrem Taschengeld gekauft und über alles geliebt. Und sie hatte ihn in der Nacht getragen, in der sie überfallen wurde, und im Park zurückgelassen. Die Polizei hatte die Möglichkeit in Betracht gezogen, dass ihr Vergewaltiger ihn genommen hatte oder dass ein Passant darüber gestolpert war und ihn behalten hatte. Er wurde nie gefunden. Bis heute.

»Ich glaube, er hat noch nicht gemerkt, dass wir ihm auf der Spur sind. Und die Chancen stehen gut, dass er zurückkommt.

Vergewissere dich, dass die Eingangstür richtig geschlossen ist, damit er unsere Anwesenheit nicht sofort bemerkt, und lass Jamie vorerst hier, bis ich eine Überwachungsaktion organisieren kann. Ich werde eine Fahndung auslösen, falls er tatsächlich abgehauen ist.« Die Fahndung würde andere Regionen über den flüchtigen Verdächtigen informieren und dafür sorgen, dass das Netz von Kameras, das sogenannte automatische Nummernschilderkennungssystem, sein Motorrad und seine Bewegungen verfolgte.

Sie musste nach Tilly sehen. Ryan hatte sich aus irgendeinem Grund den Tag freigenommen und es war kein Zufall, dass er das getan hatte, nachdem Tilly sich mit ihm angelegt hatte. Nach der Fotogalerie im Schlafzimmer zu urteilen war Ryan ein akribischer Planer, und obwohl Tilly sich sicher war, dass er nicht wusste, wo sie wohnte, befürchtete Kate, dass er es vielleicht doch tat. Der Mann war abgewiesen worden und wütend darüber und gefährlich und sie musste wissen, dass Tilly zu Hause sicher war. Emma kam die Treppe hinaufgelaufen. »Da drin«, sagte Kate, als sie auf dem Treppenabsatz aneinander vorbeigingen. Sie hielt das Handy hoch. »Ich muss einen Anruf tätigen.« Sie hatte Tillys Nummer gewählt, bevor sie den Flur erreicht hatte. Tilly ging nicht ran. Panik setzte ein. Warum ging sie nicht ans Telefon? Hatte Ryan sie bereits ausfindig gemacht? Sie rannte nach draußen, wo sie nach Luft schnappte und versuchte, ihren Herzschlag zu beruhigen.

Jamie schaute zu ihr, die Augenbrauen zusammengezogen. »Alles in Ordnung?«

»Gib mir deine Autoschlüssel.«

Er ließ den Schlüssel über ihrer ausgestreckten Hand baumeln. »Was ist los, Chefin?«

»Tut mir leid, ich habe jetzt keine Zeit für Erklärungen. Ich muss dringend weg. Morgan wird dich aufklären, wenn er rauskommt. Halte Ausschau nach Ryan.«

»Okay.« Er ließ das kalte Metall in ihre Handfläche fallen.

* * *

Sie rief William an, während sie fuhr und sich mit den Polizeilichtern den Weg freimachte. Sie informierte ihn kurz über das, was sie herausgefunden hatten, und bat darum, eine Fahndung nach Ryans Honda herauszugeben.

»Hast du eine Idee, wo er hingefahren sein könnte?«, fragte William.

»Wir wissen nur, dass er sich bei seinem Arbeitgeber einen Tag krankgemeldet hat. Auch wenn er sein Handy ausgeschaltet hat, glaube ich nicht, dass er bereits auf der Flucht ist. Er könnte überall sein und einfach seiner Arbeit nachgehen. Ich bitte um sofortige Verstärkung, damit sein Haus überwacht wird, und wir werden Nachforschungen anstellen, mit seiner Familie und seinen Bekannten sprechen, um zu sehen, ob wir ihn aufspüren können.«

Sie war zehn Minuten von Tillys Haus entfernt. Sie durfte sich nicht erlauben, darüber nachzudenken, ob Ryan Tilly im Visier hatte.

»Ich kümmere mich um die zusätzlichen Beamten, und wenn du zurückkommst, müssen wir überlegen, ob wir die Presse einschalten sollen, um ihn aufzuspüren«, sagte William. »Gute Arbeit.«

»Das Lob ist ein wenig verfrüht, William. Wir haben ihn noch nicht gefasst.«

Sie beendete das Gespräch und wählte erneut Tillys Nummer. Wieder sprang die Mailbox an. Sie überholte einen BMW und raste weiter. Wenn ihrer Stiefschwester etwas passierte, würde sie sich das nie verzeihen. Und was war mit Daniel? Würde Ryan ihm auch etwas antun? Sie rieb die trockenen Lippen aneinander. Das konnte sie nicht zulassen. Sie rief Morgan an und befahl Emma und ihm, Ryans Familie und Freunde zu kontaktieren, um den Mann zu finden.

Dann schaltete sie die Sirene ein, machte sich an Kreuzungen und Kreisverkehren den Weg frei und erreichte bald Tillys Straße. Sie hielt vor ihrem Haus und stürzte aus dem Auto, rannte zur Tür und schlug mit beiden Fäusten darauf ein. »Tilly!« Es kam keine Antwort. Sie schrie wieder. Dann lief sie über den kleinen Flecken Rasen und spähte durch das Fenster. Ein großer Plastikdinosaurier starrte zu ihr zurück, den Mund weit aufgerissen. Von ihrer Stiefschwester oder ihrem Neffen gab es keine Spur. Doch ihr Auto hatte die Aufmerksamkeit der Nachbarin erregt, die nach draußen kam.

»Suchen Sie Tilly?«, fragte die Frau.

»Ja. Ich bin ihre Schwester. Haben Sie sie in letzter Zeit gesehen?«

Die Anspannung wich aus dem Gesicht der Frau. »Ihre Schwester! Ich sah das Auto mit dem Blaulicht und nahm an, dass sie in irgendwelchen Schwierigkeiten steckt.« Sie gab ein schwaches nervöses Lachen von sich. »Sie hat Daniel vor einer halben Stunde bei mir abgesetzt.«

»Daniel ist bei Ihnen?«

»Ja, er spielt mit Toby.«

»Hat sie gesagt, wie lange sie weg ist?«

»Nein. Ich habe ihr gesagt, sie soll sich so viel Zeit lassen, wie sie braucht. Toby freut sich sehr, einen neuen Freund zu haben.«

»Wie wirkte sie, als Sie mit ihr sprachen?«

»Wie immer«, sagte sie, »na ja, vielleicht ein bisschen matt ... gedrückt.«

»Hat sie erwähnt, wohin sie wollte?«

»Es hat etwas mit einer unerledigten Angelegenheit zu tun, bevor sie England verlassen würde.«

»Sie wissen nicht zufällig, ob sie allein aufgebrochen ist?«

»Ich sah ihr Auto wegfahren, aber nicht, wer darin saß. Ist alles in Ordnung?«

»Ich denke schon«, sagte Kate. »Wenn sie zurückkommt oder Sie anruft, sorgen Sie bitte dafür, dass sie sich sofort bei mir meldet?«

»Natürlich.«

Kate rannte zurück zum Auto und fragte sich, welche Angelegenheit Tilly wohl gemeint haben könnte. Bestimmt nicht Ryan. Mit ihm hatte sie bereits abgeschlossen und sie hatte keine Ahnung, dass er der Mann war, der sie vergewaltigt hatte. Es sei denn, sie hätte aus Kates dringender Aufforderung, zu Hause zu bleiben und die Türen zu verschließen, etwas gefolgert. Sie wäre sicher nicht so dumm, ihn alleine zu jagen, oder? Sie rang mit dem Gedanken, dass Tilly, die auf ihre neu erworbenen Kampfsportfähigkeiten ziemlich stolz war, Ryan herausfordern könnte. Dann traf sie die Erkenntnis wie ein Schlag. *Unerledigte Angelegenheit.* Sie hatte eine Ahnung, wo Tilly hingegangen war.

* * *

Kate erspähte Tillys Leihwagen und parkte direkt dahinter, gegenüber den Toren zum Park mit dem vertrauten schwarzen Geländer und den goldenen Zinnen. Tilly hatte davon gesprochen, die Stelle zu besuchen, an der sie überfallen worden war, um ihren Dämonen ins Auge zu blicken. Wenn sie zu Jordan zurückkehren und neu anfangen wollte, würde sie sich dieser Herausforderung stellen müssen. Es wäre der letzte Schritt in die Freiheit.

Sie schob sich durch das Tor zum Bramshall Park, das sich mit einem müden Quietschen öffnete. Dies war der größte Park in der Stadt, der sich noch viel von seinem Aufbau aus den

Zwanzigerjahren bewahrt hatte. Tilly und sie waren schon oft zusammen über die Fußwege gelaufen. Hierher waren sie aus dem Haus geflohen, um sich zu unterhalten, ohne belauscht zu werden. Sie hatten stundenlang am Picknall Brook gesessen, wo sie einmal einen Eisvogel über das Wasser huschen sahen. Nach dem Überfall hatte Tilly sich geweigert, auch nur in die Nähe des Parkes zu gehen, und Kate hatte ihn ebenfalls gemieden.

Es gab kein Lebenszeichen, abgesehen von einem Krähenpaar, das den Inhalt einer Mülltonne untersuchte und davonhüpfte, als sie sich näherte. Nach ein paar Metern teilte sich der Fußweg. Der obere Weg führte in Richtung Stadt, der untere tiefer in den Park hinein. Sie nahm den letzteren, den ein grasbewachsenes Ufer zum Bach hin säumte, und lief ihn zügig entlang. Kein Laut drang an ihre Ohren: keine aufgeregten Hunde, die Bällen nachjagten, keine Kinderstimmen vom Spielplatz. Sie fragte sich, wo Tilly wohl sein mochte, und überlegte gerade, ob sie ihren Namen rufen sollte, als sie eine Bewegung wahrnahm. Eine Gestalt schoss hinter einem Baum hervor und bahnte sich ihren Weg das Ufer hinunter, ohne Kates Anwesenheit zu bemerken.

Sie beschleunigte ihren Schritt, und als sie den höchsten Punkt erreichte, konnte sie Tilly erkennen, die mit dem Rücken zu ihr am Wasser saß. Sie hatte den Mann, der sich den Hang hinunter zu ihr schlängelte, nicht bemerkt.

»Tilly! Lauf!«

Tillys Kopf fuhr hoch, und als sie den Mann entdeckte, sprang sie auf und rannte los. Es entwickelte sich eine Verfolgungsjagd, bei der Tilly im Zickzack in alle Richtungen lief, während der Mann sie schnell verfolgte. Kate verlor an Boden und befürchtete bereits, dass der Mann ihre Stiefschwester erwischen würde, bevor sie die beiden erreicht hatte. Doch sie rannte weiter, entdeckte Tilly, die eine steile, grasbewachsene

Böschung hinauflief, wo sie sich plötzlich ihrem Angreifer zuwandte und, eine Kampfsport-Angriffsposition einnehmend, einen wütenden Schrei ausstieß. Der Mann kam schaudernd zum Stehen. Kate stürmte vorwärts, ihre Arme und Beine pumpten. Tilly schien sich zu behaupten und der Mann wich zurück, zwei und dann drei Schritte, drehte sich schließlich um und rannte sowohl vor Tilly als auch vor Kate weg.

Kate eilte hinter ihm her, hinunter zum Bach und dann wieder den grasbewachsenen Hang hinauf, auf die Bäume zu. Sie konzentrierte sich ganz darauf, den Abstand zu verringern, und bemerkte nicht, dass er stehen geblieben war, sich gebückt hatte und etwas aufhob, bis der Ast in ihre Richtung schwang. Alles wurde schwarz, als sie zu Boden fiel.

* * *

Allmählich kehrte ihr Sehvermögen zurück. Tilly kniete neben ihr, Ryan war nirgends zu sehen.

»Kate, bist du okay?«

Ihre Schulter brannte. »Ich bin okay. Wo ist er?«

»Weg. Er kam wieder auf mich zu, aber ich schrie sehr laut und brüllte dann, dass ich ihm die Eier abreißen würde, wenn er mich anfassen würde. Er lief in Richtung Freizeitzentrum.«

»Ryan ist unser Hauptverdächtiger. Ich muss das melden.« Sie versuchte sich aufzusetzen. Für einen Moment drehte sich alles um sie herum. »Geh nach Hause. Schließ deine Tür ab. Wenn er auftaucht, setz einen Notruf ab.« Sie fummelte nach ihrem Telefon. Tilly legte die Hand auf ihre. Der Ausdruck in ihrem Gesicht zerriss Kates Herz.

»Bitte, Kate, nein. Du hast versprochen, mich da rauszuhalten, besonders jetzt, wo ich endlich meinen Frieden mit mir selbst gemacht habe.«

Sie zwang sich auf die Füße und schwankte unsicher, bevor sie nach vorne stolperte. Jede Minute des Gesprächs bedeutete, dass Ryan sich weiter entfernte, doch Tillys intensiver Blick hielt sie in seinem Bann und verhinderte, dass sie nach Verstärkung rief. Die Polizistin in ihr kämpfte weiter, bis sie antwortete: »Ich weiß nicht, wie wir das geheim halten können. Er wird deinen Namen bei der Vernehmung bestimmt erwähnen.« Sie ging in Richtung Ausgang. Wenn sie sich beeilte, könnte sie Ryan noch entdecken. Trotz ihres starken Willens wollten ihre Beine nicht kooperieren.

Tilly flehte sie weiterhin an. »Was, wenn ich ihm eine Nachricht schicke und ihn bitte, es nicht zu tun. Wenn ich verspreche, nicht gegen ihn auszusagen.«

»Auf keinen Fall.«

Tilly zog dennoch ihr Handy aus der Tasche und versuchte, es einzuschalten. »Oh, verdammt. Der Akku ist leer. Wahrscheinlich weil ich so lange mit Jordan telefoniert habe.«

Das würde erklären, warum Kate sie nicht erreicht hatte und gezwungen gewesen war, nach ihr zu suchen. Der leere Akku hatte ihr wahrscheinlich das Leben gerettet. Sie hatten inzwischen die Gabelung des Fußwegs erreicht. »Nein, schick ihm keine Nachricht. Suche keinen Kontakt mehr zu ihm. Lade dein Telefon auf und schick mir eine SMS, wenn du sicher zu Hause angekommen bist. Wir werden uns mit den Folgen befassen, falls das nötig wird. Und jetzt geh.«

»Wenn du meinst.« Mit einem letzten Blick auf ihre Stiefschwester lief Tilly davon und schlüpfte durch das Eingangstor zu ihrem Auto. Kates Finger schwebte über der Taste. Wenn sie Ryan deswegen verloren hätten, würde man sie suspendieren. Aber sobald die Sache mit Tilly ans Licht käme, würde sie wahrscheinlich sowieso suspendiert werden. Sie holte tief Luft, um sich vorzubereiten, und hielt dann inne, als ein Motorradmotor aufheulte. Sie drehte sich zu dem Geräusch um und sah gerade noch rechtzeitig, wie ein schwarzes Motorrad aus dem Parkplatz des Freizeitzentrums fuhr. Die Benommenheit verflüchtigte sich und mit einem Adrenalinschub sprintete sie zu ihrem Auto. Es gab vielleicht noch eine Chance, um das Blatt zu wenden.

KAPITEL 35

Kate schrie in ihr Funkgerät. »Der Verdächtige fährt auf der Hockley Road in Richtung Stadtzentrum. Ich habe die Verfolgung aufgenommen.«

Jamie antwortete: »Ich bin in Position am Haus des Verdächtigen.«

»Behalte deine Position bei.«

Emma antwortete als Nächste. »Bin gerade auf dem Weg nach Stafford. Kehre sofort nach Uttoxeter zurück. Geschätzte Ankunftszeit zehn Minuten.«

Kate beschleunigte. Sie hatte sich entschieden, ihm ohne die Sirene zu folgen. Allein konnte sie Ryan nicht einholen, falls er sich für eine der zahlreichen Routen entschieden hatte, die aus Uttoxeter herausführten. Vieles hing davon ab, wie schnell sie die Kreuzung am Ende der Straße erreichen konnte, an der er entweder links oder rechts abbiegen konnte.

Emmas Stimme erfüllte das Auto. »Verstärkung angefordert und auf dem Weg.«

Das Glück war auf Kates Seite. Eine provisorische Ampel hatte das Motorrad aufgehalten, das sich nun vor einem Lieferwagen befand. Sie nutzte das größere Fahrzeug, um ihre Anwesenheit zu verbergen, und wartete, bis die Ampel umschaltete, dann beobachtete sie, wie das Motorrad davonfuhr. »Der Verdächtige biegt auf den Marktplatz ab.«

Sie hielt hinter dem Lieferwagen einen gleichmäßigen Abstand und hatte ein Auge auf Ryan, der sich an die Geschwindigkeitsbegrenzung hielt und offenbar nicht wusste, dass er verfolgt wurde. Sobald er der Umleitung zum Kreisverkehr der Rennbahn folgte, ahnte sie, wohin er unterwegs war. »Der Verdächtige scheint in Richtung Wood Lane zu fahren. Er fährt vielleicht nach Hause.«

»Immer noch in Position, Chefin.«

»Bleib außer Sichtweite.«

Der Lieferwagen nahm am Kreisverkehr eine andere Ausfahrt, was ihr eine klare Sicht auf Ryan ermöglichte. Ihr blieb nicht viel Zeit, sich einen Plan zu überlegen. »Bleib versteckt, bis er auf der Auffahrt vorfährt. Sperr dann die Einfahrt mit deinem Fahrzeug ab. Ich werde direkt hinter ihm sein.«

Es war eine schwierige Gratwanderung, weit genug zurückzubleiben, um keinen Verdacht auf sich zu lenken, und gleichzeitig sicherzustellen, dass sie nahe genug war, um bei der Verhaftung helfen zu können. Warum wollte er nach Hause fahren? Er würde doch sicher vermuten, dass Kate Beamte zu seinem Haus schicken würde. Vielleicht dachte er, es sei genug Zeit, um sich ein paar Sachen, Pass und Geld zu schnappen, oder er wollte die Beweise verstecken, die auf seine Schuld hinweisen würden. So oder so, es war ein großer Fehler seinerseits.

Das Motorrad beschleunigte und sie verlor es aus den Augen, als es um eine Kurve fuhr. Hatte er sie entdeckt? Sie behielt die Nerven und hoffte, dass er bei seinem Haus anhielt. Sie wurde belohnt, als sie aus der Kurve fuhr und ein ziviles Polizeiauto in der Einfahrt zum Stehen kam. Sie trat das Pedal durch und hielt ebenfalls quietschend an, Stoßstange an Stoßstange mit dem anderen Auto, und sprang heraus. Jamie und ein Kollege rannten bereits auf Ryan zu, der gerade seinen Helm abnahm. Der uniformierte Beamte raste die Einfahrt hinauf, doch Ryan war schneller. Er sprang vom Motorrad und schoss wie eine Rakete zur Seite des Hauses und kletterte über das verschlossene Tor. Der Beamte schleppte sich mit seiner massigen Statur bis zum oberen Ende des Tores und schrie dann auf, als er von etwas getroffen wurde und rückwärts auf den Boden fiel. Blut spritzte aus seiner Nase, während er zappelte und fluchte. Jamie ignorierte ihn, sprang auf das Tor zu und katapultierte sich mit der Geschicklichkeit eines geübten Turners darüber. Kate, weniger flexibel, folgte seinem Beispiel. Ryan zu fangen hatte oberste Priorität. Der Kollege würde sich wieder erholen.

Ein weggeworfener Helm, zweifellos die Waffe, deretwegen der Beamte zu Boden gegangen war, lag im feuchten Gras. Ihre Füße rutschten aus, als sie hinter Jamie herrannte, was das Vorankommen verlangsamte, ihr aber Zeit gab, die Situation abzuwägen und mögliche Fluchtwege auszukundschaften. Die Hecken waren zu hoch, um sie zu überwinden, und zu dick, um sich hindurchzuzwängen. Noch während sie das dachte, wusste sie, dass Ryan einen Plan hatte. Er steuerte zielstrebig auf eine Stelle in der Hecke zu, aber erst als er neben einem mit Flechten bedeckten Plastiksitz auf den Boden ging und sich nach vorne schlängelte, entdeckte sie die Lücke unter der Zypresse. Die Sohlen seiner Stiefel verschwanden, bevor Jamie sie zu packen bekam. Er ahmte die Bewegungen nach, und als auch er verschwunden war, lag Kate bereits selbst auf dem Boden und bahnte sich ihren Weg durch die Lücke.

Sie tauchte in einem Kleingarten voller gepflegter Beete mit herbstlich reifenden Früchten auf: blassorangefarbene Butternusskürbisse, grünblättriger Kohl und fette Gartenkürbisse. Das Licht wurde schwächer, aber sie sah, wie Ryan über die Felder rannte, Stöcke von spät reifenden Tomaten, Bohnen und Himbeeren umwarf, über Salate trampelte und Schutzabdeckungen umstieß. Er huschte von einem Beet zum anderen, auf der Suche nach einem Weg nach draußen. Jamies Arme und Beine pumpten wie wild. Er rief Ryan mehrmals zu, er solle stehen bleiben. Kate versuchte abzuschätzen, welche Richtung sie am besten einschlagen sollte, um den Verdächtigen aufzuhalten, und mit einer stummen Entschuldigung an die Kleingartenbesitzer raste sie über klebrige Erde und Zwiebelpflanzen und schlug mit ihren Ellbogen auf Früchte ein, während sie vorwärtsstürmte. Sie war eine Läuferin und eher an Marathons als an Sprints gewöhnt. Den Männern vor ihr ging so langsam die Puste aus, während sie immer noch fit war.

Eine Straßenlaterne flackerte auf, silbernes Licht fiel auf eine Hecke, ein Holztor und einen schmalen Weg. Sie hielt darauf zu. Ryan musste es just in diesem Moment ebenfalls entdeckt haben, denn er rannte nun in die gleiche Richtung. Jamie war zurückgefallen und lag mehrere Meter hinter ihrem Flüchtigen. Kate sprang über Beete mit Kürbissen, farnartigen Karottenköpfen und kleinen Salaten und rannte weiter. Ryan rutschte auf einer Plastikplane aus und wirbelte mit den Armen in der Luft, bis er sein Gleichgewicht wiedergefunden hatte und weiterlief, nun jedoch langsamer. Kate und Ryan näherten sich einander, beide mit dem Ziel, den Ausgang zu erreichen. Kates Beine fühlten sich schwer an, doch sie tat so, als wäre es der Endspurt in einem Rennen, senkte den Kopf und stürzte sich auf ihn. Sie hatte nicht damit gerechnet, wie standhaft er sein würde. Der unangenehme Aufprall ließ beide taumeln und zu Boden gehen. Ihre bereits verletzte Schulter schrie vor Schmerz auf und Sterne detonierten vor ihren Augen. Die Szene verschwamm, und bevor sie sich erholen konnte, war Ryan wieder auf den Beinen. Sie rollte sich auf die Seite und streckte die Finger in einem schwachen Versuch aus, seine Knöchel zu greifen. Sie war zu langsam. Ryan war wieder weg. Der Schmerz lähmte sie für einen Moment, dann hörte sie ein mächtiges Brüllen und spürte, wie die Luft über sie hinwegzischte. Der Aufprall, als die Körper auf der Erde aufschlugen, hallte in ihren Knochen nach. Sie rappelte sich auf. Jamie lag auf Ryans Rücken, blinzelte den Schweiß weg, der ihm in die Augen tropfte, und atmete schwer.

»Sie haben das Recht zu schweigen«, keuchte er.

Kate beugte sich vor, schloss die Augen und hörte zu, wie Jamie den Mann belehrte. Das war ein Erfolg, nicht nur für die Familien der ermordeten Opfer und für Olivia, sondern auch für Bianca und Tilly. Endlich hatten sie ihn.

KAPITEL 36

Morgan und Emma waren mit Ryan in dem kleinen, fensterlosen Raum, während sowohl Kate als auch William im Nebenraum saßen und die Vernehmung auf dem Monitor verfolgten. Die starken Sedativa, die ihr der Arzt im Krankenhaus verschrieben hatte, betäubten zwar die Schulterschmerzen, machten sie aber zu benommen, um selbst die Befragung durchzuführen. Trotz des Unwohlseins und der Benommenheit schätzte sie sich glücklich, dass sie nur schwere Prellungen und einen Bänderriss erlitten hatte.

Ryans Anwalt, ein glatzköpfiger Mann Ende vierzig, schwieg, während Morgan seine Befragung durchführte. Man hatte den Schraubenzieher gefunden, mit dem das Wort *MEIN* in das Fleisch der Frauen geritzt worden war und an dem sich winzige Blutspuren befanden, die zweifellos von mindestens einem der Opfer stammten. Ryan war für die Morde an Laura Dean und Heather Gault, die Vergewaltigung von Olivia Sandman und Bianca Moore und den Angriff auf Daisy Weatherford angeklagt worden. Die Frage war, wie viele Frauen aus seiner Collage potenzieller Opfer an seiner Schlafzimmerwand er noch angegriffen hatte. Es würde einige Zeit dauern, sie alle zu finden und mit ihnen zu sprechen. Damit war jedoch ein anderes Team beauftragt worden. Kate war sich sicher, dass sich weitere Opfer melden und noch mehr Anklagen gegen Ryan erhoben werden würden. Ein Team der Forensik hatte bereits begonnen, sein Haus zu durchsuchen und die Beweise an seiner Schlafzimmerwand zu sichern.

Sein Laptop hatte Suchanfragen zu einigen sehr beunruhigenden Websites ergeben, die mit Vergewaltigungen zu tun hatten. Sie hatten auch Heathers Handtasche entdeckt. Ryan hatte zugegeben, den Inhalt zerstört und zusammen mit Lauras persönlichen Gegenständen in einem nahe gelegenen Recyclingzentrum entsorgt zu haben.

Nun ließ er den Kopf hängen, sein Wille war gebrochen.

»Erzählen Sie mir von dem Tattoo auf Ihrer Hand«, sagte Morgan. »Das schwarze blutende Herz. Soll es Sie an Ihre Opfer erinnern?«

Er schüttelte den Kopf.

»Wollen Sie mir nicht davon erzählen?«

»Nicht wirklich.«

»Ich hätte gedacht, dass ein Kerl wie Sie eher auf Macho-Tattoos steht.« Morgan grinste leicht, ein Teil des Schauspiels, um Ryan zu ärgern.

»Leck mich.«

»Ich schlage vor, Sie passen auf, was Sie sagen.«

»Ich schlage vor, Sie hören auf, dumme Fragen zu stellen. Es ist ein verdammtes Herz, okay? Es hat eine Bedeutung für mich. Und es ist mir scheißegal, was Sie darüber denken.«

Die Ermahnung seines Anwalts kam zu spät. Morgan hat das Temperament des Mannes zu seinem Vorteil genutzt.

»Wir sind ziemlich empfindlich, was? Sind Sie ein bisschen besorgt um Ihr Macho-Image?«

Ryan beugte sich vor. »Ich habe keine Probleme mit meinem Image.«

»Das überrascht mich, schließlich sind Sie nichts weiter als ein Perverser, der wehrlose junge Frauen niederschlägt, um Sex mit ihnen zu haben. Ich wette, Sie hatten noch nie eine normale Beziehung mit einer willigen Partnerin. Bekommen Sie keinen hoch, wenn sie nicht bewusstlos sind?«

»Leck mich.«

»Macht es Sie an, wenn sie unterwürfig sind? Sie wissen schon, was ich meine. Also ich glaube ja, dass Sie in Wirklichkeit Angst vor Frauen haben. Sie haben Angst, dass sie Ihnen sagen, dass Sie verschwinden sollen, wenn Sie was von ihnen wollen, und Ihnen das Gefühl geben, so groß zu sein?«, sagte Morgan und hielt Daumen und Zeigefinger einen Zentimeter auseinander.

Hass flammte in Ryans Augen auf.

»Ich schätze, ein Kerl wie Sie bekommt einfach keine Freundin ab ... oder keinen Freund.«

Ryan sprang mit einem Knurren auf, packte Morgans Hemd und hielt es mit beiden Fäusten fest umklammert. Morgan lächelte. Ryan ließ ihn augenblicklich los und sank auf seinen Stuhl zurück. Seine Wut verpuffte ebenso schnell wieder, wie sie aufgeflammt war. »Es ist eine Erinnerung.«

Emma räusperte sich. »Ich finde es irgendwie romantisch. Ist es das?«

Die »Böser Bulle, guter Bulle«-Taktik funktionierte. »Es erinnert mich an jemanden.«

Kates Herz begann so laut zu pochen, dass sie sich sicher war, William würde es hören. Die Richtung, die die Befragung nahm, könnte zu ihrer Entlassung führen. Wenn Ryan Tilly erwähnte, würde man sie vor ihre Vorgesetzten zitieren und sie würde von dort nicht mehr ins Büro zurückkommen.

»Es steht für ein Mädchen, für das ich einmal starke Gefühle hatte«, sagte er.

»Wie hieß es?«

»Das ist nicht wichtig. Das war vor sehr langer Zeit. Sie ist inzwischen verheiratet. Hat sogar ein Kind. Sie empfindet nicht dasselbe für mich.«

Kate hielt den Atem an und wünschte sich, dass Ryan die Klappe halten und Emma aufhören würde, diese Art von Fragen zu stellen. Ihre Gebete wurden erhört.

Morgan übernahm wieder die Führung, die Ellbogen ruhten nun auf dem Tisch.

»An Ihrer Schlafzimmerwand hingen viele Fotos. Haben Sie eine dieser Frauen angegriffen?«

Er zuckte mit den Schultern.

»Wenn Sie jetzt gestehen, wird das besser für Sie sein.«

»Inwiefern besser?«

Sein Anwalt schaltete sich ein. »Ich denke, wir können uns darauf einigen, dass mein Mandant nicht unter Druck gesetzt oder überredet wird, weitere Überfälle zu gestehen.« Er klappte sein Notizbuch zu und sah Morgan eindringlich an.

Emma hielt unterdessen den Blick auf Ryan gerichtet. »Okay, Ryan, lassen Sie uns zur Sache kommen. Warum die plötzliche Häufung von Überfällen? Sie haben vier Frauen in einer Woche überfallen.«

»Ich weiß nicht, was passiert ist. Das war nicht Teil des Planes.«

* * *

In der Ferne donnert es und ein Blitz wirft einen hellen Schein über den Parkplatz. Er sieht sie den Weg vom Gemeindehaus hinuntergehen, nimmt ihr blasses Gesicht wahr, den erotischen Mund, das glänzende Haar. Es ist Tilly. Der Wunsch, sie zu bestrafen, setzt ihn in Flammen und er macht sich auf den Weg, schlüpft aus der

Dunkelheit und schlägt sie mit einer schnellen, geübten Bewegung bewusstlos. Sie wiegt so gut wie nichts und er trägt ihren Körper von der Straße und dem Parkplatz weg zum grasbewachsenen Ufer. Als er sie mit Gewalt nimmt, kommt sie zu sich und wehrt sich heftig. Sie kämpft, um ihm zu entkommen, aber sie ist ihm nicht gewachsen. Er drückt ihr Gesicht ins Gras und hält sein ganzes Gewicht auf ihr, schleudert ihr grausame Worte entgegen und beschimpft sie mit allen möglichen Beleidigungen, die ihm einfallen, während er immer fester in sie stößt.

Als er erschöpft ist, presst er den Unterarm auf ihren Hals und warnt sie, ruhig zu bleiben, wenn ihr ihr Leben lieb ist. Er holt den dünnsten seiner Elektriker-Schraubendreher aus der Jackentasche und ritzt das Wort in die Schlampe – MEIN. Wie die Kratzer, die Tilly vor Jahren auf ihm hinterlassen hat und die jetzt unter einem schwarzen blutenden Herzen versteckt sind, hat er sie fürs restliche Leben gebrandmarkt. Er keucht vor Anstrengung und die Frau am Boden schluchzt leise. Die Wut steigt erneut auf und er lässt Schläge auf ihren bereits gepeinigten Körper regnen. Dann zerrt er sie auf die Füße, legt die Hände um ihren Hals und drückt zu. Dies ist der letzte Teil des Aktes, bevor er sie mit diesen neuen, lebensverändernden Erinnerungen entlässt, die niemals verblassen können. Er lockert seinen Griff und starrt sie an, erwartet Resignation, merkt aber, dass sich etwas verändert hat. Sie hat keine Angst mehr vor ihm. Ihre Gesichtszüge strahlen jetzt Trotz aus und Hass funkelt in ihren dunklen Augen – Tillys Augen. Tilly grinst ihn an, bevor sie ihm direkt ins Gesicht spuckt. Wie kann sie es wagen? Sein Griff wird wieder fester und er drückt zu. »Entschuldige dich, du Schlampe!« Doch es gibt keine Entschuldigung oder Reue. Ihre Augen werden trüb und ihr Kopf fällt zur Seite. Er lässt sie los und kommt gleichzeitig wieder zur Besinnung. Das ist nicht Tilly, sondern nur eine der vielen Frauen, die er als Ersatz für sie ausgewählt hat.

Er fährt das Herz-Tattoo nach, das er sich in Erinnerung an die eine Frau, die er nie vergessen kann, gestochen hat, und begreift, dass Laura Dean nun tot ist, weil er wieder Kontakt zu Tilly hat und von ihr besessen ist. Dank Ashars Enthüllung, dass Tilly ihm auf Facebook eine Freundschaftsanfrage geschickt hat und wieder in Staffordshire ist, hat er sie gefunden und ihr eine Freundschaftsanfrage geschickt, die sie angenommen hat. Sie schreiben sich bereits Nachrichten, in denen sie sich grob auf den neuesten Stand bringen, und es hat jedes Quäntchen Kontrolle gekostet, sie unbeschwert klingen zu lassen. Er muss sie bald sehen. Die am Boden liegende Frau ist ein lausiger Ersatz. Er hebt ihren leblosen Körper hoch und trägt ihn zu dem Müllcontainer. Er will die Echte. Und jetzt, wo Tilly wieder in der Gegend ist, wird er bekommen, was er sich wirklich wünscht – die Kontrolle über seine erste wahre Liebe.

* * *

»Es muss einen Grund geben, warum Sie eine Frau nach der anderen überfallen haben«, sagte Emma.

Er ließ den Kopf hängen. Natürlich gab es einen Grund, aber den wollte er nicht mit diesen Leuten teilen. Sie würden niemals die Wirkung verstehen, die sie auf ihn hatte. »Es gab keinen Grund«, sagte Ryan schließlich. »Ich musste es einfach tun. Etwas hat mich dazu gezwungen und ich konnte nicht aufhören.«

Kate wusste, dass er entweder sie oder sich selbst anlog. Gehäufte Überfälle wie diese wurden oft durch einen Auslöser verursacht, in diesem Fall Tillys Rückkehr nach Großbritannien. Sie hatte unwissentlich den tief sitzenden Wunsch ausgelöst, wieder anzugreifen – diesmal dringender und häufiger als zuvor. Ryan beugte sich vor und sagte mit ernster Stimme zu Emma:

»Glauben Sie mir, ich hatte nie vor, eine von ihnen zu töten. Lauras Tod war ein Unfall.«

»Und was ist mit Heather? War das auch ein Unfall?«

»Ich habe sie nicht umgebracht.«

»Es gibt Abdrücke an ihrem Hals und Schäden an der Halsstruktur, die das Gegenteil vermuten lassen«, sagte Emma.

Er schüttelte den Kopf. »Nein, Sie verstehen nicht. Ich gebe zu, dass ich Heather an der Kehle gepackt habe, aber ich habe nicht fest genug gedrückt, um sie zu erwürgen. Ich schwöre, sie lebte noch.« Er schaute seinen Anwalt an, der seinen Block wieder öffnete und etwas aufschrieb.

Morgan machte es ihm nicht leicht. »Wenn Sie nicht vorhatten, sie zu erwürgen, warum haben Sie dann die Hände um die Kehlen der Frauen geschlungen?«

»Das war Teil des Spieles.«

»Wow! Sie spielen wirklich ein paar echt seltsame Spiele«, antwortete Morgan.

»Nach diesem Spiel haben Sie also überprüft, ob sie noch atmet, richtig?«, fragte Emma.

»Ja, und sie lebte noch.«

»Und dann trugen Sie sie die Straße hinauf und legten sie in einen Müllwagen auf dem Parkplatz?«

»Ja.«

»Warum der Müllwagen?«

Er antwortete mit einem Schulterzucken. »Ich habe ihn auf dem Parkplatz bemerkt und beschlossen, sie dort zurückzulassen.«

Emma warf ihm einen kalten Blick zu. »Als wäre sie Müll?«

»Daran habe ich nicht gedacht.«

Kate bezweifelte, dass er die Wahrheit sagte. Es war kein Zufall, dass er ähnliche Orte gewählt hatte, um seine Opfer abzulegen.

»Haben Sie nachgesehen, ob Heather noch lebte, nachdem Sie sie in den Müllwagen geworfen hatten?«

Ryan starrte Emma an, sein Mund bewegte sich, aber es kamen keine Worte heraus.

»Haben Sie noch einmal ihren Puls überprüft?«, wiederholte sie.

Er wandte sich an seinen Anwalt. »Sie war am Leben. Da bin ich mir sicher.«

»Sie haben also eine verletzte Frau, die Sie geschlagen, vergewaltigt, verstümmelt und halb erwürgt hatten, in einem Müllwagen zurückgelassen, ohne zu überprüfen, ob sie zu diesem Zeitpunkt noch atmete«, sagte Emma.

Der Anwalt schüttelte leicht den Kopf. »Mein Mandant möchte keinen Kommentar abgeben.«

»Sagen Sie uns, warum Sie diese Frauen angegriffen haben, Ryan.«

Ryan fuhr sich mit einer Hand über das Gesicht. »Ich musste es tun.«

»Sie mussten?«

»Das ist ein Drang. Eine Art Krankheit. Ich kann das nicht kontrollieren.«

Morgans Stimme klang voller Abscheu. »Sie können es nicht auf eine eingebildete Krankheit schieben. Das ist eine Ausrede. Sie haben es genossen, sie zu quälen. Sie wollten nicht aufhören.«

Eine dicke Ader pulsierte an Ryans Hals. Er schlug auf den Schreibtisch. »Sie wissen nicht, was in meinem Kopf vorgeht. Sie haben keine Ahnung, wie sehr ich mich dagegen gewehrt habe.«

Emma mischte sich ein. »Mögen Sie Frauen, Ryan?«

Der Anflug eines Lächelns umspielte seine Lippen. »Nein, ihr seid alle Schlampen.«

Sein Anwalt mischte sich ein. »Ich denke, wir belassen es vorerst dabei. Ich würde jetzt gern etwas Zeit allein mit meinem Mandanten verbringen.«

»Sehr gern. Wir werden diese Befragung beenden.«

William veränderte seine Position mit einem leichten Stöhnen. »Geht es dir gut?«, fragte Kate.

»Ja, ja. Nur das Alter. Mein Rücken wird langsam steif. Gut, dass ich bald in den Ruhestand gehe. Dann werde ich die Füße hochlegen können, anstatt stundenlang in engen Räumen zu sitzen und auf Monitore oder Computer zu starren.« Er stand auf und streckte sich. »Du hast gute Arbeit geleistet, vor allem als du Holder zu Fall gebracht hast. Jamie hat mir von deinem Rugby-Tackle erzählt.«

»Er wäre effektiver gewesen, wenn Morgan ihn umgerannt hätte und nicht ich. Wenn Jamie nicht gewesen wäre, wäre er uns entkommen.«

Er lächelte und hielt ihrem Blick stand. »Mitch wäre stolz auf dich, weißt du? Sehr stolz. An manchen Tagen wünschte ich mir wirklich, er wäre da, um zu sehen, was aus dir geworden ist.«

»Und an den anderen Tagen?«

»An denen hätte er mich daran erinnert, dass er manchmal auch eine Nervensäge gewesen war und dass du in vielerlei Hinsicht nach ihm kommst. Im Ernst, Kate, gut gemacht. Du hast es ihnen allen gezeigt.«

Ein Kloß bildete sich in ihrer Kehle. William war neben Chris der einzige Mensch, der ihr in den letzten Jahren zur Seite gestanden hatte. »Danke, William. Das bedeutet mir viel.«

Er salutierte und ging zur Tür. »Ich vermisse Mitch sehr. Er war einer der Besten.«

Chris gluckste leise. »Lass dich nicht zum Narren halten. William ist korrupt.« Sie versuchte zu erraten, was ihr

416

Journalisten-Ehemann über ihren Mentor aufgedeckt haben könnte, verwarf den Gedanken dann aber wieder. Sie hatte den Ausdruck auf Williams Gesicht gesehen, als er über ihren Vater gesprochen hatte, und sie hatte gehört, dass seine Stimme beinahe gebrochen wäre. Dickson nachzujagen war eine Sache, aber nicht William. Er war ihr zu wichtig. Sie stand auf und verließ den Raum. Es gab einige Dinge, die sie einfach nicht akzeptieren konnte.

KAPITEL 37

Emma setzte eine erschöpfte Kate vor ihrem Haus ab. Ihre Schulter pochte und ihr einziger Gedanke war, ins Bett zu gehen und eine Woche durchzuschlafen. Sie winkte Emma zum Abschied mit ihrem gesunden Arm zu, bevor sie sich ihrem schweigenden Zuhause zuwendete. Sie sollte eine App herunterladen, um Licht und Heizung einzuschalten, bevor sie hereinkam, damit es sich anfühlte, als wartete jemand auf sie. Und sie sollte sich eine Katze, einen Hund oder einen Papagei kaufen. Sie könnte Gesellschaft gebrauchen.

Das Außenlicht leuchtete auf und sie tastete nach ihrem Schlüssel, musste jedoch ihre Tasche auf der Schwelle fallen lassen, um ihn herauszufischen, und öffnete dann die Tür. Sie spürte sofort, dass etwas nicht stimmte. Die Müdigkeit verflog und ihre scharfen Augen suchten den Eingang und die Treppe direkt vor ihr ab. Da entdeckte sie den Beweis, dass jemand in ihrem Haus gewesen oder immer noch darin war. Die großen hölzernen Großbuchstaben, die das Wort *HOME* bildeten und an der Wand neben der weißen Treppe entlang aufgereiht waren, hingen nicht mehr gerade. Das M war schief.

Sie bewegte sich nicht und spitzte die Ohren für jedes Geräusch. Ihre Nase zuckte, um fremde Gerüche aufzuschnappen. Sie schlich erst ins Wohnzimmer, dann in die Küche, und als sie beide leer vorfand, ging sie in Chris' Arbeitszimmer. Der Smiley-Stressball lag auf dem Boden und die oberste Schreibtischschublade stand einen Spalt offen.

»Das war zu erwarten gewesen«, sagte Chris. »Du weißt, wer dahintersteckt. Du hast den Fall gelöst, anstatt es zu vermasseln, wie Dickson es gehofft hatte. Jetzt hat er keinen Grund, dich zu diskreditieren, also will er genau wissen, wie viel du über ihn weißt. Wer auch immer hier eingebrochen ist, war vorsichtig, aber nicht vorsichtig genug. Meine Tastatur wurde bewegt. Ich vermute, dass jemand versucht hat, auf meinen Computer zuzugreifen.«

Sie seufzte. Das Ganze wurde langsam gefährlich. Zum Glück hatte sie ihre behelfsmäßige Tafel der Verdächtigen abgenommen. Doch nur der Himmel wusste, was mit ihr passieren würde, wenn der Eindringling das Gespräch mit Farai und das Video, das Bradley ihr geschickt hatte, in die Hände bekommen hätte.

»Du solltest dich vergewissern, ob der USB-Stick noch da ist«, sagte Chris.

»Zuerst werde ich mich vergewissern, dass niemand mehr hier ist«, antwortete sie und schlich auf Zehenspitzen die Treppe hinauf. Es gab keine Anzeichen auf einen Eindringling. Wer auch immer eingebrochen war, hatte das Haus wieder verlassen.

»Überprüf es«, drängte Chris erneut.

Sie ging in die Küche und holte das Vogelfutter unter der Spüle hervor, bevor sie die Tür zum Garten aufschloss. Sie hob das leere, schwankende Vogelfutterhaus vom Haken und klappte es auf, um die Samen einzufüllen. Der USB-Stick klebte noch an der Unterseite des Deckels. Niemand hatte ihn entdeckt.

Zurück im Haus und in ihre Bettdecke eingewickelt, wusste sie, dass sie nichts über den Einbruch sagen konnte. Am besten war es, so zu tun, als hätte sie ihn nicht bemerkt. Sie war froh, dass sie Bradleys Video auf den Stick heruntergeladen und die E-Mail gelöscht hatte und Chris' Tagebuch losgeworden war. Im Moment war sie Dickson einen Schritt voraus und sie hatte vor, das so zu belassen.

KAPITEL 38

Die Motoren heulten auf, woraufhin Tilly rief: »Schau mal, Daniel, da hebt gerade eines ab.«

Zuerst erschien die Nase, die vor dem Terminalgebäude aufstieg, dann der blau-gelbe Rumpf des Flugzeugs, als es die Startbahn hinter dem Flughafen verließ und beim Überfliegen des Parkplatzes schnell an Höhe gewann, bis es die Größe eines großen Vogels hatte.

Daniel sah zu, wie es in den Wolken verschwand, während Tilly sich über die Augen fuhr. »Komm nicht mit rein. Es wird mich zerreißen, wenn du das tust. Verabschiede dich hier.«

Kate umarmte sie fest. Die letzten Wochen hatten die Uhr zurückgestellt und sie fühlte sich Tilly noch näher als damals, als sie jünger gewesen waren. Der Schmerz in ihrer Brust war echt. Sie würde Tilly und Daniel vermissen, der nun neben ihr stand und in einer Hand den Griff seines Koffers und in der anderen den Spielzeugdinosaurier hielt, den Kate ihm im Drayton-Manor-Themenpark gekauft hatte. Sie ließ Tilly los, die schwer schluckte. Ihre Augen waren feucht und glänzten von Tränen, die sie zurückhielt.

»Ich muss mir die Nase putzen. Ich kann nicht so einchecken, heulend wie ein Baby.« Sie lächelte tapfer. Kate ließ sich auf die Knie fallen, um das Kind zu umarmen, und atmete den fruchtigen Duft seines frisch gewaschenen Haares ein. Sie streichelte seinen Rücken und drückte ihm einen Kuss auf den Kopf. Ihr Herz zersplitterte.

»Und du kommst uns besuchen?«, fragte Tilly.

»Versprochen. Ich werde Urlaub einreichen, sobald ich kann – mindestens einen Monat.«

»Und du skypst mit uns, wie vereinbart, einmal pro Woche?«

»Auf jeden Fall.«

»Und du passt auf dich auf und nimmst die Arbeit nicht zu ernst?«

»Ich werde es versuchen.«

Tilly sah sie aus ihren feuchten Augen an. »Wir bleiben in Kontakt.«

»Versprochen.«

»Danke. Danke für … du weißt schon.«

»Grüß Jordan von mir.«

»Auf jeden Fall. Okay, Champ, bist du bereit für die lange Reise zurück nach Hause zu Daddy?«

Er grinste und nickte.

»Bye, Kate«, sagte Tilly. »Bye. Ich liebe dich.«

Tilly formte ein Herz mit ihren Händen, dann nahm sie den Griff ihres Koffers. »Ich werde nicht zurückschauen. Ich hasse Abschiede.«

Kate konnte das Parkhaus nicht verlassen, bevor sie gesehen hatte, wie sich die automatischen Türen öffneten und das Innere des Terminals diese beiden geliebten Menschen verschlang. Tilly hatte sich nicht umgedreht, wohl aber Daniel, der ihr mit dem Spielzeugdinosaurier zugewunken und gegrinst hatte. Sie würde ihr Versprechen halten und nach Australien fliegen. Sie waren die einzige Familie, die sie hatte, und Chris hätte gewollt, dass sie sie besuchte.

* * *

Zu Hause angekommen zog sie die Schuhe aus und ging direkt in Chris' Büro, wo sie bereits Fotokopien von Dokumenten aus der Ryan-Holder-Untersuchung ausgelegt hatte. Obwohl Ryan wegen des Mordes an Heather angeklagt werden würde, war er überzeugt davon, dass sie noch gelebt hatte, als er sie im Müllwagen zurückließ. Je mehr sie darüber nachdachte, desto mehr glaubte sie seiner Version der Ereignisse. Schließlich hatte er zugegeben, Laura versehentlich ermordet zu haben, und seine Opfer zu töten widersprach dem, was er am meisten wollte – dass sie sich an ihn erinnerten.

Sie hatte das Video von Heather, wie sie sich am Bahnhof von Stoke-on-Trent mit Rosa unterhielt, auf Chris' Computer heruntergeladen, und obwohl sie es sich ein paarmal angesehen hatte, konnte sie nicht erraten, worüber die beiden diskutierten. Rosa war kurz nach dem Treffen verschwunden und Heather war am folgenden Tag gestorben. Auf keinen Fall konnte sie das immer stärker werdende nagende Gefühl abschütteln, dass Dickson hinter ihrem Tod steckte. Sie schaute auf die Uhr. Tilly würde immer noch in der Abflughalle auf ihren Flug warten. Sie schrieb ihr eine SMS, um ihr eine gute Reise zu wünschen, und erhielt prompt eine Antwort. Ihr Flug war aufgerufen worden und sie waren auf dem Weg zu ihrem Gate. Kate schickte ein Herz-Emoji, schleppte sich dann in die Küche, goss sich ein Glas Wein ein und beobachtete ein Rotkehlchen, das am Futterhäuschen pickte. »Bestes Versteck überhaupt, Chris«, murmelte sie.

Sie nahm das Glas mit, kehrte zum Computer zurück und drückte auf den Schnellvorlauf des Videos, um den Vorgang zu beschleunigen. Ein paar Reisende kamen auf dem Bahnsteig an und standen in einiger Entfernung zu den beiden Frauen. Keiner von ihnen sah aus wie Dickson. Sie leerte das Glas, überlegte, ob sie noch eines trinken sollte, und drückte dann die Pausentaste. Sie hatte ein Gesicht entdeckt, das sie wiedererkannte. Sie spulte das Filmmaterial zurück und sah erneut, wie ihr Kollege, Jamie, aus der U-Bahn kam und sich an eine Wand lehnte, den Kopf in die Richtung der Frauen gedreht. Heather stand auf, umarmte das Mädchen und machte sich auf den Weg in die gleiche Unterführung. Jamie folgte ihr. Die Stechuhr zeigte, dass es zehn nach zehn war. Seine Erklärung für seine Verspätung, als er es am Freitagmorgen nicht rechtzeitig nach Abbots Bromley geschafft hatte, war nichts als ein Haufen Lügen gewesen. Jamie musste für Dickson arbeiten und ihn mit Informationen über Heather und Rosa versorgt haben. Er hielt ihn vermutlich auch über jeden ihrer Schritte auf dem Laufenden, was erklären würde, wie Dickson von Emmas Besuch bei Felicity erfahren hatte. Nur die Teammitglieder wussten, dass Emma bei ihr gewesen war und Informationen von Heathers Computer erhalten hatte.

»Verdammt. Sieht so aus, als hätte ich einen Maulwurf in meinem Team. Der schlaue Bastard hat jemanden eingeschleust, um mich im Auge zu behalten.«

Sie stützte den Kopf auf die Hände. Was zum Teufel sollte sie dagegen tun? Dickson traute ihr keinen Deut über den Weg und wem konnte *sie* überhaupt noch trauen?

Sie lud das Video auf einen neuen USB-Stick herunter, bevor sie das Original und die E-Mail löschte, an die es angehängt gewesen war. Sie würde diese Information in einem zweiten Vogelfutterhaus verstecken. Als sie sich in Chris' Stuhl zurücklehnte, wurde sie von einer Welle der Müdigkeit überrollt. Sie hatte plötzlich nicht mehr die Kraft, um gegen das zu kämpfen, was auch immer es war, gegen das sie kämpfte. Korruption war weitverbreitet. Chris' Akte war der Beweis dafür.

Sie ging nach oben, ließ sich auf das Bett fallen, umarmte den Spielzeugseestern, den sie an Chris' Kopfkissen gelehnt hatte, und starrte ihre Reflexion im langen Spiegel an. Je genauer sie hinschaute, desto besser konnte sie sich Chris neben sich vorstellen, bis die Fata Morgana so realistisch erschien, dass sie glaubte, sie könnte die Hand nach ihm ausstrecken und die Finger mit seinen verschränken. Sie blinzelte, um das Bild zu vertreiben. All das half ihr nicht: die Vorstellung, dass er mit ihr sprach, dass er neben ihr lag. Sie verlor den Bezug zur Realität und war dem Wahnsinn nahe. Sie wusste es und trotzdem lächelte sie in den Spiegel. Chris wurde wieder heller.

»Bleib bei mir, bitte. Ich kann keine Rache für deinen Tod oder das Unrecht gegen meinen Vater nehmen – ich schaffe das einfach nicht alleine. Ich bin dem nicht gewachsen.«

Ihr Gesicht verwandelte sich und ihre Stimme wurde rau, als sie antwortete: »Keine Sorge, Kate. Ich werde dich niemals verlassen.«

DANKSAGUNG

Ich kann gar nicht sagen, wie sehr ich es genossen habe, »Das Zeichen des Bösen« zu schreiben, und das liegt größtenteils an dem dynamischen und enthusiastischen Team bei Thomas & Mercer, das mir während des gesamten Prozesses zur Seite gestanden hat.

Der größte Dank geht an Jack Butler, der sich Kates annahm und mir half, aus einer Ein-Buch-Idee eine ganze Serie zu entwickeln. Seine Begeisterung für das Projekt hat sich mit meiner eigenen zusammengetan und gemeinsam haben wir Ideen für zukünftige Kate-Young-Bücher hervorgezaubert.

Ich muss Jack auch dafür danken, dass er mich mit Russel McLean zusammengebracht hat, einem Autor und Topredakteur, dessen Sinn für Humor mich immer wieder zum Lachen bringt. Er hat mein Manuskript wieder einmal mit seiner Magie bearbeitet und es in ein Werk verwandelt, auf das ich wirklich stolz sein kann. Russel, danke für die vielen Lacher auf diesem Weg.

Vielen Dank an alle Mitarbeitenden der Jane Rotrosen Agency, insbesondere an meine Agentin Amy Tannenbaum. Ich bin so dankbar für all deine Unterstützung.

Ein weiterer Dank geht an mein erstaunliches Straßenteam, das mich an Tagen, an denen ich zu kämpfen habe, in Trab hält und das mir immer einen großzügigen Teil seiner Zeit schenkt, um meine Bücher zu promoten. Ich liebe euch, Leute.

Danke an all die Buchblogger, Leser und Rezensenten, die sich für meine Arbeit einsetzen. Ein einfaches Dankeschön scheint nie genug Lohn für die Mühe zu sein, die ihr in die Unterstützung von uns Autoren steckt. Wir wissen das wirklich zu schätzen.

Ein großes Dankeschön an den Technik-Guru Xavier Hugonet, der mich immer wieder mit seinem Wissen über alles Technische verblüfft und Kate und ihrem Team eine große Hilfe war.

Danke an Alicia McCarty, dass sie einer der Figuren des Buches ihren Namen geliehen hat.

Es ist eigentlich keine richtige Würdigung, aber ich möchte hier erwähnen, dass Abbots Bromley ein wirklich schönes Dorf ist. Das Gemeindehaus ist nicht so, wie es im Buch beschrieben ist, und es gab auch keine Morde im Dorf oder in der Region (zumindest keine, die mir bekannt sind!). Der Ort und die Umgebung, vor allem das Blithfield Reservoir, haben mich unendlich inspiriert und ich schätze mich unglaublich glücklich, in so einem wunderbaren Teil des Landes zu leben.

Vielen Dank, dass ihr »Das Zeichen des Bösen« gekauft habt. Vielen Dank für eure freundlichen E-Mails und Nachrichten, in denen ihr mir schreibt, wie sehr euch meine Bücher gefallen. Sie bedeuten bereits jetzt die Welt für mich.

Und zu guter Letzt Danke an den Mann, der es schafft, monatelange Vernachlässigung zu überleben, während ich schreibe, und sich nie darüber beschwert – Mr Grumpy. Du bist der Beste!

Zeitfracht Medien GmbH
Ferdinand-Jühlke-Straße 7
99095 Erfurt, Deutschland
produktsicherheit@kolibri360.de

Druck:
CPI Druckdienstleistungen GmbH
im Auftrag der
Zeitfracht Medien GmbH
Ein Unternehmen der Zeitfracht - Gruppe
Ferdinand-Jühlke-Str. 7
99095 Erfurt